邓小平一生出访过十多个国家，
他在变幻莫测的国际舞台上，留下了许多叱咤风云的手笔。

走出国门的领袖

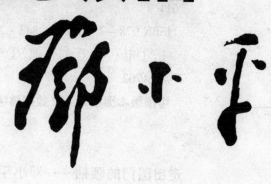

刘金田◎著

台海出版社

图书在版编目（CIP）数据

走出国门的领袖——邓小平 / 刘金田著. −北京:台海出版社，
2011.7

ISBN 978 − 7 − 80141 − 843 − 2

Ⅰ.①走… Ⅱ.①刘… Ⅲ.①邓小平(1904～1997)—生平事迹
Ⅳ.①A762

中国版本图书馆 CIP 数据核字(2011)第 131732 号

走出国门的领袖——邓小平

著　者：刘金田

责任编辑：刘　硕　　　　　版式设计：刘　栓
责任印制：蔡　旭

出版发行：台海出版社
地　　址：北京市景山东街 20 号　邮政编码：100009
电　　话：010 − 64041652(发行,邮购)
传　　真：010 − 84045799(总编室)
网　　址：www. taimeng. org. cn/thcbs/default. htm
E − mail：th − cbs@ 163. com
E − mail：thcbs@ 126. com

经　　销：全国各地新华书店
印　　刷：中国电影出版社印刷厂
本书如有破损、缺页、装订错误,请与本社联系调换

开　本：787×1092　　　1/16
字　数：300 千字　　　　　印　张：20
版　次：2011 年 9 月第 1 版　印　次：2011 年 9 月第 1 次印刷
书　号：ISBN 978 − 7 − 80141 − 843 − 2

定　价：39.00 元

目 录

第一章

系,双方外长可根据需要就政治方面的问题举行不定期的磋商

第二章

邓小平说:我是已经完成了出国访问的历史任务,我是决心不出国的了。但如果消除了中苏间的三大障碍,我愿意破例地到苏联任何地方同戈尔巴乔夫见面

第三章

邓小平在元山集会上说,朝鲜人民不仅是反对帝国主义的英勇顽强的、不可被战胜的战士,而且是建设社会主义的勤劳智慧的、出色的能手

第六章

所有人意料地与福田首相和园田直外长拥抱

第七章

所作的贡献

第八章

第十章

中美关系正常化后,邓小平顺利访美,双方开启了各领域合作的先河,但这仅仅是开始

第一章

1. 巴蜀走出一个邓希贤

邓小平 7 岁开始接受新式教育, 11 岁走出家门考入广安县高小, 14 岁走出广安来到重庆; 16 岁从重庆留法预备学校毕业, 离开四川, 走出国门, 奔赴法兰西。

1920 年 9 月的一天, 一艘名叫"盎特莱蓬"号的法国邮轮, 离开上海黄浦码头, 启程前往法国马赛。船上载有 90 名中国学生, 其中有 80 多名来自四川。邓小平就是其中的一个, 不过他这时的名字叫邓希贤。

1904 年 8 月 22 日, 邓小平出生于四川省广安县协兴乡牌坊村。父亲邓绍昌, 清末就读于成都法政学校, 具有维新思想。辛亥革命时, 参加过广安的革命军, 还曾但任过广安县团练局长。母亲淡氏, 一名普通的农村家庭妇女, 但思想较一般人开通。生了 5 个孩子, 邓小平在弟兄中排行老大, 深得母亲的宠爱。邓小平的弟弟邓垦介绍说: "我母亲是非常爱小平同志。他是那个旧社会的妇女嘛。他(邓小平)是长子。因为我那家里当时困难也很多, 父亲长期不在家, 虽然也有点土地, 我家是个 40 亩土地, 40 亩, 在我们那里叫两百挑。5 挑为 1 亩, 合成亩嘛, 大概就是 40 亩地, 欠了很多债。我父亲长期不在家, 母亲当时维持那个家庭是很困难的。她就很希望小平同志长大了以后, 来管理家事。"

邓小平 5 岁入学, 原名邓先圣, 私塾先生认为"先圣"这个名字不好, 可能是觉得这是对孔夫子的不敬, 因为孔子被尊为圣人, 乡间小儿怎么敢称为"先圣"呢。于是, 私塾先生自作主张, 把他的名子改为邓希贤。这个名字一直用了 20 年。

1911 年, 7 岁的邓小平进入协兴乡初级小学堂读书, 开始接受新式教育; 4 年后他考入广安县高等小学堂住校读书; 14 岁时, 邓小平考入了广安县中学读书。

不久,他走出广安,来到重庆。

邓小平走出广安,主要是受父亲的影响。辛亥革命时,邓绍昌加入大汉蜀北军政府的革命军,驻扎在广安,曾带长子邓小平来到军寨里过了两夜。这件事在邓小平的心里留下了"不浅的印象"。辛亥革命后的中国社会,进入了一个大动荡大变革的时代。1912年4月,蔡元培、吴玉章、李石曾等人在北京发起成立了留法俭学会,以宣传意义、指导旅行、介绍学校为目的,以节俭费用,推广西学为宗旨,指导和帮助自费青年赴法留学,提倡科学救国。1915年在法国的华工成立了"勤工俭学会",宗旨是"勤于工作,俭以求学"。一年后蔡元培先生在法国发起成立"华法教育会"。1917年在北京又成立了"华法教育会"和"留法勤工俭学会"。很快留法勤工俭学运动便推向全国。华法教育会在上海、成都、长沙、广州、济南、天津、武汉等地相继开办了各种形式的留法预备学校和留法预备班。

重庆的留法勤工俭学预备学校是1918年开始筹办的,筹建人是重庆商会会长汪云松、温少鹤等人。正在重庆的邓绍昌,听到这一消息后,便托人捎话到广安,叫邓小平中断中学学业,直接到重庆赶考留法预备学校。

邓垦回忆说:我的父亲在重庆知道这个事情以后,就写信回来,要他(邓小平)去读留法预备班,准备到法国勤工俭学。我父亲呢,极力主张,我母亲舍不得,不赞成,家里面还有一场争论,最后还是同意他去了。我那时只有八岁嘛,才开始上学。但是他走的那个情节,我知道,家里都集中啊,欢送他嘛,然后他嘛就很简单地去了。行李,那个时候,四川农村里面出个门,背个包袱,里面有几件换洗衣服就走了。我那个家离重庆还有两百多华里,还要经过一个合川县。

邓小平和族叔邓绍圣、同乡胡伦来到重庆后于1919年9正式考入重庆留法预备学校学习。学校开设的课程有法文、代数、几何、物理、中文及工业常识等,学习的目的是要粗通法语并掌握一定的工业技术知识,为去法国勤工俭学作准备。

据邓小平当时的同学江泽民(克明)回忆:"邓小平同志是稍晚才进入这所预备学校的。他那时就显得非常精神,总是精力十分充沛,他的话不多,学习总是非常刻苦认真。"

邓小平除了认真学习外,还积极参加川东师范、重庆联中、重庆留法预备学校学生抵制日货、反对重庆警察厅长郑贤书挪用公款套购并拍卖日货行径的斗争。

江泽民(克明)说:"我们预备学校的同学,为抵制日货、反对卖国贼,曾经集体到重庆卫戍司令部去示威请愿,在那儿坚持了两天一夜的斗争,取得了初步结果。我们回到学校后,就自动把带有日本商标的牙粉、脸盆等用品摔在地上焚烧,洋布衣服也撕毁,表示再不用东洋货。"

邓小平后来回忆,由于参加了这个运动,爱国救国思想有所提高,所谓的救国思想,无非是当时在同学中流行的工业救国思想,在那幼稚的脑海里,感到中国衰弱,希望他强大起来,而认为工业现代化是强国的必由之路,因此,我们便满怀希望到法国求学。

1920 年 7 月 19 日,留法勤工俭学预备学校学生在重庆商会举行毕业典礼。毕业之后,经过法国驻重庆领事馆的口试及体格检查,年仅 16 岁的邓小平取得赴法勤工俭学资格。

1920 年 8 月,邓小平回到了广安,向母亲及家人辞行。这时,邓家正值困境,一家人的生活全靠母亲一人维持,两年间淡氏苍老了许多。儿子要远离故土留学西洋,母亲似有预感是生离死别,起初说什么也不放儿子走。亲属们都来做工作,终于淡氏以理智战胜了感情,同意了儿子的远行。母亲为邓小平准备了行装,坚持把他一直送到船上。她没有想到儿子这一走竟然真是母子二人的永别。从此,邓小平再也没有回过广安。1926 年,淡氏因思念长子,心身交瘁,溘然长逝。当时,邓小平正在苏联学习,未能为母送终。后来他时常怀念、追忆母亲。

8 月 28 日,邓小平和 80 多名同学一起,搭乘"吉庆"号邮轮启航出川。

邓小平第一次走出巴蜀这片"壶中天地"。

2. 海上见闻多

将近 40 天的海上航行,邓小平看到了世界之大、世界之新、世界之奇,萌生了许多新奇的观念,下决心要学点本事回国。

邓小平等人乘船途经香港、西贡、新加坡、科伦坡、吉布提,过红海、苏伊士运河,进入地中海,历经 39 天,行程 3 万余里,于 10 月 19 日到达法国的马赛港。

这是邓小平第一次走出国门,也是当时中国进步青年为了"救国图强"走出的艰难一步。在此之前云集法国的留学生已有不少,他们中的佼佼者有王若飞、陈延年、陈乔年、李慰农、赵世炎、周恩来等。周恩来在诗中写道:

出国去。

走东海、南海、红海、地中海。

一处处的浪卷涛涌,奔腾浩瀚,送你到那自由故乡的法兰西海岸。

到那里,举起工具。

出你的劳动汗,造你的成绩灿烂。

磨练你的才干,保你天真烂漫。

他日归来,扯开自由旗,唱起独立歌。

争女权,求平等,来到社会实验。

推翻旧理论,全凭你这心头一念。

和邓小平一路同行的川东83名弟子,也都是第一次远赴重洋。世界之大、之新、之奇,使这些第一次从封闭的四川盆地走出来的少年激动不已。行程中,每逢停靠一个码头,他们都要上岸观光、猎奇。一位四川巴县名叫冯学宗的年轻人在给亲友的信中,详细记述了他们这次海上航行的细节:

"14日,船抵香港泊一日。此地背山面海,树木阴翳,商旅云集,街市宽阔,屋宇齐整。此地贸易的人,虽是中国人,但那种种的管辖权,是完全属于英国的了。英人自得此地之后,订立许多束缚华人的条例,近已成为一个沿海最繁华最紧要的商埠了。

"18号船抵西贡,此地概是平原,自法人夺去之后,沿岸建筑码头,岸上房舍街市,都秩然有序。只是有一件悲惨的事,就是那亡国的安南人。他们的国家,既为外人的殖民地,他们的人民,遂不得不受外人的管辖。他们知识较高一点的,就受外人使用,耕田挽车,不敢稍辞劳苦,偶一懈怠,即加鞭楚,彼等狼狈啼泣,已极可怜,而法人还要设种种恶例,使彼等永无恢复的一天。例如读书要读法文,着鞋要纳税,既灭人家的文字,又要灭人家的种族,正义在哪里?人道又在哪里?安南人蓬首赤足,四季如一,难道就不成问题么?

"西贡为欧亚交通的冲要,五洋杂处,人口甚繁。中国人侨寓此地数有六七万人,但是入境后,凡是成年者,每年须纳身税数十元,这也是法人限制外人旅居最严厉的一个方法。我们中国人在世界上向来以'病夫'见称,各国防甚严,此次船泊西贡,曾见同船的人,上岸时必经种种检查,然后列队到警察署注册,否则不准登岸,从此看来,中国人也像在候补亡国奴了。

"船泊三日,21日复起碇向新加坡驶去。

"行三日,达新加坡。此地街市屋宇之整齐,与西贡相仿佛,但面积较西贡大,市面亦较清洁。此地有华人数千万,华人商务颇好,所以殷实之家亦多,但有一大部分,仍是劳力的生活。

"25日由新加坡启程，行一日，那惊天骇地的浪涛，推来推去，时上时下。我们同行的人，好似大病加身，不敢直立，不思饮食，整整闹了三天，我们望岸之心，真是'如大旱之望云霓'一般。日复一日，望眼欲穿，好容易才盼到停泊休息的哥伦布。

"30日抵英属之哥伦布，此地风浪很大，不易停泊，幸赖有一港口，可免风浪的危险。我们赴法只有法国护照。哥伦布是英国的属地，没有英国护照，就不得上岸，也就不得窥其全貌。

"10月7日船行阿拉伯海中，距红海口甚近。此口在欧洲大战时候，设有水底危险物多件，战后还未取出，所以往来经过的船只，都要预防不测，我们今天也得把水袋来练习，但是心中总是忐忑不安，如有所失一般。

"8日到奇布特，地属非洲，当红海之口，为法兰西属地。遍地沙漠，草木不生，人迹很少，热度达于极点。然而法国不弃之者，正以此地为航海必经之处，往来休息之所。因此之故，法国不但不舍弃他，还在那儿苦心经营咧。此地土人，都是黑种，身黑面黑，连牙齿也是如漆一般。土人多不著上衣，下部围布一方，如中国的裙子。货物除果子、驼毛及一切装饰品之外，并没有什么奇异的东西。

"10日入红海，空气是很干燥的，太阳是很厉害的，在这几天只见日光与海水相映，那海水的绿波，竟变而为红波，红海之名，或者因是而得。是日为中华民国成立九年纪念，我们中国人，各带国旗一面，并于午后齐集大礼堂，向国旗行三鞠躬，奏国歌，讲故事，演新剧，以志庆祝，大家都欣然有喜色。就是外人参观，也鼓掌欢呼，声如雷动！这次也是此次航行中一件极饶趣味的事啊！

"13日抵苏伊士运河口，停数小时，即启碇前进，傍晚进口，两岸林木，排列有序，灯光灼灼耀人，水声潺潺触目，流连启兴，几乎忘却睡乡。翌日，辰刻，凭栏眺望，此河之宽约十余丈，可容两船并行。正在观察之时，不觉已到北口的波赛，我们不曾上岸，没有见着什么事物。午后五时入地中海。当我们出苏伊士运河的时候，岸上铜像直立，威威可畏，赫赫可敬，原来就是开凿运河的雷赛咧。

"17日过意大利半岛，虽大半均是山地，然意人已建筑许多铁道，交通尚便利。许多巍峨雄丽的城市，连绵不绝，最终观大岛孤立海中，烟雾浓密，闻舟中人说，这是终岁如斯的活火山。

"19日早饭后，远望看许多樯帆和灯台，与我们愈见相近，于不知不觉间，就到了法兰西南部的马赛（Marseille）。"

当时船上的另一位叫江泽民（克明）的同学在回忆中对这次远航也有描述：

"我们在印度洋碰到了一次大风暴。当时，风暴卷着海水，掀起山峰似的巨浪，四万吨的邮船,一会儿被掀上浪尖,一会儿又落到浪谷当中,白天也刮得天昏地暗,宏大的邮船犹如一叶扁舟在茫茫的海水中漂泊,真是吓人得很。我们不但一点东西也吃不进,就连黄胆都要吐出来了。这样,我们饱受了三天三夜的风暴袭击,算是幸远的过来了。另一方面,则是大开了眼界。邮船到了各地大海港,都要停上两三天,装卸货物。有钱人上岸去进餐厅、买东西,我们穷学生就上岸去观光游览,饱阅市容,看博物馆,参观名胜古迹。许多城市尽管是高楼大厦,也有许多人是西服革履,但也有不少人是破衣褴衫,沿街乞讨。在有的港口,我曾看到一些穷苦的儿童游泳在船舶周围,向乘客们哀告乞怜。有的客人就将硬币抛入海水中,那些穷孩子们就潜入海水里去把硬币摸上来,客人们以此取乐,孩子们则以此谋生。当时看了,真使人心酸。这使我深深感到,世界上的人们同住在一个天空下,却过着两种大相悬殊的生活,到处都是这样的不平。当然,我当时并不了解这是资本主义、殖民主义制度造成的。

"途中给我留下了美好印象的,是我们在地中海上遥远地看到了火山爆发的余焰,特别是在夜晚,喷射的火焰,犹如五颜六色的礼花,射入深蓝的天空,而在水中则出现着倒影。天上水中互相辉映,那种夜景是很奇妙的。船上虽然有时下令要我们带上救生圈以防碰上大战后尚未消除干净的水雷,但却始终没有碰上。我们在经过了近四十天的航海生活之后,在 10 月中旬,终于从马赛上岸,踏上了法国的土地。"

3. 短暂的学习生涯

邓小平在法国经历了 5 个月的学习生涯后表示,没有学到什么东西,吃得却很坏。

1920 年 10 月 19 日,当轮船缓缓驶入马赛时,邓小平等中国青年齐集在甲板上,看到这个法国的重要港口,异常繁忙,"出入货物,不知凡几",再远远望去,城市"街道整洁宽敞,建筑精美牢固",这是沿途经过的各大城市所不能相比的。

华法教育会的代表专程来马赛迎接这批新来的勤工俭学学生。

当地的一家报纸《小马赛人》对邓小平和他的同伴们的到来作了报道:

那里有 100 多中国青年,年龄在 15～20 岁之间。穿着欧式至少是美国款式的衣服,头上戴着大宽檐的帽子,脚上穿着尖头皮鞋,所有的人都规规矩矩地站在"特莱蓬号"轮船的甲板上,安安静静的。他们的同胞,华法教育会留学生办事处的负责人向他们致词。这些年轻的中国姑娘和小伙子们,通过翻译向我们表达了他们经历一次非凡的旅行最终看到了欧洲,尤其是看到了法国的欣喜心情。其实不用问,就能从这些人的眼睛中看出他们有多么兴奋。

简单的欢迎仪式结束后,90 多名留法勤工俭学生陆续登岸。稍作休息,当天即离开马赛,乘汽车直赴巴黎。10 月 20 日他们来到巴黎西郊的哥伦布——他们这次出行的终点。

这里有一座普通的法国建筑——普安特大街 39 号,是巴黎华法教育会的所在地。先期到达法国的许多勤工俭学学生热烈欢迎邓小平等人的到来,其中就有一年前到法国的四川老乡聂荣臻同志。异国相逢使得大家有说不出的高兴。

根据华法教育会的安排,邓小平和他的同伴们分别到蒙达尼、枫丹白露、圣得田、佛勒尔等地中学补习法文,同时等待工作。这样,他们勤工俭学生活开始了。

1920 年 10 月 21 日,邓小平和他的族叔邓绍圣以及其他 20 多名中国学生来到距巴黎 100 多公里的小城巴耶,开始了在巴耶中学的学习生活。

《巴耶日报》10 月 22 日发表的一条题为《中国学生到巴耶》的消息说:"20 多名中国学生在两名法文讲得非常流利的同乡带领下,于昨天晚上到达巴耶市,这些年轻人是由他们的政府派往法国的,并在巴耶中学学习他们感兴趣的课程,以便使他们了解法国的语言和风土人情。他们是寄宿制学生。"

当时巴耶中学为中国学生单独开班,主要为了提高法语水平。

巴耶中学的管理十分严格,每日饮食起居都有明确规定。每天早 6 时起床,6 时半开始自习。上午 8 时至 11 时,下午 2 时至 4 时为上课时间。余皆为休息时间,晚 8 时就寝,9 时熄灯。饮食每日 3 餐,面包数片,咖啡或开水 1 杯;12 时午餐,牛肉 1 块或素菜 1 碟,面包数片,葡萄酒或开水 1 大杯;下午 6 时晚餐,与午餐略同,不过以汤代牛肉。邓小平曾回忆说,学校待他们像小孩子一样,每天很早就要上床睡觉。他还说,那是一家私人开的学校,才上了几个月,没学什么东西,吃得却很坏。

从现存在法国国家档案中的一份中国学生的开支细帐中看,邓小平 1921 年 3 月共花了 244.65 法郎的食宿费。其中生活费 200 法郎,洗衣费 7 法郎,卧具租金 7 法郎,校方收费 12 法郎,杂支费 18.65 法郎。其他中国同学的杂支费在 15～50 法郎之间,平均 25 法郎左右。由此可见邓小平当时十分注意节省。

尽管如此,经过一段时间的生活学习支出,邓小平身上的钱已经所剩无几。当初为了支持他赴法留学,处境已经十分困难邓家只好卖了些谷子田地,如今也无力寄钱给他。因此,到1921年3月,邓小平不得不结束了5个月的学习,回到巴黎西郊哥伦布华法教育会,希望得到一些资助或是找一份工作。

巴耶中学在1921年3月的一份报告中说:"22名中国学生中的十九名于19日晚上离开学校他们自称去克鲁梭市工作。我怀疑他们是去打工。"

这是邓小平在法国仅有的5个月的学习生涯,此次离开学校后,他再也没有迈进过法国学校的大门。

现存的邓小平人生的第一张照片,是1921年3月拍摄的。照片中,他头戴便帽,身着西装,少年英俊,目光中透着对人生的自信和希望。其实这时他正陷入中断学业的困境,而在困境中始终保持着坚定、刚毅的顽强品格,在此时已经显现出来。

1995年我们为拍摄大型电视文献片《邓小平》来到法国巴耶,一位名叫歇尔·莫尔朗的老市民回忆起当年邓小平他们来到的情景时说:"我们很惊讶,我们就像这样看着他们。他们比我们年纪大,年纪大一点的同学可能与他们有来往,那时我十几岁,我不知道那时他(邓小平)多大岁数。"巴耶中学的副校长让·伊夫·博菲斯先生领着我们参观中学的旧校舍,他说:"很可能邓小平先生当时在这个走廊上走过,因为这里没有变。你看,这里已经很旧了。"他还利用我们到来的机会给学生们上了一堂中国历史课。一名法国学生提问,"现在还有没有人民公社?"记者答道:"人民公社已经没有了,特别是中国的农村改革,效果特别好,而提倡农村改革的,就是你们巴耶中学的学生邓小平。"

4. 小平个子矮的原因

邓小平在法国度过了长达四年的"勤工"生活,几十年后他不止一次地说:我个子不高的原因就是在法国工厂做工时活太累、吃不饱。

1921年4月初,辍学的邓小平和另外11名中国学生来到法国南部的重工业城市克鲁梭的施奈德钢铁厂做工。

邓小平后来说:"一到法国,听先到的勤工俭学生介绍,知道那时已在第一次世界大战后的两年,所需劳动力已不似大战期间那样紧迫,找工作已不大容易,工资也不高,用勤工方法来俭学,已不可能。随着我们自己的切身体验,也证明了却是这样,做工所得,糊口都困难,哪还能读书进学堂呢。于是,那些'工业救国'、'学点本事'等等幻想,变成了泡影。"

施奈德钢铁厂是法国最大的军火工厂,有 3 万多工人。一次大战期间曾大批招募外籍工人,中国劳工就有上千人,是勤工俭学生比较集中的一个工厂。在邓小平等来此之前,罗学瓒、陈毅、萧三等都在这里做工,与邓小平同进或稍后的还有赵世炎、李立三、傅钟等人。

邓小平是作为散工被招进厂的,随即签订了两年合同。在这个工厂里,中国学生的工资很低,固定工资每天有 12～14 法郎,按法国的规定,不满 18 岁的只能当学徒工,每天工资 10 法郎,还要从中扣除 1 法郎,待两年合同期满时再一并发还,并奖励 200 法郎。但倘若无故退工,则所扣的钱作为赔偿费用。

现存的施奈德工厂的档案中,还有当年邓小平的招工登记卡,上面写明:邓希贤,16 岁,工人编号为 07396,进厂注册日期是 1921 年 4 月 2 日,由哥隆勃中法工人委员会送派,来自巴耶中学。

邓小平被分配当一名轧钢工。这个工种劳动强度很大,又非常危险,每天工作 10 个小时,有时还要加班,这对正在长身体的邓小平来说确实不堪重负。60 年后当他回忆这段生活时,特别谈到当时"做很重的劳动"。

当时的吃住条件也很差,20 多人住 1 间大屋。只吃面包,没有肉菜,杂费开支还不小,像邓小平这样的学徒工,更是十分拮据,连日常生活都不能支持。邓小平曾说过,在克鲁梭拉红铁,作了一个月的苦工,赚的钱连饭都吃不饱,还倒赔了 100 多法郎。

干了 20 多天,邓小平辞去了在施奈德工厂的这份工作,离开了克鲁梭,回到巴黎的华法教育会,一直到 1922 年 2 月,他都住在这里。在此期间,他靠从华法教育会每天领取 5.6 法郎的微薄补助(这点补助到 10 月份也停止了)和打短工以维持生活。邓小平回忆说他做过饭馆的招待,在火车站、码头帮助运送货物、搬运行李,在建筑工地推砖、扛水泥,以及做过清洁工、清扫垃圾等等。

这期间他参加了 5 月 20 日由王若飞、陈毅、刘伯坚、李慰农等发起的 243 名勤工俭学生联名写信给蔡元培,要求将里昂中法大学和中比大学改办工学院以解决勤工俭学学生求学问题。

1921 年 9 月法国政府决定停止发放给中国留法勤工俭学生的生活维持费。没有了生活来源的邓小平于 10 月来到位于巴黎第十区运河边上的一家专门制作扇子和纸花的香布朗工厂做扎花工。大约两个星期后，因活儿做完，即被工厂解雇。

1922 年 2 月 14 日，他重新找到了一份工厂，进入蒙达尼附近的哈金森橡胶厂。

邓小平被分配到制鞋车间工作，制作防雨用的套鞋。每日工作 10 小时，新工作实行计时工资，熟练后就实行计件工资。劳动强度虽不大，但节奏很快。据当时和邓小平一同做工的郑超麟说，一般人每天只能做 10 双鞋，而邓希贤可以做 20 多双，可以挣十五六个法郎，这时的邓小平一个月可以剩余大约 200 多个法郎，他还做着求学之梦，他希望多挣些钱，再走俭学之路。

邓小平等中国勤工俭学生有了相对稳定的工作，生活状况有了一点改变。他们住在工厂的一个木棚里，生活不像在克鲁梭那样沉重了。郑超麟回忆说："晚饭后至睡觉时间有二小时至三小时可以利用。此时木棚里很热闹，看书的人很少，甚至没有，大家闲谈，开玩笑，相骂，幸而没有相打的。有个四川小孩子，矮矮的，胖胖的，只有 18 岁，每日这个时候总是跳跳蹦蹦，走到这一角同人笑话，又走到那一角找人开玩笑。"可见邓小平当时的性格是非常开朗的，尤其能在困境中保持乐观。

大约在巴黎走投无路的时候，邓小平给家里写了一封信，希望能寄点钱来，父母为了使他摆脱困境，又卖掉了一点谷子和田地，凑了为数不多的钱寄到法国。邓小平收到这笔钱时已是 1922 年的秋冬了。有了这笔钱，加上在哈金森做工的积蓄，邓小平又萌生了求学的念头，于是 1922 年 10 月 17 日，邓小平辞去了在哈金森的工作，去塞纳——夏狄戎中学求学。因为钱还是不够，最终学也未上成。求学之梦彻底破灭。辗转两个月，邓小平又回到了哈金森，继续在制鞋车间工作一个多月后，于 3 月 7 日离开。工卡上注明他离开的原因是"拒绝工作"。

从此，邓小平开始走上职业革命家的道路。

说到走上革命道路，邓小平后来说："生活的痛苦，资本家的走狗——工头的辱骂，使我直接或间接的受到很大的影响，最初两年对资本主义社会的痛恶略有感觉，然以生活浪漫之故，不能有个深刻的觉悟。其后，一方面接受了一点关于社会主义尤其是共产主义的智识，一方面又受了已觉悟的分子的宣传。同时加上切身已受的痛苦，有了参加革命组织的要求和愿望。"

长达四年的"勤工"生活，使邓小平看到了资本主义的黑暗，亲身体验了被资本家压迫剥削工作的痛苦，他曾不止一次地说，我个子不高的原因就是在法国做工时活太累，吃不饱。

5. 投身革命的"油印博士"

参加"旅欧中国少年共产党",成为周恩来的挚友;编辑《赤光》杂志,有"油印博士"的美称;中国旅欧党团组织的几届负责人,这就是邓小平成为一个职业革命家的起点。

1917 年俄国十月社会主义革命胜利后,马克思主义开始传入中国,一批中国的优秀知识分子和进步青年,如李大钊、陈独秀、毛泽东等人率先接受了马克思主义。1920 年,在北京、上海、长沙等地开始出现了第一批中国共产主义小组。与此同时一批旅欧的中国进步青年也开始研究和探索马克思主义。1921 年 3 月,张申府、刘清扬与旅法留学生领袖赵世炎、周恩来等人,秘密成立了巴黎共产主义小组。1921 年 7 月,中国共产党成立后,在海外的中国革命者也积极筹划建立共产主义组织。1922 年 6 月,来自法国、德国、比利时三国的 18 名勤工俭学生齐集法国巴黎郊区的布罗尼森林举行会议,成立了"旅欧中国少年共产党",选举赵世炎、周恩来、李维汉为中央执行委员会委员,赵世炎任书记,周恩来负责宣传,李维汉负责组织。委员会的办公地点设在巴黎十三区意大利广场附近的戈德弗鲁瓦街 17 号的一座小旅馆内。

邓小平于这年夏季正式加入了"旅欧中国少年共产党",和他一起入团宣誓的还有革命家蔡畅。他曾这样回忆道:"我在法国的五年零两个月期间,前后做工约四年左右(其余一年左右在党团机关工作)。从自己的劳动生活中,在先进国家的影响和帮助下,在法国工人运动的影响下,我的思想也开始变化,开始接触一些马克思主义的书籍,参加一些中国人的和法国人的宣传共产主义的集会,有了参加革命组织的要求和愿望,终于在 1922 年夏季被吸收为中国社会主义青年团的成员。我的入团介绍人是萧朴生、汪泽楷两人。"

邓小平是在哈金森橡胶厂做工时逐渐接受革命思想的。因为这里聚集了一些具有先进思想的勤工俭学生,在他们的影响下,邓小平开始阅读进步书刊,如《新青年》等,从一开始就接受了马克思主义和共产主义思想。邓小平说过:"每每听到人与人相争辩时,我总是站在社会主义这边的","我从来就未受过其他思想的浸入,一直就是相信共产主义的"。

参加"少共"以后,邓小平的思想提高了,精神面貌也发生了重大的变化,很快就成为一名活动积极分子。当年曾和他一起留法勤工俭学的吴琪回忆说:"我所接触的同学中,年纪最轻的要算邓小平同志。1922年下半年,我在巴黎郊区波浪哥饭店见到他的时候,他还不到二十岁。他年龄虽轻,却很老练,才气横溢,身体强壮,精神饱满,说话爽直,声音宏亮,铿锵有力。"

邓小平自己回忆说,他曾在巴耶支部担任了两届宣传干事,同时受支部的命令与傅烈共同为华工办理《工人旬报》。

旅欧中国少年共产党成立后,于8月1日创办了机关刊物《少年》。《少年》每月一期,到1923年7月改为不定期刊,共出了13期。它的主要任务是"传播共产主义学理"。当时正处在建党建团的初期,因此《少年》用相当的篇幅阐述共产党的性质和作用,宣传建党建团的意义。刊登马克思和列宁著作的译文。赵世炎、周恩来等都曾在上面发表文章,宣传马克思主义。邓小平开始是在《少年》编辑部工作,据蔡畅回忆:"《少年》刊物是轮流编辑,邓小平、李大章同志刻蜡板,李富春同志发行。后来该刊物改名《赤光》。有时是三日刊、二日刊、月刊、时间不定。""邓小平、李富春同志是白天做工,晚上搞党的工作,而周恩来同志则全部脱产。"

赤光刊物封面

少年刊物封面

1923年2月,邓小平参加了"少共"临时代表大会。会上,"少共"更名为"旅欧中国共产主义青年团",周恩来当选为执行委员会书记。6月在旅欧中国共产主义青年团第二次代表大会上,邓小平开始参加支部工作。

据江泽民(克明)回忆:"1923年夏天,学校放暑假后,我同乔丕成到巴黎找临时工作。在这个时候,恰好召开旅欧共青团第二次代表大会改选领导。我俩都作为代表参加了。会上产生了书记局,由周恩来任书记,李富克任宣传,尹宽任组织,傅钟、邓小平同志也是负责人。会上决定改《少年》为《赤光》,但实际上到1924年2月才实现改版。"

从这时开始,邓小平在周恩来领导下工作,二人建立起深厚友谊。50多年后,邓小平对外国记者说"周总理是一生勤勤恳恳、任劳任怨工作的人。他一天的工作时间总超过12小时,有时在16小时以上,一生如此。我们认识很早,在法国勤工俭学时就住在一起。对我来说他始终是一个兄长。我们差不多同时期走上了革命的道路。"

1924年2月《赤光》正式出版后,邓小平和周恩来、李富春等人在《赤光》上发表了许多文章,进行革命宣传。

《赤光》是半月刊,16开本,每期十多页。到1925年止,一共出版了33期,在勤工俭学生、华工、华人中影响很大。邓小平以希贤的本名发表的文章有:《请看反革命的青年党人之大肆捏造》(1924年11月1日第18期)、《请看国际帝国主义之阴谋》、《请看先声周报之第四批造谣的新闻》(1924年12月15日、1925年1月1日第21、22期合刊)。他还用化名写过一些文章。后来他自己这样说过:"我在《赤光》上写了不少文章,用好几个名字发表。那些文章根本说不上思想,只不过就是要国民革命,同国民党右派斗争,同曾琦、李璜他们斗争。"

曾琦、李璜为首的中国青年党在旅欧留学生中,标榜信仰国家主义,人们习惯称他们为"国家主义派"。国家主义派以法国为中心,以《先声》周报为阵地,标榜"国家至上",否定阶级斗争,反对中国共产党的政治主张,反对共产党员加入国民党实行国共合作,反对建立反帝反封建的革命统一战线。

面对国家主义派的攻击和挑衅,旅欧党团组织给予了严厉的驳斥,同他们在理论上、政治上展开了针锋相对的斗争。周恩来等曾在《赤光》上连续发表了《革命救国论》、《救国运动与爱国主义》等文章,运用马克思主义的阶级分析观点,对国家主义派进行批驳。

国家主义派在理论上遭到批判,于是换了一副极"左"的面目,采取了一些欺骗的方法来蒙蔽一些旅法华人团体和留学生。1924年10月10日前夕,他们先在《先声》周报上刊出启事,自称代表旅法华人组成"国庆筹备处"。10月10日当天,又以旅法华人各团体联合会和名义散发"国庆节"开会程序传单。当晚,他们用欺骗手法召开了一个所谓的"国庆节纪念晚会"。之后,国家主义派大肆宣扬说,在他们领导下举行的旅法华人国庆纪念会,不仅有"侨法各界人士广泛参加,而且有二百多名法国人到会,此举大大有利于联络法国人民之感情,便于他们了解我国之真相"等等。

为了戳穿国家主义派的欺骗行为,旅欧共产主义者连续发表文章,把国家主义派的卑劣手段公诸于众。邓小平撰写了《请看反革命青年党人之大肆捏造》和《请看先声周报之第四批造谣的新闻》两篇文章,以"希贤"的名字分别发表在《赤光》第18期和第21期上。他写道,自命为肩负救国重任并以旅法华人领袖自居的青年党,他们所主持的"国庆纪念会",却是"音乐悠扬地'奏乐',肖妙之至地'扮演',体态活泼地'跳舞'。他们干了一夜。这本是青年党底十月十日俱乐会,'跳舞会',他们却偏说是旅法华人的国庆纪念会。请看,这是何等的捏造!何等的欺骗!"邓小平在文章中质问道:"当国内直皖战于南,奉直战于北的时候,而他们反歌舞于花都,"这明明是"贻笑外人",哪里谈得上什么革命活动。邓小平还指出,利用《先声》周报散布捏造"新闻",是国家主义派的一种重要手法,因为在他们看来"新闻我能时常更改或假造,以能使人愤激为目标"。他特别提醒那些"为着新闻而读《先声》的人,应知反革命派就在迎合你们的需要,捏造新闻,来宣传你们欺骗你们呢!"

邓小平还负责《赤光》杂志的刻蜡板和油印工作。他经常是白天做工,下工后即赶到《赤光》编辑部。在那狭小的房间里,周恩来将写好或修改好的稿件交给他,邓小平把它一笔一划地刻写在蜡纸上,然后用一台简陋的印刷机印好,再装订起来。为了能保证每半月出一期,每期12页左右的内容,周恩来、邓小平一同忘我地工作着。经常是深夜工作完成后,邓小平就在这小房间里打上地铺和周恩来住在一起。这段时间,邓小平和长他6岁的周恩来十分接近,邓小平很敬重这位兄长式的同志和领导,从他身上学到了许多东西。

周恩来也十分喜欢邓小平,给予他很多的关心和爱护。在周恩来的直接领导和帮助下,邓小平认真的工作态度和出色的工作成绩给其他的同志们留下了深刻的印象。几十年后,他们的战友还清楚的记得:"当时,邓小平同志负责《赤光》的编辑出版工作,几乎我每次到书记局去,都亲眼看见他正在搞刻蜡版、油印、装订工作,他的字既工整又美观,印刷清晰。"因此有"油印博士"的美誉。

邓小平的弟弟邓垦也回忆说:"他去法国的时候,写过长信回家,其中有一条,就是他从事革命活动,不能回家了。就把这个事情告诉了家里。当然,家里嘛,父母特别是我母亲很着急的,就盼望着他回家来,旧社会,老太婆嘛,希望他回家,这一下不能回家了。

"他在法国参加革命后,曾在周总理的领导下办一份杂志《赤光》。他经常往家里邮寄,寄了七八期。我当时才十几岁,还在念小学,只看到封面上有光身子的小孩,里面内容看不太懂,到我念中学后,逐步看懂了,什么帝国主义侵略、劳苦大众、劳农政府、翻身解放、苏维埃、人人平等,为穷人谋利益等等,我后来去上海找他,参加革命,最早受的影响就是大哥寄来的《赤光》。"

1924 年 7 月 13 日至 15 日旅欧中国共产主义青年团召开第五次代表大会。邓小平当选为新的执行委员会委员,在执委会举行的第一次会议上,邓小平和周唯真、余增生三人组成执行委员会书记局,邓小平具体负责抄写油印及财务管理。根据党的规定,担任旅欧共产主义青年团执行委员会(支部)的领导可正式转为中国共产党旅欧支部的党员。这是邓小平革命生涯中的又一个转折点,当时他还不满20 岁。

就是在这个时候,周恩来要回国参加革命斗争。

1919 年赴法留学,1922 年参加旅欧支部,后来成为中国社会科学的研究员杨堃回忆道:我参加旅欧支部主要是受我爱人张若铭的影响,而张若铭又是周恩来和邓颖超的好朋友。我在法国和邓希贤有过几次交往,一次是与萧三、邓希贤、邓绍圣等人一起吃饭,彼此认识了。一次是 1924 年 7 月,我们一起参加旅欧共青团第五次代表大会。那次大会上,邓希贤当选为执委会委员,按照当时的党的规定,凡担任旅欧执委会领导的,就正式转为中共旅欧支部的党员。所以说邓小平是 1924 年入党,是证据确凿的。当时我是里昂分部的委员。那次大会后,周总理要回国,我们为他送行,一起照了一张相,就是现在大家都很熟悉的那张。邓希贤是站在后面一排右边第三人,我是第二排左面第二人,就是站在聂荣臻后面的那个。邓小平那时年青、活跃,才华横溢,是职业革命家,而我是官费生,立场不坚定。参加革命后,我改名叫杨赤民,但心里还是想读书,拿学位,靠科学教育救国。我记得 1925 年时我退出旅欧支部,一心去做学问。邓希贤一次见到我,拍着我的肩膀大声说杨赤民,你那条科学救国的路在中国是走不通的。当时我没有听他的忠告,这是我一生的惭愧和内疚。"

杨堃先生提到的这张照片就是目前我们见到的唯一一张旅欧共青团成员合影照片。

一九二四年摄於巴黎

旅欧青年团合影,前排左四为周恩来,后排右三为邓小平

1924 年 12 月,邓小平参加旅欧中国共产主义青年团第六次代表大会,大会决议支部下设监察处,邓小平当选为监察处成员之一,并于会后被委托为工人运动的负责人之一。第二年春,邓小平作为中共旅欧支部的特派员,被派到里昂地区工作,任宣传部副主任、青年团里昂支部训练干事,并兼任党的里昂小组书记。

1925 年五卅运动爆发后,在法国的勤工俭学生,华工和各界华人在中共旅欧支部的领导下,掀起了声援国内"五卅"运动的斗争。

6 月 7 日,由中共旅欧支部、中国共产主义青年团旅欧执行委员会和中国国民党驻法总支部联合发起的赤光社、留法勤工俭学生总会旅法华工总会等 28 个团体代表参加的旅法华人大会在巴黎布朗街 94 号社会厅召开。大会声讨了帝国主义屠杀中国人民的罪行,声援了中国工人、学生和商人的正义反抗斗争。大会还成立了"旅法华人援助上海反帝国主义运动行动委员会"(简称"行委")。会议决定 6 月 14 日旅法华人在巴黎举行游行,向欧洲帝国主义示威抗议。

原定的游行示威由于法国当局横加制止和重重阻挠而未能成功,于是"行委"决定改在中国驻法公使馆内示威。6 月 21 日下午 1 时,几百名旅欧华人到巴黎社会厅集合,举行了"临时紧急大会",通过了几项要求后,即分乘 20 多辆汽车向位于巴比伦街 57 号的中国驻法公使馆进发。

一到使馆,立即分头行动,有的把守大门,有的占领电话机,有的负责切断对外交通。在使馆外面担负援助侦察的人把事先准备好的旗帜,标语悬挂在使馆大门和围墙上,上面写着:"推翻国际帝国主义""废除不平等条约!""中国是中国人民的"等口号,并向行人和围观者散发法文传单。

使馆内的群众将公使陈箓团团围住,并质问道:"自从上海爆发反帝运动以来,几乎一个月,你丝毫无所表示,今天就是来质问你的,并叫你做一点事情。我们代表28个团体,3000多名旅法华人叫你签几个文件,援助国内反帝国主义运动,这是你应尽的责任!"说着,便把事先印好的电报、通知等文件放在他面前,叫他签字盖章。陈箓起初拒绝,继而不敢开腔,最后不得不在所有的文件上签字盖章,并保证旅法华人今后有行动自由和示威安全。至此,预定的全部工作都已完成。

这时,使馆外的同志报告说,大批警察正在向这里开来。于是大家一起撤出使馆,分散行动。就这样,一场漂亮的斗争不到一小时就胜利结束了。这是旅法华人在欧洲中心——巴黎所取得的一次反对帝国主义的重大胜利。

旅法华人这场斗争震动了法国,也几乎震动了整个欧洲。法国当局惶恐不安,派出大批警察,四处检查搜索,掀起了一场逮捕和遣返的浪潮。几天之内,中共旅欧领导人任卓宣、李大章以及中共党员、青年团员20多人相继被捕入狱,随后,法国当局又将47名中国留法勤工俭学生驱逐出境。6月24日,中共旅欧支部决定:今后革命活动均以中国国民党驻法总支部的名义进行。

邓小平回忆说:"因在巴黎的负责同志为反帝国主义运动而被驱逐,党的书记萧朴生同志曾来急信通告,并指定我为里昂 - 克鲁梭一带的特别委员,负责指导里昂 - 克鲁梭一带的一切工作。当时,我们与巴黎的消息异常隔绝,只知道团体已无中央组织了,进行必甚困难。同时,又因其他同志的催促,我便决然辞工到巴黎为团体努力工作了。到巴黎后,朴生同志尚未被逐,于是商议组织临时执行委员会,不久便又改为非常执行委员会,我均被任为委员。"

邓小平回到巴黎,自动接替了党团组织的领导。1925年6月30日,成立了中国共产主义青年团旅欧区临时执行委员会,邓小平为委员,和傅钟、毛遇顺三人组成书记局,继续开展革命活动。

邓小平等人的活动,引起了法国警方的注意。尽管他没有被捕或驱逐,但同样受到了法国巴黎警察局的跟踪和监视。巴黎警察局派出情报员、密探时刻监视邓小平等人的住地和聚会的场所,并掌握了一些情况,这使我们今天能够根据法国有关部门的一些档案中的监视跟踪记录来了解邓小平在法国最后一段时间工作斗争情况。现存的法国国家档案中，关于邓小平他们活动有不少记载："1925年7月1日，在比扬古尔市特拉维西尔街14号召开一次会议，共有33人参加。会议主席首先讲话，说，旅法中国行动委员会大部分成员均已被逮捕，所以有重新组建的必要。此外，最近将要用法文和中文印刷抗议声明，以便在巴黎散发。会上，反欧洲资本主义的激进分子表示，坚决反对法方驱逐中国同胞的行径，尤其是对本星期六还要驱逐十名中国人表示强烈愤慨。当饭店的老板进来说警方来了时，会议就结束了。

"旅法中国行动委员会昨天（7月2日）下午在布瓦耶街23号召开会议，抗议国际帝国主义，共有七十多人参加。该委员会主席说，我们成立了行动办公室，其人员组成尚未上报代表大会，待小组选举。会上共有八人发言，其中邓希贤的主张为反对帝国主义，应同苏联政府联合。"

8月16日，中国国民党驻法总支部执行委员会在巴黎开会，邓小平当选为监察委员。当时，共产党员可以以个人名义加入国民党，所以他同时担任中国国民党驻法总支部监察委员会书记，负责国民党的一切工作。

8月17日，旅欧中国共产主义青年团召开第七次代表大会第一次执委会，由傅钟、邓希贤、施去病三人组成书记局。

法国国家档案中1925年9月9日记录："9月6日，在贝勒维拉市布瓦耶街23号召开了一次会议，有四十多人参加。自从中国公使馆事件发生后，部分中国共产主义者居住在巴黎地区，并采取了紧急措施。以防被人发现。此会的目的，是为纪念廖仲恺先生。调查待继续进行，以便进一步摸清会议的组织者和与会者。"

1925年9月12日，中共旅欧支部召开扩大会议，决定再次举行一次规模较大的旅法华人反帝大会，并决定大会以中国国民党驻法总支部的名义召集。

9月15日中午，在巴黎中心地区的塞纳河旁一个会议厅内，一千多旅法华人举行声势浩大的反帝大会。首先由中共党员、国民党驻法总支部副主席施益生发言，说明自"五卅"反帝运动以来，旅法华人积极投入斗争，但这还不够，还要再接再厉，奋勇前进，高举无产阶级国际主义的旗帜，一致向英、日、法、美等帝国主义开炮，一定要把他们驱逐出中国领土之外，完成中华民族解放的伟大事业。施益生发言后，法国共产党代表道里欧、法国国会议员马尔驰、越南共产党代表、非洲黑人代表相继踊跃发言。最后由共产党代表傅钟和萧朴生发言，他们指出，"五卅"运动是世界无产阶级社会主义革命的一部分，全世界无产阶级和劳动人民要团结一致，同帝国主义作针锋相对的斗争，不获全胜，决不收兵！会场上群情激昂，高喊"打倒帝国主义！打倒军阀！中华民族解放运动胜利万岁！"

由于国民党右派分子的告密,法国警方逮捕了施益生,并将他驱逐出境。

邓小平虽没有在这次会议上发言,但他作为支部领导成员,参加领导和组织了这次会议。

10月24日,邓小平主持了一个有25人参加的中国共产主义者会议,讨论重建旅法中共组织机构问题。这件事在法国国家档案中也有记载:"昨天(即10月24日)20点至21点30分,在伊希—莫利诺市夏尔洛街一家咖啡餐馆召开了一次中国共产主义者会议,共有25人参加,会议由邓希贤主持。吴琪宣读了共产主义教育课,并指出,重建中国共产主义小组和创办刊物的必要性。"

1925年11月6日,邓小平进入雷诺汽车厂钳工车间做工,当时的工卡上写道:邓希贤(Temg Hei Hiem),中国人,1904年7月12日(阴历)生于四川,住比扬古尔市(Billancourt)特拉维西尔街27号。熟练工种工人,分配在76号车间,磨件单位工价一法郎五生丁。

在雷诺汽车厂工作的时间虽然不长,可邓小平学习了一些钳工技术。这项手工技术,到70年代的"文化大革命"中他在江西的一个工厂被监视劳动时,可发挥了大作用。邓小平后来还曾多次提起在法国的这段往事。

11月15日,邓小平在巴黎主持举行了一次国民党的群众大会,纪念国民党旅欧负

青年邓小平(右)

责人王京歧,并揭露国际帝国主义和法国帝国主义对进步人士的迫害。第二天,法国情报员即报告说:"国民党于11月15日15时至17时在贝勒维拉市布瓦耶街23号召开会议,出席会议的共有47人,会议由邓希贤主持。此会为纪念被法国驱逐,并死于回国船上的王京歧,会上陈希(音)等11名代表发了言,发言者抗议法国警察逮捕中国人。最后,邓希贤总结说:我们希望与会者永远牢记王京歧同志,继续进行反对帝国主义的斗争。"

1925年11月20日,法国内政部长致法国外交部长的一封信函中,也提到了这次会议。信中称:"11月15日在贝勒维拉市布瓦耶街23号召开一次会议,纪念被

法方驱逐，并死于回国船上的王京歧。"

此时，年仅 21 岁的邓希贤，已由一名普通的青年团员转为中共正式党员，进而被选为旅欧党团组织的负责人。他已经成长为一个信念坚定、行为成熟、具有一定的斗争经验和领导能力的共产主义者。邓小平在法国共担任了一届半的支部领导，他的活动，已引起了法国警方的特别注意。

邓小平说："因为我比较活跃。我们的行动法国警察都是清清楚楚的！"

1926 年 1 月 3 日，在旅法华人援助上海反帝国主义运动行动委员会召开的一次会议上，邓小平向与会的 70 多人发表演说。他主张努力促进并支持冯玉祥将军与苏联和解，建立良好的关系，以大力推进反对国内军阀和国际帝国主义的斗争。他特别提出，应"团结苏联开展对国际帝国主义的斗争"，会议对邓小平的发言进行了详细的讨论。最后投票通过了一份致中国驻法公使陈箓的最后通牒，要求他："一、向法国政府和巴黎的外交使团抗议他们所奉行的帝国主义侵略政策。二、致电中国驻各国的使节，敦促他们向所驻国政府提出抗议，反对国际帝国主义，抗议派军舰和军队到中国屠杀中国人民。"显然，这次会议是几个声援"五卅"运动游行示威的继续，它说明，旅法华人的反帝斗争，在中共旅欧党团组织下仍在继续着。

1 月 7 日，法国警方弄到了一份详细的报告。

这个报告说："据本月 5 日获得的情报，旅法中国人小组行动委员会曾于 1 月 3 日下午，在贝勒维拉市布瓦耶街 23 号召开了一次会议。在这次会议上，有好几个讲演的人提出'反对帝国主义'，并要求在法国的中国人联合起来支持冯玉祥的亲共产党、反对北京政府的政策。

"行动委员会在会上还决定要求中国驻巴黎的公使先生对中国的南北冲突表明立场，并起来反对任何国际干涉。

"由于行动委员会的组织非常审慎，虽对其进行了调查，但未能发现这个委员会的所在地及其组成人员。然而，在 1 月 3 日会议上发言的几个中国人已被辨认出来了。

"他们中的一个人叫邓希贤，1904 年 7 月 12 日出生于中国四川省邓文明和淡氏夫妇家。他从 1925 年 8 月 20 日起就住在布洛涅－比扬古尔市的卡斯德亚街 3 号。他符合有关外国人的法律和政令的规定。他于 1920 年来到法国。开始，他在马赛做工，后又到巴耶、巴黎和里昂。1925 年他重新回到巴黎后，在比扬古尔的雷诺厂当工人，直到本月 3 日。他作为共产党积极分子代表出席会议，在中国共产党人所组织的各种会议上似乎都发了言，特别主张亲近苏联政府。

"此外,邓希贤还拥有许多共产党的小册子和报纸,并收到过许多寄自中国和苏联的来信。

"有两个中国同胞与邓希贤住在一起,好像他们也都赞成邓希贤的政治观点。外出时,他们总是陪伴着邓希贤。傅钟,1903 年 6 月出生于中国(实应为 1900 年出生);Ping－Suen－Yang,20 岁,生于上海。他们符合外国人在法国的法律,声称是学生,没有从事任何工作。

"由于在巴黎的中国人很封闭,了解他们的情况很难。为了弄清情况,看来有必要通过警察总局局长先生的允许,对他们在比扬古尔的几个住地进行访问调查。可以通过房主搞清一些情况,这样就有可能通过检查身份证了解他们中间的被通缉的共产党人。

"有三家旅馆应密切监视:卡斯德亚街 3 号;特亚维西尔街 14 号;朱勒费里街 8号。"

1995 年当中国记者为拍摄大型文献纪录片《邓小平》前往法国拍摄采访时,在法国国家档案局查到了一些留存了 70 年的档案材料,从这些档案中可以看出从1925 年 6 月起邓希贤就成为法国警方监视的对象,他的名字频繁出现在档案当中。

法国警方根据掌握的邓希贤活动的详细情报,决定于 1 月 8 日对邓希贤等人的住所进行搜查,并决定驱逐邓希贤等 3 人出境。这个命令是 1926 年 1 月 8 日签署的,在保留至今的这份命令上还注明了"面交"三字。

但是,他们晚了一步,搜查扑空,邓希贤等人已于 7 日晚上离开法国。据警方的搜查报告说,执行警察局长的命令,8 日早晨 5 时 45 分至 7 时,在布洛涅—比扬古尔对朱勒费里街 8 号、特亚维西尔街 14 号、卡斯德亚街 3 号三家旅馆进行了搜查。

"搜查这三家旅馆的目的,是为了查找从事共产主义宣传中的中国人。这些旅馆的全部房间已被搜查过,上百份中文文件都被查看过。

"在卡斯德亚街 3 号旅馆的 5 号房间里,发现了大量的法文和中文的宣传共产主义的小册子(《中国工人》、《孙中山遗嘱》、《共产主义 A. B. C.》等),中文报纸,特别是莫斯科出版的中国共产主义报纸《进步报》,以及两件油印机的必须品并带有印刷金属板、滚筒和好几包印刷纸。

"名叫邓希贤、傅钟和 Ping Suen Yang 的三个人在这个房间里一直住到本月 7日。他们昨天突然离去。而住朱勒费里街 8 号的名叫 Mon Fi Fian 和 Tchen Kouy的人,也同时匆匆离去。这些中国人看来是活跃的共产主义分子。

"看来这些人由于发现自己受到怀疑,因此,就急忙销声匿迹了。他们的同胞采取了预防措施,丢弃了一切会引起麻烦的文件"。

这是邓小平早期革命生涯中的一次历险记。

6. "我们一直把邓先生看做蒙达尼市人"

邓小平逝世后,法国人民表示了沉痛的哀悼,蒙达尼市市长说:"我们一直把邓先生看做蒙达尼市人"。

1997 年 2 月 19 日,一代伟人邓小平因病逝世。《人民日报》记者于 2 月 22 日前往法国采访,报道如下:

巴黎以南 120 公里处,有一个叫蒙塔尔纪(蒙达尼)的小城,那是邓小平早年勤工俭学的地方。22 日,我们来到这里,寻访邓小平的足迹。

尽管还是早春,这里的草坪已经泛出青绿,垂柳开始吐出鹅黄。我们先走进一家旅行社,两位小姐听说我们是中国记者,脸上的陌生感一扫而光,热情地拿出刊有邓小平纪念文章的当地报纸,为我们复印,又赠送蒙市地图,并用彩笔一一标出邓小平学习和工作过的地方。到达市政厅时,一位值班的老年妇女告诉我们,现在的市政厅就是邓小平等中国留学生当年就读的中学,楼上还有他们住过的宿舍。她指着院中那两棵苍劲挺拔的百年梧桐说,那时,中国留学生常在树前照像留念。

上午 10 时,市长尼布拉在他的办公室接受我们的采访。市长说,获悉邓小平辞世消息的当天,他就给中国大使馆发出了唁电,表达了蒙塔尔纪的哀悼。他还说,这几天,经常有法国记者来采访他。市长介绍说,邓小平 1922 年至 1923 年间曾在蒙塔尔纪生活过,可以说,他一生的伟大事业是从这里起始的,"我们为此感到骄傲","我们一直把邓先生看做蒙塔尔纪人。中国为他举行追悼会那天,我们将按照蒙塔尔纪的习俗,在'亡灵碑'前为他献上一个鲜花扎成的花圈"。市长进一步介绍说,1975 年邓小平访法时,别人问他需要些什么,邓小平说,想吃蒙达尔纪的牛角面包。蒙达尔纪的牛角面包并无特别之处,可能因为少年时代的邓先生在蒙达尔纪第一次吃到这种面包,所以难以忘怀。尼布拉还向我们一一展示了有关中国留学生的文物资料,有邓小平等勤工俭学学生的照片、往来信函以及劳工契约等。采访完毕,市长亲自驾车带我们到邓小平劳动过的哈金森制鞋厂和居住过的地点参观。当年的制鞋厂早已改为汽车配件厂,留学生和劳工居住过的工棚也已改建成兵营。据文献记载,当年邓小平等人经常在一家咖啡馆聚会。李富春和蔡畅的'革命婚礼'也是在那里举行的,邓小平是两位证婚人之一。市长开车陪我们寻访。据他说,蒙达尔纪原先有 40 多家咖啡馆,岁月流逝,现在要找到很难了。时近午后 1 时,在我们的再三劝说下,市长才答应回家。分手时,他恳切地表示,这个咖啡馆对中法友谊十分重要,他一定设法找到它。

下午,我们继续寻找。路边一位妇女建议我们到警察局询问。一对青年伴侣自告奋勇为我们开车。他们说,知道中国的一位伟人去世以及他与蒙达尔纪的关系。到了警察局,夏尔埃警官主动驾车,带我们去找一位名叫博特农的老人。博特农年近八旬,鹤发童颜,他得知我们的来意,便开车催我们上路。老人又带我们找到一位老妇人,其父曾是当地一家有名的咖啡馆老板。她说,听父亲说起过邓小平,并说中国学生常在米涅尔村的一家咖啡馆会面。令人失望的是,正值周末,咖啡馆不营业。

在蒙达尔纪采访过程中,我们深深感到,我们要寻找的东西,其实一直陪伴在我们的身边,那就是蒙达尔纪人对邓小平、对中国怀有的一片亲情。

7. 重返第二故乡

55 年后,邓小平又一次踏上了法兰西的土地,迎接他的是法国总理,设宴款待他的是法国总统。而他是作为一个泱泱大国的副总理正式访问这个国家的。邓小平说,现在旧地重游,感到非常愉快。

1975 年 5 月 12 日上午,应法国政府的邀请,中华人民共和国副总理邓小平乘专机到达巴黎,对法国进行正式访问。

随同邓小平访问的有:外交部部长乔冠华,对外贸易部局长郑拓彬,外交部礼宾司司长朱传贤,西欧司副司长齐宗华等。

法国总理雅克·希拉克和外交部长让·索瓦尼亚格等前往机场迎接。

中国驻法国大使曾涛和中国大使馆其他外交官员,出席正在巴黎举行的联合国教科文组织第九十七届执行局会议的中国代表胡沙以及旅居法国的华侨代表也到机场迎接。

5月12日上午,邓小平一行抵达巴黎,希拉克总理(左一)到机场欢迎。

巴黎奥利机场,阳光灿烂,中国和法国两国国旗迎风飘扬,一条红色地毯从机场贵宾台一直铺到邓小平副总理的降落地点。当邓小平副总理走下飞机时,雅克·希拉克总理和让·索瓦尼亚格外交部长走近飞机前,同邓小平副总理、乔冠华外交部长热烈握手,表示欢迎。

机场上举行了隆重的欢迎仪式。邓小平副总理在希拉克总理陪同下,走到法兰西共和国卫队的旗帜前面。乐队高奏中国和法国国歌。邓小平副总理和希拉克总理,由巴黎军区司令让·福罗将军陪同,检阅了法兰西共和国卫队组成的仪仗队。接着,邓小平副总理在希拉克总理陪同下,走进贵宾室,同前来机场欢迎的人一一握手。希拉克总理在贵宾室发表欢迎词,以法兰西共和国总统和法国政府名义,热烈欢迎邓小平副总理对法国进行正式访问。他说:"你的访问是中国和法国互相表示关心的证明,这次访问是我们友好关系的证明,为加强我们在各方面的合作提供了机会。"

"我们为你这次访问感到高兴,为你在今后几天内同共和国总统先生和我举行的会谈感到高兴。这些会谈使人们可以就最重要的国际问题和同我们两国有关的事情交换意见。我个人深信,这些会谈将是有用的和有成果的。"

邓小平副总理在致答词时说:"我很高兴应法国政府的邀请,有机会来贵国进行正式访问,会见贵国领导人,接触法国人民。法国是我年青时代曾经生活过的国家,法国人民的热情好客给我留下了深刻的印象。现在重游旧地,感到非常愉快。

我特别高兴的是,自从一九六四年建立外交关系以来,我们两国的关系不断得到发展。这次,我是带着进一步发展两国关系的真诚愿望来贵国访问的。我相信通过我们双方的会谈,我们之间的相互了解必将进一步加强,两国之间的良好关系将得到新的发展。

"法国人民是伟大的人民,具有光荣的革命传统和历史首创精神,中国人民深为敬佩。中法两国人民有着传统的友谊,我愿借此机会向巴黎人民和法国人民表示良好的祝愿。

"最后,对总理先生刚才热情友好的讲话,我谨表示诚挚的谢意。"

随后邓小平副总理在希拉克总理陪同下,乘坐汽车前往法国国宾馆马里涅大厦。这是邓小平第三次到这个国家。

一年前,邓小平作为中华人民共和国政府代表团团长,出席在纽约召开的第六届特别联大。4月17日途经巴黎并作短暂停留。4月18日下午法国总理梅斯内尔在总理府会见了邓小平,并进行了亲切友好的谈话。邓小平对法国的感情很深,她女儿毛毛在《我的父亲邓小平》一书中这样写道:"对于这个位于意大利广场旁边的小小咖啡店,父亲深怀感情,念念不忘。1974年去纽约参加联大会议途经巴黎时,他告诉随行的同志,他和他的战友们曾住在意大利广场那里,并时常去一个小咖啡馆喝咖啡。他请中国驻法国大使馆的人带他去意大利广场那里看了一下,看完后,他感慨地说:'面目全非了!'喝不上原来那家小咖啡馆的咖啡了,父亲就叫使馆的人每天早上从街上的咖啡馆中买咖啡送去给他喝。没办法,他就是喜欢那种真正的法国小咖啡馆里的咖啡。而且还总爱把法国的小咖啡馆和他家乡四川的小茶馆相提并论。"

邓小平喜爱法国的咖啡,他对这个国家情有独钟,这里是他走上革命道路的地方,这里是他的第二故乡。他曾在这里生活了5年,而且是不同寻常的5年!

8. 力促中法多方面合作

邓小平同希拉克总理进行会谈,双方同意成立经济混合委员会以加强两国经济方面的联系,双方外长可根据需要就政治方面的问题举行不定期的磋商。

5月12日下午3时半,邓小平与法国总理希拉克在总理府会议室举行会谈。

中国方面参加会谈的有：乔冠华、曾涛、郑拓彬、朱传贤、里景化，齐宗华担任翻译。

法国方面参加会谈的有外长索瓦尼亚格、阿尔诺、德拉布拉热、多马尔、布瓦德韦。

正式会谈前，希拉克总理说，我们对能在这里接待你和由你率领的中国代表团感到十分荣幸。德斯坦总统和法国政府对你们这次访问也感到非常高兴。中法建交10年来，两国的关系越来越好，日益得到发展。我们可以谈谈双边关系，经济、文化、科技方面的交流等。

对此，邓小平表示同意。

会谈从双边关系开始。希拉克首先谈到经济交流问题。他说，我们对经济交流的重视，不仅仅是从经济和财政角度考虑。我们认为发展经济关系可以更好地发展我们的政治关系。他提出了一个经济合作的清单：中国在石油、天然气领域有一些成就，双方可以合作；法国阿尔斯通公司帮中国建造年发电量为60万千瓦的热电站的项目应加速进行；还有航空领域的合作；彩色电视设备、电讯器材等方面的合作等等。

双方特别谈到了怎么样才能达到贸易平衡问题。

邓小平说，中国现在还是一个发展中国家，就我们经济建设来讲，我们希望从一些发达国家购买更多的技术、产品，但我们自己受支付能力和条件的限制。这是我们两国间经济交流存在的一个现实问题。

他强调，这是"暂时现象，我们同法国发展经济关系的原则是同等优先"，就是说，在同其它国家同等条件下，我们首先考虑法国，这也是出于政治上考虑的。

希拉克还提出，双方是否可以建立一个每年进行磋商的工作方法，由两国外长加上外交部或其他部的有关技术人员参加，共同讨论三个方面的问题：两国政治关系和国际问题；两国经济交流；文化、科技交流定期交换意见，每年一次，北京和巴黎轮流举行。

邓小平原则上表示同意，他认为，应该把政治和经济分开，经济上可用国际上常用的混合委员会；政治上采取不定期磋商的办法。

最后双方同意：在经济方面成立一个经济混合委员会，每年开一次会，一次在巴黎，一次在北京讨论两国经济交流问题，中法双方各派一名司长参加。

两国外长的政治会晤，可根据需要不定期举行。

关于文化、科技、经济方面的交流问题，双方也基本取得一致。

接着双方就欧洲问题,亚洲局势等国际问题交换了意见。

邓小平认为,现在世界不太平。欧洲如不能建立自己独立的防御能力总是危险的,美国一家的力量对付苏联不够,至少还要加上欧洲和日本的力量,不只美国保护欧洲,欧洲也保护了美国。美国必须认识到只有平等才能建立真正的伙伴关系。

希拉克强调法国要推动欧洲建设,使欧洲成为独立于两个超级大国的实体。

关于亚洲局势,邓小平特别讲到了中国的统一问题。他说,中国的统一问题,这是个民族问题,最终总要解决。

法国外长说,特别是台湾问题的解决,我们希望快一点。

邓小平接着说,我们跟美国人说了,要解决中美关系正常化的问题,有三条:废约、断交、撤军。没有这三条,我们不会同美国关系正常化。第二句话我们告诉他,如美国认为现在还不是时机,还需要台湾,我们可以等待。

会谈结束时,邓小平代表周恩来总理邀请希拉克总理在方便的时候到中国去访问。

5月12日晚上,法国总理希拉克和夫人在外交宫举行宴会,热烈欢迎邓小平。

宴会厅里灯火辉煌,希拉克总理和邓小平副总理先后在欢迎宴会上发表了讲话。

希拉克总理在讲话中说:"您选择了巴黎作为您对国外的首次正式访问,从而为我们的良好关系和中国对法国的关心提供了新的证据。副总理先生,请您相信,共和国总统瓦莱里·吉斯卡尔·德斯坦先生和法国政府都赞扬伟大中国人民的这一行动,他们充分认识到它的重要性,并对有这次机会就世界主要问题交换我们的看法和加强我们的合作感到高兴。

"您的来访和1973年9月乔治·蓬皮杜先生对中国的访问以及我们之间多次的正式访问,充分证明了我们关系的性质。我们的关系在最近十年中在经济、文化、科学和技术等各个方面都更加密切。大家也都知道,我们本着充分尊重我们彼此的主权精神,不论就双边问题,还是就当代世界动荡的变化所提出的重大政治问题,我们彼此都进行了对话。

"我认为,我们友好关系的这种卓越的发展表明了我们两国人民有着共同性的特点,这是经过痛苦教训之后对当氏世界的发展进行相同分析的结果。

"在我们看来,共同性的特点是一国人民的主要优点,这就是我们彼此都热爱民族独立,以经历挫折、辛酸和胜利的悠久历史中,我们两国都很早就完全成熟了。

它们拥有十分悠久的文化遗产,都为自己的历史而感到自豪。两国都理所当然地关心在国际生活中维护自己的特点。它们都懂得,它们不应该让任何国家,不管它多么强大,来决定自己的事务。因此,我们对一切涉及我们国防的事情要保持警惕。但是我们也知道,这种独立的愿望,即维护自己决定事务的能力的愿望,并不排除对协商和国际合作的关心,对于这些,我们彼此都是重视的。

"法国密切注视着现代中国的逐渐的然而是明显的复兴。它同情地注意到,中国是被中国人民的突飞猛进所解放的,而丝毫没有受到外部力量的影响。你们的革命也是这样,是在争取独立的斗争中经过长期的、耐心的准备的。本世纪末期是重新掌握了自己命运的中国的世纪。我们懂得这个事件的十分伟大的意义。自从中国改变了面貌和获得了它今天向我们表明的力量以来,世界再也不能象过去那样了。

"法国有信心地、坚持不懈地为欧洲的建设作出了努力,共和国总统瓦莱里·吉斯卡尔·德斯坦先生决心在欧洲统一的道路上前进,越过或缩小这些我们大陆至今还大量存在的昔日的'长城'。他还决心使欧洲成为自己的欧洲,使欧洲在同自己所肩负的历史职责相称的使命中面向世界,这一使命今天使欧洲道德面向已经取得独立但还在为自己的发展而继续进行斗争的国家。

"中华人民共和国多年来毫不含糊地对新欧洲的这种必要的和辛勤的建设表示了同情,对此,我们是感激的。我们今天在困难和面临考验的时刻重申我们的决心和信心。在这方面,我们已满意地注意到周恩来先生1973年9月11日对蓬皮杜先生所讲的充满好意的话。最后,我们对贵国政府最近决定向欧洲共同体指派一位大使感到高兴,因为它表明你们对这个伟大事业的重视。

"我们能够十分坦率地就以下问题交换看法的时候现在来到了:这些问题涉及各国人民的真正独立、穷国的发展和筹划新的国际经济关系,这种关系将是通过协商而不是通过冲突产生的,是从长远的和有助于和平的前景来考虑的,因此它将更为公平。"

希拉克总理最后说:"副总理先生,请允许我为毛泽东主席、为周恩来总理先生的健康,为副总理先生及陪同您访问的友好代表团,为我们两国关系的发展和法中两国人民的友谊而干杯!"

接着,邓小平在欢迎宴会上讲话。

他说:"你们对我们的热情接待体现了我们两国之间的友好关系。的确,自从1964年建立外交关系以来,中法两国关系的发展一直是令人满意的。我们的政治往来日益频繁。我们的经济、科技和文化交流也不断增加。1973年蓬皮杜总统对我国进行了正式访问,标志着两国关系的新发展。早已存在于两国人民之间的友谊也进一步得到加强。这里,我们自然而然地想到反法西斯侵略和维护法兰西民族独立的不屈战士戴高乐将军,因为正是他和毛泽东主席亲自奠定了我们两国关系的新的基础。我们也满意地看到,德斯坦总统和希拉克总理多次表示了发展两国关系的愿望,我要说,这也是中国的愿望,是我们双方共同的愿望。今天,我来到贵国,有机会同德斯坦总统和希拉克总理就双方共同关心的问题交换意见,探讨进一步加强我们之间的相互了解。

"展望两国关系的前景,我们是很有信心的,因为我们之间有许多共同点。我们两国都坚持不懈地捍卫和维护自己的独立,不允许别人对我们发号施令,为所欲为。尽管我们两国社会制度不同,对不少问题的立场和做法也不可能一致,但我们都不企图把自己的立场强加于对方,更不彼此求助于武力或武力威胁。所以,我们之间可以交朋友,我们的关系有着广阔的前景。我们认为,中法两国这种关系的发展,不但符合我们两国人民的利益,而且也符合世界人民的利益。

"中国是个发展中的社会主义国家。中国人民在以毛泽东主席为首的中国共产党的领导下,团结一致,正在为建设一个崭新的社会而艰苦奋斗。我们已经取得了一些成就,但是我们要走的路还很长,而且从经济方面来讲,我们国家原来的底子很薄,要使我们的工农业和科学技术赶上世界先进水平,还需要做长时间的努力。我们的方针是独立自主、自力更生,坚决走自己的道路。同时,我们愿意在平等互利的基础上同所有国家加强往来,学习别人有用的经验。"

谈到国际形势,邓小平指出:"当前总的国际形势是令人鼓舞的。世界在前进,人民在进步。全世界不愿受超级大国侵略、控制和干涉的国家都在为争取和维护民族独立而奋斗。超级大国内外交困,日子越来越不好过。许多事实表明,坚持正义斗争的小国可以打败侵略和欺负他们的超级大国。这种趋势今后还会继续发展。

"与此同时,我们也不能不看到,我们这个世界还很不安宁。超级大国利用各种手段争夺世界霸权,特别是在欧洲的争夺,越演越烈,使得战争的因素不断增长。这一点正在引起越来越多的人的关注。面临世界和欧洲的战争威胁主要来自何处,人们也是清楚的。经历了两次世界大战的欧洲人民希望和平与安全,中国人民对此完全能够理解。我们方面也希望有一个较有利的国际条件,以便进行我们的建设事业。但是,树欲静而风不止,事物的发展往往不以人的意志为转移,在争取较好的国际条件的同时,我们要对形势的突变作足够的估计,并且要做好切实准备,才能立于不败之地。"

邓小平高度评价了法国人民,他说:"法国人民是具有光荣传统的伟大人民。法国人民在本世纪内曾为抗击外来侵略进行了英勇不屈的斗争。法国人民深深知道,没有民族的独立,便没有人民的一切。当前,法国人民不屈服于外来压力,继续为捍卫民族独立作出努力。我们高兴地看到,法国政府坚持独立政策,加强独立防务,主张西欧联合。我们完全赞赏你们的这种立场,并祝你们在维护民族独立和加强西欧联合的事业中取得新的成绩。"

邓小平最后举杯,为法兰西共和国繁荣昌盛和人民幸福,为中法两国关系和两国人民友谊的不断发展,为德斯坦总统阁下的健康,为希拉克总理阁下和夫人的健康,为在座的所有法国朋友们的健康,干杯!

宴会自始至终充满了热烈友好的气氛。

9. 以法国人的方式会谈

法国总统德斯坦说,你过去在法国生活过,你对我们的生活方式、思想方式、讨论问题方式有所了解。

5月13日下午,邓小平到总统府和德斯坦总统进行了第一次会谈。

邓小平首先转达了毛泽东主席、朱德委员长、周恩来总理对德斯坦总统的问候,并邀请德斯坦总统在方便的时候到中国进行正式访问。

德斯坦总统表示感谢。

德斯坦总统对邓小平说,法国政府和人民非常高兴你来访问,不仅因为你从中国来,同时也因为你过去在法国生活过,你对我们的生活方式、思想方式、讨论问题的方式有所了解,当你在法国时,你的思想受到了革命的影响。我希望你这次在法国的逗留能引起你对过去法国生活的回忆。

德斯坦总统回顾历史上法国和中国的各种联系,并表示法国方面一向十分关心和尊重这种关系,尊重中国的文化和思想。法国一直十分重视中国在现代历史上所起的作用,中国人民本身表现出来的团结精神以及拥有的文化受人敬仰,中国领导人在政治上体现的思想都是法国人所感兴趣和经常要思考的。

会谈主要围绕着国际问题展开。

关于国际形势和美、苏的战略,德斯坦总统说,现在世界局势正在发生大的变化,这种变化以不同的形式影响着一些大国。现在美、苏之间似乎存在着战略平衡,总体上看美国仍比苏联强些。

德斯坦问到,中国经常提到近期内有发生冲突的危险的根据是什么?

邓小平说,人们都称中国人是"好战分子",说我们总是强调战争的危险性,其实我们仗打够了,我们打了几十年仗,我们也需要有利的国际环境来从事我们自己的建设事业,我们国内事情一大堆,很需要时间搞我们自己的事,发展我们国家。中国军队不会走出自己国门一步。你们没有发动战争的资格,你们不喜欢打仗,我们也没有发动战争的资格,我们也不喜欢打仗。

邓小平说,世界不安宁的根源来自两个超级大国争夺世界霸权。美国在全球战略上现在处于防御地位,苏联采取进攻的姿态。如果发生第三次世界大战,战争来自两个超级大国,主要来自苏联。从现在战略形势看,美国不敢打,苏联也没有完全准备好。

谈到欧洲问题和欧美关系,德斯坦总统表示,欧洲处于分裂状态,首先要实现政治上的统一,其次要实现防务方面的统一,法国希望同美建立平等的伙伴关系,但美国还是以超级大国自居,总要把决定强加于欧洲。

邓小平认为,欧洲在政治上、经济上的作用和力量,包括军事上的力量是不可忽视的。欧洲自己要团结起来,才能强大起来。美国和欧洲是互有需要,只有建立了平等伙伴关系才可靠。

邓小平对德斯坦总统不久前说过的法国需要一个独立的军事力量表示赞赏。

双方还就印度支那问题广泛交换了意见。

会谈进行了一个半小时。

邓小平和德斯坦总统的第二次会谈还是在总统府举行,于5月14日下午4点钟开始,历时75分钟。

这次会谈双方主要讨论了国际经济和能源,以及对发展中国家的援助问题。

邓小平说,总的讲,第三世界要求改变旧的经济秩序,建立一个合乎现在实际的新经济秩序,这是合理的。

这个立场在第六次联大特别会议上邓小平代表中国政府已经作了阐明。

邓小平非常欣赏法国主张用对话的方式同生产国解决能源问题的立场,并表示支持法国在这方面所作的努力。

说到对发展中国家的援助问题，德斯坦总统说，不少国家需要援助。有些国家国内没有原料，有些国家有原料，但需要投资，可以组织国际上对发展中国家的帮助。法国认为，这种援助很重要，要利用各种机会，多种途径。可以是双边的，也可以是地区性的，多种方式应同时使用。

邓小平表示，中国力量有限，但尽我们的所能帮助他们，我们在进行数量不多的援助时，不附带任何条件，有的是无偿的。包括资金物资、设备，其中有一部分名曰贷款，但坦率地说，我们并不指望偿还。这就是我们宁愿采取双边办法而不采取多边办法的理由之一。我们知道这种援助方式对你们不能适用。

会谈结束时，德斯坦总统请邓小平转达对毛泽东主席的敬意，他说，我没有见过毛主席，我本人对他的思想及其对中国的领导才干非常钦佩，希望在下次访问时能见到他。

双方一致认为这次接触和交换意见，对发展两国关系极为有益。

5月14日晚上，法兰西共和国总统瓦莱里·吉斯卡尔·德斯坦在总统府举行宴会，招待邓小平。

法国总理雅克·希拉克，国务部长兼内政部长米歇尔·波尼亚托夫斯基，外交部长让·索瓦尼亚格，商业和手工业部长樊尚·昂斯凯，大学国务秘书弗朗瓦兹·吉鲁夫人出席宴会。

国民议会议长埃德加·富尔，总统府秘书长克洛德·皮埃尔·布罗索莱特，参议员、参议院法中友好小组主席加斯东·庞斯，国民议会议员、国民议会法中友好小组主席安德烈·贝当古，国民议会议员、前总理雅克·沙邦·戴尔马，前部长阿兰·佩雷菲特，外交部秘书长乔弗鲁瓦·德古塞尔，法国前驻中国大使艾蒂安·马纳克，法国驻中国大使克洛德·阿尔诺以及法国经济、文化、新闻等方面著名人士也出席了这次宴会。

宴会充满着热烈友好的气氛。

德斯坦总统和邓小平副总理先后在宴会上讲话。

德斯坦总统在讲话中，对邓小平副总理正式访问法国表示热烈欢迎。他说："这次访问特别表明了法中关系是非常良好的，同时也突出表明了在当前形势下的重大历史意义，另一方面又表明了对世界问题的一定的看法。"

德斯坦总统回顾了中法两国对话的发展历程，说："这种对话，就是十一年前戴高乐将军和毛泽东主席决定建立我们的外交关系而恢复的传统的对话。这个决定为我们从那时候起的多次接近开辟了道路。"

中华人民共和国刚刚成立时,法国等西方国家在美国的操纵下,对中国采取一种敌视、孤立和封锁的政策。1958 年法国成立第五共和国,戴高乐将军重新执政。他奉行独立自主的政策,希望改善同中国的关系,中国方面也有相同的愿望。但法国有些人希望中国先停止对阿尔及利亚独立斗争的支持,因为法国正在与阿尔及利亚进行殖民战争。1961 年法国参议员密特朗访华时表示,中法建交必须在阿尔及利亚问题解决之后。中国方面表示:我们对中法建交可以等待,但我们对阿尔及利亚人民在政治、经济和军事上的支持,将一直持续到他们的独立斗争取得最后胜利为止。1962 年 2 月,法国同阿尔及利亚签署了《埃维昂协议》,结束了阿尔及利亚战争,为中法关系的发展扫除了一个障碍。

1963 年 10 月,戴高乐将军授权法国前总理富尔携带他的一封亲笔信前来中国,代表他同中国领导商谈两国关系问题。法国方面表示:像中法这样两个大国的领导人现在还不能进行会谈是不正常的;现在如果中国愿意同法国谈判建交法国将不管别的国家的意见,独立自主作出决定。中国方面也阐述了自己的意志和观点,强调了中法之间的共同点。双方都认为中法建交的时机已经成熟。

在双方就法国承认中华人民共和国政府是中国的唯一合法政府达成默契的情况下,同意中法先宣布建交从而导致法国同台湾断交的方案。

经过双方代表在瑞士就建交的具体事宜进行谈判,两国终于 1964 年 1 月 27 日发表联合公报,宣布建立外交关系。法国是西方大国中第一个同中国建立正式外交关系的国家,这是中国加强同西欧各国联系的第一步,也是对美国孤立中国政策的沉重打击。

德斯坦总统接着说:"副总理先生,请允许我表示相信,您和您周围的高级人士的访问在这方面标志着一个新的阶段,并将使我们能够为法中友谊开辟新的道路。

"我们欢迎您,您是一个对国际稳定作出了主要贡献的十分伟大的民族的代表。因此,法国接待中国代表时不能不讨论当代的重大问题。

"中国和法国共同性的东西是相当基本的,在许多情况下,它们有同样的反应,寻求同样问题的解决办法,而且尽管通过不同的途径而得出同样的结论。

"法国和中国首先由于拥有数千年可歌可泣的悠久民族历史而已经懂得:一国人民只要不自暴自弃,那么任何势力都不能长期迫使他们放弃掌握自己的命运。因此,在他们看来,一代人以来世界上出现的民族解放运动是符合历史方向和人类尊严的。"

他强调指出:"法国和中国彼此都积累了国际生活的长期经验。他们知道,一个国家依赖别国来维护自己的安全,是不可能不得到恶果的;如果说联盟经常是必要的,那么什么东西也不能代替一个国家自己确保防务和自己的自由和未来创造条件的运动,是符合世界平衡的要求的,因而也是符合和平的要求的。法国正是本着这种精神决心继续积极从事欧洲的联合。它为中国关心欧洲的联合和最近作出同九同共同体建立正常关系的决定所表示的这种关心感到高兴。"

邓小平副总理在讲话中对德斯坦总统的热情款待表示诚挚的谢意。他说:"11年前,我们两国在戴高乐将军和毛泽东主席的亲自关怀下建立了外交关系,在中法关系史上开辟了新的一页。事实证明,我们两国的建交不仅符合我们两国人民的利益,也是符合我们这个时代的历史潮流的。1973年蓬皮杜总统正式访问了我国,对此,我们仍然记忆犹新。我在这里还必须提到,一年多来,德斯坦总统为推动两国关系的发展作出了新的努力。同样,我愿意告诉总统阁下,毛泽东主席十分关心中法两国关系的发展。我相信,通过双方的共同努力,两国关系一定会得到进一步的加强。

"中法两国社会制度不同,但是我们都愿意在相互尊重主权和领土完整、互不侵犯、互不干涉内政、平等互利、和平共处五项原则的基础上发展两国关系。在国际上,我们都反对超级大国垄断世界事务。德斯坦总统曾经说过,要坚持法国政策的独立性,要维护'对大国而言的作出决定的主权'。我们赞赏总统先生的这个决心。中国政府一贯主张,国家不论大小,都应一律平等。各国的事情应由各国人民自己来管,任何国家都无权对别国进行侵略、控制和干涉。如果世界上所有的国家在彼此的关系中都能遵循这个原则,这个世界就安宁得多了。但是不幸的是,世界人民所面临的现实却完全是另一个样子。当今不是天下太平,而是天下大乱。如果形象地说,就是我们这个地球有病。现在有那么一两个国家,它们总是要干涉别人的独立,实行强权政治和霸权主义。它们为了争霸世界,正在进行激烈的争夺,从欧洲、地中海、中东、波斯湾到印度洋、亚洲甚至太平洋,它们争夺到那里,那里就不得安宁。而欧洲则是它们争夺的重点。现在,谁都知道,那个把和平与安全的调子唱得最高的人,正是把它的军事威胁露骨地强加到世界人民、特别是欧洲人民身上的人。超级大国这样争夺下去,总有一天要导致战争。对这个严峻的现实,我们不能不予正视,否则要吃亏。我们相信法国人民、欧洲人民是不会忘记这种历史教训的。

"但是,我们并不因此而感到悲观。世界总是走向进步,走向光明的。我们对世界前途满怀信心。超级大国正在衰落,而且还要进一步衰落下去,因为它们脱离本国人民,欺负其他国家。世界人民的正义斗争正在风起云涌。国家要独立、民族要解放、人民要革命,已成为不可抗拒的历史潮流。西欧人民也日益清楚地看到摆在他们面前的现实情况。他们要求加强联合的呼声日益增高。正如你们所知道的,中国是坚决支持西欧联合的。我们认为,西欧国家为维护独立和保证自己的安全,在联合的道路上不断取得进展,这有利于世界局势朝好的方向发展,任何人如果不是对西欧抱有不可告人的目的,就不必害怕西欧的联合。我们高兴地看到,法国政府在吉斯卡尔·德斯坦总统的领导下,继续为推动西欧联合作出了自己的努力。法国和欧洲人民可以相信,在他们维护独立和加强联合事业中,总是能够得到中国人民的支持的。正是根据这种精神,最近中国政府同欧洲经济共同体建立了关系。我们希望联合的欧洲将在世界事务中发挥更积极的作用。"

邓小平最后说:"中国是一个发展中的社会主义国家,属于第三世界。中国人民正在努力把中国的事情办好。按照毛主席的教导,我们的方针是'深挖洞、广积粮、不称霸'。'深挖洞'是为了防御;很明显,地道不管挖多深,侵犯不到别的国家;'广积粮'是为了备战备荒;'不称霸'是我们的一个根本原则。中国还是个发展中国家,没有资格当超级大国,就是将来强大了,也不当超级大国。想当超人一等、到处横行霸道的超级大国,就是把自己置于世界人民和绝大多数国家的对立面,就是自掘坟墓。我们要教育我们的子孙后代永远记住这一点。"

10. "向里昂人民致敬"

旧地重游,邓小平用法语说:"中法人民友谊万岁!"

5 月 15 日,邓小平在法国国务部长兼内政部长米歇尔·波尼亚托夫斯基的陪同下,乘飞机离开巴黎前往法国著名的工业城市里昂进行友好访问。

里昂市有着两千多年的历史。早在 16 世纪,中国和里昂通过著名的丝绸之路,就有了往来。最近 20 多年,中国同里昂的友好往来日益增多,中国曾参加过著名的里昂国际博览会,里昂也曾接待过中国文艺、体育团体和中国考察团的访问。

邓小平对里昂并不陌生。

50 年前的春天,邓小平曾作为中共旅欧支部的特派员被派往里昂地区工作,

35

先后担任宣传部副主任、青年团里昂支部训练干事,并兼任党的里昂小组书记,成为中共旅欧支部在里昂的党团地方组织的领导人。在这里,他曾领导旅欧勤工俭学学生的革命斗争。当时可以说是"不受欢迎的人"。

今天,邓小平来到里昂访问,受到了里昂人民的热烈欢迎。

邓小平在机场受到了罗纳－阿尔卑斯区区长、罗纳省省长皮埃尔·杜埃伊、里昂市市长路易·普拉代尔和罗纳－阿尔卑斯区、罗纳省以及里昂市其他负责人的迎接。

里昂市市长路易·普拉代尔在市政厅为邓小平访问里昂举行了盛大的招待会。路易·普拉代尔市长在招待会上致欢迎词,对邓小平的访问表示热烈欢迎。

邓小平在答词中,请里昂市长转达中国人民对里昂市人民的敬意和友好问候。并在留言簿上写道:"向里昂人民致敬!"

招待会后,邓小平在米歇尔·波尼亚托夫斯基部长的陪同下前往罗纳省省政府。皮埃尔·杜埃伊省省长在省政府举行午宴,招待邓小平一行。

波尼亚托夫斯基部长和邓小平副总理在友好的气氛中先后祝酒,祝愿两国之间良好关系不断发展、两国人民之间传统友谊日益增强。

邓小平还用法语说:"中法人民友谊万岁!"

11. 成立中法混合委员会

邓小平副总理一行几天的访问取得圆满的成功,中法决定成立混合委员会以推进两国经济和贸易关系的进一步发展。

5月16日晚邓小平举行答谢宴会,招待法国总理希拉克。

邓小平和希拉克先后在宴会上发表讲话。

邓小平在讲话中,首先对德斯坦总统和希拉克总理,以及法国各界人民的友好接待,表示诚挚的谢意。

他说:"几天来,我同总统阁下和总理阁下在友好的气氛中就双方共同关心的国际问题和两国关系问题进行了广泛、深入的会谈。诚然,由于社会制度不同,所处的地位也不同,在不少的问题上,我们两国不可能都采取完全一致的立场和做法。但是,通过这次会谈,我们发现,我们之间的共同点和相似点比我们过去所了解的要多。在今天这个动荡的世界里,需要我们共同努力的事情还很多。因此,我们毫不怀疑,我们两国关系有着广阔发展的前景。

"在会谈中,我荣幸地代表朱德委员长和周恩来总理邀请吉斯卡尔·德斯坦总统访问中国,同时代表周恩来总理邀请雅克·希拉克总理在适当的时候访华。我们非常高兴,总统阁下和总理阁下都接受了邀请。我们双方还商定今后两国外长将根据需要进行政治磋商。同时我们决定成立混合委员会以推进两国经济和贸易关系的进一步发展。"

邓小平的这次访问,解决了多年悬而未决的法航西线直飞北京的问题,使中国到巴黎一天内即可往返,比以往节约了两个半小时。1978 年邓小平在会见巴黎市长希拉克时深情地说,你那个巴黎我还想去,你们巴黎比纽约好得多。纽约顶多住三天,巴黎住 3 个月都可以。

17 日下午 1 点半,邓小平由希拉克总理和外长索瓦尼亚格陪同,离开马里尼宾馆,乘车前往奥利机场。机场上挂着中国国旗和法国国旗。在机场贵宾室稍事休息后,邓小平通过铺往专机旁的红地毯走向专机。邓小平同希拉克总理和索瓦尼亚格外长热烈握手告辞。邓小平登上专机后向欢送的人们频频招手告别。

邓小平 5 月 17 日下午离开法国时,在专机上致电德斯坦总统和希拉克总理,感谢法国政府和法国人民所给予的热情友好接待。电报全文如下:

巴黎

法兰西共和国总统瓦莱里·吉斯卡尔·德斯坦先生阁下

总统阁下,

在我离开贵国的时候,我谨再一次向总统阁下,并通过阁下向法国人民表示深切的谢意,感谢阁下和法国人民在我访问法国期间所给予的热情友好的接待。我很高兴有机会同总统阁下就共同关心的国际问题和两国关系问题进行了深入的、富有成果的会谈。我相信,中法两国的良好关系必将得到进一步发展。

祝法国人民繁荣昌盛。

中华人民共和国国务院副总理

邓小平

1975 年 5 月 17 日

巴黎

法兰西共和国总理雅克·希拉克先生阁下

总理阁下，

在我离开贵国的时候，我谨再一次向阁下和贵国政府表示深切的谢意，并请阁下转达我和我的同事们对热情接待我们的所有法国人士和工作人员的诚挚谢意。

中华人民共和国国务院副总理

邓小平

1975 年 5 月 17 日

5 月 18 日上午，邓小平乘专机回到北京。

12. 友好的声音

法国舆论对邓小平的访问反映强烈，一些组织欢迎邓小平的来访，强调此次访问对促进两国人民的友谊，对付两个超级大国的霸权主义的重要性。希拉克总理说："法国人和中国人都拒绝接受两个超级大国的霸权主义"，"邓小平先生的访问对欧洲来说是个积极的因素"。

法国报纸就邓小平副总理正式访问法国，连日来发表文章和评论，强调中法之间存在的良好关系和两国人民不断发展的友谊以及邓副总理这次访问的重要性。

《世界报》5 月 17 日发表了题为《友谊的长征》的文章。文章说："1973 年 9 月 14 日蓬皮杜总统曾在北京举杯祝愿法中之间的关系是一种友谊的'长征'。不到两年后的今天，邓小平副总理对巴黎的访问是向前迈了新的一步。应当把这次访问看作是中法关系中的一个重大事件，同 1973 年总统的访问同等重要。"

法新社 5 月 10 日在一条消息中引用法国总理发言人的谈话时强调指出："法国政府十分重视这次访问，是由于法中之间的关系和邓先生本人。他做出了有意义的行动，这就是他选择了法国来进行他以副总理身份对国外的首次正式访问"。

《费加罗报》有 5 月 12 日强调指出，从 1964 年戴高乐将军决定同中国建立外交关系以来，法中关系"总的来说一直很好"，而且"经济方面的交流在不断发展"。这家报纸说："尽管两种制度截然不同，长期以来，法中之间却有着广泛的了解。这种互相了解的基础是民族独立、国防独立的原则和这些原则所带来的必然的结果。"

《法兰西晚报》5月14日刊载的一篇文章说:"法国人是理解中国的想法的。因此雅克·希拉克星期一(1975年5月12日)曾多次强调,中国和法国决心不让任何人,不管他有多大力量,来决定它们的事务。"

法中友好协会、《红色人道报》、法国马克思列宁主义共产党和法国革命共产党(马克思列宁主义)分别举行集会并发表声明,欢迎中华人民共和国国务院副总理邓小平正式访问法国。

法中友好协会5月15日晚上在巴黎举行了欢迎集会。法国各界人士近两千人出席了集会。会场上悬挂着:"欢迎邓小平副总理","法中两国人民友谊万岁"等横幅标语。集会由法中友协主席团成员伊雷娜·德利普科夫斯基主持。主席团执行副主席雷吉斯·贝热龙和协会全国委员会委员埃莱娜·马纪樵等人在会上讲话,他们热情赞扬中国人民在建设社会主义和外交方面所取得的胜利,赞扬中国人民支持法国人民为维护国家独立所进行的斗争,祝愿法中两国人民之间的友谊不断发展。法中友协名誉主席莫里斯·博蒙,招待主席夏尔·贝特兰和协会其他领导人员出席了集会。

《红色人道报》11日在巴黎举行了群众欢迎集会,一千多名劳动者参加了这次集会。《红色人道报》政治领导人雅克·儒尔盖在会上发表讲话说,"法中之间关系的改善和发展能够有效地巩固法国的独立"。

他强调,"在谴责两个超级大国是世界人民的主要敌人的时候,我们认为,在西欧,苏联社会主义帝国主义是当前的主要危险。""我们要联合一切可以联合的力量,对付两个超级大国的霸权主义和军事行动。"

法国马克思列宁主义共产党中央委员会政治局11日发表声明说,"法国和西欧属于这样一个世界,它们在各方面都受两个超级大国控制和威胁";"法、中两国是在美国和苏联两个超级大国日益加紧准备发动第三次世界大战的时候进行会晤和会谈的,而欧洲将是这次大战的争夺对象";"欧洲、特别是法国,在各方面加强同伟大的中华人民共和国和整个第三世界的关系,能够大地改善他们的防御和抵抗各种形式侵略的条件。"

《红色阵线》5月8日刊载的法国革命共产党(马克思列宁主义)政治局的声明说,"中华人民共和国在第三世界的地位,她在第三世界组成对抗帝国主义、社会帝国主义和霸权主义的政治力量中所发挥的作用,她对进行反帝斗争的各国人民的坚定和始终不渝的支持,是中国对世界革命发展的贡献。"

声明说,"今天,人民中国越来越激起我国群众对社会主义的兴趣和热情。面对苏联资本主义复辟的悲剧,中国人民在中国共产党的领导之下,表明他们能够胜利地反对修正主义和反对资本主义的复辟,表明群众的力量和热情可以把社会主义建设推向前进,并加强无产阶级专政。"

希拉克总理在欢送邓小平离开巴黎回国之后,在回答记者们提出的问题时,概括地谈了邓小平副总理同德斯坦总统以及同他之间的会谈。他说:"法中关系很好,尽管社会结构不同,我们都尊重国家独立的原则,我们都希望有这样一个环境,在这个环境中有公平,也有工业国和不发达国家之间,或者照中国的说法,第二世界和第三世界之间的关系方面的新秩序。在这个问题上我们有相当广泛的意见一致。"

希拉克总理然后强调指出,"法国人和中国人都拒绝接受两个超级大国的霸权"。他还说:"法国和中国在外交上都拒绝集团政策,我们满意地看了中国支持欧洲建设,这种支持最近具体地表现在向布鲁塞尔派遣一个中国代表这件事上。""我们都希望有一个更团结一致、更富饶和更有组织的欧洲。因此,我们有共同的看法,邓小平先生的访问对欧洲来说是个积极的因素。"

希拉克总理宣布,明年,瓦莱里·吉斯卡尔·德斯坦总统和他本人将去中国访问。

在谈到中国和法国的双边关系时,希拉克说:"我们决定扩大法中经济关系,并且决定每年在有必要的时后在我的朋友外交部长让·索瓦尼亚格那一级进行协商。"

第二章

1. 赴莫斯科学习

我来莫的时候,便已打定主意,更坚决地把我的身子交给我们的党,交给本阶级。从此以后,我愿意绝对地受党的训练,听党的指挥,始终为无产阶级的利益而争斗,始终为无产阶级的利益而争斗。

1926 年 1 月 7 日,邓小平和傅钟、邓绍圣等人受党的指派,乘火车离开法国,前往十月社会主义革命的故乡——苏联。

早在 1925 年 5 月中共旅欧支部就决定组织一批人到莫斯科学习,当时仍叫邓希贤的邓小平也在其中。

1925 年 11 月 18 日,在法国勤工俭学时加入中国共产党,1923 年赴莫斯科的袁庆云给傅钟等人写信说:"准备在最近的期间,候我们有信到,叫你们动身。便马上动身。"20 天以后,莫斯科方面又给傅钟等人来信说:"11 月 18 日寄你们的信想已收到,关于邓希贤、刘明俨、傅钟、宗锡钧、徐树屏五人接到信后尽可能的速度动身前来。如宗锡钧不能来,即以李俊杰补充之。必须来此的理由前函已说明,站在CP(Communist Party,即共产党)及革命的利益上必须即刻来此学习。"

1926 年 1 月 7 日,中国共产主义青年团旅欧支部执行委员会发出通告:"赴俄同志二十人,已决定今晚(1 月 7 日)由巴黎起程……他们大约不久可回到中国。同志们! 当我们的战士一队队赶赴前敌时,我们更当谨记着那'从早归国'的口号。"1 月 23 日,中国共产主义青年团旅欧支部负责人刘明俨写道:"1 月 7 日,此间有 21 个同志起程赴俄。"

邓小平在前往苏联途中曾在德国作过一宿停留。据他后来讲,在德国停留时住在一个老工人的家里,受到了德国工人阶级的热情接待。这位老工人把床铺让给他们,自己一家则睡在地板上。几十年以后,邓小平仍不忘这件事,称那是真正的无产阶级的同志式的热情接待。

1926年1月中旬,邓小平来到了苏联莫斯科,进入莫斯科东方大学,不久转入莫斯科中山大学学习。

莫斯科东方劳动者共产主义大学,创办于1921年,是为苏联东部地区民族和东方国家培训干部。1923年中共旅欧支部就曾派赵世炎、王若飞、陈延年、陈乔年、余立亚、高风、陈九鼎、王凌汉、郑超麟、袁庆云、王圭、熊雄等人进入东方大学学习。

孙中山改组国民党后,国共实现第一次合作。随着国内形势的发展,国共双方都迫切需要领导干部,这样原来东方大学的培训方法,就不能适应中国国内的需要。于是,1925年苏联又创办了"中山劳动大学",专门为中国革命培养人才,用马克思主义"培养中国共产主义群众运动的干部,培养中国革命的布尔什维克干部"。

邓小平一到中山大学,便精神饱满地投入到学习当中。

中山大学开设的课程,注重对革命理论和实践的讲授,注重对国际共产主义运动中经验教训的总结。

学生进校以后,首先要学习俄语,第一学期俄语学习时间特别长,每周六天,每天四小时。中山大学的必修课为:政治经济学、历史、现代世界观问题、俄国革命的理论与实践、民族与殖民地问题、中国的社会发展问题、语言学。具体的课程是:中国革命运动史、通史、社会发展史、哲学(辩证唯物主义与历史唯物主义)、政治经济学(以《资本论》为主)、经济地理、列宁主义。中山大学考虑到学生们回国后从事革命斗争的实际需要,还开设了一门重要课程——军事课,对学生讲授军事理论,进行军事训练。

除此之外,共产国际、苏联共产党、中国共产党驻共产国际代表团的负责人,都经常到中山大学,就国际共产主义和中国革命中的一些重大问题进行讲演。使学生们受到许多深刻的马克思主义教育,进一步加深了对书本知识的理解。

中山大学的教学方法也别具一格,特别注重对学生的启发式教育和学生对理论知识的理解与掌握。

在教学中,由教授先讲课(用俄语,但有中文翻译);然后学生提问,教授解答;再由学生开讨论会,自由讨论;最后由教授作总结发言。教学基本单位是班(亦有人称为小组)。1926年初约有学生300余人,设有11个班,每班30人到40人不等。到 1927 年初,学生已超过 500 人。

在中山大学的学生中,既有著名的共产主义运动活动家、著名的学者、教授,也有已在国内上过高中、大学的青年,还有从基层推荐来的仅有小学文化程度的工农干部。针对这一情况,学校根据学生知识水平的差异,按照学生具体情况来分班。对文化较低的学生设有预备班,进行初级教育。对俄语程度较高的设有翻译速成班。邓小平文化水平属于中上,又有革命斗争的经历,被编到了人称"理论家班"的第七班。这个班里云集了当时在校的国共两党的重要学员,中共方面有邓小平、傅钟、李卓然等;国民党方面则有谷正纲、谷正鼎、邓文仪,还有汪精卫的侄儿和秘书、于右任的女婿屈武等等。按邓小平的说法,就是共产党和国民党的尖子人物都在一个班,因此这个班很有名。

中山大学的学生徐君虎后来回忆说:"第一期学员共有六百多人。我和蒋经国同班,而且分在同一个团小组,我们的团小组长就是邓小平。邓小平、蒋经国个头都不高,站队时常肩并着肩。邓小平比我们都大,经验也远比我们丰富。1920 年12 月,邓小平刚 16 岁就去法国勤工俭学,1925 年即已成为中共旅法支部负责人,因遭法国政府迫害于 1926 年 1 月与傅钟、任卓宣(即叶青,曾任中共旅法支部书记,大革命失败后叛变,并出任国民党中央宣传部副部长,1990 年病逝于台湾),从巴黎到柏林,又从柏林来到莫斯科。在学校里,他们三人脖子上都围着蓝白道的大围巾,但个性各异:邓小平爽朗活泼、爱说爱笑,富有组织才能和表达才能;傅钟老成持重,不爱言谈;任卓宣像个书呆子。我、左权、赵可夫等初到莫斯科,觉得一切都是那么新鲜、有趣,尽管天寒地冻,饭后总爱到学校对面的广场、公园和莫斯科河畔去散步,领略异国风光,边散步边聊天,尤其是听邓小平讲在法国勤工俭学和那些惊心动魄、带有传奇色彩的革命斗争故事,更是别有情趣。有一次,蒋经国和我问邓小平:你干嘛老围着一条大围巾呢? 邓小平说:在法国留学的中国学生常去当清洁工,尤其是捡马粪,因为在法国捡马粪挣钱多,干一天能搞足一个星期的开销,最划得来,法国的清洁工都围那么一条围巾。我和蒋经国这才明白:邓小平他们为当过清洁工而自豪。"

在中山大学内部,存在着复杂的情况。当时,苏联共产党内路线斗争十分激烈,各方面都在中山大学发表演讲,介绍自己的主张,争取学生的支持。

随着国内阶级斗争的发展,国民党竭力破坏国内的革命统一战线,随时有可能背叛革命。在中山大学中,由国民党派来的学生也产生了严重的分化。有的站在国民党左派一边,有的站在国民党右派一边。共产党员学生和国民党右派学生之间,经常发生激烈的辩论和斗争。

当时中山大学设有中共党支部,书记是傅钟,邓小平是第七班的党组组长。

每一个共产党员学生,都要在党组织内,过严格的组织生活。在中山大学中共党支部的一份《党员批评计划案》中,记载了 1926 年 6 月 16 日中共党组织对邓小平的评价:

姓名:邓希贤

俄文名:多佐罗夫

学生证号码:233

党的工作:本班党组组长

一切行动是否合于党员的身份:一切行动合于党员的身份,无非党的倾向

守纪律否:守纪律

对于党的实际问题及其他一般政治问题的了解和兴趣如何,在组会中是否积极的或是消极的提议各种问题讨论,是否激动同志们讨论一切问题:对党中的纪律问题甚为注意,对一般政治问题亦很关心且有相当的认识,在组会中亦能积极参加讨论各种问题,且能激动同志讨论各种问题

出席党的大会和组会与否:从无缺席

党指定的工作是否执行:能切实执行

对同志们的关系如何:密切

对功课有无兴趣:很有兴趣

能否为别人的榜样:努力学习可以影响他人

党的进步方面:对党的认识很有进步、无非党的倾向、能在团员中树立党的影响

在国民党中是否消灭党的面目:未

在国民党中是否能适合实行党的意见:能

做什么工作是最适合的:能做宣传及组织工作

这份党组织的鉴定,是研究邓小平早年思想和工作情况的一份重要文献。反映了邓小平在中山大学时的基本情况,具有重要的史料价值。

邓小平在法国期间,就曾经认真阅读过一些马克思主义的重要著作,他所在的中国社会主义青年团旅欧支部,极为重视组织团员学习马克思主义理论,每周都要组织一次学习马克思主义的讨论会,以加深团员对马克思主义的理解,这些学习和讨论,奠定了邓小平的马克思主义基础知识。在中山大学,邓小平得以有机会认真

地、全面地接受马克思主义的系统教育,并了解了许多国际共运、联共党内和中国国内的基本情况,使他的理论水平和对中国革命的认识,都大大提高了。

邓小平在莫斯科中山大学的一份自传中写道:"我过去在西欧团体工作时,每每感觉到能力的不足,以致往往发生错误,因此我便早有来俄学习的决心,不过因为经济的困难使我不能如愿以偿。现在我来此了,便要开始学习活动能力的工作。

"我更感觉到而且大家都感觉到我对于共产主义的研究太粗浅。列宁说:'没有革命的理论便没有革命的行动;要有革命的行动,才能证验出革命的理论。'由此可知革命的理论对于我们共产主义者是必须。所以,我能留俄一天,便要努力研究一天,务使自己对于共产主义有一个相当的认识。

"我还觉得我们东方的青年,自由意志颇为浓厚而且思想行动亦难系统化,这实于我们将来的工作大有妨碍。所以,我来俄的志愿,尤其是要来受铁的纪律的训练,共产主义的洗礼,使我的思想行动都成为一贯的共产主义化。

"我来莫的时候,便已打定主意,更坚决地把我的身子交给我们的党,交给本阶级。从此以后,我愿意绝对地受党的训练,听党的指挥,始终为无产阶级的利益而争斗。"

邓小平在莫斯科中山大学学习了一年。他专心读书,认真钻研马克思列宁主义理论,受到了系统地马克思列宁主义理论教育。他积极参加党组织的活动和学校组织的各项政治活动,在政治上、思想上、组织上,都得到了很大锻炼和提高。这一年的学习,奠定了他以后从事革命领导工作所必需的深厚的马克思列宁主义理论的基础,使他一生中都受益很大。

值得一提的是邓小平在莫斯科中山大学学习期间,结识了年轻的女共产党员张锡瑗。

张锡瑗是河北省房山良乡(今属北京市)人。1907 年生于中国的一个铁路工人家庭。1924 年在直隶第二女子师范学习时加入中国共产主义青年团。1925 年在北京参加中国共产党后被党组织选派送往莫斯科中山大学学习。18 岁的张锡瑗人很漂亮,热情活泼,在这里认识了邓小平,两人成了同学,虽不同班,但平时接触比较多,彼此印象也很深。1927 年秋,张锡瑗奉命回国,途经蒙古时,大革命已经失败了。受党指派,她在保定参加领导了一次铁路工作的罢工运动。之后,辗转来到了武汉,在党中央秘书处工作。在这里她意外地遇到在武汉党中央担任中央秘书的邓小平,恋情也就自然而然地发展。1928 年他们随党中央机关一起搬到上海,结成夫妇。邓小平任党中央秘书长,张锡瑗在他领导下工作。1930 年张锡瑗因得产褥热病逝,邓小平十分悲痛。许多年以后,他还深情地对他的子女说:"张锡瑗是少有的漂亮。"

2. 苏共二十大风波

赫鲁晓夫说:这个人可厉害,我跟他打过交道。1956 年是他来了,你可别看他个子低一点,他的智慧思想水平很高。

1956 年 2 月,苏共中央决定于 2 月 14 日至 25 日召开苏共第二十次代表大会,并邀请中国共产党派团列席。

2 月 5 日夜,毛泽东召集周恩来、陈云、邓小平、彭真、王稼祥、谭震林等人开会,研究中共中央派代表团参加苏共二十大等问题。

2 月 9 日中共中央通过新华社宣布:应苏共中央委员会的邀请,中共中央决定派遣以中共中央政治局委员、书记处书记朱德为团长的代表团,赴苏联参加即将举行的苏联共产党第二十次全国代表大会。代表团成员有:中共中央政治局委员邓小平、中共中央委员谭震林、王稼祥和候补中央委员刘晓。

此时朱德和刘晓已在莫斯科。

朱德在 1955 年 12 月率中共中央代表团和中华人民共和国代表团,应邀去罗马尼亚人民共和国、捷克斯洛伐克共和国、波兰人民共和国、苏维埃社会主义共和国联盟、蒙古人民共和国进行友好访问。2 月 4 日率中华人民共和国代表团抵达莫斯科,开始参观访问。

刘晓,时任中华人民共和国驻苏大使。

就在新华社发布消息的时候,邓小平和谭震林、王稼祥以及随行人员于 2 月 9 日离开北京赴莫斯科,并于两天后抵达。

邓小平是 1952 年 7 月从中共中央西南局第一书记的任上调到中央,担任政务院副总理兼财政经济委员会副主任,后又兼任政务院交通办公室主任和财政部部长。1954 年后任中共中央秘书长、组织部部长、国务院副总理、国防委员会副主席。特别是在 1955 年反对高岗、饶漱石阴谋分裂党、篡夺党和国家最高权力的斗争中,作出了重要的贡献,深得毛泽东的信任。1955 年 4 月,在中共七届五中全会上被增选为中央政治局委员,参加筹备中国共产党第八次全国代表大会,并主持修改八大党章的报告。此时,邓小平在中国共产党党内的地位已经上升至毛泽东、刘少奇、周恩来、朱德、陈云之后。

抵达莫斯科的第二天,邓小平同谭震林、王稼祥及随行人员开始在莫斯科参观访问,他们首先参观了苏联农业展览馆及和平利用原子能展览会。邓小平在参观后题词:"在这里我们看到了苏联的高度科学技术成就。"

当晚 8 点,和朱德、谭震林、王稼祥等参观了莫斯科地下车站,并兴致勃勃地乘地下火车绕莫斯科环行一周。

这是邓小平第二次来到莫斯科,距他第一次离开莫斯科的时间正好 30 年。

30 年弹指一挥间。30 年前,邓小平回国投身于轰轰烈烈的大革命洪流。在血雨腥风的年代,他凭着坚定的共产主义信仰,坚持革命,视死如归。

大革命失败后,他担任党中央的秘书长,领导过广西百色和龙州起义,创建了红七军、红八军和拥有 20 多个县,100 多万人口的左右江革命根据地。

在中央苏区,由于执行了以毛泽东为代表的正确路线,受到了党的政治生活中的第一次错误处分。但他坚定信念、乐观豁达,相信党,并积极为党工作,主编红军总政治部机关报《红星报》。

长征途中邓小平再一次担任了党中央的秘书长,并参加了著名的遵义会议。

抗日战争爆发后,他和刘伯承一起率八路军 129 师深入敌后,浴血太行,创建了晋冀鲁豫抗日根据地,成为拥有 2400 万人口、30 万军队的全国最大的解放区。

解放战争期间,刘邓大军强渡黄河,千里跃进大别山,驰骋中原,领导了三大战役中规模最大的淮海战役,成为传唱不衰的佳话。后又率部进军大西南,清匪剿霸,并参加领导了西藏的和平解放工作,战功赫赫。

新中国成立后,邓小平担任中共中央西南局第一书记,领导开展土地改革,修建了成渝铁路,为大西南的建设作出了重要贡献。

而今,历经 30 年的艰辛和辉煌,邓小平又回到了自己当初学习和奋斗过的地方,曾经的革命青年已经成长为一位老练的政治家,一名身负国命的高级官员。

邓小平一行和先期抵达的朱德等人会合后,中共中央代表团便立即开始工作。本来应苏方邀请,朱德准备在《中苏友好同盟互助条约》签订 6 周年纪念日前夕的 2 月 12 日晚上作一次电视讲话,恰好邓小平等人的到来,朱德便将准备好的讲话稿请邓小平斟酌一下。邓小平看后认为,讲话稿总的内容是不错的,但提出了两点修改意见:第一,不能只讲苏方对中国的支持和帮助,支持和援助是相互的。第二,讲苏联对中国的援助时要注意分寸,不能夸大。特别是删去了原稿中苏联对中国人民"巨大的、全面的、系统的和无私的援助"中"巨大的"三个字。

2月14日苏共第二十次全国代表大会在克里姆林宫举行。中共中央代表团列席了大会。苏共中央第一书记赫鲁晓夫在会上作工作报告。这是一个公开报告,其中涉及到三个理论性的问题:即和平共处的对外政策;避免新世界大战的可能性;以及资本主义国家存在着和平过渡到社会主义的可能性问题。

中共中央代表团在讨论赫鲁晓夫报告时,邓小平对其中的有些提法表示异议。他说:把"和平过渡"作为国际工人运动的一个战略性问题提出来,违背了马列主义关于无产阶级暴力革命的理论。中共中央对赫鲁晓夫的工作报告也是有意见的,但为了不影响中苏两党的友好关系,中共中央发表了一篇社论,表示了支持态度,其中说到了和平竞赛和和平共处问题,但没有涉及和平过渡问题,则表明了中共方面对此的不同意见。这个问题后来成为中苏两党争论的焦点之一。

2月25日,苏共二十大闭幕。晚些时候苏共中央又秘密地召开了一次由苏共二十大全体代表参加的会议,赫鲁晓夫在事先未同各国共产党商量的情况下,作了一个《关于个人崇拜及其后果》的秘密报告,一笔抹杀了斯大林的伟大历史功绩,从而否定了苏联40年的光荣历史。

邓小平在回国后毛泽东召集的讨论苏共二十大赫鲁晓夫反斯大林的秘密报告的书记处会议上说:我们在会议期间没有听到反对斯大林的秘密报告。在会议闭幕的第二天下午,苏共中央联络部派人拿着报告到中共代表团住处,说受苏共中央的委托,有重要文件给中共代表团通报。当时代表团商量,朱总司令年纪大,由我们通报。实际上不是什么通报,而是由翻译念赫鲁晓夫的秘密报告。我们的翻译边看也边口译,念完苏方就拿走,只念了一遍。当时感觉报告很乱,无条理,就听到了一大堆关于斯大林破坏法制杀人、靠地球仪指挥战争、对战争毫无准备等等,还讲了一个南斯拉夫问题,其他政策性的错误无甚印象。当时我表示此事关系重大要报告中央,没有表态。随后我们就根据记得的内容电报中央了。

但是不久,苏方就将赫鲁晓夫秘密报告的记录稿复信本送交各国共产党一份。引起了社会主义阵营中极大的思想混乱。邓小平曾气愤地说:"斯大林是国际人物,这样对待他是胡来! 不能这样对待革命领袖斯大林!"没几天美国中央情报局在波兰找到了这个报告的翻印本并公诸于世,顿时轰动了全世界。

苏共二十大期间,苏共方面对中共中央代表团的态度是冷淡的,他们没有单独会见过中共代表团。对中共中央代表团团长朱德2月15日在大会上代表中国共产党和中国人民所作的祝词和中国国内发表的社论对他们的支持,也只是在同各国代表团礼节性会见时表示感谢,这和过去是大不一样的。特别是赫鲁晓夫的秘密报告这样重大的事,事前一点商量和通报都没有,这也是中苏两党关系中的第一次,由此,中苏两党的分歧亦见端倪。

3月1日,邓小平率代表团部分成员先行回国,随即就参加苏共二十大的情况向毛泽东和中央政治局作了汇报。中共中央政治局多次开会讨论赫鲁晓夫的秘密报告,邓小平在3月19日下午中央政治局的扩大会议上说:"二十大"闭幕大会是2月25日下午,很可能是正式会议闭幕后在晚上举行秘密会议,开得很仓促。在"二十大"会议上,只有米高扬几个人一般性地谈到个人崇拜,其他人没有涉及。但秘密报告似乎也不是完全没有准备的,如报告开头也讲到列宁是怎样讲的。报告主要是从斯大林个人性格方面讲的,但个人性格不能说明这么大的国家,这么大的党,在这么长的时期内犯的一系列的错误。

5天后,毛泽东又召集政治局扩大会议继续讨论秘密报告问题。会上毛泽东回顾了中国共产党和苏联共产党关系的历史,并说:苏共二十大反斯大林,对我们来讲的确是个突然袭击。但天要下雨,娘要嫁人,我们有什么办法呢?但赫鲁晓夫反斯大林,这样也有好处,打破"紧箍咒",破除迷信,帮助我们考虑问题。我们要做的是从苏联的错误中吸取教训。搞社会主义建设不一定完全按照苏联那一套公式,可以根据本国的具体情况,提出适合本国国情的方针、政策。

邓小平在会上讲到,斯大林搞个人崇拜的确是要不得的。当然不能把斯大林的所有错误都归结为个人崇拜。个人崇拜是错误的结果,而不是错误的原因。个人崇拜是个坏东西,我们党比较注意这个问题。我记得延安整风时就谈到过这个问题。毛主席讲领导方法时,特别强调群众路线,就是反对个人崇拜。我们党是有群众路线传统的。我党七大提倡批评和自我批评也是反对个人崇拜的。抗日战争中我们搞群众路线,集体领导,自我批评。毛主席1943年写的《关于领导方法的若干问题》,1948年写的《关于健全党委制的决定》,都是贯彻群众路线防止个人崇拜的重要文献。1949年,七届二中全会明确提出不突出个人,不祝寿,不以人名命名地方、街道、工厂等,都是有远见的、正确的。赫鲁晓夫报告中讲那时不能对斯大林提不同的意见,谁提不同的意见就保不住脑袋。这种说法难以服人。共产党人应当坚持真理,不坚持真理,阿谀逢迎,算什么共产党人。而且在党的最高领导机构——政治局里不能提不同的意见,这怎么行!怕死怎么行!赫鲁晓夫说怕丢脑袋,不能以此来原谅他们的错误。不能说错误都是斯大林的,没大家的份儿。功劳是大家的,没斯大林的份儿。这两个片面性都是不对的。

刘少奇和政治局的其他同志在会上也谈了自己的看法。

最后,会议决定要写一篇文章,说明中国共产党的观点,并决定由陈伯达执笔,新华社、中宣部加以协助。邓小平参与主持文章的讨论和修改。这就是4月5日《人民日报》发表的《关于无产阶级专政的历史经验》一文,文章指出:"斯大林是一个伟大的马克思列宁主义者,但也是一个犯了严重错误而不自觉其为错误的马克思列宁主义者。我们应当用历史的观点看斯大林,对于他正确的地方和错误的地方作出全面的适当的分析,从而吸取有益的教训。"

1956年,是国际共产主义运动史上的多事之秋。赫鲁晓夫全盘否定斯大林的做法,造成了社会主义阵营的思想混乱,1956年6月28日,波兰波兹南发生了工人罢工、上街游行示威事件,随后波兰的其他一些地方也开始发生骚乱。波兰事件发生后,引起了中国共产党的极大震动。10月22日晚,毛泽东在中南海住处召集中央政治局常委开会。中共八大后新组成的中央政治局常委成员有:毛泽东、刘少奇、周恩来、朱德、陈云和邓小平。参加会议的还有中央书记处书记彭真,中央书记处书记兼中央联络部部长王稼祥,中央书记处候补书记、毛泽东的政治秘书胡乔木。吴冷西、田家英也列席了会议。

会议主要讨论波兰事件以及由此引起的社会主义阵营中的一些问题。为了维护国际共产主义运动内部的团结,中共中央决定派代表团赴苏联莫斯科就波兰事件与苏共中央协调。

中央政治局常委会最后确定:刘少奇、邓小平率代表团赴莫斯科分别与波兰和苏联代表团会谈,任务是劝和。会谈要着重批评苏共的大国沙文主义,同时劝说波兰党顾全大局,巩固波苏友谊。

10月23日,刘少奇、邓小平、王稼祥和胡乔木、师哲乘坐苏联派来的专机赴莫斯科。代表团到达莫斯科后,赫鲁晓夫到中共代表团驻地与刘少奇、邓小平等就波兰问题交换意见。

邓小平在会谈中说:在斯大林后期,苏共对各国共产党有强加于人、使用压力的大国沙文主义错误,使社会主义国际关系处于一种不正常状态,这是波兰事件发生的根本原因之一。党与党、国与国之间的关系要有一个原则,必须承认国与国、党与党的独立平等原则。

讨论中,中共代表团严厉批评了苏联调动军队问题,指出使用武力干涉波兰是极其错误的。战争虽然没有真正打起来,但这也是一种非常严重的大国沙文主义的表现,是冒险的行动。

苏方代表说,波兰民族主义情绪,反苏情绪强烈,尤其是具有犹太血统的波兰人反苏更厉害。苏联曾经给波兰很大的援助,现在波兰不买账。

刘少奇和邓小平在会谈中严肃指出:苏联是最强大的社会主义国家,对其他社会主义国家进行帮助,是你们的义务,也是你们的功劳。你们应该胸怀宽大些,搞好与波兰的关系。

苏方代表还说,苏联在波兰驻军完全是为了保障苏联在民主德国驻军运输线的畅通,也是为了整个欧洲社会主义阵营的利益和安全。后来他们到华沙后也同意通过谈判,和平解决苏波分歧,并已下令驻波兰和民主德国的苏军部队撤回原来的驻地。

中方代表表示会尽最大的努力做好波兰同志的工作,希望波苏友谊不断得到加强,对此,苏方表示赞赏。

随后,中共代表团与以波兰统一工人党第一书记哥穆尔卡为首的波党代表团进行了会谈。中共代表团在会谈中首先表态支持波兰反对苏联干涉波兰党的事务。代表团团长刘少奇介绍了中共中央政治局曾严厉警告苏联不要武装干涉波兰的经过。

波方代表在会谈中列举了许多从未披露过的苏联欺负波兰的具体事实,并表示苏联过去把他们当作殖民地,剥削他们的资源、劳动力;苏联从德国拿到的战争赔偿,一分钱也不给波兰。还追溯到30年代苏联党如何清洗波兰党的情况,情绪比较激烈。邓小平后来给政治局汇报时称"波兰同志说到这些情况时,激动得有点像我国搞土地改革时贫雇农吐苦水"。

刘少奇、邓小平力劝波兰同志以大局为重,改善波苏关系,加强与苏联的合作,度量要大一点,不要计较苏联过去对波兰的许多错误做法,要以和为贵,向前看。希望波兰与苏联搞好关系,因为波兰是东欧最大的国家,与苏联关系的好坏对整个社会主义阵营关系甚大,相信波兰同志会按照无产阶级国际主义的原则处理好苏波关系。

波方代表对中国党的支持深表感谢,同时表示要努力改善与苏联党的关系,加强波苏两党在无产阶级国际主义基础上的团结。

从10月23日起,苏、波、中三国党的代表团在莫斯科像走马灯似地轮流双边会谈。中共代表团完全充当了调解人的角色。29日、30日,中共代表团又和苏共领导赫鲁晓夫、莫洛托夫、布尔加宁会谈。在29日的会谈中,中方向苏方转达了毛泽东主席的意见:建议苏联对东欧国家采取一种根本的政策,即在政治和经济上放手,让他们独立自主,不加干涉,相互平等。

经过两天的会谈,最后大家一致同意两点:第一,苏波两党尽快再举行一次正式会谈,协商解决分歧并达成协议;第二,苏联单独发表一个关于社会主义国家关系的宣言。

这个宣言在10月30日发表,其中苏联承认过去在处理社会主义国家之间关系方面有错误,不符合社会主义国家之间平等的原则,声明要改正这些错误,表示要根据互不干涉内政、相互平等的原则解决社会主义国家之间的问题。此前中共代表团曾于29日将此方案电报国内,毛主席于30日召集政治局会议,同意了这个方案。11月1日又专门召集最高国务会议说明情况,征求各民主党派人士的意见,取得他们的赞成,然后以中国政府名义发表。11月1日、2日《人民日报》分别发表了《苏联政府关于发展和进一步加强苏联同其他社会主义国家友谊和合作基础的宣言》和《中华人民共和国政府关于苏联政府一九五六年十月三十日宣言的声明》,表明支持苏联的宣言的立场。

就在中共代表团在莫斯科与苏联、波兰党代表团会谈,协调苏波两党关系之时,匈牙利事件发生了。

从10月下旬到11月上旬,匈牙利布达佩斯等地也开始发生工人罢工、示威游行和骚乱,而且局势发展得越来越严重。

10月29日米高扬和苏斯洛夫赶赴布达佩斯,在同匈牙利当局会谈时表示,苏联党和政府决定准备从匈牙利撤军。当时从匈牙利撤军,等于放弃对匈牙利工人党的支持,势必导致匈牙利人民政府的垮台。中共代表团从苏联方面获息这一消息后,立即电告中央,请示中央指示对此事应采取的方针。

中共中央在10月30日召开政治局会议,在讨论准备发表支持苏联关于社会主义国家关系宣言的声明的同时,讨论匈牙利的局势,取得了一致的意见,决定立即电告在莫斯科的刘少奇和邓小平,要他们代表中共中央郑重向苏共中央提出,我们不赞成苏联从匈牙利撤军,建议苏军仍然留在匈牙利,帮助匈牙利党和人民平息骚乱。

10月31日下午中共代表团紧急约见苏共中央主席团,向他们转述了中共中央的意见。但苏共中央主席团的所有成员都认为从匈牙利撤出苏军是不得已的事,匈牙利的社会主义已经完了,目前的状况没有别的解决办法,只好撤军,否则就要打仗。中方代表最后严肃地指出,如果你们真是现在撤兵,对匈牙利撒手不管,那么你们将要成为历史的罪人。最后苏方仍表示要撤军,而且态度很坚决。当天夜里,苏共中央主席团召开会议,讨论是否从匈牙利撤军的问题。

11月1日23时15分,中共代表团离开莫斯科回国,临行前,赫鲁晓夫特意到宾馆送行,并和刘少奇同赴机场,途中赫鲁晓夫说,继昨天下午中苏两党代表团会谈之后,苏共中央主席团开了一夜会,决定苏军继续留在匈牙利,帮助匈牙利人民保卫社会主义成果。刘少奇听后大为意外,但表示苏联的态度变得很快,变得很正确,中国党坚决支持。以赫鲁晓夫为首的苏共中央主席团全体成员都到机场送行,并逐个同中共代表团成员紧紧拥抱,对中国党在波匈问题上对他们的帮助表示感谢。

邓小平的这两次莫斯科之行,给赫鲁晓夫留下了深刻的印象。

原来赫鲁晓夫对邓小平并不了解。1954年9月赫鲁晓夫率领苏共中央代表团来北京参加中国国庆大典时,和邓小平曾见过一面,但当时邓小平并没有引起他的太多注意。在赫鲁晓夫的印象里,邓小平只是很多副总理中的一位,中苏友协名誉理事之一。凡是有关对外的事务,他都表示克制,让毛泽东、周恩来、刘少奇等领导人出头露面。1956年这两次可不一样,赫鲁晓夫后来回忆说:"这个人可厉害,我跟他打过交道,1956年是他来了,你可别看他个子低一点,他的智慧、思想水平很高。"

3. 毛泽东心目中的二号接班人

毛泽东对赫鲁晓夫说,邓小平"这个人既有原则性,又有灵活性,是我们党内难得的一个领导人才"。

苏共"二十大"后,中苏两党的分歧越来越明显。中国共产党从国际共产主义运动的大局出发,始终注意维护苏联的形象和声誉。1957年11月是十月革命胜利40周年,中共中央主席毛泽东决定亲自率团前往莫斯科,参加十月革命40周年庆祝大典,同时参加在莫斯科举行的各国共产党和工人党代表会议。

这是一次重大的政治行动。

中国党政代表团的组成是最高规格的:毛泽东担任代表团团长,副团长是宋庆龄,成员有邓小平、彭德怀、李先念、乌兰夫、郭沫若、茅盾(沈雁冰)、陆定一、陈伯达、杨尚昆、胡乔木以及其他工作人员。这是邓小平第四次前往莫斯科,主要是作为中国党的代表，主持宣言的起草工作。

在庆祝十月革命 40 周年纪念活动的时候，召开 12 个社会主义国家共产党和工人党代表会议，以及有 60 多个兄弟党参加的各共产党和工人党代表会议想法，是苏共中央首先提出来的。

苏共中央还邀请毛泽东访问苏联并出席兄弟党的国际会议。

早在 1949 年 12 月中华人民共和国诞生不久，毛泽东曾率团访问过苏联。在那次历时 2 个月的访问中，中苏签订了友好同盟互助条约，确立了中苏两党两国的友好关系。

8 年过去了，中苏两党之间关系发生了一些变化，同盟关系出现了裂痕，而且越来愈大。中苏两党需要消除分歧，以加强共产党和社会主义国家之间的团结，毛泽东欣然应允在苏联部长会议主席伏罗希洛夫先行访华后率团再次赴苏访问。

毛泽东对苏方表示，既然要开好兄弟党的国际会议，首先要做好充分的准备，大家预先交换意见，取得一致后，发表一个共同文件。苏方可多做些准备工作。

1957 年 10 月 28 日，中共中央收到了苏共中央起草的兄弟党国际会议共同宣言的草稿。29 日晚上，毛泽东主持中央政治局常委会议，提出一定要把这次莫斯科兄弟党国际会议开成一个团结的大会，向帝国主义示威的大会。会议确定中国党政代表团这次赴苏的方针是：对苏共以保为主，以批为副，尽可能去掉他们起草的宣言草案中有害的东西。采取的方法是从团结的愿望出发，经过批评，达到新的团结，以斗争求团结，协商一致，求同存异。

10 月 30 日刘少奇主持召开中央政治局全体会议，批准了中国党政代表团确定的方针。在讨论苏共起草的这个宣言的草稿时，大家一致认为，和中国党的观点距离较远。于是中央政治局会议决定毛泽东提前赴苏，在那里起草一个稿子，和苏方讨论，争取与苏方取得一致。

这样，毛泽东率领的中国党政代表团于 11 月 2 日动身赴莫斯科。

代表团抵达莫斯科的当天，就收到了苏共方面起草的宣言的第二稿。邓小平看后，觉得这个稿子跟第一稿差不多。赫鲁晓夫在苏共"二十大"政治报告中的片面性的观点还保留着，照这些观点做出的共同宣言是有害的。

11 月 3 日，苏共中央第一书记赫鲁晓夫前往中国党政代表团驻地拜会毛泽东。毛泽东对赫鲁晓夫说，我提早来就是为了宣言的草稿。我们要搞一个好的草稿，我们党也准备起草一个稿子，供你们考虑。

当天晚上，中国党政代表团开始由陆定一、胡乔木和陈伯达分头执笔起草宣言的初稿,邓小平主持讨论修改、毛泽东最后审定。11月5日初稿提交苏共中央。

从11月6日起,中方由邓小平牵头,苏方是苏斯洛夫挂帅,双方各出几个人,开始讨论苏方的第二稿和中方提交的初稿,双方各自阐述自己稿子的理由。经过讨论最后一致同意在中共代表团起草的稿子基础上,进行修改、补充。直到11月11日,中苏两党共同提出的宣言草案才正式出台,随后交给各兄弟党。从12日起,各兄弟党开始协商,讨论宣言草案,以取得一致意见。

在这一过程中,有几个问题发生意见分歧:第一,关于美帝国主义的问题;第二,关于战争与和平的问题;第三,以苏联为首的问题;第四,关于共同规律共同道路的问题;第五,关于反对修正主义和教条主义的问题;第六,关于和平过渡的问题;第七,关于辩证唯物论的问题;第八,关于宣言里是否肯定苏共"二十大",肯定中国党、法国党、意大利党和其他党最近召开的代表大会的问题。中国代表团按照中央政治局通过的既要坚持原则,也要做必要的妥协,具体问题由代表团相机处理的方针,在起草委员会里就一些问题进行了必要的斗争,也做了一些让步,采取了比较灵活的方法。

关于"和平过渡"问题,首先在中苏两党讨论共同起草宣言草案时发生了争论,后来兄弟党参加讨论时又发生争论。毛泽东在和赫鲁晓夫的交谈中,说到了中国党对和平过渡问题的看法,赫鲁晓夫在苏共二十大的报告里就认为和平过渡的可能性越来越增加,无产阶级有可能通过议会斗争来取得政权。我们是不同意赫鲁晓夫的这个观点的。毛泽东认为,应当提出两种可能性。从理论上、原则上讲,不通过暴力革命是不能夺取政权的,因为资产阶级不会自动让出政权,一定会使用暴力镇压无产阶级的,这是历史已经证明的理论原则问题。这是战略问题。但是,在和平时期,为了争取群众、动员群众,可以提出一个策略口号,就是我们希望能够通过议会斗争和平过渡到社会主义。这是我们的愿望,我们并不是拒绝、反对和平过渡,也是希望能够和平过渡。同时应当强调,究竟是和平过渡还是非和平过渡,与其说决定于无产阶级,不如说决定于资产阶级,因为资产阶级是不会自动放弃政权的。当然,如果它们使用武力的话,我们只能也使用武力进行自卫,进而夺取政权。但是,这一提法仍不能为赫鲁晓夫所接受。最后,毛泽东对赫鲁晓夫说,关于和平过渡问题我们的意见都说了,你们坚持不能接受。现在宣言中关于这个问题的写法不必再修改,但是我们保留意见,我们写一个备忘录给你们,把我们的意见说清楚,这样在会上就可以通过宣言。赫鲁晓夫听后很高兴地表示同意。后来毛泽东又写信给赫鲁晓夫说,关于和平过渡的问题,由邓小平同志和你们谈。邓小平在和苏斯洛夫的会谈中,代表中国共产党正式严肃地批评了苏共的"和平过渡"的片面提法和错误危害,随后还向苏共提交了关于和平过渡问题的书面提纲。

最后大家在许多重大问题上都基本上达成一致,12个社会主义国家执政党签订了一个宣言,即《社会主义国家共产党和工人党代表会议的宣言》,也称《莫斯科宣言》。

莫斯科兄弟党国际会议取得了成功,大家就整个国际形势,对战争与和平问题,资本主义国家工人运动的战略和策略,对保卫和平问题,特别重要的是对社会主义革命和社会主义建设的共同规律以及对兄弟党相互关系中应该遵守的原则都取得了一致意见。各兄弟党之间完全平等。充分协商,不强加于人,互相尊重,互相谅解,互相让步,求同存异,使国际共产主义的团结达到了一个新的高度。毛泽东认为,这次会议的成功,是原则性和灵活性相结合的成功,是集中和民主相结合的成功。

邓小平作为中国党代表团的重要成员,在整个会议过程中发挥了重要作用。

对于邓小平的才能毛泽东十分赞赏。还是在召开党的八大之前的一次中央全会上,毛泽东提出要设立中共中央总书记,并推举邓小平来担任这个职务,还给邓小平作宣传:"他比较会办事,比较公道,是个厚道人。"这次来苏参加中苏会谈,毛泽东也点了邓小平的将。在苏共中央举行的一次宴会上,毛泽东同赫鲁晓夫私下交谈说:"我准备辞去国家主席的职务了。"赫鲁晓夫并不感到意外,因为半年前伏罗希洛夫已经带回了这个信息,他问道:"谁来接班呢?有这样的人吗?"

"有",我们党内有好几位同志完全可以,都不比我差,完全有条件。说着,毛泽东就一个一个地点起了名,"第一个是刘少奇,这个人在北京和保定参加了五四运动,后到你们这里学习,1921年转入共产党,无论能力、经验,还是声望,都完全具备条件。他的长处是原则性很强,弱点是灵活性不够。"

"第二个是邓小平,"毛泽东扳了一下指头继续说,"这个人既有原则性,又有灵活性,是我们党内难得的一个领导人才。"

赫鲁晓夫听后颇有同感。他在同邓小平打交道的过程中已经深深领教了,后来赫鲁晓夫这样回忆道:"唯一一个毛似乎赞许的同志是邓小平,毛曾经指着邓对我说:'看见那边那个小个子吗?他非常聪明,有远大的前程。'"

4. 苏共会议中的唇枪舌剑

邓小平一年中三到莫斯科,二次作为代表团团长,在中苏会谈中扮演举足轻重的角色。

1960年6月布加勒斯特会议后,中共中央认真研究了国际政治形势的变化,并与苏共中央多次信件往来,在广泛听取了其它兄弟党的意见后,最后同意先举行中苏两党会谈,为起草委员会做准备,进而由26国党起草委员会协商起草会议文件,而后在莫斯科召开世界共产党、工人党代表大会。中国共产党决定派出以邓小平为团长、彭真为副团长的代表团,赴莫斯科参加中苏会谈和26国党的起草委员会。

这次中共代表团由邓小平挂帅,是毛泽东经过深思熟虑后的决定。

毛泽东预料到这又是一次斗争,而且斗争会相当激烈。9月13日晚中央政治局常委在毛泽东家中开会讨论确定了中苏两党会谈的方针。会议认为,苏方不一定真的要搞团结,很可能是要压服我们。因此,代表团要做好充分的思想准备。参加26国党的起草委员会,既要坚持原则、针锋相对,反对赫鲁晓夫将苏共一家的观点强加于人的错误做法,又要有理、有利、有节,从世界大局出发,维护国际共产主义运动的团结。毛泽东对邓小平前几次莫斯科之行的表现十分满意的,因此,决定由邓小平领头。

行前,邓小平曾对代表团的全体成员说:"这次参加26国党的起草委员会,我们要从世界大局出发,要维护国际共运的团结,要维护中苏友谊。但原则问题不能让步,一定要把主要问题上的实质分歧阐明,表明我们的观点,要反对赫鲁晓夫将苏共一家的观点强加于人的错误做法。"

在得悉邓小平将作为中国代表团团长赴莫斯科参加起草委员会后,赫鲁晓夫亲自在克里姆林宫里主持了好几次会议,与苏联的最高领导研究同邓小平谈什么问题。

会上赫鲁晓夫不止一次地站起来说:"我要与邓小平亲自谈,他是一个很厉害的人,不过我不会怕他的。他是总书记,我还是第一书记嘛……"

9月15日,中共中央代表团分乘两架飞机离开北京。邓小平和陆定一等坐一架飞机,彭真和其他同志坐另一架飞机。邓小平当天到达莫斯科,彭真一行于次日到达。中共中央代表团抵达莫斯科后,苏共中央在克里姆林宫叶卡捷琳娜大厅举行了高规格的欢迎宴会,在俄罗斯音乐旋律和热烈的掌声中,邓小平和代表团的同志走进大厅后,与等候在大厅前的赫鲁晓夫等苏共领导人一一握手,邓小平微笑的脸庞充满了自信。赫鲁晓夫等苏共中央主席团全体成员依次而立,神情各异。

接待是高规格的,赫鲁晓夫可能是没有忘记毛泽东1957年访苏时同他说过的一句话:"希望你们把他(指邓小平)像我一样来对待。"

交锋,从欢迎的国宴上就拉开了序幕。

赫鲁晓夫同邓小平来到主宾席前就坐,记者纷纷围上前去。邓小平显得从容大度,而赫鲁晓夫始终显露出有点捉摸不透的微笑。宴会一开始,赫鲁晓夫就开始挑战,端起酒杯开口指责道:"阿尔巴尼亚对不起苏联共产党。"实际上他是指桑骂槐,借以攻击中国共产党。

邓小平非常清楚赫鲁晓夫的真实意图,便直率而又诚恳地对赫鲁晓夫说:"阿尔巴尼亚劳动党是小党,能够坚持独立自主,你应该更好地尊重人家,不应该施加压力。"

赫鲁晓夫多少有点激动,脸一下子涨红了,他大声说道:"这不仅仅是苏共和阿共之间的分歧问题。他们拿了我们的金子和粮食,可是反过来又骂我们……"

听到这里,邓小平严肃地说:"援助是为了实行无产阶级国际主义义务,而不是为了控制和干涉。你援助了人家,人家也援助了你。"

这番话,绵里藏针,令赫鲁晓夫一时语塞。因为这话中的弦外之音赫鲁晓抱心里是明明白白的。

两年前赫鲁晓夫第二次来华访问,曾向毛泽东提出要在中国建一个长波电台和与中国组建一个联合舰队,遭到了毛泽东的断然拒绝。赫鲁晓夫打的就是援助的名义,实际上是企图在军事上控制中国。而且赫鲁晓夫一再讲到苏联对中国是做出了许多援助的。毛泽东非常礼貌而又不失坚定的表示"那是另一个问题"。

1960年7月16日,苏联政府又撕毁了同中国政府签订的几百个合同,并通知中国政府,自1960年7月28日到9月1日撤走全部在华苏联专家,并终止派遣按照两国协议规定应该派遣的数百名专家。他还命令苏联专家撤走时,带走全部图纸、计划和资料,并停止供应中国建设急需的重要设备,大量减少成套设备和各种设备中的关键部件的供应,使中国250多个大中型企业和事业单位的建设处于停顿、半停顿状态。

今天赫鲁晓夫又重提旧话,总是把苏联对兄弟党的援助作为筹码,实在令邓小平反感。

赫鲁晓夫已经按捺不住了,他不再绕圈子,话题直接对着邓小平来了。

"邓小平同志,你们中国在斯大林问题上态度前后不一致。"赫鲁晓夫说。

邓小平回答得很干脆:"我们的态度是一贯的。"

"你们开始拥护我们,后来又反对我们。""你们每逢'五一'、'十一'过节的时候,天安门总要摆斯大林的像,这就好像是一根刺,扎到我们的肉里面一样。"赫鲁晓夫接着说。

邓小平说:"你们为什么这样怕斯大林?是不是斯大林的魂把你们迷住了。""拥护什么?反对什么?这个总是要说清哟。反对个人迷信我们过去拥护,现在仍然坚持。在我们党的八大上,对这个问题已经明确表示了态度,少奇同志向尤金大使讲明了我们的态度。"说着,邓小平扭头看了一下坐在不远处的米高扬,"你问问米高扬,他到北京来时我们对他讲没讲?"这位苏联领导人目光有些不自然地与赫鲁晓夫对视了一下,忙移开目光,端起杯子到别处敬酒去了。"我们赞成反对个人迷信,斯大林的功绩和错误不仅关系苏联国内,也关系到整个国际共运。错误当然要批,功绩也一定要肯定,我们反对的是全盘否定,尤其不能采取秘密报告的办法,恶毒攻击,这种做法所带来的后果,你们一直认识不足。"

"因为我们比任何人对个人迷信的体会更深切,受害也最深。"赫鲁晓夫抱怨道。

"要批判,但不能全盘否定,尤其不允许以反个人迷信为由影射攻击其他兄弟党。"邓小平直言道。

这时,赫鲁晓夫突然冒出一句:"高岗是我们的朋友,你们清除了高岗,就是对我们不友好,但他仍然是我们的朋友。"

"这可是你说的话啊。你这个讲法要记录在案的。"邓小平的语调既高又非常严厉。

赫鲁晓夫就是这样,说话常常是信口开河,不计后果。随后他又轻率说道:"你们不是喜欢莫洛托夫吗?你们把他拿去好了,把他给你。但高岗是我们的朋友。"

"荒唐!简直是无稽之谈。"邓小平觉得又好气又好笑。他已经不屑与赫鲁晓夫多谈下去,说"高岗是我们党内事情,莫洛托夫是你们党的事情,你在这个场合把这些拿出来干什么?"

在场的苏共中央主席团的成员们都知道赫鲁晓夫又失控了,担心由于他的言行会给会谈带来极大的被动,纷纷打起圆场,互相敬酒,借此阻止赫鲁晓夫说话。赫鲁晓夫也顺水推舟,借着碰杯,转移了话题。

中苏两党的会谈是从9月17日开始。

苏方以苏斯洛夫为首,成员有科兹洛夫、安德罗波夫、波斯别洛夫。

中方以邓小平为首,成员有彭真、陆定一、康生。

会谈是围绕着中共中央的《答复书》展开的。

1960年6月在布加勒斯特会议上,苏共中央散发了一个《通知书》,专门针对中国共产党的观点进行批判,再次挑起了中苏两党在意识形态领域里的论战。

同年8月,中共中央政治局决定派代表团参加中苏两党的会谈。同时确定在会谈之前对苏共中央的《通知书》作全面的、系统的批驳,发出我们的《答复书》。

邓小平参与主持了《答复书》的起草、讨论、修改等工作。

9月10日,邓小平、彭真约见苏联驻中国大使契尔沃年科,将中共中央的《答复书》交给他。

中共中央的《答复书》共12部分,其中着重讲了五个问题:第一,赫鲁晓夫在布加勒斯特会议上对我党突然袭击,组织围攻;第二,赫鲁晓夫在布加勒斯特会议之后,把意识形态领域的分歧扩大到国家关系,撕毁中苏两国政府签订的援助中国建设的所有协议,撤回派到中国的所有专家;第三,赫鲁晓夫在中印边境冲突中偏袒印度,指责中国,把中苏分歧公开化;第四,赫鲁晓夫吹捧艾森豪威尔,美化美帝国主义;第五,赫鲁晓夫公然对西德总理阿登纳宣传所谓"黄祸",并要阿登纳帮助他对付中国。

在《答复书》中,我方对国际形势和国际共产主义运动中的一系列重大原则问题,包括苏共《通知书》里所谈到的七个问题,进行系统地阐述,同时联系苏共的错误观点,全面地、系统地对苏共歪曲我们的观点、对我们进行无理的攻击,逐一加以批判。

会谈一开始,苏斯洛夫抢先讲话说,苏共中央初步研究了中共中央的《答复书》以后,认为中苏两党的分歧不是缩小而是扩大了,他指责《答复书》中有很多反马列主义的观点,不考虑苏共的意见,是20年代托洛茨基事件以来对苏共最严重的攻击。

苏方的这种态度,是在我方的意料之中的,中共代表团已经做好了应战的充分准备。鉴于苏共在布加勒斯特会议时向所有兄弟党散发了他们的《通知书》,中共中央的《答复书》也准备发给所有兄弟党。

苏斯洛夫在对《答复书》一番指责后又表示希望能够消除分歧,加强团结。显然,这只是一些套话。

接着,中共代表团团长邓小平作了答复的答复。邓小平说,你们那个《通知书》性质是很严重的,我们的这个《答复书》是由你们那个《通知书》引起的。你们不仅有那个《通知书》,而且还把我们之间的分歧扩大到国家关系上,采取撤退专家、合同一系列严重的行动,所以我们的《答复书》不能不提这些问题,不能不就这些问题做出回答。现在你们看了我们的答复,但并没有一点自我批评。我们的代表团感到十分遗憾。在会议快结束的时候,邓小平质问他们:你们究竟要把中苏之间的意识形态的分歧引到什么地方去? 希望你们慎重考虑,做出认真的答复。

两天后,举行了第二次会谈。苏共方面的科兹洛夫又再次抢先。在他们看来,似乎先下手为强。科兹洛夫原来是列宁格勒的书记,在苏共"二十一大"时才提升为政治局委员的。科兹洛夫认为我们的《答复书》是严重的,是不能接受的。他说,分歧并不是苏共引起的,而是中共引起的。中共在布加勒斯特会议之后不指名地指责兄弟党,攻击苏共。他还讲到苏共"二十大"的问题。我们在《答复书》里批评他们对待斯大林是违反辩证唯物主义的,没有分析,一棍子打倒斯大林,造成了很严重的后果,使亲痛仇快。科兹洛夫在讲话时就为这个事情辩解。他说这跟批判斯大林没有关系。其实,苏共中央自己后来也发现继续那样大反斯大林不妥,所以 1956 年 7 月间苏共中央全会作了一个决议,纠正赫鲁晓夫在苏共"二十大"的反斯大林秘密报告的一些错误。科兹洛夫认为这是我们对他们的攻击,还说是我们制造思想混乱,诋毁他们党的领袖赫鲁晓夫。

最后他提出,希望中国共产党代表团要改变过去的做法,要谈问题的实质,如时代、战争与和平、裁军、和平共处等等。

科兹洛夫长篇发言后,邓小平和彭真作了针锋相对的发言,反驳科兹洛夫。他们一致指出,不要诡辩,不能逃避事实,必须面对事实。苏共中央犯了错误,错了就是错了,应该承认。他们分别就科兹洛夫提出的一些具体问题逐个地给以回答。这时,苏共方面沉不住气了。安德罗波夫、波斯别洛夫都起来插话,苏斯洛夫也面红耳赤,七嘴八舌,你一句我一句,轮番辩驳。最后,邓小平提出暂时结束会谈,对苏方两个发言将做系统的答复。

9月20日举行第三次会谈。这次邓小平作了系统的长篇发言,主要是批驳苏斯洛夫和科兹洛夫在前两次会上的长篇讲话。

邓小平从历史上讲到苏共中央在朝鲜战争以后,在刚果问题、阿尔及利亚问题、匈牙利事件等一系列问题上颠倒敌我关系,以敌为友,以友为敌的错误,特别强调了在塔斯社声明之后美化反动派,攻击兄弟党。在对美国的态度上更是这样,赫鲁晓夫大捧艾森豪威尔,骂中国"要试探资本主义稳定性",说中国是"不战不和的托洛茨基主义"。

邓小平指出,在兄弟党的关系上,他们搞的是父子党,要各兄弟党都得听苏共的。中国不听,他就要控制中国。邓小平在发言中列举了共同舰队的问题、长波电台的问题、撕毁全部协议的问题、封闭《友好》杂志苏联发行的问题,要挑起边境纠纷的问题,还讲到在华沙条约国首脑会议的宴会上赫鲁晓夫大骂中国党、大骂毛主席等等。

邓小平明确表示,苏联撤专家、撕毁协议,给我们造成严重的损失,即使这样,我们也绝不屈服。我们要自力更生,用自己双手来弥补这些损失,而且会还清欠苏联的债务。

邓小平还义正词严地责问苏方:你们究竟要把中苏关系引到什么方向去?并列举出一系列事实,苏方无人回答,苏斯洛夫脸都红了。最后,小平说,希望苏联能够改变态度,能够坐下来好好谈我们之间的分歧。

由于三次会谈的紧张气氛,使得苏方原来准备的一个共同声明草案也没有拿出来讨论。

第三次会谈之后,我党代表团觉得在当时的形势下,会谈实在很难继续下去。代表团认为,既然现在苏联没有准备冷静地坐下来讨论问题,不妨把问题推迟到起草委员会会议上去讨论。经过请示中央后,在21日的会谈中,我代表团提出:在目前情况下,中苏两党的分歧很大,一时也难得谈妥。现在离起草委员会开会日期不远,可以考虑两党会议就此告一段落。没有解决的问题到起草委员会开会时再谈。苏方代表团也表示同意。看来他们也并没有准备在这次两党会谈中达成协议,仍想在更大范围的会议上以多数逼迫我们屈服。9月22日我党代表团启程回国。这样,9月间的中苏会谈,不欢而散。

代表团在莫斯科的时候,每天都把会谈的情况用电报发回来。毛主席曾多次主持常委会议,讨论代表团的报告和请示并电复。代表团回后,9月24日向中央常委作了扼要的汇报。

10 月 2 日,有 26 国共产党、工人党代表参加的起草委员会在莫斯科开会,主要讨论为全世界共产党工人党代表会议准备一个声明草案。

苏共中央举行欢迎宴会,迎接 26 国兄弟党的代表团来莫斯科开会。

宴会上,赫鲁晓夫还是忘不了对中共代表团的攻击。

"现在我们在关于国际共产主义运动的许多看法上,与中国同志有分歧。根据中国发表的《列宁主义万岁》这篇文章来看,我们说,中国有许多错误的观点。"赫鲁晓夫一边说着,一边用眼角瞟了一下邓小平。

听到这里,邓小平不紧不慢地端着杯子走过来说:"赫鲁晓夫同志,关于对国际共产主义运动看法,是当前各国兄弟党都面临的重要问题。各党都可以有自己的看法,不能经你划线。"

"这种观点我不能接受,"赫鲁晓夫显然又冲动起来了,"你们说社会主义阵营要以苏联为首,但我方提出的意见,你们并不接受。"

邓小平说:"可我们也从没有强迫或要求你们接受我们的观点呀!"

"邓小平同志,苏美戴维营会谈你们就唱了反调。"赫鲁晓夫坚持说。

那是 1958 年 9 月,赫鲁晓夫在参加苏美戴维营会谈后访问中国。他在和毛泽东的交谈中,兴致很高地介绍了苏美戴维营会谈的情况。他用肯定的口气说:"现在资本主义国家的领导人已经表现出一些以现实主义态度来了解世界上的既成形势的倾向。我在和艾森豪威尔交谈的时候,我有了这样的印象:得到不少人支持的美国总统是明白的,必须缓和国际紧张局势。"

毛泽东听后明确地说:"你们和美国人谈,我们不反对,问题是你们的一些观点,什么三无世界呀,戴维营精神,怎么可能呢?事实不是这样的么。"

赫鲁晓夫对中国不赞成戴维营会谈中的一些观点早就心怀不满,今天终于发泄出来了,而且越说越激动,连脖子都涨红了。"为首为首,我们为首不是只能出面召集一下会议,这样的为首我们不当了。"

"为首也不是老子党,可以随便发号施令,任意规定别的党怎么做。"邓小平的语气异常坚定,直戳赫鲁晓夫的痛处。

26 国党的起草委员会经过激烈的争论,在最后达成的协议中,终于删去了中共代表团坚持要求删去的关于"派别活动"、"和平过渡"、"斯大林问题"等章节。

最后,邓小平在会议结束时再次对赫鲁晓夫说:"对于文件中一些提法我们有保留意见,留待 11 月召开的世界共产党、工人党代表会议上再讨论解决吧,为了国际工运的团结,我们已做出了一些让步,这也表明中国共产党的诚意。"

此后,中苏分歧越发公开化、激烈化。

1960 年 11 月 5 日,中共中央代表团团长刘少奇、副团长邓小平一行前往苏联,出席世界共产党、工人党代表会议。这是邓小平一年中第三次到莫斯科。

刘少奇、邓小平等率团参加苏联十月革命 43 周年庆典,前排从左至右分别为刘少奇、赫鲁晓夫、邓小平、彭真

代表团成员有:政治局委员彭真、李井泉、候补委员陆定一、康生,书记处候补书记杨尚昆、胡乔木,还有刘宁一、廖承志和刘晓,他们 3 人是中央委员。除此之外还有一些工作人员、翻译等,可谓队伍庞大,规格较高。

代表团出发前,中共中央政治局和政治局常委开了几次会议,讨论了当前中苏分歧的形态,认为从中苏两党会谈和 26 党起草委员会的情况来看,苏共方面还会与我继续争论,而且争论可能会更为激烈。我们的方针应当是坚持原则、坚持团结,放手斗争,不怕破裂,以斗争求团结,力求取得一定的成果。

代表团到莫斯科后,苏共方面按国家元首的规格给予隆重的接待。中共代表团被安排住在列宁山上的 3 栋别墅,刘少奇、邓小平、彭真 3 人一人一栋。在欢迎中共代表团时气氛也是比较热烈的。

但这只是表面现象。

就在红场举行的庆祝十月革命阅兵式结束后的当天下午,苏共中央联络部长安德罗波夫给中共代表团送来了答复中共《答复书》的《答复信》。

在《答复信》中,苏共对中国共产党的一些观点进行攻击,随后在兄弟党大会上对中国党进行围攻。

针对苏共方面发起的围攻,中共中央代表团根据中共中央政治局常委会确定的刘少奇在第二线,邓小平、彭真在第一线的方针,决定由邓小平在会上作第一个发言。

根据会议议程安排,中共代表团在 14 日发言。开会的时候,整个会议大厅座无虚席。苏联方面除了他们的代表团成员以外,苏共中央主席团所有成员都到会了。小平在发言过程中,会场寂静无声,气氛显得非常紧张。

邓小平讲了十个问题。其中讲到中苏两党的分歧首先是由苏联挑起的;把中苏分歧拿到国际会议上并组织对中国的突然袭击的也是苏共搞的。把中苏意识形态的分歧扩大到国家关系,撕毁中苏签订的所有协议、合同,从中国撤走全部苏联专家的,也是苏共;把中苏之间的分歧首先公开在全世界面前的,也是苏共。邓小平指出:赫鲁晓夫搞什么分工协作完全是假话,搞什么平等协商也是假话,他就是要大家听他的指挥棒,不听,他就打击你,压迫你。

邓小平在谈到苏波关系和匈牙利事件时说,1956 年苏联准备出动军队压服波兰,干涉波兰共产党内部事务,要波兰党听从莫斯科的决定组织政治局。当时我们坚决反对,后来跟苏联党和波兰党在莫斯科分别会谈,才解决这个问题。本来我们是帮助苏联做好这件事情,推动他们搞好跟波兰的关系的。但是他们却反过来恨我们,一直恨到现在,就是因为我们严肃地批评了赫鲁晓夫的大国主义。接着邓小平又谈到了匈牙利事件。他说,苏共原来是要从匈牙利撤兵的。当时以少奇同志为首的中共代表团在莫斯科调解苏波纠纷,知道此事后劝苏联不要抛弃匈牙利人民不管,不能置匈牙利这个社会主义阵地于不顾。当时他们不听,说什么也要从匈牙利撤兵。只是到了第二天,他们才接受我们的意见,重新派军队帮助匈牙利人民平息暴乱。

邓小平说,这两件事情我们都是帮了苏联同志的,但是赫鲁晓夫同志一直到现在还怀恨在心。他多次说我们给他上大课,特别是咬牙切齿地讲周恩来同志 1957年 1 月间访问苏联、波兰、匈牙利时在莫斯科给他们上大课。这实际上就是他在兄弟党之间所采取的大国沙文主义、老子党的态度,挥动指挥棒要大家都服从他,就是他说的所谓"对表"。试问,这能"对表"吗? 能够跟赫鲁晓夫一起走吗? 邓小平说，我们曾经想过，他怎么说我们就怎么跟他走吧。但后来考虑，不能跟他走，跟他走我们就对不起世界各国人民，我们就要违反马克思列宁主义基本原则，违反国际主义，同时我们也对不起苏联人民！

邓小平讲到，赫鲁晓夫对我们这么恨，可是他对美帝国主义却那么爱，对我们的敌人极尽美化之能事。邓小平列举了赫鲁晓夫在戴维营和艾森豪威尔见面前后大肆吹捧艾森豪威尔，说他（艾森豪威尔）"跟我们一样爱好和平"。还提到，赫鲁晓夫对敌人的这种观点早在1955年9月跟阿登纳会谈的时候就表现出来了。他当时对阿登纳说，中国人口太多，发展起来不得了，那样就会发生"黄祸"。他要阿登纳帮助他解决这个问题，对付中国。这种认敌为友，以友为敌，跟敌人坐在一条板凳上对付自己的朋友，对付自己的同志、兄弟，我们能够跟赫鲁晓夫同志"对表"吗？

邓小平把这些问题都公开摆出来之后，还说，还有别的问题，要讲还可以讲，但今天不想讲，以后有机会再讲。事情多着呢。赫鲁晓夫的错误多得很，搞大国沙文主义的东西可多啦，不止这些。

邓小平所以这么讲，是因为在出国之前，毛主席交待这次莫斯科会议不要把所有子弹都打完，要留一手。有一些事情先不要讲，比方抗美援朝的问题、共同舰队的问题、长波电台的问题、要在中国驻扎苏联空军的问题等等。所有这些，小平同志发言时都没有讲。

邓小平的发言对会议震动很大，这是因为我们的调子比赫鲁晓夫高八度，他没有指名，我们公开指名，把问题揭开了。所以各代表团反应很强烈。

有些党认为中国党指名批评赫鲁晓夫很痛快，替他们出了气，但又担心事态发展下去不好收拾，如果会议破裂，后果会很严重。因此，他们希望中苏两党能够妥协。

11月23日，苏共代表团团长赫鲁晓夫在会上作第二次发言。在这次发言中，他对中国党攻击的调子总的看来比较低。

24日上午，邓小平又代表中国代表团作第二次发言，重申了中国党对关于时代、战争与和平、和平共处、和平过渡、支持民族解放运动等问题上的原则性意见。邓小平郑重宣布：中国党根本反对匈牙利于21日提出的一个关于兄弟党关系的决议草案，中国党绝不参加这个草案的讨论。

会议又陷于僵局，主持者宣布暂时休会。26党参加的起草委员会25日继续开会。

后来经过许多轮反复的斗争,最后81党莫斯科会议终于通过了一个声明。11月30日上午11点,中苏两党代表团在列宁山大会议厅举行正式会谈,苏方参加的是赫鲁晓夫、苏斯洛夫和科兹洛夫,中方参加的是刘少奇、邓小平、彭真。

会谈一直进行到下午两点,进行得还比较顺利,在一些问题上达成了协议。12月1日在克里姆林宫圣·乔治厅举行81党会议全体大会,各党代表团团长在声明上签字。

12月2日,中共代表团结束了参加莫斯科81党会议后,刘少奇以国家元首的身份和部分代表团成员正式对苏联进行国事访问。邓小平、彭真、康生、胡乔木、廖承志等于当天晚上乘飞机离开莫斯科回国。

5. 中苏论战的重量级选手

邓小平第八次到莫斯科,参加中苏公开论战。毛泽东对他说:赫鲁晓夫搬不动你,斗不过你,苏斯洛夫更不在话下。

1963年7月1日,是中国共产党诞生42周年纪念日。就在这一天,中共中央发表了一个声明。这个声明是关于中苏两党关系问题的,声明公布了参加7月5日在莫斯科开始的中苏两党会谈的中共代表团的组成:团长是中共中央政治局常委、中共中央总书记邓小平,副团长是中央政治局委员、书记处书记彭真,团员是中央政治局候补委员、书记处书记康生,中共中央书记处候补书记杨尚昆,中共中央委员、中共中央联络部的副部长刘宁一和伍修权,还有一位是中共中央候补委员、新任驻苏联大使潘自力。

声明宣布中国共产党的一贯立场是坚持原则、坚持团结、消除分歧、共同对敌,并责成代表团根据中共中央6月14日的信,同苏共讨论关于国际共产主义运动总路线的问题和其他一些有关的原则性的问题。声明还说,苏共中央6月18日的声明、6月21日的决议以及赫鲁晓夫在苏共中央全会上的讲话,说我们6月14日的复信是对苏共"毫无根据的、诽谤性的攻击",对此,中共中央断然拒绝。我们现在暂时不作答复,保留以后答复的权利,责成代表团在中苏两党会谈的时候阐明我们的意见,做出一定的评论。

中共中央6月14日的信即《关于国际共产主义运动总路线的建议》是针对

1963年3月30日苏共中央来信起草的,6月17日公开发表,全文共25条。毛泽东早在4月初就开始考虑要对苏共3月30日来信给予答复,提出一个纲领性的文件。毛泽东、刘少奇、周恩来和邓小平都主持讨论和修改,最后形成了这25条。6月18日,苏共中央发表声明拒绝了中共6月14日信中的建议。

声明发表3天以后,7月4日苏共中央也发表了一个声明。在这个声明中,除了再次指责我们对苏共毫无根据的攻击以外,还为他们不发表我们6月14日的信辩护,说他们不能发表这样的信件,要发表就得答复,那就导致论战的加剧。声明最后说,苏共中央决定在适当的时候在报刊上发表对中共中央信件的答复。

毛泽东主席连夜召开常委会讨论,他指出,7月4日苏共声明表明,赫鲁晓夫已决心在会谈中对我系统攻击,而且还要在报刊上公开正式点名同我论战,形势已进一步恶化。同时又有情报说苏政府正同美英两国谈判,要签订部分停止核试验协定,目的是共同对我施加压力,迫我放弃核计划。这表明,苏方已对两党会谈毫无诚意,断绝了协议的道路,迫我屈服。对此我们必须更加强调坚持原则,也并不放弃争取不破裂的机会,但必须有破釜沉舟的坚定性,才能击退苏方的攻击,争取破而不裂。我代表团此次去莫斯科,不向赫鲁晓夫下跪,就是胜利。会上常委们同意毛主席的意见。会议最后通过了声明。这个声明7月5日在《人民日报》上发表。声明宣告,中共中央不能同意苏共中央7月4日的声明,已责成我们代表团在中苏两党会谈中对苏方7月4日的声明给予必要的评论。声明强调,中共中央责成代表团在会谈中间以最大的耐心、最大的努力,在马克思列宁主义的基础上,加强中苏两党、两国的团结,希望中苏两党会谈的结果有利于准备召开各国共产党和工人党会议,表达了我党维护团结的愿望和立场。

7月5日,以邓小平为团长的中共代表团离开北京前往莫斯科。到机场送行的有中共中央副主席、中华人民共和国主席刘少奇,中共中央副主席、国务院总理周恩来和中央其他负责同志。上午10时30分,代表团抵达莫斯科,参加中苏两党会谈。

苏共中央还是在克里姆林宫举行了欢迎宴会。

当然,和前几次一样,宴会上的气氛也是紧张的,据当时的翻译李越然后来回忆,赫鲁晓夫祝酒时说:"我们还是希望两党能够消除分歧。苏联共产党已经做出了自己的努力,我们对中国共产党是怀有友好的感情的。"

邓小平神情庄重地表示:"我们也是带着团结的愿望、友好的愿望到这里来的。我们真诚希望消除分歧。"

赫鲁晓夫马上声明："苏共'二十大'、'二十一大'、'二十二大'的路线是正确的,我们将继续坚持。"意思很明确:消除分歧,实现团结,只能是你们接受我们的观点。

邓小平摇摇头说:"即使分歧一时消除不了,也可以保留各自的观点,不要把意识形态的分歧继续扩大到两国关系上。"

赫鲁晓夫有些急切,话讲得很快:"至少应该做到互相在报刊上停止攻击。"

邓小平明确指出:"你们发表了告全体党员书,你们片面地攻击我们,讲够了。我们不攻击! 不用攻击性言词。但我们还没有表示态度呢,我们要表明态度,在适当的时机表明态度。"他微微一笑,重复一遍:"我们将表明自己的态度,叫两党全体党员了解双方观点。"

赫鲁晓夫用餐刀敲响菜盘,气愤地说:"要团结就必须停止相互论战!"

邓小平接着说:"停止论战是中国共产党早就提出的建议,你们一直没重视,不接受我们的正确意见,实际上一直在攻击我们,直到现在仍然没有停止这种攻击。我们该答复的总要做出答复。"

中苏两党会谈就是在这样紧张气氛下开始了。

出席中苏两党会谈的苏方代表以苏斯洛夫为首,成员包括苏共中央主席团委员格里申;苏共中央书记、主管意识形态、地位仅次于苏斯洛夫的马廖夫;苏共中央书记、苏共中央联络部部长安德罗波夫;苏共中央书记伊利切夫;《真理报》总编辑萨丘科夫和驻华大使契尔沃年科。会谈地点在列宁山上的苏共中央会议厅。从7月6日开始,历时两周,总共开了九次会。

7月6日的第一次会谈苏斯洛夫首先发言。他一上来就攻击我们6月14日的信,为苏共中央3月30日的信辩解。他着重讲了国际共产主义运动的总路线是和平共处、和平竞赛与和平过渡。接着就谈到苏共为什么提出全民国家、全民党的问题,这可能是由于我们6月14日的复信中尖锐地批判了全民国家、全民党的观点。苏斯洛夫共讲了两个多小时,他讲完后暂时休会。

当晚,代表团在我驻苏大使馆开会,针对苏斯洛夫的发言,决定先讲中苏分歧从何而来,对原来在国内准备好的稿子作了修改,回答他对我们6月14日复信的攻击,但重点仍然是原来稿子的主要内容,即历史地分析中苏两党的分歧从何而来。对苏斯洛夫所谈的全民党、全民国家的论点,代表团决定留待以后发言时加以批判。

第二次会议是在 7 月 8 日举行的,由中共代表团团长邓小平发言。

邓小平在发言中着重讲了中苏两党的分歧从何而来和分歧的实质。指出,中苏两党的分歧从苏共的"二十大"就开始。他接着列举苏共"二十大"、1956 年苏波关系和匈牙利反革命事件、1957 年莫斯科会议、1959 年中印边界和戴维营会谈、1960 年布加勒斯特会谈和莫斯科会议,苏共"二十二大"以及 1962 年至 1963 年欧洲五个兄弟党大会反华等一系列事实,说明分歧逐渐发展成为两条路线的分歧。分歧的实质是革命还是不革命的问题。这个发言,是后来我们评苏共公开信的第一篇文章《苏共领导同我们分歧的由来和发展》的基础。

中苏两党第二次会谈后,苏共中央于 7 月 9 日发表了一个声明,是专门针对北京召开群众大会欢迎被苏联驱逐出境的大使馆工作人员和留学生的。声明认为中国这样做只会使中苏两党会谈的局面尖锐化。

中共中央在 7 月 10 日发表声明,答复苏共中央 7 月 9 日的声明。我党声明说,苏共中央在这个时候发起对中国党的新的攻击,使我们不能不公开做出回答。声明指出,我们 6 月 14 日的信是回答你们 3 月 30 日的信的,并不存在诽谤的问题。

声明强调说,中国还是一贯坚持原则、加强团结、消除分歧、共同对敌的立场。中苏团结太重要了,绝不能做亲痛仇快的事情。

7 月 10 日,中苏两党代表团举行第三次会谈。这次又是苏斯洛夫发言。他这次发言主要是回答邓小平讲的分歧从何而来的这个问题。苏斯洛夫说,分歧是从戴维营之后开始,是中国对苏联采取对立的态度。他不同意我们说分歧是从苏共"二十大"开始,也不同意邓小平在发言中讲到 1956 年苏波关系紧张和匈牙利事件问题,更不承认他们在中印边境纠纷中偏袒印度。他攻击我们搞分裂主义,说什么我们发表七篇答辩文章就是搞分裂主义。

当晚,我党代表团又在大使馆开会。这次讨论的中心问题是党中央当天发表的声明。大家联系会谈的情况,认为中央在声明中阐明我党一贯立场(即坚持原则、加强团结、消除分歧、共同对敌)时强调团结是完全正确的。代表团在会谈中可以针对苏方两次发言,着重批判苏共领导搞分裂主义,以斗争求团结。据此对下一次发言稿,只作了小的修改,维持原来的基调。

7月12日举行第四次会谈作第二次发言,邓小平着重讲了苏联搞分裂主义的问题,从布加勒斯特会议讲起,列举一系列的事实,说明苏共是怎么样搞分裂的,怎么样挥动它的指挥棒,不仅自己发动分裂,也指挥跟随它的其他兄弟党搞分裂,甚至把意识形态的分歧扩大到国家关系方面,对中国如此,对阿尔巴尼亚也是如此。

邓小平特别质问苏方,他们在谈到双方分歧的时候,为什么对苏联撤出全部在华专家和撕毁所有合同不谈;你们说我们在古巴问题上是搞分裂,但是试问在古巴问题上你们说过什么?你们一会儿说美国是海盗,一会儿又说肯尼迪爱好和平,究竟你们的哪个说法算数?你那个指挥棒要人家怎么跟?我们想跟也跟不上,何况我们也不想跟呢!跟着你们走就自己打自己的嘴巴,违反事实,在全世界人民面前交代不过去。在这一系列问题上,怎么能说你们是国际主义而不是搞分裂主义呢?

当邓小平提出这一系列质问时,苏斯洛夫很紧张,他的脸红一阵白一阵。他在休会前表示,这些问题他们要在下一次会谈时答复。

他们提出下午继续开会。我们原以为他们要马上反驳中方的发言。但是,在当天下午第五次会谈的时候,波诺马廖夫发言并没有回答邓小平提出的问题,只是按他原来准备好的发言稿大讲为和平而斗争,为彻底全面裁军而斗争,为"三无世界"而斗争。

在两党第五次会谈之后,7月13日,《人民日报》发表了《我们要团结,不要分裂》的社论。社论明确表示我们党是顾全大局的,绝不做任何不利于中苏团结的事情,希望中苏两党会谈能够取得积极的成果。社论同时指出,令人不安的是,中苏两党会谈开始以后,苏共中央没有停止对中国共产党的公开攻击。苏共中央在全国范围内,通过各级党组织的集会和决议、连篇累牍的报刊文章,进行反对中国共产党的运动,在人民中煽起对中国不友好的情绪。社论提出质问,苏共中央是不是在把中苏关系推向破裂的边缘?社论最后呼吁:我们真诚地希望苏共同志以中苏团结的大局为重,不要鲁莽行事,一下子把事情做绝。大敌当前,中苏没有理由不团结起来,不团结只有敌人高兴,扩大分歧只有敌人高兴。我们呼吁苏共和我们一起努力,使两党会谈取得积极的成果。

7月14日,据莫斯科电台广播,苏共中央发表了《给苏联各级党组织和全体共产党员的公开信》(简称《公开信》),作为对我们6月14日《建议》的答复。因为他们的《公开信》是针对我们的《建议》逐条辩论的,所以苏联《真理报》不得不同时发表了我们的《建议》。苏方这样做还是第一次。

看来苏共中央是准备进行公开论战了。中国代表团估计，这次中苏两党会谈很可能破裂，至少是毫无结果，根据这样的分析，代表团紧急向中央请示会谈的下一步打算，指出目前这种情况，原来想争取达成一些协议已不可能，但也不一定完全破裂。代表团的意见是，要放手回答苏共在会谈中间提出的问题以不公开破裂为限度，争取维持某种形式的联系。

7月15日，中苏会谈举行第六次会谈，彭真发言。

7月17日上午，举行第七次会谈。苏方由安德罗波夫发言。

7月18日下午，代表团接到中央发来的电报，中央同意代表团对当前中苏两党关系的分析，以及对苏、美、英三国关于部分停止核试验谈判的看法。中央指出，从目前情况看，苏共中央已经下决心不想在这次中苏会谈中解决问题，而且态度非常恶劣。特别是他们在《公开信》中直接点名攻击毛泽东同志以及中央其他领导同志。因此，代表团在会谈的后半段应该放手批评包括赫鲁晓夫在内的苏共领导的错误，主要点名批判赫鲁晓夫，至少要把代表团原来准备的关于斯大林问题的发言稿讲了。中央指示代表团准备再举行一两次会谈就结束会议，建议休会一个时期，可以发表一个简单的中苏会谈公报。公报可以说明双方各自的观点，可以说以后再继续会谈，但不要答应停止公开论战，因为他们已发表了《公开信》，我们要公开答复。

中央指示的总的精神就是要代表团放手批判，不怕破裂。

中央在复电里告诉代表团：中央对苏共中央《公开信》将发表一个声明，还准备在《人民日报》上加编者按发表苏共中央的《公开信》，同时重新发表我们6月14日刊载的《关于国际共产主义运动总路线的建议》，让全世界评判。

代表团收到中央复电以后，当天下午议定，要坚决贯彻中央复电的精神，放手批判，不怕破裂，把我们准备好的关于斯大林问题的稿子在下一次会谈时讲出。同时，代表团还考虑准备结束这次会谈。

7月19日，中苏两党代表团举行第八次会谈，由康生发言。

波诺马廖夫几次想打断康生的发言，但邓小平没有理会，让康生继续把稿子念完。念完以后，苏斯洛夫又一次表示抗议，说断然拒绝这个发言。这是过去七次会谈中从未有过的现象，说明我们关于苏共领导反斯大林问题的揭露和批判，触及了苏共领导特别是赫鲁晓夫的最痛处，触到了他们的命根子。

当天下午我党代表团发电报给北京，向中央报告下午会谈的情况，说我们已经完成了把斯大林问题端出来的任务，准备在下一次会谈时提出两党会谈暂停的建议，并请苏共派代表团到北京会谈，而且特别提出请赫鲁晓夫来。因为他过去曾请毛主席到莫斯科去，中方已经答复他不去莫斯科，所以我们这次提出请苏联派代表团到北京会谈时也表示希望赫鲁晓夫来。

当天晚上，周总理就直接打电话到莫斯科简单地说了几句话：同意代表团的意见，方针已定，不必细说了。

7月20日，中苏两党代表团举行第九次会谈。会谈一开始，邓小平就按照经过中央批准的方案首先讲话。指出，从过去八次会谈的情况看来，中苏两党存在严重的分歧。特别是从苏共7月14日发表《公开信》以后，苏联的报纸、刊物纷纷攻击中国共产党。在这种情况下，两党就某一些问题达成协议已不可能，甚至连保证会谈在平静的气氛中进行也难以做到。因此，中国共产党代表团建议，中苏两党会谈暂告一段落，休会到另一个商定的时间再举行。我们建议下一次会谈在北京举行，请苏联共产党第一书记赫鲁晓夫亲自率领代表团到中国来同我们会谈。会谈恢复的时间可以根据双方协商来确定。

看来，苏方也是有准备的，很可能他们窃听了周总理从北京给我们代表团打来的表示同意代表团方案的紧急电话。所以在邓小平讲完以后，苏斯洛夫表示，听了中共代表团团长的建议以后，他对这次两党会谈未能够达成协议感到遗憾。他同意中共代表团的建议，暂时告一段落，以后再继续举行会谈。关于下次会谈的时间、地点问题苏斯洛夫说现在不定为好，以后另行商定。这就是说他们不肯答应下次会谈在北京举行，更不答应由赫鲁晓夫率领代表团到北京来。

邓小平说，我们还是希望在北京举行，还是希望赫鲁晓夫亲自率代表团到北京来。赫鲁晓夫不是对我们意见很多吗，他不是昨天还在苏联匈牙利友好大会上对我们大加指责吗，这些话可以到北京去讲。

邓小平所讲的赫鲁晓夫对我们大加指责，是指赫鲁晓夫19日在莫斯科举行的苏联匈牙利友好大会上的讲话，虽然没有指名，但是人们一听就知道他在骂谁的，而且还特别攻击毛主席关于原子弹是纸老虎的观点。所以邓小平在20日的会谈中说他有意见可以到北京来讲，可以直接对我们讲。邓小平说，既然苏联同志认为时间和地点以后再商定，我们也同意。

会谈最后讨论到这次两党会谈要发表一个公报时，苏方拿出一个公报草稿。在这个草稿里除了讲到两党代表团什么人参加会谈以外，还有两句话，第一句话是"会谈在友好的、同志式的气氛中间进行"，第二句话是"两党一致同意停止公开争论"。

邓小平看过苏联的这个公报稿子以后表示,对这两点我们有些修改意见,是不是请双方指定两个人去共同商量怎么修改。苏方表示同意。

在修改公报草稿时,邓小平说,第一句说什么"友好的、同志式的气氛"都不要,按中央复电指示改为各自阐述自己的观点。第二句话根本不要,如果要讲达成协议,只讲会谈暂告一段落,以后再继续举行会谈,会谈的时间、地点另定。这也有中央指示。

双方修改公报草稿后,就各自提交自己的代表团,然后在双方代表团会议上念了一遍,双方都表示同意。这次中苏两党的正式会谈就这样结束。公报于 7 月 22 日发表。

当天晚上,赫鲁晓夫为中国代表团举行宴会。因为会谈中间双方已经吵了很多次,所以祝酒时也没有什么好说的,只是为彼此健康干杯而已。

赫鲁晓夫对邓小平说,我们两党中间没有严重的分歧,分歧是臆造的。

邓小平坦率地对他说,你不是在苏匈友好大会上讲我们是独特的路线、搞分裂,而你们是马列主义路线,这不是分歧吗?你们代表团几次发言不是都讲严重分歧吗?事实上也是存在严重的分歧。我们 6 月 14 日的复信和你们 7 月 14 日的《公开信》,就是两条路线明摆在那里,怎么不是严重分歧?

这时赫鲁晓夫说,哎,用这些词干什么,让作家去写吧,反正我认为没什么严重分歧。他支支吾吾地企图把问题撇开。

但是邓小平还是强调说,我们虽然存在严重分歧,但是我们希望通过讨论来消除分歧,增强团结。

邓小平说,你们发表我们 6 月 14 日的信的做法很好。你们 3 月 30 日的信,我们已经在 4 月间发表了。你们这次《公开信》,我们也准备发表。你们的历次重要的声明、信件和讲话,包括你(指赫鲁晓夫)在苏匈友好大会上的讲话,有些我们已经发表,有些我们还准备陆续发表。我们希望你们也发表我们的东西,包括我们的声明和文章。我们从 1962 年底到 1963 年初发表的七篇文章和 7 月份连续发表的几次声明,希望你们也能够发表。

邓小平说,1960 年我们来莫斯科参加兄弟党代表会议时,少奇同志曾经劝过你,希望你不要站在第一线,不要讲那么多话。在那以后,你还是讲了那么多话,我们答辩只好根据你的话,甚至是直接引用你的,许多观点都是你自己讲的。很对不起没有别的办法,因为就是你讲的多。赫鲁晓夫只好耸耸肩膀,摊摊双手。

宴会最终不欢而散。我方代表团当天晚上 11 点分乘两架飞机回国。

北京时间第二天下午，代表团回国。毛泽东、刘少奇、周恩来、朱德和董必武（当时是国家副主席）都到机场欢迎，欢迎队伍有各部门的负责同志和群众，一共约五千多人。这是毛主席亲自到机场迎接出国代表团归来的少数几次之一。

邓小平舌战赫鲁晓夫后归国，受到毛泽东主席等的热烈欢迎。前排左起分别为朱德、刘少奇、邓小平、毛泽东、彭真、董必武、周恩来

代表团下飞机后，直接到中南海颐年堂去开会。

在谈话中间，毛主席给代表团的工作做了总的评价。他说，代表团取得了完全的胜利。他说，完全胜利是什么呢？你们没有同苏方达成任何有失原则的协议，这就是完全的胜利。邓小平说，那种情况根本不可能达成协议。我们去的时候就准备他们不同我们达成协议，还准备他们完全破裂，但是我们力争不破裂。毛主席说，现在目的已经达到，就是两党会谈暂时告一段落。像公报所讲的以后再继续举行。留这么一个尾巴，这么一个余地，就是说中苏两党的关系还不是完全破裂。但是离破裂也差不多，已经到边缘了。赫鲁晓夫曾经说，邓小平人那么矮，但是一个重量级拳师。事实上是这样，赫鲁晓夫都搬不动你，斗不过你，苏斯洛夫更不再话下。这次你们取得了完全胜利,完成了任务,做了一件好事件。

20 多年后,邓小平回想起中苏分歧时说:"从 1957 年第一次莫斯科会谈,到 60 年代前半期,中苏两党展开了激烈的争论。我算是那场争论的当事人之一,扮演了不是无足轻重的角色。

"一个党评论外国党的是非,往往根据的是已有的公式或者某些定型的方案,事实证明这是行不通的。任何大党、中党、小党,都要相互尊重对方的选择和经验。人家根据自己的情况去进行探索,这不能指责。即使错了,也要由他们自己总结经验,重新探索。他们对我们也应该如此,允许我们犯错误,有了错误以后,由我们自己来纠正。我们反对人家对我们发号施令,我们也决不能对人家发号施令。

"回过头来看,我们过去也并不都是对的,对别国党发表过一些不正确的意见。这是过去争论的一个方面,意识形态分歧的方面。这方面问题的关键,在于马克思主义的普遍原则同各国革命和建设的具体实践相结合,在于面对世界形势日新月异的发展,用新的思想、观点去认识、继承、发扬马列主义。

"一个党和由它领导的国家的对外政策,如果是干涉别国内政,侵略、颠覆别的国家,那么,任何党都可以发表意见,进行指责。我们一直反对苏共搞老子党和大国沙文主义那一套。他们在对外关系上奉行的是霸权主义的路线和政策。"

6. 历时 1 分零 30 秒的握手

邓小平说:我是已经完成了出国访问的历史任务,我是决心不出国的了。但如果消除了中苏间的三大障碍,我愿意破例地到苏联任何地方同戈尔巴乔夫见面。

1989 年 5 月 6 日上午,北京人民大会堂一楼东大厅气氛温馨而热烈。厅内布置着中苏两国国旗,沙发间的茶几上摆放着一束束鲜花。一百多位中外记者聚集一堂,翘首以盼,等待采访一次非同寻常的高级首脑会晤。在香格里拉饭店中国新闻中心,还有数百名中外记者早就抢好了座位,焦急地等待着新闻发布会。要知道,为了抢先报道这次会晤的消息,已有 1200 名中外记者云集北京。这一引起世界性广泛关注的重大新闻,就是中国领导人邓小平与前苏共中央总书记戈尔巴乔夫的历史性会见。这是 30 年来中苏两国最高领导人之间的第一次晤面。一些记者甚至揣摩,邓小平与戈尔巴乔夫见面时,是冷目相对还是握手拥抱?是纠缠旧账还是重温旧好？这次会晤对世界格局会带来什么变化？

上午10时零5分，邓小平和戈尔巴乔夫出现在东大厅门口。邓小平身着整洁、朴素的深灰色中山装，迈着稳健的步子，微笑着走上前去说："怎么样，过得愉快吗？"戈尔巴乔夫精神焕发地笑道："在北京一切都好。"

邓小平握住戈尔巴乔夫的手说："中国人民真诚地希望中苏关系能够得到改善。我建议利用这个机会宣布中苏关系从此实现正常化。"戈尔巴乔夫笑容满面地点着头。细心的记者注意到，邓小平与戈尔巴乔夫双手相握长达1分零30秒。稍停片刻，邓小平又扬手指指正在手忙脚乱按动快门的记者，说："趁他们还没离开，我们也宣布两党的关系实现正常化。"两位领导人再次握手。

邓小平与戈尔巴乔夫两次热烈握手的场面被中外记者纷纷抢拍下来，新闻、消息、评论、图像通过各种现代化的传媒以最快速度发往世界各地。记者们只注意到眼前这一精彩的一幕，他们何曾知道，这是一次被推迟了三年的中苏高级会晤，邓小平为了争取这一天的到来，则整整进行了7年多的不懈努力。

7. 中苏关系三大障碍

中日、中美关系正常化使苏联如坐针毡，为应对于己不利的国际形势，勃列日涅夫放出试探气球，邓小平一语点破中苏关系三大障碍。

70年代末，中苏关系仍然处于冰封雪盖之中。然而此时，在中国的对外交往中，另一些冻结年头更长的关系却正在悄悄地化解……

1978年12月，中共十一届三中全会吹响了伟大历史性转折的号角，中国新时期改革开放的大幕拉开了。在这次意义深远的中央全会召开前后，邓小平以其快捷、果断的作风完成了两桩举世瞩目的大事。

一件是1978年10月，他作为中华人民共和国第一位访日的国家领导人，踏上秋高气爽、枫叶如丹的千岛之国——日本，进行为期一周的正式友好访问，并参加中日和平友好条约互换批准书的仪式。中日和平友好条约的正式生效，为中日邦交正常化奠定了稳固的基础。此次出访，在日本列岛刮起一股强劲的"邓小平旋风"，也许正是借助了这股东风，事隔不久，邓小平又促成了另一宗更具轰动效应的国际新闻。

12月16日,美国总统卡特有效地瞒过触角灵敏的西方媒体以突然袭击的方式,通过美国三大电视公司的电视网向全国宣布:美利坚合众国和中华人民共和国将于1979年1月1日建立外交关系。同一时间,中国政府也向全国播发了《中美建交公报》。1979年1月,邓小平又作为中华人民共和国第一位访美的国家领导人飞往大洋彼岸,对美国进行首次正式友好访问,至此,世界上具有最悠久文明历史的中国和具有最先进科学技术的美国之间,30年没有外交关系的时代结束了。

中日、中美关系实现正常化,对世界产生的冲击波是强烈的,苏联在茫然的情况下接受了这一现实。美国国家安全事务助理布热津斯基曾详细描述了宣布中美建交时,苏联驻美大使多勃雷宁的表现:

"下午,我邀多勃雷宁到我的办公室里来,以便亲自将这个消息告诉他。多勃雷宁在下午三时高高兴兴地来到,我示意乔迪走开,他又招呼新闻记者出去,于是他们都到外面给他拍照去了。我们希望转移新闻记者的视线,让他们误以为总统今晚要宣布有关苏美关系的事。多勃雷宁到来时,大家都知道我们已经定下了晚上九时的电视时间。起初,我和多勃雷宁愉快闲谈,对他们对财政部长米切尔·布鲁门撒尔和商业部长朱安尼塔·克雷普斯访问莫斯科所给的礼遇表示感谢,然后,我突然通知他,今晚我们要宣布开始与中华人民共和国建立外交和全面关系。他目瞪口呆,面如土色,张大了嘴,什么也没有说,待恢复正常后,方对我的通知表示感谢。我又说,这不是针对任何人的,现在美中关系将同苏中关系一样地正常。表面上,这是一种正确的看法,实际上,带有一点讽刺意味。"

布热津斯基的回忆生动揭示了苏联当局在中美建交面前所显示出的这种震撼程度。尽管苏联强硬地要求美国、日本就邓小平访美联合公报和中日和平友好条约中的反对"霸权"一词作出解释;尽管他们一再攻击中国变成了"帝国主义和反动派无耻的应声虫",但是,随着中国国门的敞开和对外关系的不断发展,他们不得不重新考虑下一步棋的走法。

1982年3月,苏联最高苏维埃主席团主席、苏共中央总书记勃列日涅夫在塔什干的一次讲演中,放出一个试探气球,他一面依旧攻击中国的政策,另一面却又谈到苏联愿意改善同中国的关系。这一信息,立即引起邓小平的高度重视。邓小平在主持党中央的工作后,为了创造较长时期的国际和平环境,在处理中国对外关系上,心存四大愿望,一是实现中日关系正常化;二是实现中美关系正常化;三是解决香港回归问题;四是实现中苏关系正常化。这四件大事中,就其复杂性而言,恐怕要首推中苏关系了。

1964 年赫鲁晓夫下台后，新当政的勃列日涅夫不仅丝毫未改善中苏关系，反而加强了对中国的威胁。从 60 年代中期起，在蒙古人民共和国大量驻军，并在中苏边境地区驻扎重兵，总数达 100 万人，在北面构成对中国安全的严重威胁。1978 年 12 月，苏联支持越南先后出动 20 余万兵力武装入侵柬埔寨。事隔一年，1979 年 12 月，苏联又出兵 10 万对阿富汗实行全面军事占领，这就从北面、南面、西面对中国形成军事包围之势，严重威胁着中国的安全，构成了中苏关系正常化的三个重大障碍。毛泽东生前时，为了摆脱同时与美、苏为敌的不利局面，决定采取"一条线"战略，即从日本到欧洲，一直到美国结为"一条线"，侧重反对苏联的威胁和霸权主义。

历史的一页虽然已经翻了过去，但是中苏两国之间的旧账、新账，恩恩怨怨并未了结，改善两国关系谈何容易。自从勃列日涅夫在塔什干"吹风"后，调整中苏关系一时间成为国际舆论关注的热点。但是邓小平的头脑是十分清醒的，这位阅历丰富的政治家，对改善两国关系的症结是什么，有着比旁人更深刻的认识。

1982 年 4 月，北京街头春意渐浓。罗马尼亚前总统齐奥塞斯库来到中国进行友好访问。他此行的目的，除了来了解一下改革开放后的中国外，也想就勃列日涅夫的演讲，看一看中国政府的态度。4 月 16 日，邓小平在人民大会堂福建厅亲切会见了他。邓小平与齐奥塞斯库早在 20 年前就相识了，因此，宾主谈话十分坦率。很快，话题就转到了中苏关系上。邓小平告诉齐奥塞斯库，中苏关系没有多大变化，勃列日涅夫在塔什干的讲话，我们除了对他骂我们的话表示拒绝外，对其他的我们都注意到了。

他说："我们重视实际行动，实际行动就包括阿富汗、柬埔寨问题，包括在我们的边界屯兵在内。"说到这里，邓小平显得有些激动，他加重语气对齐奥塞斯库说："屯兵 100 万啊！不谈这些具体行动，有什么基础？但是我们不排除在他有某种表示的时候恢复谈判。"

齐奥塞斯库表示理解中国的立场，但他试图劝说邓小平像国际舆论所设想的那样去"响应"勃列日涅日夫的"建议"。邓小平不以为然地说："他总要把他的霸权主义改一改吧，勃列日涅夫的话讲得不坏，但是我们要看行动。你见到勃列日涅夫的时候，可以告诉他，叫他先做一两件事看看，从柬埔寨、阿富汗的事情上做起也可以，从中苏边界或蒙古撤军也可以。没有行动，我们不赞成，世界上的人都不会赞成。"

邓小平这番话，点明了中苏关系正常化道路上的三大障碍。这一年 8 月，他向苏方表明：中国领导人关心中苏关系的改善，现在是应该、也有可能在这一方面认真开始做一些实际事情的时候了。双方有必要坐下来平心静气地讨论，通过共同努力，设法排除确立两国友好关系的障碍，从有助于改善两大邻国关系的一个实质问题做起，例如苏联劝说越南从柬埔寨撤军。中苏双方经过协商，从 10 月开始，举行副外长级特使磋商，讨论消除两国关系的障碍问题。中国政府坚持以首先解决三个障碍，尤其是越南从柬埔寨撤军为先决条件，但苏联以不损害"第三国利益"为借口，不同意商谈越南撤军问题。这样，谈谈停停，磋来商去，两年过去了，没有获得实质性进展。

8. 给戈尔巴乔夫的一个口信

1985 年，罗马尼亚总统齐奥塞斯库访问北京，就中苏双方改善关系问题与邓小平交换意见。会谈期间，邓思虑再三对齐氏说"给我带个口信好不好？"

1985 年 10 月，北京秋高气爽，气候宜人，正是中外宾客如云的季节。罗马尼亚总统齐奥塞斯库再一次来到北京。10 月 9 日，仍旧是在人民大会堂福建厅，邓小平会见了他。宾主阔别 3 年再度相见，话题自然很多，然而最重要的一个话题仍是中苏关系。

从 1982 年到 1985 年，国际局势和中国、苏联的国内形势都出现了许多新的变化。中国的改革开放已成席卷全国之势。邓小平通过长期观察，认为世界上和平因素超过了战争因素的增长，世界战争可以避免，世界的主题是和平与发展。中国完全可以在争取和平的前提下，一心一意搞现代化建设。基于这种判断，党中央制定了抓紧时机，发展经济的战略目标。发展经济需要创造较长时期的和平环境，从这点出发，改善中苏关系的重要性和迫切性是显而易见的。

自 1982 年 10 月以来，中苏两国虽然在经济、科技、贸易等领域的互利合作和人员往来得到不同程度的恢复和发展，但由于三大障碍没有清除，两国关系还没有正常化。为了打破政治关系上的僵局，邓小平在努力寻找解决问题的新办法。

这期间，苏联由于援越侵柬和入侵阿富汗的拖累，国力逐步削弱，美苏争霸态势由苏攻美守变为美攻苏守。改善中苏关系对苏共领导来说，已是势在必行的了，然而此时的苏共中央不得不忙于应付一种新的危机，一种因班子老化而带来的困扰。

1982年11月,勃列日涅夫在执掌权力18个年头后离开人世。也许勃列日涅夫在接班人的考虑上太欠缺居安思危的意识,因而他死后,苏共高层立即出现难以为继的局面。接替勃日涅夫职务的安德罗波夫,上台时已68岁,他主宰克里姆林宫仅仅一年半即告别人世。继任的契尔年科状况更为不佳,这位73岁的老人执政只有13个月,一场突发的心肌梗塞夺去了他的生命。接二连三的人事更迭和死亡威胁,迫使苏共中央不得不尽快启用新生力量。

1985年3月10日,就在契尔年科去世的第二天,54岁的戈尔巴乔夫入主克里姆林宫。这位毕业于莫斯科大学法律系的政治活动家是作为苏共中央更新换代的代表被推上总书记位子的。他一上台,就对改善中苏关系表现出极大的关注。3月13日,苏共中央在莫斯科红场举行契尔年科的隆重葬礼。在参加葬礼的队伍中,有国务院副总理李鹏率领的中国政府代表团。第二天戈尔巴乔夫即会见李鹏,感谢中国政府派代表团来参加契尔年科的葬礼,他说,希望中苏关系能取得重大改善,苏中之间应该继续进行对话,提高对话的级别,缩小分歧,在更广泛的领域里取得进展。戈尔巴乔夫的话,被许多人视作一种解冻的机遇。邓小平是一位思维敏捷,善于寻找解决问题切入点的政治家,此时此刻,一种新的构想在他的脑海中形成了。

在人民大会堂福建厅中,邓小平与齐奥塞斯库的谈锋正健。邓小平细细地向齐氏摆谈对国际形势的看法,他说,过去多年来,我们一直强调战争不可避免,经过这段时间观察,虽然战争的危险依然存在,但是和平的力量和制约战争的力量有可喜的发展。正是基于这样的判断,中国党才准备用全力发展经济,改变过去与日本、欧洲、美国结为"一条线"对付苏联的外交战略。话题转到改善中苏关系,邓小平鞭辟入里地分析了越南从柬撤军是解决中苏关系正常化的首要问题,他很率直又很幽默地说:"戈尔巴乔夫上台以后,做了很多积极的表示,但是消除三大障碍问题始终没有松口。如果我给戈尔巴乔夫当参谋,我就建议他接受这一点。"话说到这里,邓小平突然问齐奥塞斯库:"你可以见到戈尔巴乔夫吧?"齐奥塞斯库点点头说:"这个月22日将在保加利亚的索菲亚召开华沙条约政治协商会议,我们会见的。"邓小平略一思索,说道:"你给我带个口信好不好?如果苏联同我们达成谅解,让越南从柬埔寨撤军,而且能办到的话,我或胡耀邦同志愿意同戈尔巴乔夫同志会见。我出国访问的历史使命虽已完成,但为这个问题,我可以破例。三大障碍这一条应首先解决,我们等待答复。"这是邓小平首次提出中苏高级会晤的设想,这位81位高龄的老人,为推动中苏关系正常化置个人身体于不顾的诚意显然感动了齐奥塞斯库,他忙说:"我欢迎这样做,也一定代为转达。"

不久,苏方作出了反应。11 月 6 日,在苏联举办的庆祝十月革命节的招待会上,有关方面对中国驻苏联大使说:"你们领导通过齐奥塞斯库同志转达的口信收到了。"11 月下旬,李鹏副总理访问保加利亚和捷克路过莫斯科,戈尔巴乔夫主动会见了他,表示苏中举行高级会晤的时机已成熟,建议在远东地区的苏联或中国境内举行高级会晤,讨论苏中关系正常化问题。但是戈尔巴乔夫避而不谈促使越南从柬埔寨撤军问题,也不同意先定议程和先决条件。这等于没有真正响应邓小平提出的这一重大建设性步骤。于是,中苏高级会晤拖延了下来。

9. 华莱士的访谈

戈尔巴乔夫通过实际行动向中国示好,正在全世界都将目光投向中国,关注领导层如何决策时,邓小平接受了美国记者华莱士的访问,反将了戈尔巴乔夫一军。

中苏关系仍处在微妙状态。

1986 年 7 月 28 日,戈尔巴乔夫在苏联远东大城市海参崴(符拉迪沃斯托克)发表了一篇耐人寻味的演说。他在谈到苏联对亚太地区政策时说,苏联愿意与亚洲国家尤其是中国和日本改善关系。对于中国,他说,苏联准备在任何时候、任何级别上同中国最认真地讨论关于创造睦邻气氛的补充措施问题;苏联愿以黑龙江主航道为界划分中苏边界的正式走向;苏联正同蒙古领导人一起研究关于相当大一部分苏军撤出蒙古的问题。他还许诺在 1989 年底以前从阿富汗撤回 6 个团,等等。很显然,戈尔巴乔夫在中方提出的谈判条件上向前迈了一步。

细心的西方观察家们还注意到,戈尔巴乔夫的"贤内助"赖莎此时也对中国表现出极大的兴致。她引人注目地光顾了大型中国经济贸易展览会。赖莎身着浅灰色套裙,肩挎苹果绿小提包。和谐、淡雅的装束衬托出这位"苏联第一夫人"的风韵。在长达一个半小时的参观过程中,她情致盎然地观看了每一个展台。下面是现场摄录的一组镜头:

在中国通讯卫星展品前,她意味深长地说:"太空技术服务于和平目的,这很好,戈尔巴乔夫主张我们在太空研究方面进行合作。"

赖莎在一幅中国刺绣精品双面绣金鱼面前端详良久。她问一位男性讲解员,绣这样一幅双面绣要花多少时间。讲解员一时答不上来,显得有些窘迫,赖莎急忙解围说:"这是妇女们干的事,你们男人当然是说不清的。"

在参观过程中,她热情称颂中国在各方面取得的成就,并向中国人民表示了美好祝愿。不久,赖莎又应邀来到中国大使馆观看时装表演。她称赞中国时装模特身材苗条,富于艺术感,服装、动作和表情十分和谐。当然,萦绕在赖莎心头的还有更重要的东西,在离开中国大使馆时,她留下了这样的赠言:"我很高兴看到,苏中关系在各方面有所改善。"

西方媒体将他们能够搜集到的所有细节都披露于众,使国际舆论认为,戈尔巴乔夫这一举动争得了几分主动,他们纷纷猜测中国将如何反应。

1986年9月2日,新华社发了一则消息:

中共中央顾问委员会主任邓小平今天上午在中南海接受了美国哥伦比亚广播公司《60分钟》节目记者迈克·华莱士的电视采访。邓小平回答了华莱士提出的有关中国经济政策、中国的统一、中美关系、中苏关系等方面的问题。

第二天,《人民日报》在头版头条也刊登了这一消息,并配上一幅邓小平接受华莱士采访的照片。这条简短的消息令人颇费猜测。邓小平接见美国记者的情形如何? 他们具体谈了些什么? 官方报道没有提供任何细节。职业的敏感使在京的外国记者纷纷出动,千方百计想早点搞到邓小平的谈话。也许是"名牌效应"在起作用,一看到华莱士的名字,他们就已预见到这次采访必会出"彩"。68岁的华莱士是美国家喻户晓的节目主持人兼记者。他从1968年起出任哥伦比亚广播公司《60分钟》节目主持人。在他的主持下,这个节目在竞争激烈的美国电视界享有极高的收视率,多次获得大奖,他也因此成为世界一流的新闻记者。华莱士以擅长捕捉热点新闻和采访国际风云人物著称。他采访过水门事件,越南战争和中东战争,采访过尼克松、里根、霍梅尼、萨达特……这一次华莱士又把镜头对准了中国的邓小平,他将给世人提供一件怎样的独家新闻呢?

邓小平是在中南海紫光阁接受华莱士采访的。他刚从北戴河休假归来。经过一个多月的海水浴和日光浴,皮肤黝黑,虽然已经度过82岁生日,却显得毫无老态,非常健康,也许是要拍电视的缘故,邓小平这天特意穿了一套新制的十分合体的黑色中山服,脚上的皮鞋擦得一尘不染,神态安详、轻松、胸有成竹。

看到眼前这位身材魁梧、风度翩翩的美国记者,邓小平不由想起1980年他与那位令西方政治家头疼的意大利女记者法拉奇长谈的情景。那位女强人提问尖锐、言辞泼辣,善于触及敏感问题,连足智多谋的基辛格也被她问得狼狈不堪。邓小平却偏偏喜欢这种采访风格,他将它视为一次考试,一次智力角逐。那次谈的话题是当时最敏感、最棘手的关于毛泽东的评价问题。邓小平全面地、客观地阐述了毛泽东的功与过,世界舆论认为那是邓小平向记者交的一份水平很高的答卷。

时隔6年的今天,他又面对另一位不易对付的名记者的采访,这无疑是对这位年事已高的老人智慧和精力的又一次更严格的考试。果然,采访一开始,华莱士便开门见山地提出了世人最关注的戈尔巴乔夫在海参崴的讲话,询问邓小平有何看法?邓小平的回答颇为巧妙而有分寸。他语调平缓地说,戈尔巴乔夫的讲话"有点新东西","我们对他的新的带有积极性的东西表示了谨慎的欢迎"。接着,话锋一转,指出戈尔巴乔夫的步子迈得并不大,他发表讲话后不久,苏联外交部官员也讲了一篇话,调子同戈尔巴乔夫的不一样,这说明苏联内部对中国政策怎样还要观察。

华莱士问:"您以前有没有见过戈尔巴乔夫?"

"没有。"

"您是否想见见他?因为他说过,他愿意同你们在任何时候,任何级别上谈任何问题。您愿意同他进行最高级会晤吗?"

"如果戈尔巴乔夫在消除中苏间三大障碍,特别是在促使越南停止侵略柬埔寨和从柬埔寨撤军问题上走出扎扎实实的一步,我本人愿意跟他见面。"

这是邓小平第一次在公开场合表明态度。他的话引起在电视监视器屏幕前"督战"的节目制作人的高度重视。但是华莱士却犯了一个不大不小的错误,他没有及时将邓小平的思路展开,而是提早转移了话题。幸好话题尚未扯远,摄像机的第一盘录相带用完了。在停机换带时,节目制作人赶紧上前去提醒华莱士。第二盘录相带开始转动后,华莱士立即补问道:"邓主任,刚才我的节目制作人要我再问一下邓主任是否愿意会见戈尔巴乔夫。"这一问,引出了邓小平最精彩的一段话:"我再说一次,我相信这样的见面对改善中苏关系,实现中苏国家关系正常化很有意义。"

中国最高领导人公开表示愿意前往苏联举行两国首脑会晤,这在双方关系破裂20多年来还是第一次。9月7日,美国哥伦比亚广播公司将这一重大新闻传遍全球。邓小平在作这种表示时,既表达了愿意举行中苏首脑会晤的迫切心情,又没有放弃中国一贯坚持的立场,于不露声色之中将了戈尔巴乔夫一军。正如美国《基督教科学箴言报》评论的:"邓小平巧妙地在没有作出任何让步的情况下,从戈尔巴乔夫手里夺走了舞台中心位置。"

事情的发展并非如人所愿,邓小平的两次倡议,充分体现出中国方面对实现中苏关系正常化的真诚愿望。然而戈尔巴乔夫虽然在排除三大障碍上作出了让步的姿态,但丝毫未提及柬埔寨问题,这表明苏联的亚洲战略并未改变。事实上,苏联也决不会轻易放弃几经辛苦才在越南建立的海空军基地。他们以不损害"第三国利益"为借口,不肯在改善两国关系上迈出关键的一步,致使中苏关系仍未获得实质性的突破。中国有句老话:"解铃还需系铃人",中苏两国关系上积累的问题太多,一一解开需要时间,需要等待。

10. 结束过去,开辟未来

戈尔巴乔夫终于展现出诚意,开始就中苏关系间的三大障碍采取行动;对峙二十多年、世界上两个最大的社会主义国家开始握手言和。

1988 年,国际形势发生了新的变化。随着世界各种力量的消长,第二次世界大战后在冷战情况下形成的两极局面受到冲击,西欧、日本、广大发展中国家在国际事务中的作用在增强,美苏两国左右世界局势的能力在削弱。虽然美苏两国在军事上保持着对其他国家的压倒性优势,但在经济上已受到严重挑战,政治上的影响力也显著下降。美苏的对抗态势日益不利于苏联。苏联出于内政外交的需要,不能不顺乎和平与发展的时代主流来制定对外政策,于是,有利于中苏关系改善的重大步骤,相继出台:

4 月 14 日,苏方在关于政治解决阿富汗问题的日内瓦协议上签字,承诺从 5 月 15 日起从阿富汗撤军,9 月个月内全部撤完。

9 月 16 日,戈尔巴乔夫在克拉斯诺尔斯克的演讲中宣称,苏联准备促进柬埔寨问题尽快解决,并表示愿意立即开始筹备中苏高级会晤。

12 月 7 日,戈尔巴乔夫在联大第 43 届会议上宣布,苏联单方面裁军 50 万,并在两年内撤回驻扎在蒙古的大部分军队。

到此时,苏联在消除影响中苏关系正常化的三大障碍上有了实质性的进展,中苏关系出现了新的转机。这一年 12 月,钱其琛作为 1957 年以后第一位正式访苏的中国外长抵达莫斯科就三大障碍中的重要障碍——柬埔寨问题的早日公正合理地解决进行磋商。戈尔巴乔夫在克里姆林宫会见了钱其琛,他高兴地对记者说:"我想一切都进行的很好,很正常,我相信这符合我们两国人民的利益"。中国外长的出访,正式开始了中苏关系正常化的进程。

1989年1月6日,越南撤军问题终于有了眉目,越南外交部新闻司代理司长胡彩兰在河内宣布,越南政府和金边政权已决定,如果柬埔寨问题达成政治解决的话,越南将在9月前从柬埔寨撤出其全部军队。这条消息对中苏来说是至关重要的,柬埔寨问题是改善中苏关系的关键,是主要障碍,越南在柬驻军也是中苏关系实际上处于对峙的问题,这个问题有了解决的方案,改善中苏关系便有了保证。

1989年2月,在中国人民喜迎新春佳节之际,苏联外长谢瓦尔德纳泽回访中国。双方经磋商确定,5月在北京举行中苏最高级会晤,也就是说,邓小平三年前提出的与戈尔巴乔夫会面的设想,5月份将在北京实现。

消息不胫而走,世界为之瞩目。稍有常识的人都能意识到这次会谈的难度。中苏之间的关系非一般国家可比,两国既有过传统友谊和同盟关系,又遗留着沙俄时代的领土争端和赫鲁晓夫时代的意见分歧。这些历史旧账、新账,多年来犹如厚重的浓雾成为两国关系间的层层叠障,拨不开,驱不散。因此,自从中苏关系正常化的进程开始后,邓小平一直在反复思考着会谈的原则和方针,他在脑海中一点一点梳理着那些错综复杂的矛盾,几百年前的问题,几十年前的矛盾,都要有个交代呵!中苏关系正常化后,两国关系不会再是50年代的"同盟式",也不是"对抗式"只能是建立在和平共处五项原则基础上的新型关系。从这点出发,他为这次会谈确定了明确的方针:"不回避分歧,不纠缠旧账,寻求共同点,着眼于未来,探讨在和平共处五项原则的基础上建立新型睦邻友好关系"。

1989年5月16日,邓小平与戈尔巴乔夫终于见面了。会谈是友好、坦诚的,邓小平开门见山地点出了60年代的中苏论战问题,他以务实、直率的谈话风格说:"从一九五七年第一次莫斯科会谈,到六十年代前半期,中苏两党展开了激烈的争论。我算是那场争论的当事人之一,扮演了不是无足轻重的角色。经过二十多年的实践,回过头来看,双方都讲了许多空话。马克思去世以后一百多年,究竟发生了什么变化,在变化的条件下,如何认识和发展马克思主义,没有搞清楚。"他谈到世界日新月异的变化,认为各国必须根据自己的条件建设社会主义,固定的模式是没有的,也不可能有,墨守成规的观点只能导致落后,甚至失败。

邓小平以中苏最敏感问题为开场白,引发了一段对马克思主义及各国建设模式的议论,十分巧妙而冷静地批评了过去论战中的教条主义和形而上学的观点,为会谈定下了实事求是的基调。戈尔巴乔夫神情专注地听着,对于那场中苏大论战,他在访问中国前已经作过详细的了解,他十分清楚坐在他身边的、比他年长27岁的邓小平是当时苏斯洛夫最头疼的对手,是中国代表团的团长。他对邓小平说:

1989年5月16日，邓小平同戈尔巴乔夫举行会谈

"我的年龄比你小，那场争论我们不想对此作出评价，而是指望你来作出评价，我同意你的基本想法。"

接着，邓小平郑重地阐述了两个问题，一是历史上中国在列强压迫下遭受损害的情况，他毫不客气地历数沙俄时代及斯大林时期侵害中国权益的历史事实，尖锐指出从鸦片战争起，列强侵略中国得利最大的一个是日本，一个是沙俄，在一定时期一定问题上也包括苏联。沙俄通过不平等条约侵占的中国土地，超过150万平方公里。十月革命后也还有侵害中国的事情，1929年占去了中国的黑瞎子岛，1945年美、英、苏三国在雅尔塔签订的秘密协定也极大地损害了中国的利益。邓小平谈的第二个问题是近30年中国人感到对中国的威胁从何而来。他说："从建国一开始，我们就面临着这个问题。那时威胁来自美国，最突出的就是朝鲜战争，后来还有越南战争。……60年代，在整个中苏、中蒙边界上苏联加强军事设施，导弹不断增加，包括派军队到蒙古，总数达到100万人。对中国的威胁从何而来？很自然地，中国得出了结论。1963年我率代表团去莫斯科，会谈破裂。应该说，从60年代中期起，我们的关系恶化了，基本上隔断了。这方面现在我们也不认为自己当时说的都是对的。真正的实质问题是不平等，中国人感到受屈辱。"

邓小平谈论这话时，戈尔巴乔夫很敏感，也有点紧张，他不清楚中国领导人又翻出历史旧账来做什么？他赶紧表白说："对于不太遥远的往事，我们感到有一定过错和责任，至于两国间比较遥远的事情，是历史形成的。重提领土的变迁，边界的改划，就会使世界不稳定，就有可能引起冲突……"

邓小平摆摆手，对他说："我讲这么长，叫'结束过去'。目的是使苏联同志理解我们是怎样认识这个'过去'的，脑子里装的是什么东西。历史账讲了，这些问题一风吹，这也是这次会晤取得了一个成果。"谈话间，邓小平特意问戈尔巴乔夫还

87

记不记得3年前请齐奥塞斯库捎口信的事？戈尔巴乔夫连连点头表示记得，并说"三年多的时间，清除三个障碍，平均每年一个。我要感谢你创造了条件，使我们能够走到一起来庆贺两国关系正常化"。邓小平高兴地说："我们这次会见的目的是八个字：结束过去，开辟未来。"他特别强调，"现在两国交往多起来了，关系正常化以后，无论深度和广度都会有很大发展。在发展交往方面，我有一个重要建议：多做实事，少说空话"。戈尔巴乔夫马上赞成："对，少声张，多做事。"

中午，邓小平设宴招待了戈尔巴乔夫一行。午宴后，戈尔巴乔夫从人民大会堂返回他下榻的钓鱼台国宾馆时，把车窗摇下来不时地探出头去，向沿途欢迎群众招手致意。车队行至白云观，戈尔巴乔夫要求下车，同北京市民见面。他边向路南、路北群众打招呼，边说："代表苏联人民向中国人民问好！"他一边同一些市民握手，一边兴奋地说："我刚与中国最高领导人紧紧地握了手，苏中两国关系已经完全正常化了，谢谢你们！"这番话激起欢迎群众的热烈鼓掌。

邓小平说过，改善中苏关系，对维护世界和平是大功大德的事。邓小平与戈尔巴乔夫的历史性会晤，是中苏关系的转折点，为中苏关系史揭开了新的一页。

第三章

1. 复出后的首次访问

经过三落三起的邓小平,在复出后出国访问的第一站,选择了近邻缅甸。

1978年1月26日下午,应缅甸联邦社会主义共和国总统兼国务委员会主席吴奈温和总理吴貌貌卡的邀请,邓小平乘专机抵达缅甸首都仰光,对缅甸进行正式友好访问。随同邓小平出访的有外交部副部长韩念龙,亚洲司副司长王晓云、程瑞声,礼宾司副司长高建中等。

这是邓小平第三次复出后,第一次出国访问,也是他走出国门计划的第一站,时间选择在新年刚过不久。中国有句古话叫"一年之计在于春"。邓小平在年初安排出国访问,并在此后的一年时间内先后访问了八个国家,他用实际行动昭示着中国的大门已经向世界敞开了。

缅甸是最早同新中国建交的国家之一。两国边民自古以来就结成了亲如手足的"胞波"关系。"胞波"是缅语,就是"同胞兄弟"和"亲戚"的意思。缅甸人民习惯用这个名词称呼中国人民,以示亲切。

中缅两国是近邻,有着2000多公里长的共同边界。中华人民共和国成立后,中缅历史上存在的边界问题,由于种种原因,久悬未决。直到1954年缅甸总理访华时,这个问题才开始摆到日程上来。当时两国总理在会谈的公报中宣布:"鉴于中缅两国边界尚未完全划定,两国总理认为有必要根据友好精神,在适当时机内,通过正常的外交途径,解决此项问题。"

1955年底,中缅边哨部队在黄果园发生了一次冲突,增加了解决中缅边界问题的紧迫性。

1956 年,中国政府根据自己的和平睦邻政策以及对中缅边界问题的调查研究的结果,向缅甸提出了一揽子解决中缅边界问题的原则性建议,得到了缅甸方面的积极响应,从而为中缅边界问题的解决奠定了基础。

1960 年 1 月,缅甸总理应邀访华,同中国总理签订了中缅边界问题的协定,同时签订了《中缅友好和互不侵犯条约》。同年 10 月 1 日,正式签订了《中缅边界条约》,10 月 13 日,签订了《中缅边界议定书》,中缅边界问题获得圆满的解决。

随着边界问题的解决,中缅两国的友好往来日益频繁。两国领导人多次互访,周恩来总理先后 9 次访问缅甸,受到了缅甸政府和人民的隆重和热烈的欢迎。吴奈温总统也曾 10 多次访问中国,仅 1977 年就两次前往北京,并同邓小平进行了亲切友好的会谈。缅方还热情地接待了邓颖超副委员长对他们的访问。

这次邓小平的来访,缅甸方面的接待更为隆重热烈。

缅甸总统吴奈温、国务委员会秘书山友将军、总理吴貌貌卡以及缅甸国家和政府的其他重要领导人都到机场迎接。

邓小平精神抖擞、笑容满面地走下飞机舷梯。吴奈温总统热情地迎上前去同邓小平亲切握手。这时机场上鸣礼炮 19 响,几个乐队一起演奏起来,一条长长的红地毯从飞机舷梯旁一直铺到机场主楼。吴奈温总统首先向邓小平一一介绍了前来迎接的缅方官员,并陪同邓小平一起走上检阅台,检阅缅甸军队的仪仗队。

当邓小平绕场一周同三千多名群众见面时,机场上身穿白衬衫和翠绿或天青色纱笼的男女青年,组成了一个色彩鲜艳的方阵。他们挥动着手中的缅中两国国旗,高呼"缅中友谊万岁!""祝邓副总理身体健康!"十多个乐队鼓乐齐鸣,五彩气球升上天空。邓小平向欢迎群众频频招手致意。

邓小平在机场上发表了书面讲话。

他说:"中缅两国山水相连,自古以来就是友好邻邦。近年来,我们两国的友好关系又有了新的发展,这完全符合两国人民的利益和共同愿望。我们这次来缅甸访问,正像两国领导人历次访问一样,是为进一步巩固和加强我们两国人民的传统友谊和两国的友好关系。我衷心感谢吴奈温总统、吴貌貌卡总理、缅甸政府和缅甸人民给予我们的隆重热烈欢迎,并愿借此机会,向缅甸政府和缅甸人民转达中国政府和中国人民的亲切问候和良好祝愿。祝中缅两国人民'胞波'般的传统友谊和两国友好关系不断巩固和发展! 祝缅甸联邦社会主义共和国繁荣昌盛,人民幸福!"

随后,吴貌貌卡总理和邓小平同车前往宾馆,吴奈温总统送邓小平到车旁。从机场到宾馆的 6 英里路途上,数万名群众身着颜色鲜艳的民族服装夹道欢迎。

稍事休息后,邓小平于傍晚前往缅甸总统府拜会了缅甸联邦社会主义共和国总统兼国务委员会主席吴奈温。总统府花园里的树木上五彩的电灯一齐点亮,以迎接中国贵宾。吴奈温总统在总统府门口热情地迎接邓小平副总理。

吴奈温总统设晚宴招待邓小平一行。宾主进行了亲切友好的谈话。

2. 共话"胞波"情

在国宴上,吴貌貌卡总理说,希望阁下同我们在一起的时候完全像在家里一样。邓小平说,两国亲戚"胞波"般的友好关系有了新发展。

1 月 27 日,邓小平同吴奈温总统举行了不拘形式的自由交谈式的会谈;中午,拜会了国务委员会秘书山友将军;晚上,出席吴貌貌卡总理举行的盛大国宴。

宴会是在旧总统府的花园草坪上举行的。建筑物四周挂着长串的装饰灯,花园树木上无数个五彩缤纷的电灯闪烁着美丽的光辉,映照着盛开的各种花卉,呈现出一片节日景象。

吴貌貌卡总理首先在宴会上讲话。他说,我们非常高兴能在这里招待我们的朋友邓小平副总理及其随行人员。邓小平副总理的这次访问,对于我们两国的关系具有特别重要的意义。

他说:"地理上,缅甸和中华人民共和国是山水相连的邻邦。自古以来,两国人民就有着传统的友好关系。自从我们两国从帝国主义统治下赢得解放和有权决定我们自己的命运以来,这种长期存在的关系在各个方面稳步地发展和扩大。

"我们信守的一个原则是,在国际关系方面,有着相同或不同的政治、社会背景或信仰的国家,不论是穷国还是富国,不论是大国或小国,也不论地域或远或近,只要能够和平相处、互相尊重和谅解,它们的相互信任就会加深,它们就能够为相互的利益而合作。我们两国之间的关系一直是以和平共处的原则作指导的。一个突出的卓有成效的例子是圆满地解决了边界问题。这在我们的早期历史关系中是一个棘手的问题。此外,中国还向缅甸提供了经济和技术援助。我们高兴地看到,这种合作对缅中两国都是有益的。我认为,不仅由我们,而且也由我们的后代继续保持和维护这种互利的关系,是由我们两国人民的愿望和利益之所在。

"对我们来说,我们希望不仅和邻国、而且同世界所有国家保持以和平共处和互利合作原则为基础的关系。我认为,对于像缅甸这样的发展中国家来说,采取与其自然条件和文化相适应的办法来促进本国人民经济和社会的发展,这种努力要取得成功,保持这种关系是一个不可缺少的条件。我还认为,这也有利于世界和平和安全的事业。"

吴貌貌卡总理最后说:"我坚信,阁下的友好访问将进一步培育我们两国之间已经牢固的胞波友谊,并且希望阁下同我们在一起的时候完全像在家里一样。"

讲话结束后,乐队演奏中国国歌。

邓小平在讲话中说:"在缅甸春光明媚,景色宜人的美好季节,我遵照伟大领袖和导师毛泽东主席生前的指示,带着中国政府和人民对缅甸政府和缅甸人民的诚挚友谊,来贵国进行正式友好访问。

"缅甸是我们的友好邻邦,有历史悠久、丰富多彩的民族文化。缅甸人民勤劳勇敢,热爱自由,具有反帝反殖的光荣传统。在吴奈温总统领导下,缅甸人民坚决维护民族独立和国家主权,努力发展工农业生产,发扬民族文化,建设自己的国家。

"在国际事务中,缅甸政府长期奉行中立和不结盟的政策,发展同第三世界国家的友好关系,反对帝国主义和霸权主义,赢得了各国人民的钦佩和赞赏。

"当前国际形势有利于世界各国人民,不利于帝国主义和霸权主义。世界人民在反帝反霸斗争中经受了锻炼,不断前进。亚洲形势的发展也十分令人鼓舞。东南亚和南亚各国人民维护民族独立、国家主权和经济权益的斗争正在深入发展。帝国主义和霸权主义在亚洲地区的扩张和渗透不断遭到挫折。许多亚洲国家明确宣布反对任何国家在世界任何地区建立霸权,反映了亚洲各国人民的共同愿望。对于亚洲国家之间存在的这样或那样的争端,我们历来主张由有关国家在和平共处五项原则的基础上,通过友好协商解决。我们相信,只要亚洲各国人民加强团结,坚持斗争,一定能够挫败帝国主义和霸权主义的阴谋,在捍卫民族独立和国家主权的斗争中取得更大的胜利。

"中缅两国亲戚'胞波'般的友好关系,是在毛泽东主席、周恩来总理和吴奈温总统的关怀和培育下发展起来的,经受了时间的考验。去年吴奈温总统两次访问中国,邓颖超副委员长访问缅甸,使我们两国的友好关系又有了新的发展。我们两国人民要世世代代友好下去。这不仅符合两国人民的根本利益,也有利于亚洲人民团结反霸的共同事业。中国政府和中国人民愿意和缅甸政府和人民一起,为继续发展我们两国的友好关系而共同努力。"

邓小平讲话结束后,乐队奏缅甸国歌。

宴会结束后,宾主一起观赏了缅甸艺术家的文艺演出。他们的演出博得了阵阵掌声,特别是用汉语唱缅甸作曲家作的《缅中友好之歌》和为陈毅副总理的诗《赠缅甸友人》谱写的歌曲以及表演中国舞蹈红绸舞时,更是受到热烈欢迎。

3. "中缅两国人民世世代代友好下去"

邓小平应邀在仰光大金字塔的纪念册上题字:"中缅两国人民世世代代友好下去"。

1月27日上午,邓小平前往缅甸民族英雄昂山将军墓敬献花圈。

缅甸早在公元前就组成了国家,11世纪建立了封建王朝,创造了自己的灿烂文化。到了近代,缅甸为英国殖民主义者占领,第二次世界大战期间又被日本帝国主义占领。英勇的缅甸人民从未屈服过,他们为民族独立和祖国解放,同敌人进行了不屈不挠的斗争,涌现出许许多多的民族英雄。昂山将军就是其中的杰出代表。

昂山,1915年2月出生在缅北马圭县那茂镇的一个律师家庭,其堂祖父波拉扬是著名的抗英领袖。昂山自幼受到良好的家庭和学校教育,1932年考入仰光大学,当选为校学生会理事和会刊《孔雀之声》主编。因发表反对英国当局的文章,昂山与学生会主席吴努一起被开除学籍,为此,他领导广大学生进行长达三个月之久的抗议罢课运动,迫使当局收回成命。1937年昂山当选为全缅学生会主席,同年加入德钦党。1939年8月,他参加缅甸共产党成立大会,被选为首任总书记,并于年底秘密组建人民革命党,筹划通过武装斗争赶走英国统治者。1941年太平洋战争爆发后,昂山在日本协助下组建缅甸独立军、任司令。日本帝国主义侵入缅甸后,他又出任日本扶植的缅甸政府国防部长兼国防军(原独立军)总司令。后来他逐步认识"联日反英"造成的恶果,于1944年8月,联合共产党、人民革命党及其领导的国防军,秘密组成反法西斯人民自由同盟、任主席,广泛开展抗日活动。1945年3月,昂山以同盟领导人身份,指挥全国抗日武装起义,配合盟军反攻部队消灭了日本占领军。战后,他领导人民进行反对英国重新统治,实现缅甸完全独立的斗争。1947年1月,昂山率领自由同盟代表团应邀赴英谈判,签订了《昂山－艾德礼协定》。同年2月,他在缅甸掸邦彬龙镇主持召开由各少数民族代表参加的彬龙会议,大会上边疆各少数民族同意与本部地区同时独立,建立缅甸联邦共和国。4月,在制宪议会选举获胜后,昂山出任缅甸临时政府总理。1947 年 7 月 19 日,在同六名政府部长开会时,昂山被帝国主义指使的歹徒杀害。缅甸政府将其遇害的那天定为缅甸烈士节,还修建烈士陵园,以示纪念。昂山生前对中国怀有深厚的情谊,他认为"中缅两国之间的真实友谊,只有基于一个和平、团结、民主、强大的中国的建立"。

邓小平向这位缅甸民族英雄深深的三鞠躬,以表达中国政府和中国人民的崇敬之情。

随后,邓小平又参观了著名的仰光大金塔。

大金塔是缅甸古代建筑和雕刻艺术的杰出代表,它同柬埔寨的吴哥古迹、中国的长城等一样都反映了亚洲国家的悠久历史文明。

大金塔高耸于仰光市区北部茵雅湖畔树木葱茏的丁固达拉岗上,缅甸人称之为"瑞光大塔"。"瑞"在缅语中是"金"的意思;"大光"则是仰光的古称。据说,大金塔始建于公元前 585 年。相传,缅甸人科迦达普陀兄弟从印度带回了 8 根释迦牟尼的头发。后来他们在德楞王朝帮助下,在丁固达拉岗上修筑了这座塔,把佛发珍藏在内。

大金塔起初只有 8.3 米高,因珍藏有佛发,到 11 世纪蒲甘王朝时,便成了缅甸的佛教圣地。各个王朝不停地对大金塔进行修缮,其中以 1774 年的一次修整规模最大。阿瑙帕雅王的儿子辛漂信亲自来到仰光,把塔身加高到现在的 112 米,并在塔顶上安装了新的金伞。如今在仰光市内到处都可以看到塔尖,整个宝塔贴着金箔,金光闪闪,十分壮观。

大金塔是缅甸人民的创造智慧和高度艺术成就的标志,也是缅甸人民反抗帝国主义侵略,奋起与殖民统治斗争历史的见证。

1948 年缅甸终于摆脱了殖民枷锁,宣告独立,这使长期蒙受殖民耻辱的大金塔重新发出光彩。缅甸各族人民和外国客人纷纷来到仰光,瞻仰这个历史古迹。人们看到,仰光大金塔的建筑别具风采,它像一个覆在地上的巨钟。在塔的四个大门外有玉石雕刻的坐卧佛像,神态逼真,庄严肃穆,与我国寺庙前常有的一对石狮相似。1977 年邓颖超副委员长访问缅甸时,参观了这一举世闻名的大金塔。在塔西北角的一座古钟前,缅甸朋友讲述了一个民间传说,说连续敲这座古钟三下,就可以实现自己的愿望。邓颖超副委员长拿起特制的木棒敲了三下,祝中缅人民友谊万古长青。这次邓小平来到古钟前,也拿起木棒连敲三下,同样祝中缅友谊长存。

邓小平在大金塔的纪念册上题词："中缅两国人民世世代代友好下去"。他刚放下笔，在场的中缅两国朋友便一齐鼓起掌来。

4. 领略缅甸秀美风光

邓小平兴趣盎然地访问缅甸西海岸的山道威，在尽情领略此地秀美风光时，不禁缅怀周总理和陈毅副总理。

1月28日，邓小平在缅甸总理吴貌貌卡、外交部长吴拉蓬、缅甸驻华大使吴敏貌的陪同下，乘专机离开仰光，前往缅甸西海岸的山道威访问。

山道威，在缅甸西部的若开邦。这里背靠若开山脉，西濒孟加拉湾，附近有山道威河，风景优美，气候宜人，海边有大片沙滩，大小岛屿星罗棋布，是著名的休养和海浴场所。

1961年陈毅副总理曾到这里访问，写下了题为《山道威海浴》的诗篇：

冬日海浴山道威，细沙如银碧波催，

孔明灯挂天遥远，宾主夜谈缓缓归。

1964年2月，周恩来总理和陈毅副总理访问缅甸时，也曾在吴奈温总统陪同下，来到这里参观游览。

邓小平到达这里后，就被请到海滨椰林下，坐在躺椅上休息。主人送来椰子，以清凉的椰汁代替茶水款待。晚上，当地驻军负责人、缅西军区司令敏贡上校在海滨树林中露天设宴款待邓小平一行。

轻柔的海风拂面，送来一阵阵海涛声。

敏贡上校在祝酒时对邓小平副总理的来访表示热烈欢迎。他提到这里曾有幸接待过周恩来总理和陈毅副总理，他希望邓副总理也能在此舒适愉快地休息。邓小平在祝酒时说，若开邦是同中缅友好紧密相连的。"我们敬爱的周总理和陈毅副总理生前曾在这里和吴奈温总统一起畅叙'胞波'友谊，在中缅友好关系史上留下了令人难忘的一页。"邓小平向若开邦人民转达了中国人民的亲切问候。

宴会结束后，在海滨的临时舞台上表演了优美的若开邦民间舞蹈和缅甸传统体育项目踢藤球。

29日上午,邓小平在海滩上观看了若开民族特色的摔跤比赛,并应主人的邀请,给优胜的健儿发奖。

1978年1月,邓小平应邀访问缅甸。图为邓小平在缅甸若开邦海滨胜地山道威观看体育表演

邓小平还同当地居民几千人一起观看了划船比赛。

这是一种狭长的独木船,成人组每船25人,青年组每船15人,比赛进行得十分激烈。邓小平等为精彩的比赛热烈鼓掌。

接着,邻近的珍珠养殖场工人为邓小平表演了人工培养珍珠的方法。

下午,邓小平观看了大象运木表演。还观看了当地渔民捕鱼,并参观了邻近的晒盐场。

傍晚,海滨燃起了几堆篝火。殷勤好客的缅甸主人用特有的烤整鹿招待邓小平一行。席间,邓小平等还观看了缅甸各民族的民间舞蹈表演。接着又观看了当地村民放起的一只只"天灯"(直径约束3尺的纸糊的大球,形如灯笼,在下面开小口的地方安放着浸油的布卷,灯点亮后像轻气球一样冉冉升上天空),随风飞上天空,有如在天际增加了几颗明星。这时,农村的舞蹈家们在海滩上随着鼓声跳起了民族舞蹈。大批村民一面有节奏地拍手,一面唱歌。歌声、掌声、鼓乐声、欢呼声交织成一片。

邓小平在这里度过了愉快的一天多的时间后,30日上午乘飞机回到仰光。

5. 阐明侨务政策

邓小平在仰光会见华侨代表,谈到国籍问题,阐述了中国的侨务政策。

1月30日,邓小平在仰光会见华侨代表。他说:建国以来国家对海外侨胞是非常关心的。当然,十一二年来也受到"四人帮"的干扰破坏。侨务机构没有了,过去有个华侨事务委员会,后来没有了。对海外侨胞没有一个机构管,你们理所当然地会遇到一些困难,有些问题本应解决的而没有解决。现在"四人帮"被粉碎了,过去毛主席、周总理制定的方针政策,不管是对国内的或对国外的,包括侨务政策,应该恢复的正在恢复起来。现在重新建立一个侨务工作机构,叫华侨事务领导小组,由你们都很熟悉的廖承志同志负责。华侨事务的重要政策是鼓励侨胞自愿加入驻在国国籍。考虑到亚洲国家,尤其是东南亚国家华侨比较多,住在国比较注意这个问题,鼓励华侨自愿加入住在国国籍,这对我们国家与住在国的关系有好处。但也总有人不愿意加入住在国国籍,愿意保留中国国籍,我们不能强迫。我们政策的另一面,就是保护侨胞的正当权利,鼓励华侨与住在国人民搞好关系,这是我国发展与住在国友好关系的重要一环。

6. "家家户户的客人"

缅甸舆论盛赞邓小平是"家家户户的客人",受到缅甸联邦社会主义共和国和全世界人民的尊敬和爱戴。

1月30日晚,邓小平在仰光举行告别宴会,答谢缅甸领导人在他访问期间所给予的盛情款待。

缅甸总统吴奈温、总理吴貌貌卡、国务委员会秘书山友将军以及缅甸政府的国务委员、政府各部部长等重要官员应邀出席宴会。

当吴奈温总统到达时,邓小平到车前迎接。

宴会开始前,邓小平和吴奈温总统、山友将军、吴貌貌卡总理一起进行了亲切友好的谈话。

邓小平在首先宴会上祝酒,他说:"中缅两国是亲戚'胞波'般的友好国家,我们两国领导人的相互访问和接触,对于增进我们之间的友谊和了解,是十分有益的。在这次访问期间,我们会见了吴奈温总统、山友将军、吴貌貌卡总理和其他缅甸领导人,双方在友好的气氛中就共同关心的问题,充分交换了意见。双方对两国关系的发展感到满意,我们两国之间有着非常良好的相互帮助和合作的关系。如果说我们过去对你们有一点贡献的话,那也是微不足道的。我们双方都有在政治、经济、文化方面进一步巩固和发展两国友好关系和两国人民传统友谊的共同愿望和决心。

"在我们所到之处,缅甸政府和人民给予我们隆重热烈的欢迎和十分亲切友好的接待,缅甸人民的深情厚谊,给我们留下了深刻的印象,我们就像走亲戚一样,过得非常愉快。我们有机会接触了缅甸人民,我们亲自看到了缅甸在吴奈温总统领导下在国家建设方面取得的进展,加深了我们对缅甸人民反帝反殖斗争传统的了解。我深信,缅甸人民坚持艰苦奋斗,一定能把自己的国家建设成繁荣富强的国家。"

邓小平代表中国政府邀请吴奈温总统、山友将军、吴貌貌卡总理和其他缅甸朋友在方便的时候访问中国。

邓小平祝酒后,乐队奏缅甸国歌。

吴奈温总统在祝酒时对邓小平的宴请表示感谢。他回顾了过去访问中国的情景后说:"我们一直希望有机会能回报我们的中国朋友的款待。去年,中华人民共和国全国人民代表大会常务委员会副委员长尊敬的邓颖超大姐访问了缅甸,使我们有机会这样做了。今年,副总理阁下的访问令人高兴地给我们提供了另一次机会。我们期待着有这种机会来欢迎我们的中国'胞波'亲戚。

"您在百忙中抽出时间来到我国,我们的确非常高兴地欢迎您,我们高度评价您的访问。"随后吴奈温总统邀请邓小平副总理再次到缅甸访问。

吴奈温总统祝酒后,乐队奏中国国歌。

席间,中缅两国朋友共叙友情,充满友好气氛。

邓小平对缅甸的正式友好访问,在缅甸的舆论界引起了热烈反应。缅甸的主要报纸连日发表社论和文章,热情赞扬这次访问加强了中缅两国人民'胞波'般的友谊。

1月26日,《劳动人民日报》发表的社论说:缅中两国的"友谊和交往,从中华人民共和国成立以后得到了进一步的加强和发展。通过两国领导人的相互友好访问、会晤和交换意见,使双方更加了解对方的立场和态度,扩大和增强了两国在共同利益问题、本地区及国际事务方面的合作。

"缅甸联邦社会主义共和国和中华人民共和国都奉行互相尊重主权与领土完整、互不侵犯、互不干涉内政、平等互利和和平共处的五项原则。

"缅甸联邦社会主义共和国特别珍视这五项原则。我们认为:它不仅符合缅中两国的利益,而且也符合两国人民的愿望。"

社论表示坚信:"中华人民共和国国务院副总理邓小平的友好访问,将大大加强这一信念。"

《卫报》26 日发表的社论指出:"缅甸联邦社会主义共和国和中华人民共和国领导人和人民之间有着建立在相互尊敬基础上的友谊。这种长期的友谊由于两国领导人和官员以及文化代表团和其他代表团的互相访问而得到了加强。在一切问题上本着互相信任和互谅互让的精神所进行的坦率和友好的讨论也是有益于保持友好的联系的。"

社论说:"邓小平阁下不但受到中华人民共和国公民,而且受到缅甸联邦社会主义共和国和全世界人民的尊敬和爱戴。"邓小平副总理"同我国领导人的密切接触将进一步加深相互了解并且加强友谊。我国领导人和人民真诚地希望我们两国在都赞同的和平共处五项原则的基础上进一步加强合作和发展。"

邓小平到达缅甸的第二天,仰光各报都以头版整版的篇幅刊登有关邓小平副总理到达仰光访问的消息和照片。

《镜报》和《缅甸新光报》分别发表题为《亲戚胞波》和《进一步发展和巩固亲戚胞波友谊》的社论。

28 日,《卫报》发表了题为《家家户户的客人》的社论。社论生动地描述了缅甸人民热情欢迎邓小平副总理来访的情景,报道说:"仰光市民不分老少、成群结队地出来欢迎贵宾。人们站立在街道两旁欢迎车队经过,还有些人虽然没有出来,但是对他应缅甸总统和总理的邀请来这里访问感到高兴。"

从 1 月 28 日到 31 日,《劳动人民报》、《汉沙瓦底报》、《镜报》、《新光报》、《先锋报》也都多次发表热情洋溢的社论和文章。《汉沙瓦底报》1 月 31 日的文章题目是《伟大的友好使节》。1 月 29 日《镜报》发表的社论指出:"缅甸和中国是山水相连的邻邦,两国间的睦邻友好关系有着悠久的传统,两国已有的友好关系不断得到发展和巩固。"

7. 解决台湾问题的设想

十个月后,邓小平路经缅甸时作短暂停留,同吴奈温总统谈到解决台湾问题的设想。

1978 年 11 月 14 日,邓小平在结束对东南亚三国的访问后,乘专机从新加坡起飞,经过两个多小时的飞行,于仰光时间 11 点 55 分抵达仰光机场。

吴奈温总统和夫人杜尼尼敏在飞机的舷梯旁同邓小平副总理和夫人卓琳热烈握手。

当邓小平和吴奈温总统并排坐在仰光机场贵宾室时,邓小平说:"很高兴又见到了你。我是路过这里来看一看老朋友,顺便同吴奈温总统交换意见。欢迎总统阁下和总理阁下在方便的时候随时去中国访问。"

吴奈温总统对邓小平副总理出访东南亚取得成功表示祝贺。

接着,双方就共同关心的国际问题特别是就亚洲形势交换了意见。

在这次会谈中,邓小平特别谈到了他对解决台湾问题的设想。他说:在解决台湾问题时,我们会尊重台湾的现实。比如台湾的某些制度可以不动,美日在台湾的投资可以不动,那边的生活方式可以不动,但是要统一。这一设想为后来"一国两制"伟大构想的形成奠定了基础。

第四章

1. 践行周总理遗愿

飞越喜马拉雅山来到尼泊尔是周恩来总理的遗愿,这一愿望由邓小平替他实现了。

1978 年 2 月 3 日,应尼泊尔王国首相比斯塔的邀请,邓小平乘专机到达加德满都,对尼泊尔王国进行正式友好访问。

上午,加德满都阳光灿烂,机场布置得像过节一般,许多色彩鲜艳的旗帜随风飘动。从机场到市区的道路上和市中心许多地方悬挂着中尼两国国旗和用尼中两国文字写着"尼中友谊万岁"的横幅。

当邓小平乘坐的飞机飞越了世界屋脊喜马拉雅山脉在加德满都特里布文机场降落后,尼泊尔王国首相比斯塔同走下飞机舷梯的邓小平紧紧握手,并且说:"热烈友好地欢迎你。"邓小平表示感谢。比斯塔首相又指着随同来访的外交部副部长韩念龙、亚洲司司长沈平、礼宾司副司长高建中说:"我认识他们。"

比斯塔首相陪同邓小平走在长长的红地毯上。五个身穿紫红色衣裳的尼泊尔小姑娘,把几个用鲜花编成的花环献给邓小平,挂在他的脖子上。

接着,机场举行了隆重的欢迎仪式。邓小平被邀请站到检阅台上,乐队奏中尼两国国歌。在比斯塔的陪同下,邓小平检阅了仪仗队,随后同前来迎接的尼泊尔官员和驻尼泊尔的外交使节等数百人见面。

欢迎仪式结束后,比斯塔首相陪同邓小平乘汽车前往宾馆。

尼泊尔是中国的邻国,也是同中国关系比较好的国家之一。中尼两国都是古老的国家,在历史上存在着上千年的友好关系。中尼边界全长 1400 多公里。中华人民共和国成立后,两国边界虽未正式划定,但争议不多,双方地图的画法也极为接近,基本上反映了传统习惯线和当前的实际控制线。1960 年 3 月,中缅边界问题协定签订后不久,尼泊尔王国首相柯伊拉腊访问中国。两国政府首脑开始对中尼边界问题进行会谈,并于 3 月 21 日签订了边界问题协定。1961 年 10 月 5 日,《中尼边界条约》由两国国家元首在北京签字,并立即生效。尼泊尔国王在签字后说:"条约的签订是我们日益发展的友好关系的另一个里程碑","在我们同我们伟大友好的邻邦中国的整个谈判过程中,指导我们的原则是和平友谊,尊重彼此的权利、领土完整、主权和政治独立。我们高兴地告诉你们,我们的各种心情得到了贵国领导人的充分响应。我们必须像两个理想的友好邻邦那样生活下去。"

的确,后来中尼两国就是遵循这种愿望友好地相处的。

中尼两国领导人的频繁互访,使得两国的传统友谊得到了进一步的巩固和发展。1957 年和 1960 年周恩来总理曾两次访问尼泊尔。周总理一直想飞越喜马拉雅山到尼泊尔,但未能如愿。今天,他的这一愿望由他的战友邓小平实现了。

《新尼泊尔》周报的文章说,邓小平副总理飞越喜马拉雅山来到尼泊尔,这是已故的周恩来总理为发展尼中关系而热切希望的,这一愿望由邓小平副总理实现了。

2."在四川点了一把火"

出访尼泊尔时,邓小平在成都作短暂停留,谈农村和城市政策,吹响了改革的号角,为这次出访谱写了一段不寻常的插曲。

此次出访尼泊尔要飞越喜马拉雅山,这对于一个 74 岁的老人来说,无疑是一种严峻的挑战,而邓小平的一生都在迎接各种挑战。为此,他在成都作短暂停留,以调整身体状态,为翻越世界的屋脊做准备。

也就是这次在成都,邓小平语出惊人,谈到了中国的农村和城市政策,吹响了改革的号角,后来他戏称自己"在四川点了一把火"。

这时的中国虽然已经粉碎"四人帮"一年多了,但由于主持中央工作的领导人继续推行"两个凡是",使国民经济在前进中出现徘徊。特别是农村和城市政策,仍然因守过去"左"的一套,束缚了社会生产力的发展。

早在 1977 年 4 月,邓小平还未出来工作时,他就针对"两个凡是"的错误方针,致信华国锋、叶剑英和党中央,提出"我们必须世世代代地用准确的完整的毛泽东思想来指导全党、全军、和全国人民,把党和社会主义的事业,把国际共产主义事业,胜利地推向前进"。5 月,他又同中央两位负责同志谈话,明确说"两个凡是不行,不符合马克思主义"。

党的十届三中全会,恢复了邓小平党中央副主席、国务院副总理、中央军委副主席、人民解放军总参谋长的职务。他在这次中央全会上发表的讲话中指出:"马克思列宁主义、毛泽东思想,是我们党的指导思想,毛泽东思想继承和发展了马克思列宁主义。我说要用准确的完整的毛泽东思想作指导思想,意思是要对毛泽东思想有一个完整的准确的认识,要善于学习、掌握和运用毛泽东思想的体系来指导我们各项工作。只有这样,才不至于割裂、歪曲毛泽东思想,损害毛泽东思想。"

9 月,邓小平在会见美联社董事会代表团时指出:过去"四人帮"不提倡搞生产,认为搞生产就是"唯生产力论",就是"不革命",就是"走资本主义道路"。他们反对按劳分配原则, 所谓按劳分配,就是多劳多得,少劳少得,不劳不得。现在,我们要恢复按劳分配的原则。我们是实行低工资政策,要实行好多年。随着经济的发展,才能逐步提高工资。我们采取低工资政策还因为有个城乡关系问题,如果工资过高,农村生活水平不能很快提高,会吸引许多劳动力进入城市。即使我们的工业更发达,国家收入更多,也要照顾城乡关系,不能相差太多,当然差距总会有的。要按劳分配,要有差别,但差别不能太大。群众反对"四人帮",主要是反对他们不让劳动,不让提高劳动生产率,不鼓励劳动有贡献的人,不让他们的收入多一点,不让那些在艰苦条件下劳动的人多收入一点。这是违反马克思主义,违反社会主义原则的。对外贸易是随着我们经济发展而发展的。我们历来提倡自力更生,但并不是像"四人帮"解释的那样,什么东西都要自己搞,连世界上先进的东西都不接受。为什么不接受世界上先进的东西?这是人类共同的成果。

这一时期,邓小平反复考虑的问题是怎么样解放思想,清理农村和城市的政策问题。利用出访尼泊尔在成都停留的机会,2 月 1 日,邓小平在听取中共四川省委汇报工作时说:"农村和城市都有个政策问题。我在广东听说,有些地方养三只鸭子就是社会主义,养五只鸭子就是资本主义,怪得很! 农民一点回旋余地没有,怎么能行? 农村政策、城市政策,中央要清理,各地也要清理一下,自己范围内能解决的,先解决一些,总要给地方一些机动。真正解决下乡知识青年问题,归根到底是城市工业要发展。重工业发展以后,是不是开辟一些就业门路,比如轻工业、服务行业,都可以用一些人。资本主义国家服务行业可以用很多人,我们用的人很少。又比如,发展旅游事业,可以用很多人。对多余人员的出路要多想些办法,只能靠自己多开辟门路。全国都要研究有什么门路容纳这些劳动力的问题。工厂里要培养科技人员。资本主义发达国家,科技人员和工人的比例开始为一比八,后来科学技术发展了,倒过来为八比一。我曾经讲过,可能有两个问题拖我们的后腿。一是农业,搞粮食不容易;二是管理水平,我们不会管理。"

邓小平的这次谈话,对四川产生了很大的影响,省委领导贯彻邓小平的讲话精神,解放思想,实行灵活的政策,半年就发生了很大的变化。这年的8月,邓小平又一次谈到四川农村的情况,他肯定四川农业的发展是政策对头。他说:"所谓政策,还是老政策,无非是按劳分配,这是最根本的,不吃大锅饭,按劳分配,再加上点小自由,如养鸡,给少量的自留地,一年就搞起来了,两年就翻身了。"

3. 喜马拉雅山见证的友谊

邓小平称尼泊尔为"好邻居",他说,雄伟的喜马拉雅山把两国紧密地联系在一起,巍峨的珠穆朗玛峰是中尼友谊的象征。

邓小平在尼泊尔日程安排的非常满,先是到加德满都市中心的烈士纪念碑前献了花圈,并在纪念册上签名。然后参观了古色古香的加德满都老王宫,在来宾簿上签名。

2月3日下午邓小平拜会了比兰德拉国王和比斯塔首相,并同他们进行了诚挚友好的会谈。

2月3日晚,尼泊尔首相比斯塔和夫人奉尼泊尔国王比兰德拉和王后艾什瓦尔雅之命，在政府大厦举行国宴，欢迎邓小平。比兰德拉国王和王后出席了宴会。

宴会开始前，国王和王后、比斯塔首相同邓小平进行了亲切友好的交谈。

宴会厅里灯火辉煌，主宾席上摆放着红色蜡烛。身着红色上衣、黑色长裤的乐队在大门前演奏乐曲，欢迎贵宾。

比斯塔首相和邓小平在席间发表了热情洋溢的讲话。

比斯塔首相说："阁下对我们国家的访问，标志着我们十分重视自古以来就在我们两个毗邻国家之间存在的密切友好的关系。我相信，我们具有亲切的气氛、有成效的合作和具有互相信任的特色的悠久关系，将由于阁下的这次访问而得到新的发展和更加富有活力。你飞越喜马拉雅山来到尼泊尔的这一事实，不仅体现了现代科技的成就，而且证实了这一崇高的山脉是尼中永久友谊的象征。"

接着，比斯塔首相回顾了尼中两国的友好历程。他说："在欢迎阁下的时刻，我们怀念已故的马亨德拉国王陛下、已故的毛主席和周恩来总理，想到他们生前的不懈努力丰富了我们两国友好关系的内容。1961 年先王马亨德拉陛下对中国的国事访问以及周恩来总理于是 1957 年和 1960 年对尼泊尔进行的两次访问，为两国互利合作开辟了新的前景。我们两国签订边界条约向全世界表明：只要了解和互相尊重彼此的观点，国家之间存在的问题是能够得到正当的、和平的解决的。我们敬爱的国王比兰德拉陛下于 1966 年作为王太子对中国进行了友好访问。1973 年，国王陛下对你们的伟大国家进行了国事访问。国王陛下同已故的毛主席、周总理以及其他中国领导人的讨论，为加强我们之间的友好合作关系作出了重要贡献。

"我们毫无保留地信守潘查希拉的理想——和平共处五项原则。我们认为，相互尊重主权、领土完整、互不干涉内政是主权国家之间的关系的根本准则。每个国家有权选择自己认为是有利于国家发展和人民幸福的制度。我十分满意和愉快地注意到，尼泊尔、中国两国始终遵守这些处理国家间关系的基本要求，从而成为具有不同政治观点的大国和小国之间关系的典范。"

谈到国际形势，比斯塔首相说："不断努力缓和国际紧张局势是每个国家的责任。实现和平要求所有有关国家积极努力根除威胁和平的条件。

"当前的经济秩序不符合发展中国家的要求和愿望。发达国家和发展中国家之间差距的日益扩大是对发展中国家不利的。如果容许这种差距继续存在，必将给世界的和平和协调造成不利的影响。因此，我们支持旨在创建新的国际经济新

走出国门的领袖——邓小平

105

秩序的措施,我们认为,新的国际经济秩序将在发达国家和发展中国家之间建立公正、平等和互助的关系。"

邓小平在讲话中感谢国王和王后亲自参加这次宴会,感谢尼泊尔政府的盛情。他说:"尼泊尔是个具有悠久历史和古老文化的国家。勤劳勇敢的尼泊尔人民具有反帝反殖的光荣传统。在比兰德拉国王陛下的领导下,尼泊尔王国政府和人民为维护民族独立和国家主权进行了坚持不懈的斗争。国王陛下关于宣布尼泊尔为和平区的建议,体现了尼泊尔政府和人民维护本地区的和平,同所有邻国发展友好关系的正义立场,在国际上得到了广泛的尊重和支持。尼泊尔王国奉行和平中立和不结盟政策,不断增进同第三世界国家的团结和合作,支持各国人民反帝反霸的正义斗争,在国际事务中发挥着积极的作用。尼泊尔王国政府和人民在自力更生发展民族经济方面,也取得了可喜的成就。

"中尼两国人民一向是好朋友,好邻居。雄伟的喜马拉雅山把我们两国紧密地联系在一起。巍峨的珠穆朗玛峰是中尼友谊的崇高象征。我们两国人民自古以来就友好往来。毛泽东主席和周恩来总理生前高度重视发展中尼友好合作关系。已故的马亨德拉国王陛下为发展中尼友谊作出了重要的贡献。比兰德拉国王陛下多次访问中国,前年还直接飞越喜马拉雅山,访问了我国四川、西藏地区,在两国之间架设了友谊的空中桥梁,进一步加强了两国的友好关系。今天我们正是沿着这条航线来到贵国访问的。我们两国的边界是一条和平和友好的边界。我们两国互相支持,互相帮助,平等相待,开诚相见,是经得起考验的朋友。"

4. 承诺永不称霸

在加德满都举行的群众大会上,邓小平受到热烈欢迎,市评议会的 39 位评议员每人给邓小平献了一束花。

2 月 4 日,尼泊尔首都加德满都市评议会通迪克尔广场的草坪上举行群众大会,热烈欢迎邓小平副总理访问尼泊尔。

草坪上到处飘扬着中尼两国国旗,主席台上悬挂着巨大的彩色灯笼。台前的地上用无数鲜花组成了"尼泊尔"、"中国"、"欢迎"等字组。五彩缤纷的会场同远处白雪皑皑的喜马拉雅山相映成辉。

参加大会的有市评议会的评议员和数千名群众,比斯塔首相也出席了大会。

当邓小平到达时,全场起立热烈鼓掌欢迎。

大会开始后,邓小平副总理和韩念龙副外长首先获赠花环并戴在脖子上。39位评议员每人给邓小平献上了一束鲜花,邓小平同他们一一握手致谢。

接着,6名男女青年在乐器伴奏下唱起了专门谱写的欢迎歌。

主持大会的市评议会副议长普拉丹致词后,市评议会议长敦加纳致欢迎词。

他说:"今天,我们加德满都的市民,在这个古老的城市里,诚挚而热烈地欢迎自古以来就是我们的最亲密的邻邦——伟大的中华人民共和国的副总理阁下,感到无比的高兴。

"我们的伟大领袖、已故的马亨德拉国王和中国的伟大领袖、已故的毛泽东主席,为尼中两国之间的悠久友谊增添了时代潮流所需要的新的光彩。

"可以毫不夸大地说,像阁下这样的中国高级领导人的访问,作为比兰德拉国王陛下在不同时期的三次访问和已故的中国总理周恩来两次访问的继续,就是这种新的关系日益发展的象征。"

他认为,中国支持比兰德拉国王在举行加冕典礼时提出的宣布尼泊尔为和平区的建议,"这是两国之间互相信任的表现,我们坚定地认为,阁下这次访问我国,必将更加有效地促进这种信任和友好关系。""我们坚信,两国领导人保持经常的接触是朝着正确方向迈进了重要的一步。这种旨在加强尼中关系的接触,为政治制度不同的国家之间如何加强合作和友好关系提供了一个独一无二的典范。"

致词后,他把这份用朱砂写在绢轴上的欢迎词献给了邓小平。

会上,市评议会还向邓小平赠送了一些美丽的尼泊尔手工艺品,并给邓小平和他的随行人员都戴上了黑色的尼泊尔帽。

邓小平在欢迎会上也发表了讲话。

他说:"昨天,当我们飞越喜马拉雅山,进入尼泊尔上空的时候,你们国家的壮丽景色深深地吸引了我们。尼泊尔不仅是闻名于世的高山之国,而且是一个具有悠久历史和灿烂文化的国家。尼泊尔人民是热爱独立和自由的人民。在西方殖民主义者大举入侵东方的时代,尼泊尔坚强不屈,始终保持了独立。现在,尼泊尔人民继承和发扬了这种光荣的传统,坚决捍卫着自己的民族独立和国家的主权。正如比兰德拉国王陛下所说的,尼泊尔人民'对自己的独立传统感到自豪,并将用自己的生命来捍卫它'。对此,我们感到十分钦佩。

"我们高兴地看到,尼泊尔人民在比兰德拉国王的领导下,充分利用本国资源,在建设国家和发展民族经济的事业中取得了显著的成就,目前正在为实现第五个五年计划而奋斗。我们相信,勤劳智慧的尼泊尔人民在建设自己国家的事业中,将不断取得新的更大的成果。"

邓小平高度赞扬了尼泊尔在国际事务中的积极作用,他说:"尼泊尔在国际事务中,奉行独立和不结盟政策,支持民族解放运动,反对强权政治,为第三世界国家的团结反霸斗争作出了积极的贡献。比兰德拉国王陛下关于宣布尼泊尔为和平区的建议,表达了尼泊尔政府和人民维护本地区和平和同周边邻国友好相处的真诚愿望,受到了越来越多的国家的支持和赞同。中国政府和人民重申:坚决支持国王陛下的这一建议。"

邓小平还介绍了中国国内的形势,表示中国人民决心在本世纪内把中国建设成为一个具有现代化农业、工业、国防和科学技术的社会主义强国。他说:"中国永远不称霸,永远不做超级大国。我们将继续加强同第三世界国家和人民的团结,加强同一切受帝国主义侵略、颠覆、干涉、控制和欺负的国家的团结,结成广泛的国际统一战线,反对霸权主义。"

邓小平说:"尼泊尔和中国是山水相连的友好邻邦,我们两国人民世世代代和睦相处。虽然两国之间横亘着世界最高的喜马拉雅山,但我们两国人民自古以来就翻山越岭,不避艰险进行着友好往来。现在一条蜿蜒在崇山峻岭中的中尼友谊公路,使天险变通途,把两国人民更紧密地连结在一起。在我们两国政府和人民的共同努力下,两国的经济合作和文化交流日益扩大。友好往来更加频繁,中尼两国人民之间的友好传统和深厚情谊正在不断获得新的发展。

"中国政府和人民十分珍视同尼泊尔的友谊。我们将继续为加强两国之间的友好合作关系作出不懈的努力。我们十分感谢尼泊尔王国政府和人民多年来给予中国的支持和合作。中国政府和人民坚决支持尼泊尔王国政府和人民维护民族独立和国家主权的正义事业。我衷心祝愿,中尼两国人民的友谊像喜马拉雅山一样巍然屹立,万古长存!"

邓小平的讲话多次博得与会群众的热烈鼓掌。

讲话结束后,邓小平向加德满都市评议会赠送一对巨大的景泰蓝花瓶。

5.手植"中尼友谊树"

邓小平在尼泊尔皇家植物园,种上了一棵"中尼友谊树",用以见证中尼两国传统的睦邻友好关系。

2月5日,邓小平访问了加德满都附近的帕坦市和巴德冈市,受到了当地人民极为热烈的欢迎。

在尼泊尔全国统一前,帕坦、巴德冈和加德满都曾经分别是当时加德满都河谷地区的三个小王国的首都。这里拥有美丽的宫殿、庙宇和宝塔等古代建筑和丰富的历史文物。

上午,邓小平首先来到帕坦市中心的皇宫广场。广场四周早就站满了数以万计的欢迎群众。当车队穿过挂着用中、尼、英三种文字写着"欢迎中国贵宾"等标语的横幅到达广场时,群众挥动小旗,热烈鼓掌。

邓小平一行参观了广场四周建筑风格独特优美的古代宫殿、石塔、雕刻等。邓小平走到那里,站在近旁欢迎的群众就微笑着使劲鼓掌。邓小平不停地举手向群众亲切致意。

随后,邓小平来到了尼泊尔皇家植物园,种植了一棵"中尼友谊树"。并在比斯塔首相和内政大臣辛格、外交大臣阿里亚尔的陪同下在植物园进行野餐。

下午,邓小平访问了巴德冈市。

巴德冈市人民也非常热情地欢迎邓小平一行。邓小平在巴德冈皇宫广场一

邓小平在加德满都附近的帕坦市参观访问,受到当地群众的热烈欢迎

邓小平在尼泊尔首相比斯塔（右一）的陪同下参观尼泊尔皇家植物园

下车,整个广场就沸腾起来。在几千名市民的热烈掌声中,前来欢迎的市评议会的议员给邓小平戴上了尼泊尔帽,献了花环。邓小平在观看了广场旁的建造于15世纪的"五十五窗宫"外景、参观了国家艺术馆以后,步行穿过一条小巷到邻近的另一个广场去观看那里的优美建筑五层塔。广场旁和小巷两边的家家户户的门前都站满了人,许多妇女从楼上的窗户里和阳台上探身出来,甚至在屋顶上也站满了人。邓小平向热情的人们亲切招手。

6."意义非常重大的访问"

离开尼泊尔时,邓小平说,中尼两国相互支持相互合作必将日益加强。比斯塔首相称邓小平的访问是两国关系重要的里程碑。

2月5日晚,邓小平在中国驻尼泊尔大使馆举行了告别宴会。

尼泊尔首相比斯塔和夫人出席了这一宴会。邓小平在大使馆门前亲自迎接他们。

邓小平在祝酒时说:"在离开贵国的前夕,我们能有机会和朋友们再次欢聚一堂,畅叙友谊,感到十分高兴。

"我们对贵国的访问,时间虽短,但给我们留下了美好而深刻的印象。比兰德拉国王陛下和王后陛下不止一次极其亲切地会见和款待了我们,同我们进行了热情友好的谈话。比斯塔首相阁下在诚挚友好的气氛中同我们就进一步加强两国友好合作关系和双方共同关心的问题进行了会谈,取得了令人满意的结果。"

邓小平还说:"我们到处受到贵国政府和人民的盛情欢迎和亲切接待,深深地感到尼泊尔人民对中国人民的深情厚谊。两国在政治上的相互支持、经济和文化上的相互合作必将日益加强。通过访问,我们不仅看到了贵国的壮丽景色,更看到了你们在自力更生发展民族经济、建设自己国家方面所作的巨大努力和取得的可喜成果,对此我们表示钦佩和祝贺。我们的访问是非常愉快和圆满的。"

比斯塔首相在祝酒时说:"我们两国是亲密的邻邦,和平共处,和睦相处,真诚、谅解和合作是我们两国关系的特征。我们之间这种真诚友好的关系可以追溯到远古时代。我们高兴地看到,我们的友谊经受住了考验。

"阁下的访问是我们悠久关系中的一个重要的里程碑。它是我们友谊的见证。您同国王陛下友好地交换意见,涉及到广阔的领域,加深了两国间的了解。我们之间就双边关系以及区域和国际问题所进行的广泛的讨论证明是有成果的。这些会谈突出地表明了尼中两国之间存在的传统友好情谊。我们感到满意的是,这次访问大大加强了我们两国的关系。我们将久久铭记这次访问。我们真诚地希望,在您方便的时候再来尼泊尔访问。

"我们相信,一个强大繁荣的中国将对世界和平与进步事业做出更多更宝贵的贡献。我们相信,中华人民共和国作为具有人类文明传统和文化并有着光荣历史的国家,今后一定会取得更辉煌的成就。"

整个宴会洋溢着亲切友好的气氛。

2月6日上午,邓小平圆满地结束了对尼泊尔的为期4天的正式访问,乘专机离开加德满都回国。

尼泊尔首相比斯塔到机场送行。

对邓小平的这次访问,尼泊尔报刊纷纷发表社论和文章,赞扬这是尼中友好关系的进一步发展。

《新兴的尼泊尔报》在题为《意义非常重大的访问》的社论中强调这次访问对于尼中双方的发展前景都具有重大意义。社论指出:"中国副总理的这次访问不能不认为是中国为了强调继续发展同尼泊尔互相信任和了解的关系而在外交政策上的一项重要的主动行动。"社论还说,这次访问不仅有助于加强尼中的双边合作,而且将对这一地区的和平和了解作出新的贡献。

　　尼泊尔《廓尔喀新闻报》、《祖国》周刊、《新尼泊尔》周报、《新消息》周刊等也发表了社论和文章。

　　《祖国》周刊的社论中说:"尼泊尔和中国的友谊是一个小国和大国之间友好关系的典范。邓小平的访问毫无疑问将为尼中两国的亲密友好关系增添新的篇章。"

　　《新消息》周刊的文章说:"尼中两国的关系从一开始就是以睦邻精神为指导","中国支持尼泊尔和平区的建议,表明中国充分了解和同情尼泊尔的问题和愿望",邓小平副总理的访问,不仅对尼中之间的亲密友谊而且对区域和国际事务的发展都具有特别重要的意义。

第五章

1. 首访朝鲜老朋友

邓小平第一次来到朝鲜,为中朝两国人民的友谊深深感染。25年后,邓小平对金日成说:"我们之间相互了解是最深的。"

1961年9月9日,中共中央总书记邓小平率领中国共产党代表团赴朝鲜民主主义人民共和国,参加朝鲜劳动党第四次全国代表大会。这是邓小平第一次来到朝鲜。

然而他对朝鲜的关注,早在11年前就开始了。

1950年6月25日朝鲜内战爆发后,美国组织了所谓"联合国军",公然对朝鲜进行武装干涉。作为朝鲜的邻邦,中国迅速作出反应。6月28日,毛泽东主席在中央人民政府委员会第八次会议上指出,中国人民早已声明,全世界各国的事务应由各国人民自己来管,亚洲的事务应由亚洲人民自己不管,而不应由美国来管,美国对朝鲜内政的干涉是完全没有道理的。9月15日美军在仁川登陆,并很快越过"三八线",进入朝鲜北部,同时对中国的威胁也与日俱增。9月30日,中华人民共和国总理周恩来庄严宣布:"中国人民热爱和平,但是为了保卫和平,从不也永远不害怕反抗侵略战争。中国人民不能容忍外国的侵略,也不能听任帝国主义对自己的邻人肆行侵略而置之不理。"

在中国安全受到极其严重威胁的时刻,为援助朝鲜人民,也为保卫刚诞生的新中国,10月19日中国人民志愿军入朝参战。

这时的邓小平担任中共中央西南局第一书记,西南军区政治委员。在中华人民共和国成立时,他还当选为中央人民政府委员。

中国人民志愿军入朝作战的第3天,邓小平即在西南军区欢迎全国英模会议

113

代表胜利归来的欢迎晚会上致词。他针对当时抗美援朝的形势和全国胜利后军队的思想状况说:"中国人民有两个教师,即帝国主义和国民党反动派。每当我们有些松动的时候,他就来给我们上了一课,使我们动员起来。我们要很好执行毛主席关于加强国防力量、加强经济力量的指示来回答美帝国主义。"11月2日,他在参加西南大学第二学期开学典礼时作了关于《反对恐美、崇美、亲美》的报告。

1951年元旦,邓小平和贺龙等西南军区领导致电赴朝参战的中国人民志愿军总司令彭德怀及全军将士,恭祝他们新年快乐。1月14日,中国人民保卫世界和平反对美国侵略委员会发出《关于在全国发起慰劳中国人民志愿军和朝鲜人民军并救济朝鲜难民的通知》后,西南军区政治部根据通知精神教育全体指战员,要把当前清匪反霸、减租退押斗争与抗美援朝运动结合起来,以实际行动支援赴朝参战的中国人民志愿军。

中共中央西南局、西南军区在邓小平的领导下,为支援抗美援朝斗争作出了积极的贡献。

1952年7月邓小平调到中央工作后,出任政务院常务副总理兼国家财经委员会副主任,后又兼任财政部长。他执行中央决策,支持抗美援朝斗争。

9月10日,即中共中央代表团到达朝鲜的第二天,邓小平即拜会了朝鲜劳动党中央委员会主席金日成。

邓小平和金日成是老朋友了,他们第一次见面是在8年前。

1953年11月12日下午3时整,一列火车缓缓驶进北京车站。列车停稳后,一位身材高大且微微发胖,着一身黑色呢子大衣,头戴黑色礼帽的中年人,在中华人民共和国外交部办公厅主任王炳南的陪同下,走出车厢,与前来迎候他的中国党政领导人周恩来、彭德怀、董必武、邓小平等一一握手。

他就是朝鲜民主主义人民共和国内阁首相金日成元帅,应中华人民共和国政府和毛泽东主席的邀请,来中国进行正式友好访问。

当金日成和邓小平握手时,他们彼此打量了一下对方。

这时邓小平调来中央工作才一年多,担任中央人民政府政务院常务副总理兼财经委员会主任。这是他们的初次见面。

在金日成这次来访中,双方讨论了中朝两国有关的政治与经济问题。中国政府决定:将1950年6月25日美国发动侵朝战争时到1953年12月31日这一时期内对朝鲜援助的一切物资和费用,全部无偿地赠给朝鲜政府;另外1954年至1957年4年内,再拨人民币8万亿元,无偿地赠给朝鲜政府,作为恢复其国民经济费用。

邓小平参与这一计划的实施工作。

此后，金日成多次访问中国，和在中共中央担任要职的邓小平见面的机会越来越多。

这次，邓小平率团到朝鲜，和老朋友金日成相聚，气氛自然分外友好。朝鲜劳动党感谢中国共产党对他们的支持和帮助。中国共产党对朝鲜人民在金日成主席的领导下取得的建设成就表示由衷的祝贺。

9月11日，朝鲜劳动党第四次全国代表大会召开。

中国共产党代表团团长、中共中央总书记邓小平向朝鲜劳动党第四次代表大会致贺词，并宣读了中国共产党中央委员会的贺电。

当邓小平登上讲台时，全场起立，爆发出震耳欲聋的掌声。

邓小平在贺词中说：

亲爱的同志们：

当我登上这一庄严的讲坛的时候，首先请允许我代表中国共产党和中国人民，向光荣的朝鲜劳动党第四次代表大会，向领导朝鲜人民从胜利走向胜利的、以金日成同志为首的朝鲜劳动党中央委员会，向同我们中国人民有着鲜血凝成的战斗友谊的、伟大的朝鲜人民，致以热烈的祝贺和崇高的敬意。

同志们，朝鲜劳动党第四次代表大会的召开，是朝鲜劳动党和朝鲜人民斗争历史上的重大事件。你们的大会是胜利者的大会。中国共产党和中国人民怀着极其钦佩和高兴的心情看到，朝鲜劳动党领导朝鲜人民，不仅早已医治好由于美帝国主义发动罪恶的侵略战争所造成的国民经济的严重破坏，而且在社会主义革命和社会主义建设方面，在把朝鲜北部建设成为繁荣富强的巩固的革命基地方面，获得了辉煌的成就。你们跨上了千里马，空前迅速发展国民经济。你们已经提前全面地超额地完成了五年计划，使朝鲜北部的工业生产增长到解放前1944年的7.6倍，1960年的谷物生产比1956年增加了32%，教育事业有了很大的发展，人民的物质文化生活也有了显著提高。你们已经建立了自己的现代化的冶炼工业、机械工业、化学工业和许多轻工业。你们已经能够自己生产汽车、拖拉机和大型机器设备，大量地发展了化学肥料和化学纤维的生产。你们有了自己的迅速成长的科学技术队伍。正如朝鲜劳动党中央所指出的，朝鲜民主主义人民共和国已经是一个具有自立的经济基础的社会主义工业农业国家。你们的成就令人信服地表明，英勇顽强、勤劳智慧的朝鲜人民，在朝鲜劳动党的英明领导下，能够创造多么伟大的业绩。

朝鲜劳动党第四次代表大会，是向新的更加宏伟的目标进军的动员大会。朝鲜劳动党中央委员会已经向朝鲜人民提出了一个战斗的纲领，这就是从今年开始的社会主义建设的七年计划。为了调动一切积极因素,充分发挥人民群众的无限的创造力,胜利地完成这个计划,朝鲜劳动党中央委员会的报告,提出了一系列的方针、政策和措施。中国共产党和中国人民深信,朝鲜劳动党和朝鲜人民一定能够完成这个计划,把朝鲜建设成为发达的社会主义工业国这一伟大的夙愿,一定能够胜利地实现。

同志们,我们中国共产党人,同各国共产党一样,对于有朝鲜劳动党这样一个坚强的战友,感到十分骄傲,对于朝鲜劳动党所获得的伟大成就,感到欢欣鼓舞。

中国和朝鲜是紧密相依的友好邻邦,又是社会主义大家庭中的亲密兄弟。中朝两党和两国人民在长期的共同的斗争中结成了牢不可破的战斗友谊。中国人民永远记得,在中国国内革命战争和抗日战争时期,朝鲜人民的优秀儿女,在中国战场上同我们并肩作战,用他们宝贵的生命和鲜血支持了我们。当美帝国主义侵犯朝鲜,威胁我国的安全的时候,我们两国人民肩并肩地击退了美国侵略者。我们两国人民在建设社会主义的过程中,也总是互相援助,亲密合作和互相学习。中朝两党和两国人民不愧是久经考验的同生死、共患难的战友。正如朝鲜谚语所说的,"根深之树不会风折,泉深之水不会涸竭"。我们之间建立在马克思列宁主义和无产阶级国际主义基础上的友谊和团结,是任何力量也破坏不了的,是万古长青的。

最近中朝两国所签订的友好合作互助条约,是我们两国人民伟大团结和战斗友谊的新的结晶。它把中朝两国人民的友好合作关系,推进到了一个新的阶段。这个条约和朝苏友好合作互助条约,对于保卫远东和世界和平,对于加强社会主义阵营的团结,都具有重大的意义。中朝两国的安全和社会主义阵营的安全都是不可分割的。帝国主义者应当知道,任何对朝鲜民主主义阵营的侵犯,都必将遭到毁灭性的回击。

亲爱的同志们,你们可以相信,不论在任何时候,不论在风里或者雨里,中国共产党、中国政府和中国人民毫不犹疑地履行自己的神圣的国际主义义务,尽力支援朝鲜劳动党、朝鲜政府和朝鲜人民的建设和斗争。同时,我愿意趁这个机会,代表中国共产党和中国人民,对于朝鲜劳动党和朝鲜人民给予我国革命和建设事业的各种有力支援表示衷心的感谢。

同志们,我们中国人民,现在正在以毛泽东同志为首的中国共产党中央的领导下,意气风发地进行着社会主义建设。我们要把原是一个经济落后、文化落后的国家,建设成为一个具有现代工业、现代农业和现代科学文化的社会主义国家。这是一个长期而艰巨的任务,但是经历长期革命斗争考验的我国人民,紧紧地团结在党的周围,一定能够克服前进道路上的各种困难,也一定能够完成这一光荣的历史任务的。

　　我们中国人民在建设自己祖国的同时，始终不渝地发展同苏联和各社会主义兄弟国家的友好团结、互助合作的关系；争取在五项原则的基础上实现不同社会制度的国家的和平共处，反对帝国主义的侵略政策和战争政策；支持各国被压迫人民和被压迫民族反对帝国主义和殖民主义的革命斗争。我国所奉行的建立在马克思列宁主义的基础之上的对外政策，符合我国人民的利益，也符合社会主义阵营和全世界人民的利益。

　　1960年各国共产党和工人党莫斯科会议，是国际共产主义运动空前壮大和坚强团结的新的里程碑。这次会议的声明，是各国共产党和工人党团结战斗的共同纲领。莫斯科会议以后，社会主义阵营各国的力量有了进一步的增长，它们之间的团结有了进一步的加强。苏联两次成功地使载人宇宙飞船返回地球，苏联共产党纲草案公布了苏联人民建设共产主义的宏伟计划，有力地表明了社会主义制度的优越性。……

　　同志们，我衷心地祝贺你们代表大会的圆满成功！

　　现在，请允许我宣读中共中央致你们代表大会的贺电。

　　亲爱的同志们：

　　当朝鲜劳动党召开第四次代表大会的时候，中国共产党中央委员会代表中国共产党全体党员和全体中国人民，向朝鲜劳动党第四次代表大会，并通过大会向朝鲜劳动党全体党和朝鲜人民，致以热烈的兄弟般的祝贺。

　　朝鲜劳动党在以金日成同志为首的中央委员会的正确领导下，高举马克思列宁主义和无产阶级国际主义的旗帜，团结朝鲜人民，在反对帝国主义和建设社会主义的伟大斗争中，取得了极其辉煌的胜利。朝鲜劳动党出色地表明了它是朝鲜民族利益和人民利益的坚强捍卫者，是指引朝鲜人民走向胜利的领导者。

　　从朝鲜劳动党第三次代表大会以来，朝鲜人民掀起了建设社会主义的新高潮。朝鲜人民已经提前全面地超额地完成了五年计划，从今年起，又开始执行新的建设社会主义的宏伟纲领——七年计划。中国共产党对于朝鲜人民在社会主义革命和社会主义建设各个战线上所取得的史无前例的巨大成就，感到无比的高兴和鼓舞。

　　朝鲜劳动党为保卫祖国独立，为实现和平统一朝鲜进行了坚持不懈的斗争。朝鲜是统一的民族，朝鲜人民决不容许美帝国主义插手朝鲜内政，中华人民共和国政府坚决支持朝鲜民主主义人民政府关于和平统一朝鲜的各项主张，坚决支持朝鲜人民反对美帝国主义的爱国正义斗争。

　　朝鲜劳动党坚决反对帝国主义的侵略政策和战争政策，积极争取世界和平，支持一切被压迫民族和人民的革命斗争，并为巩固和加强社会主义阵营的团结和国际共产主义运动的团结，进行了坚持不懈的努力，对于世界和平、民族独立、民主和

走出国门的领袖——邓小平

社会主义的事业,作出了重大的贡献。

中朝两国是休戚相关、患难与共的。我们两党两国无论在反对共同敌人的斗争中,在建设社会主义的事业中,总是互相合作、互相支持、援助。我们两国人民之间的团结,是建立在马克思列宁主义和无产阶级国际主义的原则基础之上的,它是经过长期的斗争考验并且是用鲜血凝成的。这种伟大的友谊团结,完全符合中朝两国人民和整个社会主义阵营的利益,它是永恒的、牢不可破的。

中国共产党衷心地祝贺你们的这次代表大会将更加鼓舞起全体朝鲜人民的劳动热情,继续以千里马的速度,完成你们新的七年计划,攀登社会主义建设的新高峰。祝贺你们代表大会对于和平统一朝鲜的事业,以及对于保卫世界和平和全人类的进步事业,作出新的更为重大的贡献。

朝鲜劳动党万岁!

中朝两国人民牢不可破的伟大友谊万岁!

社会主义阵营大团结万岁!

战无不胜的马克思列宁主义万岁!

中国共产党中央委员会

1961 年 9 月 11 日

邓小平致词和宣读中共中央贺电时,不断为掌声打断。致词后,全场再次起立,热烈的掌声经久不息。

2. 获赠"千里马徽章"

邓小平一行参观费访问了开城和平壤的多个工厂和车间,受到人民群众的热烈欢迎,工人们还热情地为邓小平佩戴千里马徽章。

9 月 13 日,邓小平率领中国共产党代表团前往开城参观访问。

陪同代表团的有:朝鲜劳动党中央委员会某部部长玄武光同志、朝鲜驻中国大使李永镐同志等。中国驻朝鲜大使馆的工作人员也一同前往。

开城的街道上人山人海,他们举着"热烈欢迎中国共产党代表团"的标语牌,挥动着旗子和花束,欢迎来自兄弟国家的贵宾。

前往车站欢迎代表团的,有朝鲜劳动党开城市委员会委员长吴济龙、朝鲜军事停战委员会朝中方面首席委员张正桓少将以及开城市人民委员会副委员长尹泰承和高弼龙等。

正在开城地区巡回演出的上海越剧团团员也到车站欢迎代表团。

代表团当天先到朝鲜人民军烈士墓和中国人民志愿军烈士墓前献了花圈。

然后，在张正桓少将的陪同下参观了板门店。代表团成员怀着极大的兴趣参观了反映美国帝国主义可耻的失败和滔天罪行的陈列品。

代表团还参观了开城儿童之家。当他们到达这里时，孩子们兴高采烈地跑上来，纷纷给代表团团员系上红领巾，对他们的到来表示热烈欢迎。

参观之后，代表团团员同孩子们在一起合影留念。邓小平给这里的儿童们分发了礼物。

当天，吴济龙和张正桓少将设宴招待中国共产党代表团。吴济龙同志代表朝鲜劳动党开城市委员会向中国共产党代表团献了礼。

9月14日，回到平壤后，邓小平率领中国共产党代表团，在朝鲜劳动党中央常务委员会委员郑一龙陪同下，参观访问了平壤综合纺织工厂和平壤缫丝厂。

陪同代表团参观的，还有朝鲜轻工业委员会委员长林桂哲、副委员长安汗式、劳动党平壤市委员会副委员长金京会。

代表团在平壤综合纺织厂受到了数千名工人的夹道欢迎。工人们高举着花束、朝中两国国旗，不断欢呼，并把他们为庆祝党代表大会而生产的花纱巾赠送给代表团的同志。工厂厂长致欢迎词，代表全厂职工向代表团表示热烈的欢迎。他介绍了全厂职工在朝鲜劳动党的领导下，以跨上千里马的气势向前迈进，从而超额完成了五年计划，并胜利地执行着今年的生产计划。

他说，我们厂能够迎接我们亲密的朋友、以邓小平同志为首的中国共产党代表团，感到无限的高兴。他说，朝中两国人民之间的友谊，是在反对外来侵略者的长期斗争中以鲜血凝成的，并且在克服重重困难中得到了巩固和发展的。朝中两国人民是同生死共患难的战友。

"在朝鲜人民抗击美帝国主义武装侵略的艰苦时期，兄弟般的中国人民给了我们莫大的经济和技术援助，并派了许多技术人员帮助我们建设。中国人民的这种帮助，是无产阶级国际主义的活的榜样，对此，朝鲜人民永远怀着感激的心情。"

"中国人民在社会主义建设中所取得的成就无限地鼓舞着我们。""我们在社会主义大家庭中，永远同中国人民一道前进。"

中国共产党代表团团员康生随后发表了讲话。

邓小平带头同工人一起高呼："以金日成同志为首的光荣的正确的朝鲜劳动党万岁！""千里马英雄们万岁！""中朝两国、两党和两国人民的永恒的牢不可破的团结万岁！"

代表团在参观各个车间的时候，正在劳动的千里马骑手们纷纷向中国贵宾招手致意。邓小平等也不断向千里马骑手们频频挥手。

代表团来到千里马细纱车间时，千里马青年作业班班长赵金子将一枚千里马徽章挂在邓小平的胸前。她说，"这是朝鲜工人阶级最珍贵的礼物，我们把这礼物献给中国的工人阶级作为永久的纪念。"邓小平握着赵金子的手说："谢谢朝鲜工人们，祝创造更辉煌的成就。"

代表团来到平壤缫丝工厂时，同样受到了全厂工人的热烈欢迎。朝鲜劳动党第四次代表大会代表、共和国劳动英雄吉确实也特意赶回工厂来欢迎中国贵宾。

在自动缫丝车间，双重千里马作业班班长崔贞姬也将一枚千里马徽章挂在邓小平同志的胸前。她说："请团长同志代我们作业班向中国工人阶级问候。"

在吉确实工作的作业班里，邓小平同吉确实和工厂厂长、共和国劳动英雄唐云实等同志一起合影留念。

邓小平率领中国共产党代表团在朝鲜国家计划委员会副委员长崔万铉陪同下，还参观访问了朝鲜最大的钢铁基地之一——黄海钢铁厂。代表团受到了工人和工人家属们的热烈欢迎。

当代表团通过松林市和工厂前的大道时，夹道欢迎的群众挥舞着朝中两国国旗和花束，不断欢呼"万岁"。

黄海钢铁厂总工程师高泰善介绍了这个工厂在金日成首相亲自指导下恢复和建设工作中所获得的巨大成就。

邓小平在讲话中感谢工人们的热烈欢迎。他说，"正如我们在朝鲜劳动党第四次代表大会的报告中所提到的，要建立自主的经济，就要优先发展重工业。你们厂的情况证明了朝鲜劳动党政策的正确性。我们为你们的成就感到高兴。祝你们超额完成新的计划，祝你们工厂涌现出更多的千里马英雄，千里马作业班，千里马车间。"

接着，代表团参观了炼铁、炼钢、轧钢和炼焦等车间。在参观过程中，许多工作要求代表团向毛泽东主席转达他们的问候，向中国钢铁工人转达朝鲜钢铁工人的问候。当代表团来到朝鲜钢铁工人为向党代表大会献礼而建成的二号高炉旁时，青年千里马作业班班长金太道取下了他胸前的千里马奖章，交给了邓小平同志，请代表团把它转赠给罗盛教烈士的母亲，并祝她老人家身体康泰。

罗盛教(1931 – 1952)，湖南新化人。1950年加入中国新民主主义青年团。1951年参加中国人民志愿军入朝作战。罗盛教在战斗中的表现英勇顽强，1952年1月2日他在朝鲜平安南道成川郡石田里3次跳入冰窟，抢救出落水的朝鲜少年后光荣牺牲。中国人民志愿军为他追记特等功，授予"中国人民志愿军一级模范"称号。朝鲜民主主义人民共和国授予他一级国旗勋章和一级战士荣誉勋章。中朝两国人民的友谊是用鲜血凝成的,朝鲜人民心中永远铭记着中国人民志愿军牺牲的烈士们。

双重千里马作业班李万杰把他的一枚千里马奖章献给了邓小平同志。他激动地说:"1952 年,我到中国鞍山钢铁厂实习时,中国工人像亲兄弟一样帮助我们。我谨向中国共产党和毛泽东主席表示感谢。"

参观访问后,宾主互赠了礼品。

3. 鲜血凝成的友谊

邓小平在元山集会上说,朝鲜人民不仅是反对帝国主义的英勇顽强的、不可被战胜的战士,而且是建设社会主义的勤劳智慧的、出色的能手。

9 月 20 日早晨,邓小平率领的中国共产党代表团,在朝鲜劳动党中央委员会副委员长朴金喆陪同下,乘车到达朝鲜东海岸的英雄城市——元山进行访问,受到了元山市 7 万群众的热烈欢迎。

陪同代表团来到元山的还有:朝鲜驻中国使馆参赞马东山,朝鲜劳动党中央某部副部长金元彬。

邓小平走下火车后,穿着鲜艳民族服装的朝鲜儿童向邓小平及代表团成员献花。

在车站迎接的有:朝鲜劳动党江原道委员会委员长卢龙三和副委员长们,道人民委员会副委员长韩三淑、金盈顺,劳动党元山市委员会副委员长白日富等。

欢迎群众高抬着马克思、列宁、金日成元帅、毛泽东主席的大幅画像和朝鲜劳动党党徽,高举着"朝鲜劳动党万岁!""中国共产党万岁!""热烈欢迎中国共产党代表团!"等大幅标语,热烈欢迎兄弟党的到来。接着,元山市群众举行了庆祝朝鲜劳动党第四次代表大会成功和欢迎中国共产党代表团的大会。

朝鲜劳动党江原道委员会委员长卢龙三在大会上讲了话。

卢龙三在讲话中着重谈到了朝鲜劳动党第四次代表大会以及朝鲜人民在党的第三次代表大会以后所取得的成就。

他对中国共产党代表团访问江原道表示热烈地欢迎。他说,中国共产党代表团的访问,大大地鼓舞了江原道的人民。

卢龙三指出,朝中两国人民是为共同事业而斗争的同生死、共甘苦的战友,是彼此支持、相互合作的兄弟。朝鲜人民永远不会忘记中国人民在朝鲜祖国解放战争最困难的时期以鲜血援助了我们,在战后重建时期尽量给予我们以道义上的支持和物质上的援助。他指出,黄继光、罗盛教、朴在根、咸在福等人的动人事迹至今仍然在激动着江原道人民的心。

邓小平在热烈的欢呼声和掌声中也发表了讲话。

他说,江原道和元山市,对中国人民来说是十分熟悉、十分亲切的。早在30多年前,著名的元山大罢工,在朝鲜民族解放斗争史和工人运动史上,留下光辉的一页。在美帝国主义侵略朝鲜的战争中,英雄的元山市人民,在敌机和敌舰的火海包围中,铜墙铁壁般地守卫住了这个东海岸上的前哨阵地。江原道境内的1211高地和上甘岭,都以埋葬美帝国主义的侵略军队的光荣战绩,闻名于全世界。在击败了美帝国主义的军事进犯以后,江原道和元山市的人民,又迅速地医治了战争的创伤,恢复、扩建和新建了许多工厂和学校,并且遵循着劳动党所批示的"靠山吃山,靠海吃海"的方针,改变了历史上的贫困、饥饿的状态,卓有成效地发展了生产,提高了人民群众的生活水平。

中国人民和朝鲜人民是生死与共的。在长期的反对帝国主义的共同斗争中,中朝两国人民用鲜血凝成了战斗的友谊是永恒的,牢不可破的。在我们两国人民的英勇儿女共同抗击美国侵略军的烽火岁月里,你们的朴在根,我们的罗盛教,是我们之间的崇高的国际主义的友谊的光辉形象。他们永远活在我们两国人民的心里。

邓小平说,我们在你们美丽的国家逗留的日子里,从西海岸到东海岸,我们看到,在你们辽阔的土地上,到处都是五谷丰登,到处都是一片片新建的工厂、学校、商店和住宅,到处都是朝气勃勃、欣欣向荣的景象。你们用自己的非凡的精力和创造性才能,在被战火夷成洼地的废墟上,画出了一幅最动人、最优美的图画。我们到处都遇到由衷的热情欢迎我们的人群,我们到处都被你们友谊的海洋拥抱着。

我们亲眼看到,千里马运动正在朝气蓬勃地开展着,到处都在创造着奇迹。我们走到那里——无论是在田边,在高炉前,在机器旁,到处都可以遇到荣获千里马骑手的光荣称号的新人物。我们会见了他们中间的出色的代表人吉确实、文贞淑、金寿福等同志。从他们的身上,我们看到了朝鲜人民的新的精神面貌,看到了崇高的共产主义的道德品质,正在迅速成长。

在我们的心中,充满着这样的感觉:我们亲密的战友、兄弟是朝鲜人民,不仅是反对帝国主义的英勇顽强的、不可被战胜的战士,而且是建设社会主义的勤劳智慧的、出色的能手。

邓小平指出,我们看到的和听到的这一切光辉的成就,都是同以金日成同志为首的朝鲜劳动党的正确领导分不开的。朝鲜劳动党有着一条正确的社会主义建设的路线,有着一系列正确的具体政策,有着一套从青山里总结出来的、群众路线的革命的工作方法,有着千百万站在社会主义建设最前列的、成为党同群众密切联系的桥梁的千里马骑手。有了这一切,就不会有不能战胜的困难,就不会有不能占领的任何新高地。

英勇的朝鲜人民,正在进行着为实现祖国的完全独立和统一的神圣斗争。中国人民坚决支持朝鲜人民的正义斗争,并且坚信,美帝国主义者必将被赶出朝鲜,朝鲜人民统一祖国的伟大事业,一定得到最后胜利。

邓小平表示,中国人民相信,在以金日成同志为首的朝鲜劳动党的正确领导下,跨上千里马的朝鲜人民,一定能够用自己的双手,以更加蓬勃的劳动热情,把朝鲜建设成为更加繁荣富强的发达的社会主义工业国。

邓小平的讲话,不断为热烈的欢呼声打断。

接着,无数气球飞向天空,群众高呼着"万岁!"并涌向主席台。邓小平和代表团团员们不断地向热情的欢迎群众们招手致意。

代表团在通过元山市街道时,又受到了元山市民的欢迎。

中午,朝鲜劳动党江原道委员会委员长卢龙三举行宴会,热烈欢迎由中共中央总书记邓小平率领的中国共产党代表团。

朝鲜劳动党中央委员会副委员长朴金喆,朝鲜劳动党江原道委员会的副委员长们,道人民委员会的领导人以及元山市党、政、军领导人也出席了宴会。

朝鲜国际主义战士朴在根的爱人和志愿军妈妈具富力、咸在福特意从家乡赶到元山出席了宴会。

4. 今后有事,你就找小平谈

1975 年金日成来华访时,邓小平负责接待并全程陪同。毛泽东主席在多种场合赞扬小平同志的品格和工作能力,在中南海会见金日成时,毛主席对他说:"今后有事,你就找小平谈"。

"文化大革命"开始后,邓小平受到了错误的批判,于 1969 年 10 月被押送到江西省新建县劳动。直到 1973 年 3 月才恢复工作,担任国务院副总理职务。1975 年1 月,毛泽东提名邓小平任中共中央副主席、国务院副总理、中央军委副主席、中国人民解放军总参谋长,主持党和政府的日常工作。

3个月后,金日成主席应邀再来中国访问。

朝鲜和中国是唇齿相依的友好邻邦,金日成主席每次都是乘坐火车离开朝鲜进入中国的丹东,然后直达北京。欢迎金日成主席的仪式都是在北京车站隆重举行的。

4月18日这天,北京车站张灯结彩,红旗飘扬。

当金日成主席乘坐的专列驶入北京站时,站台上锣鼓喧天。中共中央副主席、国务院副总理邓小平登上列车,向金日成主席表示亲切问候,并陪同金日成主席一道走下列车,同欢迎群众见面。在飘扬着中朝两国国旗的北京车站上,举行了隆重的欢迎仪式,乐队高奏中朝两国国歌。聚集在车站站台上、大厅里、广场上的数千名欢迎群众沸腾起来,他们载歌载舞,欢呼声此起彼伏。

金日成在邓小平的陪同下,乘坐汽车,驶过彩旗飘扬、欢声如雷的天安门广场,驶向迎宾馆。金日成主席为中国人民这种真诚、友好的欢迎所感动。

4月18日下午5时,毛泽东在中南海会见了金日成,邓小平在旁陪同。

当金日成主席走进毛泽东的书房时,毛泽东和金日成紧紧握手。

毛泽东说:"我这回去了湖北、湖南、江西、浙江几个地方,差不多住了一年。因为你要来,我又回来见面。"

"谢谢"。

毛泽东又说道:"我今年82了,快不行了,靠你们了。"说着,用手指了指在座的金日成和邓小平等人。

毛泽东还说:"我们Premier(总理)有病,一年里开过三次刀"。

"邓小平副主席讲过这个事。"金日成说。

"我的腿不好,讲话不好,眼睛也有白内障。你好吗?"毛泽东问道。

金日成答道:"很好!我跟主席已经几年没见面了!"

毛泽东用英语说:"Welcome(欢迎)!我发音不好,讲外国语。"

"我不谈政治,由他来跟你谈。"毛泽东一边说着,一边笑着指邓小平,"此人叫邓小平。"

金日成主席说:"我们很早就认识了,他做过很多工作,是老朋友、老同志了。"

毛泽东接着又指了指邓小平说:"他会打仗。"

话刚落音,金日成马上补充说:"不但会打仗,而且会做政治工作,进行思想斗争。"

"还会反修正主义。"毛泽东始终忘不了邓小平在中苏论战中的贡献。

谈到这里,金日成多少有点感慨地说:"是啊,我们很清楚他。我和邓小平副主席十年没见了。"

毛泽东说:"红卫兵整他,现在没事了。那个时候打倒了好几年,现在又起来了。"

"很好,我们欢迎。"金日成说。

毛泽东又说:"我们要他!"口气十分坚定。

毛泽东一向比较器重邓小平,还是在党的八大前毛泽东就推荐邓小平担任党的总书记。毛泽东说:"我看邓小平这个人比较公道,他跟我一样,不是没有缺点,但是比较公道。他比较有才干,比较能办事。"毛泽东赞扬邓小平"这个人比较顾全大局。比较厚道,处理问题比较公正,他犯了错误对自己也很严格。"后来,毛泽东又说:"我为正帅,邓为副帅。"

1972年8月,被"下放"三年之久的邓小平致信毛泽东,提出愿为党和人民做一点工作,毛泽东在该信的批示中说,邓小平"在中央苏区是挨整的,即邓(小平)、毛(泽覃)、谢(唯俊)、古(柏)四个罪人之一,是所谓毛派的头子";"他没有历史问题,即没有投降过敌人";"他协助刘伯承同志打仗是得力的,有战功"。

邓小平复出后,毛泽东又于1973年12月决定邓小平担任中央政治局委员和中央军委委员。并在中央政治局会议上说:"邓小平同志是中央政治局请回来的,不是我一个人请回来的。小平同志进政治局,是给政治局添了一位'秘书长'。"并当场送给邓小平八个字:"柔中有刚,绵里藏针"。四届人大前,毛泽东又评价邓小平"政治思想强",明确表示"让小平同志做军委副主席、第一副总理兼总参谋长",并在纸上写下"人才难(得)"几个字。毛泽东还对周恩来说:"你身体不好,四届人大会后,你安心养病吧! 国务院的工作可以让小平同志来顶。"1975年1月,毛泽东决定由邓小平主持党和政府的日常工作。

今天,毛泽东又把邓小平介绍给金日成说,今后有事,你就找小平谈,"你们去谈话,我不谈了。"

4月19日上午9时30分,邓小平在人民大会堂南门接待厅同金日成主席进行第一次会谈。双方谈到了中朝两党、两国的关系和朝鲜统一问题。

会谈始终充满着亲切友好的气氛。

4月20日上午9时45分,邓小平和金日成举行第二次会谈,双方就总的国际形势、中美关系、中日关系、南亚形势、南部非洲等问题广泛地交换了意见。

4月21日下午3时35分,邓小平在钓鱼台国宾馆18号楼和金日成主席单独会谈。

4月25日上午10时30分,邓小平和金日成主席举行第三次会谈。

会谈结束后,双方发表了《中华人民共和国和朝鲜民主主义人民共和国联合公报》。金日成主席说,这是中朝关系史上一个划时代的转折,表明两国政府和人民之间的友谊和团结发展到了新的、更高的阶段。

在访问期间，邓小平还陪同金日成主席参观了北京和南京的一些工厂、人民公社和名胜古迹。在南京，邓小平陪同金日成主席参观了南京长江大桥、南京无线电厂，游览了中山陵，晚上还观看了文艺演出，尽管日程安排得很紧，但双方都兴致盎然，邓小平热情并详细地介绍有关情况。金日成主席说，我们把你们的成就看做是自己的成就一样高兴。

这是邓小平第一次陪同金日成主席并和他进行会谈。

4月27日，金日成主席9天的访问结束了，中朝两国的友谊迈入一个新阶段，邓小平和金日成主席的私人友谊也进一步加深了。

金日成主席回国后不久得了腰病，邓小平得悉后，非常挂念，并派出中国最好的医生赴朝鲜为金日成主席治病。多年后金日成主席访问中国时还当面向邓小平致谢！

但不久，邓小平又一次从中国政坛上消失了，直至1977年第3次复出。

5. 二访朝鲜话别情

1978年邓小平第二次访问朝鲜，他对金日成说："今后两国领导应常来常往。"以后金日成几乎每年都来中国，邓小平称这是"朋友之间的来往"。

1978年9月8日，应朝鲜劳动党中央委员会总书记、朝鲜民主主义人民共和国主席金日成的邀请，邓小平率中国党政代表团赴朝鲜，参加朝鲜国庆30周年活动。这是邓小平第二次到朝鲜。

17年前，他曾作为中国共产党第一代领导集体中的重要成员，以中共中央总书记的身份率中国共产党代表团出访朝鲜，参加朝鲜劳动党第四次代表大会。

17年后，邓小平率领的是中国党政代表团。这时他的身份是中共中央副主席、国务院副总理。

此时，毛泽东、周恩来等老一代无产阶级革命家都已作古。主持中共中央工作的是由毛泽东临终指定的华国锋。华国锋担任着中共中央主席、国务院总理职务。

中国党政代表团的副团长是中共中央政治局委员、中共上海市委第三书记、上海市革命委员会第二副主任彭冲。代表团成员有：中共中央委员、外交部部长黄华，中国驻朝鲜大使吕志先（已在朝鲜）。

当邓小平乘坐的专机抵达朝鲜平壤机场时，朝鲜劳动党中央政治委员会委员、朝鲜民主主义人民共和国副主席朴成哲,党中央政治委员会委员、人民武装力量部部长吴振宇,党中央政治委员会委员、平壤市人民委员会委员长金万金,党中央政治委员会候补委员、副总理兼外交部长许锬,以及有关部门负责人和平壤市各界群众到机场热烈欢迎。

机场上充满国庆节日和朝中友好的热烈气氛,朝中两国国旗高高飘扬。一些红色横幅标语上用朝中两国文字写着:"热烈欢迎兄弟中国人民的友好使者!""朝中两国人民用鲜血凝成的牢不可破的战斗友谊和团结万岁!""中国共产党万岁!""朝鲜劳动党万岁!"一群天真的少年团员向邓副主席一行献了鲜花。机场上举行了隆重的欢迎仪式。军乐团奏中国国歌和朝鲜国歌。邓小平在朴成哲副主席陪同下,检阅了朝鲜人民军陆军仪仗队。

当邓小平同机场上的欢迎群众见面时,全场一片欢腾,对兄弟的中国人民的友好使者的到来,表示热烈的欢迎。人们挥动手中花束和彩旗,穿着民族服装的女青年跳起欢乐的舞蹈。"万岁"的口号声经久不息。邓小平高兴地向他们频频招手,并致以节日的祝贺。

中国驻朝鲜大使吕志先和大使馆全体工作人员,朝鲜军事停战委员会朝中方面中国人民志愿军委员牛克伦和志愿军代表团工作人员,也到机场迎接。

在宾馆下榻后不久,邓小平立即前往锦绣山议事堂拜会朝鲜劳动党中央委员会总书记、朝鲜民主主义人民共和国主席金日成。

金日成主席在议事堂门口热情地迎接邓小平,同他亲切握手,并同代表团全体同志一一握手。

在议事堂门口迎接中国同志的还有朝鲜其他党政领导朴成哲、吴振宇、金永南、金万金、许锬等。

金日成同代表团全体同志合影后,宾主进入会见厅里,进行了非常亲切友好的谈话。

接着,金日成主席设宴款待邓小平一行。

席间,双方亲切交谈、互相问候,共叙友谊,宛如一家人的团聚。宴始终洋溢着十分热烈友好的气氛。

午宴后,邓小平代表中共中央、国务院向金日成主席赠送了中国广东省枫溪陶瓷三层大型通花瓶。这个花瓶高1.3米,最大直径48厘米。在外中内三层分别雕饰有梅花、花篮和群蝶,象征着中朝友谊之花盛开和中朝两国社会主义建设欣欣向荣。金日成主席非常高兴地观赏了花瓶,并表示感谢。

9月12日上午9时,邓小平和金日成在平壤兴夫宾馆举行会谈。

金日成主席对邓小平说,自1975年访问中国后,第一次见到您,而且是在朝鲜见到,感到十分高兴。本来我准备今年秋天去中国进行内部访问,就国际问题交换一下意见,现在邓小平同志来了,可以推迟到明年去了。

邓小平说:"非常欢迎,到时我陪主席去你没有去过的地方,比如敦煌,你没有去过吧?"

"没有去过,延安、成都、重庆都没有去过。"金日成回答道。

邓小平接着说:"今后两国领导应常来常往。"

会谈开始后,双方对国际形势交换了看法。邓小平说,国际形势总的来讲还是很不安宁的。邓小平还讲到中日关系,说我们同日本签订了和平友好条约,把反霸条款写入了正文,这在世界上算是第一次。同日本缔结和平友好条约,是我们奋斗7年的结果。当然现在不能说问题全解决了。

邓小平还向金日成通报了我们正在同美国谈判关系正常化的情况。

对此,金日成主席表示理解。

邓小平说,有人说我们好战,不是我们好战,我们讲的是实际情况,我们希望22年不打仗,我们就可以实现四个现代化。

邓小平详细向金日成介绍了中国实现四个现代化的具体设想。他说,我们一定要以国际上先进的技术作为我们搞现代化的出发点。

金日成主席表示,这样做很好。

邓小平特别谈到了教育问题,他说,"四人帮"对我们的经济发展影响很大,包括各方面,其中教育方面受到的影响最深,提高小学、中学的水平,至少要10年之后才能出人才。

邓小平说最近谷牧同志和经委、计委以及各部的同志出去看了一下,越看越感到我们落后,我们的农村还很穷,收入还很低,我们农村一个劳动力一年的收入,高的地方150元,全国平均只有60元。什么叫现代化,50年代一个样,60年代不一样了,70年代就更不一样了。

金日成主席表示赞同。

9月9日,邓小平率中国党政代表团出席了为庆祝朝鲜民主主义人民共和国成立30周年而举行的中央报告大会。并在大会主席台上紧挨金日成的左侧就座。金日成主席在庆祝大会上发表的讲话中,进一步阐述了反对支配主义的意义,指出支配主义的本质是蹂躏别国的自主,压迫和控制其他民族和人民,是世界革命人民共同斗争的对象;支配主义,不仅大国有,较小的国家也有;不仅资本主义国家有,其他国家也有;不管国家大小和社会制度如何,企图控制别国的国家就是支配主义势力,无论用公开的方法,还是用隐蔽的方法,凡是支配别人的就都是支配主义。金日成主席呼吁结成广泛的统一战线,把攻击的予头直接指向帝国主义和支配主义。下午,朝鲜万寿台艺术团在平壤万寿台艺术剧场演出了音乐舞蹈叙事剧《乐园颂》。

《乐园颂》是一部精湛的综合艺术作品。它以其独具民族风格的音乐、歌曲和舞蹈,深刻地反映了今天朝鲜人民在自己的伟大领袖金日成主席领导下的社会主义幸福生活。晚上,金日成主席在锦绣山议事堂举行盛大宴会,庆祝朝鲜民主主义人民共和国成立 30 周年。邓小平率中国党政代表团应邀出席。

6."中朝友谊万古长青"

时隔十四年,邓小平又一次访问咸兴市,朝鲜人民举行了热烈的群众大会欢迎中国客人,邓小平在会上发表热情洋溢的讲话,加深了中朝两国的传统友谊。

9 月 11 日上午,邓小平一行在朝鲜政务院总理李钟玉、副总理姜希源和外交部副部长金亨律等陪同下乘专机抵达朝鲜东海岸工业城市咸兴进行友好访问。

到机场热烈欢迎中国客人的有,朝鲜劳动党咸镜南道委员会责任书记李吉松,道行政委员会委员长金亨正,道人民委员会副委员长高用奎,人民军上将崔仁德等。

咸兴人民对中国人民怀有十分亲密的兄弟情谊。1958 年敬爱的周总理来这里访问,1961 年邓小平到过这里参观,对于这些访问,咸兴人民记忆犹新。这次邓小平带着中国人民的深情厚谊又来到这座城市,咸兴人民非常高兴。他们怀着诚挚的感情,热烈迎接中国战友。

今天,咸兴机场装饰一新。欢迎群众高举着"热烈欢迎以邓小平同志为团长的中国党政代表团!""朝中两国人民用鲜血凝成的牢不可破的战斗友谊和团结万岁!"等横幅迎候在机场上,机场上空飘扬着中、朝两国国旗。邓小平一行走下飞机时,朝鲜少年团员向他们献了鲜花。

机场上举行了隆重的欢迎仪式,乐队奏中国国歌和朝鲜国歌。邓小平由李钟玉总理陪同检阅了朝鲜人民军陆军仪仗队。

当邓小平等同欢迎群众见面时,人们挥动花束,欢呼声响彻云霄。

接着,邓小平一行前往咸兴市区体育场参加群众欢迎大会。

邓小平同李钟玉总理同乘敞蓬汽车徐徐穿过 4 公里长的充满友谊的欢迎长廊,高兴地向夹道欢迎的群众频频招手致意。

当邓小平团长和李钟玉总理乘坐的汽车来到中央大街和体育场前广场时,一群群穿着民族服装的青少年在悠扬的乐曲声中,跳起了伞舞和扇舞、红旗舞等欢乐的舞蹈。排在欢迎队伍中的青少年合唱队,纵情歌唱朝中友谊。欢迎群众挥动着朝中两国国旗,热烈欢迎邓小平一行,充分表达了朝鲜人民对中国人民真挚的兄弟情谊。

上午在咸兴市体育场举行有数万人参加的群众大会,热烈欢迎以中共中央副主席、国务院副总理邓小平为团长、彭冲同志为副团长的中国党政代表团。

咸兴市体育场披上的节日的盛装,会场四周彩旗招展,穿着民族服装手执花束的群众聚集在会场上,形成了花的海洋。

当邓小平在李钟玉总理、姜希源副总理陪同下登上主席台时,全场欢腾,掌声雷动。

彭冲、黄华、吕志先等也应邀登上主席台。

在主席台上的还有咸境南道党政负责人李吉松、金亨正等。

大会开始后,乐队奏中、朝两国国歌。这时,在背景台上出现了巨幅的中朝两国国旗图案。咸镜南道党委责任书记李吉松在大会上发表了讲话。

他说:"三十年来,朝鲜人民同中国人民等世界革命人民一道朝着社会主义的大道,并肩走过来了光荣而充满胜利的路程。

"朝鲜人民把兄弟的中国人民在社会主义革命和社会主义建设中取得的成就看作是自己的成就一样感到由衷的高兴,并表示热烈的祝贺。

"我们确信,朝中两党、两国和两国人民之间的战斗友谊,今后仍将本着形势发展的要求不断加强和发展。

"朝中两国人民在任何风暴中毫不动摇,将作为阶级兄弟,把革命道义坚守到底,永远作为战友和兄弟共同战斗前进。"

李吉松讲话后,他以大会的名义,把一面赠送给中国党政代表团的、上面写着"朝鲜人民和中国人民之间永恒的战斗友谊和团结万岁"的锦旗交给了邓小平。

邓小平在讲话中强调中朝团结战斗有利于亚洲和世界和平。他说:"朝鲜人民是具有光荣革命斗争传统的英雄人民。朝鲜民主主义人民共和国的成立,是朝鲜人民在自己的伟大领袖金日成主席的英明领导下,经过长期艰苦奋斗而取得的革命果实。朝鲜人民为保卫国家独立主权、建设社会主义新生活、争取祖国自主和平统一,不断从胜利走向胜利的历史,是一部充满英雄业绩的光荣历史。

"朝鲜人民是第二次世界大战后第一个打败美帝国主义侵略的英雄人民。敌人曾经梦想把新生的朝鲜民主主义人民共和国扼杀在摇篮之中,但是,他们的梦想彻底破产了。朝鲜人民在气壮山河的祖国解放战争中赢得了震撼世界的伟大胜利。朝鲜人民敢于斗争、敢于胜利的大无畏革命精神,至今仍然是全世界人民为反对超级大国的侵略政策和战争政策而斗争的鼓舞力量。

"朝鲜人民在极端困难的条件下,进行了社会主义建设。朝鲜停战以后,朝鲜北部是遭受了敌机残暴轰炸的一片战争废墟。面对这样一种严重局面,究竟是坚持独立自主、自力更生,还是乞讨帝国主义施舍,仰人鼻息? 朝鲜民主主义人民共和国是有高度自尊的社会主义国家,朝鲜人民是在朝鲜劳动党领导下的英雄人民,当然只能选择前一条唯一正确的道路。在金日成主席制定的'政治上自主,经济上自立,国防上自卫'的革命路线指引下,朝鲜人民以千里马的磅礴气势,艰苦奋斗,发愤图强,排除阻力,沿着社会主义的康庄大道奋勇前进。朝鲜人民依靠自己的勤劳智慧,把朝鲜党和政府制定的一幅幅宏伟的社会主义建设蓝图变成了光辉灿烂的现实。如今,朝鲜民主主义人民共和国以一个拥有现代工业和发达农业的社会主义国家的崭新姿态巍然屹立在世界的东方。

"今年是朝鲜民主主义人民共和国执行第二个七年计划的第一年。现在,朝鲜人民正在大力开展三大革命运动,为实现第二个七年计划而奋斗。实现这个计划,你们的工业总产值将比现在增长 1.2 倍,你们将占领 1000 万吨粮食高地,你们的国民经济各部门将用更新的技术装备起来。这是朝鲜劳动党和朝鲜民主主义人民共和国政府为朝鲜人民制定的又一个高标准的宏伟的蓝图。它的实现,将使朝鲜民主主义人民共和国的经济威力进一步加强,国防力量更加雄厚,无产阶级专政更加巩固,人民的物质文化生活水平进一步提高。同志们,中国人民为你们已经取得的胜利成果感到由衷的喜悦,更为展现在你们面前的光辉前景而欢欣鼓舞。我们衷心祝愿你们取得完全的成功! 我们要学习你们的革命精神和革命干劲,学习你们的宝贵经验,加快我国国民经济建设的步伐,为早日实现我国新的发展时期的总任务而努力奋斗。

"朝鲜民主主义人民共和国在国际斗争中,坚决反对帝国主义、新老殖民主义和支配主义,坚持无产阶级国际主义原则,为第三世界国家的团结,为不结盟运动的团结,为反对外部支配主义势力对不结盟国家策划的分裂、干涉和支配,为支援被压迫民族被压迫人民的革命斗争,为争取各国之间建立平等和互相尊重的关系,作出了可贵的贡献,赢得了世界各国人民的钦佩和赞扬。朝鲜民主主义人民共和国的国际威望日益提高,在国际事务中发挥着越来越大的作用。

"朝鲜民主主义人民共和国成立三十年来的一切成就,都是在金日成主席和朝鲜劳动党英明领导下取得的。金日成主席一贯坚持马克思列宁主义路线,把马克思列宁主义的普遍真理同朝鲜的具体实践相结合。金日成主席充分相信人民,依靠人民,站在斗争的最前列,坚定不移地领导朝鲜人民为民族的统一、独立和国家的繁荣富强而斗争,是朝鲜人民衷心爱戴的伟大领袖。金日成主席亲手创建的朝鲜劳动党,代表着全体朝鲜人民的意志,一贯坚持社会主义,无产阶级国际主义,高举反帝革命斗争的光荣旗帜,不仅为朝鲜的革命事业建立了卓越的革命功勋,也为世界人民的进步事业作出了宝贵的贡献。紧密团结在自己的伟大领袖金日成主席和朝鲜劳动党周围的朝鲜人民,在过去30年中取得了十分辉煌的成就。毫无疑问,在未来的征途中,你们一定会赢得新的更伟大的胜利。

"朝鲜人民正在为争取祖国的自主和平统一进行着坚持不懈的斗争。朝鲜民主主义人民共和国的成立和她的发展壮大表明:人民的意志是不可抗拒的;历史发展的客观规律是不能逆转的;国家要独立,民族要解放,人民要革命,这个伟大的历史洪流是任何力量也阻挡不了的。实现朝鲜的统一,是南北朝鲜人民的民族意志。任何制造"两个朝鲜"、妄图永远分裂朝鲜的阴谋是不能得逞的,祖国的统一事业一定会实现。

"中国人民时刻关注着自己的亲密战友朝鲜人民争取国家统一的正义斗争。我们坚决支持金日成主席提出的关于朝鲜自主和平统一的三项原则和五点方针。坚决支持朝鲜人民要求解散'联合国军司令部'、美国侵略军及其武器装备全部撤出南朝鲜的正义主张。中国人民将一如既往,坚定不移地支持朝鲜人民争取自主和平统一祖国的正义斗争,直到取得最后的胜利!

"中朝两国人民在长期革命斗争中的风雨同舟、患难相共的亲密战友。我们两党、两国和两国人民用鲜血凝成的战斗友谊和革命团结,经受住了烽火硝烟的考验,也经受住了国际上惊涛骇浪冲击。

"我们互相学习,互相支持,共同前进,我们双方之间在政治、经济、文化各方面的合作都有了新的发展,我深信,今后我们在各个领域里的关系必将在长久稳定的基础上更加发展。

"历史证明,不断加强中朝友谊和团结,完全符合两国人民的利益,也完全符合亚洲和平和世界和平的利益。我们一定要继承伟大领袖毛泽东主席和敬爱的周恩来总理的遗愿,把中朝友谊世世代代发展下去。我们一定要在社会主义革命和社会主义建设事业中同朝鲜人民相互学习,相互支持,促进两国的共同繁荣和富强。

"我们相信,中朝友谊之花必将开得更加绚丽多彩,结出更加丰硕的果实。"

邓小平讲话后,以中国党政代表团的名义,把一面赠送给朝鲜人民的、上面写着"中朝友谊万古长青"的锦旗交给了李吉松同志。

双方互赠锦旗后,李吉松责任书记和邓小平热烈握手、拥抱。会场上响起了暴风雨般的掌声。

大会在朝中两国国歌声中结束。

接着,邓小平乘车去"二·八维尼纶联合企业"参观。在长达十几公里的路上,中国客人受到群众的夹道欢迎。

7. 解放思想,实事求是

访朝归来,邓小平一路点火,阐述自己在心中构思已久的改革计划,为十一届三中全会重大转折打下坚实基础。

9 月 12 日上午,邓小平等乘专车离开平壤回国,途经新义州时,受到了当地负责干部和群众的热烈欢送。

新义州车站装饰一新,朝中两国国旗迎风飘扬,巨大的横幅上写着:"热烈欢送兄弟的中国人民的友好使者!""朝中两国人民用鲜血凝成的牢不可破的友谊和团结万岁!"群众挥舞花束,载歌载舞,热情欢送中国党政代表团。

邓小平一行在车站短暂休息时,同前来迎送的平安北道和新义州市党政机关负责人金炳律、崔万国等亲切交谈。

朝鲜外交部副部长金亨律专程从平壤送行到新义州。

访朝归来,邓小平在东北等地视察,沿途对各省市负责人谈到了他早就运筹在胸、访朝时和金日成主席谈过的一些重要思想。

在黑龙江,邓小平谈到了农业问题,谈到吸收外资、引进外国设备问题。他说:"我们要大量地吸收外国的资金、新的技术、新的设备。令人担心的是国家的体制不能适应这项工作。"

"从总的状况来说,我们国家的体制,包括机构体制,基本上是从苏联来的,是一种落后的东西,人浮于事,机构重叠,官僚主义发展,文化大革命以前就这样。一件事人多了,转圈子。有好多体制问题要重新考虑。"

在吉林,邓小平谈到要解放思想,他说:"一切从实际出发,我们的事业才有希望。不论搞农业,搞工业,搞科学研究,搞现代化,都要实事求是,老老实实。现在摆在我们面前的问题,关键还是实事求是、理论与实际相结合、一切从实际出发。这是政治问题,是思想问题,也是我们实现四个现代化的现实问题。

"一切从实际出发,把实践经验加以概括。学大庆、学大寨要实事求是,学他们的基本经验,如大寨的苦干精神、科学态度。大寨有些东西不能学,也不可能学。比如评工记分,它一年搞一次,全国其他人民公社、大队就不可能这样做。取消集贸市场也不能学。自留地完全取消也不能学。小自由没有了,也不能学。全国调整农业经济政策,好多地方要恢复小自由,这也是实事求是。

"所有在一个县工作、在一个公社工作的同志,都要根据一个县、一个公社的条

133

件。在大队工作的同志也要根据一个大队的条件,搞好工作。要鼓励哪怕是一个生产大队、一个生产队很好地思考,根据自己的条件思考怎样提高单位面积产量,提高总产量,还有技术方面、多种经营方面,哪些该搞的还没有搞,怎么搞。这样,发展就快了。

"多少年来,就是文化大革命以前,我们的脑筋开动得也不够,这些年来思想僵化了。企业管理,过去是苏联一套,没有跳出那个圈子。那时候,苏联企业管理水平比资本主义国家落后得多,后来我们学了那个东西,有了那个东西比没有好。但现在连那个落后的东西也丢掉了,一片混乱。

"现在要使所有的人开动脑筋。哪怕管理一个街道工厂,也要自己开去脑筋,勤于思考怎么样使生产增加,产品质量提高,成本降低,原材料消耗少,产品价格不断降低。不管大中小企业,搞得好的要奖励,不能搞平均主义,要鼓励先进。

"实践是检验真理的唯一标准,这是马克思主义,是毛主席经常讲的。毛主席总是提倡要开动脑筋,开动"机器"。林彪、'四人帮'把我们的思想搞僵化了。思想僵化,就不可能实现四个现代化。世界天天发生变化,新的事物不断出现,新的问题不断出现,我们关起门来不行,不动脑筋永远陷于落后不行。

"一个小的企业,甚至一个生产队,都应该搞好民主管理。我们的生产队为什么不搞民主?队长不合格就淘汰,社员应该有权利,现在有些干部权力大得很,包办选举,几个人说了算。所以现在农村有霸,出霸王。不管是公社各级领导干部,还是工厂企业的管理干部,都要考核。现在我们的科研机构、学校的考核制度慢慢建立起来了,企业的考核制度也要建立起来,要真正搞按劳分配,鼓励向上,鼓励人们努力学习,这对社会主义的极大益处是发展社会生产力。

"总之,实事求是,开动脑筋,要来一个革命。怎么样高举毛泽东思想旗帜这是个大问题。"两个凡是"不是高举毛泽东思想的旗帜,这样搞下去,要损害毛泽东思想。毛泽东思想的基本点就是实事求是,就是把马列主义的普遍原理同中国革命的具体实践相结合。毛泽东思想的精髓就是这四个字。

"我们现在要实现四个现代化,有好多条件,毛泽东同志在世的时候没有,现在有了。中央如果不根据现在的条件思考问题、下决心,很多问题就提不出来、解决不了。马克思主义要发展嘛!毛泽东思想也要发展嘛!所谓理论要通过实践来检验这样的问题还要引起争论,可见思想僵化。"

邓小平强调要实事求是,开动脑筋,要来一个革命。他还指出:"我们是社会主义国家,社会主义制度优越性的根本表现,就是能够允许社会生产力以旧社会所没有的速度迅速发展,使人民不断增长的物质文化生活需要能够得到满足。按照历史唯物主义正确的政治领导的成果,归根结底要表现在社会生产力的发展上,人民物质文化生活的改善上。生产力发展的速度比资本主义慢，那就没有优越性，这是最大的政治，这是社会主义和资本主义谁战胜谁的问题。生产力总是需要发展的，外国人议论中国人究竟能够忍耐多久，我们要注意这个话。我们要想一想，我们给人民究竟做了多少事情呢？所以，我们一定要根据现在的有利条件加速发展生产力，使人民的物质生活好一些，使人民的文化生活、精神面貌好一些。"

在沈阳，邓小平说："要学习外国的先进科学技术、先进管理经验，首先要根据现在的国际国内条件，敢于思考问题，提出问题，解决问题，千万不要搞'禁区'。'禁区'的害处是使人们思想僵化，不敢根据自己的条件考虑问题。一个公社有自己的条件，有自己的情况，一个大队有自己的条件，有自己的情况。有一般，也有特殊，大量的是特殊，重要的是要根据自己的特殊情况考虑问题。

"东北三省情况大体相同，但也都有不同。你们辽宁省几个地委、几个市，每一个都有不同。鞍钢改造以后，必须是按照经济规律来管理。市政府是不是要考虑变成为它服务。马克思主义认为，归根到底要发展生产力。我们太穷了，太落后了，老实说对不起人民。我们现在必须发展生产力，改善人民生活条件。一个是实事求是，一个是怎样高举，一个是怎样发展生产力。我们的思想开始活跃，现在只能说是开始，还心有余悸。要开动脑筋，不开动脑筋，就没有实事求是，不开动脑筋，就不能分析自己的情况，就不能从实际出发提出问题，解决问题。

"学大庆有这个问题，学大寨也有这个问题，照搬不行，要教育所有干部开动脑筋，实事求是，提出问题，解决问题。只凭上级批示或中央发的文件，或省里补发的文件，能解决所有具体问题吗？要提倡、要教育所有的干部独立思考，不合理的东西可以大胆改革，也要给他这个权。所谓考核，第一就是考核这个问题。凡是能够这样独立思考解决问题的，肯定会大有好处。当然也会出现瞎指挥，但总的来说会好一些。这是全国性的问题，是政治问题，也是思想问题，也是实际问题。"

在鞍山，邓小平说："引进技术改造企业，第一要学会，第二要提高创新。凡是引进的技术设备都应该是现代化的，必须是七十年代的，配套也要是七十年代的。世界在发展，我们不在技术上前进，不要说超过，赶都赶不上去，那才是真正的爬行主义。要以世界先进的科学技术成果作为我们的起点。引进先进技术设备后，一定要按照国际先进的管理方法、先进的经营方法、先进的定额来管理，也就是按照经济规律管理经济。一句话，就是要革命，不要改良，不要修修补补。

"我们改造企业，为了保证应有的技术水平、管理水平，要有合格的管理人员和合格的工人。不合格的作编外处理，要组织他们学习，对他们进行培训，开辟新的就业门路。

"合格的管理人员、合格的工人，应该享受比较高的待遇，真正做到按劳分配。

社会主义要表现出它的优越性,哪能像现在这样,搞了二十多年还这么穷,那要社会主义干什么？我们要在技术上、管理上都来个革命,发展生产,增加职工收入。

"要加大地方的权力,特别是企业的权力。大大小小的干部都要开动机器,不要当懒汉,头脑僵化。以后既要考虑给企业的干部权力,也要对他们进行考核,讲责任制,近使大家想问题。现在我们的上层建筑非改不行。"

在天津,邓小平说:"我走了几个地方,一再讲就是要解放思想,开动机器,不要当懒汉,从实际出发。大队、小队都有特殊性,不能划框框,不能鼓励懒汉。过去不能碰'禁区',谁独立思考就好像是同毛主席对着干。实际上毛主席是真正讲实事求是的。我们过去吃大锅饭,鼓励懒汉,包括思想懒汉,管理水平、生活水平都提不高。现在不能搞平均主义。毛主席讲过先让一部分人富裕起来。管理人员好的也应该待遇高一点,鼓励大家想办法。不合格的管理人员要刷下来。工资总额、劳动定额不能突破,这样自己调剂的能力是没有的。"

在谈到引进技术要改革企业管理时说:"凡这样的工厂,管理要按人家的办法,这个对我们来说叫革命。"

用邓小平自己的话说他这是到处点火。他的点火,为党的十一届三中全会作出党和国家的工作重心转移到社会主义现代化建设上来起了重要的推动作用。

8. 与金日成的个人友谊

金日成是邓小平会见最多的外国客人,是邓小平陪同在中国参观最多的外国客人,也是邓小平最后一次去车站迎接的客人。金日成不幸逝世,邓小平以个人名义发去唁电。

1981 年 4 月,金日成内部访问中国。

4 月 18 日下午,在沈阳友谊宾馆,邓小平和金日成进行了单独会谈。邓小平谈到了正在起草中的《关于建国以来党的若干历史问题的决议》,他说:"写若干历史问题的决议,有三个目的:一是树立毛泽东思想旗帜;二是恰如其分地讲清错误;三是向前看。"邓小平特别谈到对毛泽东主席及其思想的评价,"在党内、在人民中是个很大的问题"。

1982 年 4 月 27 日,邓小平和胡耀邦内部访问朝鲜,同金日成举行会谈。

这是邓小平第三次到朝鲜,也是最后一次出国。

会谈中,邓小平向金日成介绍了中国关于解决香港问题的立场和态度。此前不久,英国前首相希思来华访问,邓小平向他阐述了中国对解决香港问题的考虑。今天,邓小平又向老朋友金日成介绍了这方面的情况。

邓小平说:"香港问题现在已经提到日程上了,因为英国比较急,香港各方的人士都比较急。当前国际上进行投资需要有 15 年的稳定,要保持 15 年的稳定才投资。我们找了一些香港的知名人士,到北京来商议这个问题。前提是个主权问题。现在我们定的方针是到 1997 年不只是新界,整个香港都收回。英国的'盘子'是放在能够继续维持英国的统治这点上,这不行。如果这样,所有中国人不管哪个当政都不会同意。所以,我跟他们说,到 1997 年,香港、九龙、新界的主权中国全收回。在这个前提下,维持香港自由港、国际金融中心的地位。香港的社会制度不变,生活方式也不变。香港由香港人自己管理,由香港的爱国者组成地方政府,作为中国的特别行政区。"

1982 年 9 月金日成主席访问中国。

此时正值中国共产党第十二次全国代表大会结束不久。

9 月 17 日上午,邓小平前往钓鱼台国宾馆看望金日成。

金日成在宾馆楼门口迎接邓小平,他们的友谊之手又紧紧地握在一起。

在亲切的交谈中,金日成祝贺中共十二大取得圆满成功。他说:"你的大会开幕词和胡耀邦同志的报告,我都看了,讲得很好。十二大是团结的大会,胜利的大会。"

邓小平简单扼要地向金日成介绍了十二大的情况并说,"十二大是把建设引向胜利"。

中共十二大的主题是要全面开创社会主义现代化建设的新局面。金日成此行的一个重要目的,是要了解和学习中国社会主义现代化建设的经验。这次邓小平建议金日成去四川看一看,金日成主席虽然多次访问过中国,到过不少地方,但没有去过四川,四川是中国的一个重要省份,十一届三中全会以后认真贯彻党中央的各项政策,较早地实现了安定团结,工农业生产取得了可喜的成绩。金日成早就想去四川看看了,这次可以说是如愿以偿。

邓小平陪同金日成去四川。

9 月 18 日,在去四川途中的火车上,两位老朋友又亲切交谈。

邓小平说:"十二大以后,我国政治形势更加稳定,可以更好地一心一意搞建设了。十二大提出的奋斗目标,是二十年翻两番。前十年打好基础,后十年高速发展。"

邓小平还向金日成谈到了中国共产党批评"两个凡是",实行工作重心转移的问题。他说:"我在东北三省到处说,要一心一意搞建设。国家这么穷,不努力发展生产,日子怎么过? 我们人民的生活如此困难,怎么体现社会主义的优越性?'四人帮'叫嚷要搞'穷社会主义'、'穷共产主义',胡说共产主义是精神方面的,简直的荒谬之极!

"社会主义必须大力发展生产力,逐步消灭贫穷,不断提高人民的生活水平。否则社会主义怎么战胜资本主义?

"不努力搞生产,经济如何发展? 社会主义、共产主义的优越性如何体现? 因此,我们强调提出,要迅速地坚决地把工作重点转移到经济建设上来。"

9 月 20 日,邓小平陪同金日成到成都参观访问。早在 1980 年 7 月邓小平在成都视察时,农村沼气开发建设以及沼气利用给农村带来的变化,在邓小平心中留下了深刻的印象。此次陪同金日成参观,邓小平有心让金日成等朝鲜客人也看一看农村的沼气开发利用。

9 月 21 日上午,邓小平陪同金日成等乘车来到成都市郊双流县白家公社顺风大队第二生产队。邓小平对金日成说:"今天请你看看农村的沼气。"

这个生产队掩映在一片竹林丛中,迎接在村口的数百名男女老少,挥动着中朝两国国旗和花束,高呼:"欢迎! 欢迎! 欢迎金日成主席!"

邓小平陪同金日成来到了生产队长家里。这是一栋用砖和水泥新砌的两层小楼,共有 8 间房,面积 200 平方米。金日成走进宽敞的厨房,站在镶着瓷砖的锅台前,观看使用沼气的炉灶、炉具,还弯下腰仔细查看沼气管子是如何通进来的。邓小平兴致勃勃地向金日成介绍沼气开发建设利用的情况。

在沼气灯点亮以后,金日成称赞说:"这个东西很好。"

邓小平接着说:"这东西很简单,可解决了农村的大问题。光这个省,每年就可节约煤炭 600 多万吨。"

听到这里,金日成转身把随行的平壤市党委责任书记徐允锡叫到面前,要他仔细看看,并说"这个东西的确很简单"。

参观完了,工作人员见邓小平和金日成等贵宾一直走走看看,邓小平

邓小平陪同金日成参观成都农村的沼气开发利用情况,并详细向客人讲解沼气利用的前景

138

又一直讲解,一定很累了,便向邓小平说,请坐一坐,休息一下。邓小平笑着摆摆手,"不坐,不坐。"说着又对金日成说:"再看看沼气池。"他们又来到了社员周道根家屋后的一口沼气池旁,打开池盖后,陪同的中共四川省委第一书记谭启龙告诉金日成:"这里边是人粪、猪粪和草,发酵以后产生沼气。"

邓小平说:"沼气能煮饭,还能发电。一家搞一个池子能煮饭照明,几家联起来就能发电。搞沼气还能改善环境卫生,提高肥效。"

金日成高兴地说:"这个很好。我们朝鲜有条件,有人粪、牛粪、还有草,我们也可以搞。"说完,又询问了沼气池的造价等情况。

当金日成看到一户社员家仓房里堆满粮食时,问道"怎么家家都这么多稻谷?"

邓小平高兴地说:"我们搞了家庭联产承包,包产到户,农民都有粮食了。"

当天,成都市人民举行了热烈欢迎金日成主席的大会。

金日成主席在会上发表了热情洋溢的讲话。他说:"邓小平同志尽管各项工作十分繁忙,仍然不顾路途遥远,专程陪同我们来到成都,我对此表示深切的谢意。

"我们高兴地看到远离首都的四川省也由于正确贯彻执行了中国共产党的路线和政策,一切都发生了新的变化,正在建设成为一个人民生活幸福美满的地方"

金日成还说:"今天中国共产党提出的社会主义建设纲领是一个革命的路线,它反映了过去经济、技术落后的国家在建设社会主义的过程中必须解决的必然要求。我们认为中国共产党从中国的实际出发进行社会主义现代化建设,根据中国的实际情况,依靠中国人民自己的力量进行一切工作,是完全符合革命发展的,合乎规律的要求和符合人民利益的正确的政策。"

邓小平也在会上说:"有机会同金日成主席一道参加这个大会,感到十分高兴。""金日成主席是朝鲜无产阶级革命家的杰出代表。几十年来,他领导朝鲜人民进行艰苦卓绝的斗争,反对外来侵略,争取民族解放,捍卫革命成果,建设社会主义,取得了伟大的胜利和光辉的成就。在国际上,他坚持独立自主,主持正义,反对外来干涉,致力于发展各国人民之间的友好关系,为加强第三世界团结,维护世界和平和安全,作出了重要的贡献。"

"金日成主席同中国有着特别亲密的关系,早年他曾以自己的革命活动支援了中国的革命。新中国诞生后,他又多次访问我国,同毛泽东主席、周恩来总理以及我们党和国家许多其他领导人,结下了十分珍贵的友谊。"

邓小平最后说:"中朝关系不同一般,它有着悠久的传统,深深扎根于两国人民的心坎。""我们深信,金日成主席的这次访问,将为进一步加强和发展两党、两国的关系做出新的贡献。"

9 月 22 日,邓小平赶回北京,准备 24 日和来访的英国首相玛格丽特·撒切尔夫人会谈,担任中共中央总书记的胡耀邦代替他陪同金日成主席继续参观访问。

一年以后,金日成又一次内部访问。

邓小平同他进行了会谈,并向他通报了中英关于香港问题谈判的情况,阐述了中国的立场和方针。金日成听后表示赞成。

1987 年 5 月 22 日,邓小平在钓鱼台国宾馆会见了金日成。

这天一早,北京下了一场中

1987 年 5 月,邓小平与来访的朝鲜国家主席金日成热烈拥抱

雨。雨后的钓鱼台,空气格外清新,草木分外苍翠。几盏大红灯笼高悬在一座覆盖着蓝色琉璃瓦的乳白色宾馆楼前。左侧有一株金日成主席 1959 年访华时亲手栽种的云杉,如今正披着一簇簇嫩绿的新叶。

当金日成主席的座车来到门口时,邓小平迎上前去,紧紧握住金日成的手说:"非常欢迎您!"接着,两位领导人热情拥抱。

宾主落座后,金日成满面笑容地对邓小平说:"您身体跟两年前一样健康,我们都很高兴。"

"看见您身体这样好,我们也都很高兴。"接着,邓小平和金日成双方通报了国内情况,并就共同关心的国际问题交换了意见。

邓小平对金日成说:"我们之间相互了解是最深的。"

会见结束后,邓小平和金日成一边散步,一边亲切交谈,来到了流水潺潺、绿荫如盖的养源斋。邓小平在这里宴请金日成一行。

1989 年 11 月 5 日至 7 日,应中共中央邀请,金日成对我国进行非正式访问。

当金日成乘坐的专列抵达北京时,邓小平前往车站迎接。

金日成看到 85 岁高龄的邓小平还到车站迎接他,十分感动,快步上前,和邓小平紧紧拥抱。

此前不久,邓小平于 9 月 4 日向中共中央政治局提出辞去党和国家军委主席

1989 年 11 月，邓小平同江泽民、李鹏等到北京站迎接来访的朝鲜金日成主席

的最后一个职务。

11 月 6 日，邓小平和金日成举行了会谈。老朋友相会，格外亲切。

邓小平对金日成说："我们是朋友之间的来往，所以一般的礼仪都可以简化。"

"是的，简单一点。"金日成完全同意。

"我们的关系确实不一般，"邓小平说，"今年除了一些重要的国家首脑来华时我出来见见面以外，其他一般就不见了，也不出席宴会，也不去机场，也不经常出面谈话。"

邓小平告诉金日成："我们今天开始开中央全会，有两项议程，其中一个就是批准我退休的请求。这个事情我做了多年的工作，这次列入了议事日程，已经取得政治局和政治局常委会同志们的同意。在中央委员会中还要做一些工作。这个问题我至少提了七八次，每次大家都不赞成，没有办法，所以十三大我来了一个半退，就是不进入中央委员会，只保留一个中央军委主席的职务。现在是我退休的时机了。我在这个时机退下来最好。"

邓小平还向金日成介绍了中共中央总书记江泽民同志的情况，说："江泽民同志这四个多月的中央工作很扎实，而且这个人比较民主。"

双方各自通报了国内情况，并就进一步发展中朝两党、两国之间的友好关系和国际形势等共同关心的问题交换了意见。

金日成对中国共产党和中国人民坚持四项基本原则,坚持改革开放,为建设具有中国特色的社会主义而进行的努力表示坚决支持。

邓小平对朝鲜劳动党、政府和朝鲜人民为争取祖国自主和平统一、缓和朝鲜半岛局势而进行的斗争表示坚决支持。

这是邓小平和金日成的最后一次会面。

1994 年 7 月 8 日,金日成主席与世长辞。噩耗传来,90 岁高龄的邓小平深为悲痛,致唁电表示沉痛的哀悼。唁电全文如下:

朝鲜劳动党中央委员会:

惊悉金日成主席不幸病逝,深感痛惜。

金日成同志的一生是为朝鲜民族解放、人民幸福献身的一生,也是为缔造和发展中朝友好奋斗的一生。金日成同志的逝世使朝鲜人民失去了伟大领袖,也使我失去了一位亲密的战友和同志。

我谨向朝鲜劳动党中央、向朝鲜民主主义人民共和国政府和全体人民致以最深切的哀悼。

邓小平

1994 年 7 月 9 日于北京

第六章

1. "您给我们带来了难得的艳阳天"

作为老一辈无产阶级革命家,邓小平对日本的感情十分复杂,但是在和平与发展的时代潮流下,与更多的国家发展睦邻友好关系成为必然选择。邓小平摒弃复杂的历史恩怨,努力推动中日两国关系正常化。

1988 年 8 月 26 日邓小平在人民大会堂会见时任日本首相竹下登时,随同来访的参议员金丸三郎向邓小平转交了日本前首相福田赳夫的亲笔信。

邓小平接到信后陷入了对往事的回忆之中,满怀感情地对金丸三郎说:"请你回国后代我向福田赳夫先生问好。我和他见过多次,我们两人都是交换中日和平友好条约批准书的当事人。"

那是 1978 年 10 月 22 日,中华人民共和国副总理邓小平作为第一位中国国家领导人到日本访问,并出席中日和平友好条约互换批准书仪式。

随同邓小平出访的有邓小平的夫人卓琳,外交部部长黄华和夫人何理良,外交部副部长韩念龙,中日友好协会会长廖承志和夫人经普椿等。

邓小平一行乘坐的三叉戟军用专机于 22 日下午 4 时 20 分降落在东京羽田机场。

日本外相园田直早已等候在机场。当邓小平的专机刚刚停稳后,园田直外相破例地疾步奔入机舱迎候邓小平。

没等园田直开口,邓小平就笑容满面地握着园田的手说:"我还是来了嘛!"好像是老朋友多年前早就有约。

"您给我们带来了难得的艳阳天。"园田直外相一语双关,表达了日本人民的欢迎之情。

原来在 2 个多月前的 8 月 8 日,园田直外相为缔结中日和平友好条约飞抵北京时,干旱了许多日的北京突然下了一场瓢泼大雨,前往机场迎接园田直外相的中国外交部部长黄华意味深长地对园田直说:"你给我们带了雨来,太感谢了。"

8 月 10 日下午,邓小平副总理会见了园田直,就缔结中日和平友好条约以及共同关心的问题进行了交谈。

邓小平说:"中日两国有着两千年的友好交往历史。建交是稍微晚了一些,但建交以后两国关系的发展并不慢。两国政治家都希望有一个政治上的文件,把我们两国和两国人民间的友好关系进一步确定下来。本来我们的步伐可以快一些,但是耽误了一些时间,现在是需要我们走完这一步的时候。

"中日和平友好条约的核心内容实际就是反霸。反霸是不针对第三国的,但有一条,谁搞霸权主义就反对谁。我们自己如果搞霸权,那就自己反对自己。

"我们坚持反霸有四条理由:一、日美关系是重要的,美国不会反对;二、约束我们自己。中国现在没有资格称霸,但东南亚有些人担心,中国实现现代化以后是否会称霸。中国永远不会称霸,永远属于第三世界,写一反霸条款,体现了中国长久的国家政策;三、对日本也是一个约束,对改变日本形象有好处;四、对日本收复北方四岛的斗争有好处。苏联反对这一条,就暴露了它自己。

"我们正式告诉日本政府,中苏同盟条约已经失效。当然,中日两国之间并不是没有任何问题。譬如钓鱼岛问题、大陆架问题。这样的问题,现在不要牵进去。可以摆在一边以后从容地讨论,慢慢地商量一个双方都可以接受的办法。这一代找不到办法,下一代、再下一代会找到办法的。我们之间的共同点很多,可以求大同,存小异,我们要注意寻求更多的共同点,寻求更多的相互合作、帮助和配合的途径。"

8 月 12 日晚上,邓小平出席中日和平友好条约签字仪式。随后,又出席园田直外务大臣举行的告别宴会。

园田直外相的这次中国之行,获悉邓小平副总理将在两国互换批准书之时访问日本。

今天,邓小平副总理应邀如期而至。

一个是久旱逢甘雨,一个是久雨遇天晴。邓小平听到园田直的话语后,发出一阵"哈哈哈"爽朗的笑声,跟着园田直外相走出舱门。

邓小平身着黑色中山装,步履矫健,精神矍铄,不停地挥手向欢迎的人们致意!

机场上鸣礼炮 19 响。邓小平大步迈向了红地毯。

这一步,是历史性的一步。中日关系的恩恩怨怨,战战和和,在第一位访日的中国高层领导人的脚下走入了历史;这一步,是开拓性的一步,近两千年中日的友好,在邓小平的脚下,重新走向未来。邓小平作为第一位中国国家最高领导人到日本访问,终于实现了周恩来总理的遗愿。整个日本沉浸在友好的气氛中,国际舆论也不甘落后地对邓氏此举作出了积极反应:

东南亚报纸重视邓副总理的访日,认为这"是亚洲划时代的一大盛事"。新加坡《南洋商报》发表社论说:邓副总理访日"标志着中日关系的转折点"。《世界报》认为,邓副总理的访日是一次历史性的访问。《费加罗报》在一篇文章中说,这次访问"使十亿人的希望成为现实。"《自由夏朗德报》写道:佩雷菲特写过一本名为《中国觉醒》的书,现在他应当写第二本书了,这本书的书名应为《当中日会晤之际》。

2. 曲曲折折的中日关系

中日两国,一衣带水,有过两千年的友好关系,也有过近百年的血雨腥风。从中日邦交正常化到中日和平友好条约的签订,漫漫 6 年路程,历经了诸多变故。

中国史书中有许多关于日本国的记载,从《山海经·海内北经》中的"盖国在钜燕南、倭(日本)北,倭属燕",到《梁书·东夷传》中的"扶桑(日本)在大汉国东二万余里",都清楚地表明中日两国自古就存在诸多交往,直至唐朝达到顶峰。

中日第一次大规模冲突发生在 16 世纪,丰臣秀吉侵略朝鲜,明朝派大军增援,击败了古代日本的扩张尝试。此后,日本国内长期混乱,似有一蹶不振之势。

200 多年后,当中国正在与西方列强较量中越陷越深时,日本发生了一次意义深远的变革——明治维新,这个垂暮的岛国重又起死回生。

不几年,羽翼渐丰的日本便像发动的火车头一样,轰轰向前开去,野心勃勃地追随西方列强加入侵略邻国的行列。

历史翻开了血泪斑斑的一页:

从 1894 年到 1945 年日本人打了中国人半个世纪。

1894 年,中日甲午战争爆发,继之而来的,便是压在中国人民头上沉重的十字架——丧权辱国的《马关条约》。仅此条约,日本就得到了朝鲜、中国台湾、辽东半岛;2 万万两白银;沙市、重庆、苏州、杭州口岸的优先权。

1904 年,爆发了在中国国土上为争夺中国东北的日俄战争;

1910 年,日本吞并清朝的保护国朝鲜,气焰日益嚣张;

1915 年 1 月 18 日,日本向袁世凯政府递交了旨在灭亡中国的《二十一条》;

1931 年,日本精心策划了"九·一八"事变,蚕食中国东北地区;

1937 年 7 月 7 日,震惊中外"卢沟桥事变"在日本帝国主义的精心策划下发生,日本开始全面侵华。

战争是何其的不幸,中国付出了沉重的代价,终于在 1945 年结束了残酷的抗日战争。但令我们欣慰的是,战争在两千多年的历史长河中只不过是短暂的一瞬。

1972 年 2 月 21 日,美国总统理查德·米尔豪斯·尼克松突然访华,打破了美日协调体制,日本举国上下为之哗然。

美国对日本保证,"关于对华政策将来的发展,将继续与贵国密切联系和协商。"但在美国人决定访华之时,他们好象忘了这回事。

不难想象坐在电视前观看中美领导人会晤的佐藤首相的样子:烟头、烟雾、一张气得微斜的脸,无不向我们昭示着一向对中日邦交正常化持慎重态度的佐藤内阁,已陷入了深深的困境。

美中两国的和解恰似一把钥匙,打开了禁锢中日邦交正常化的锁链。

佐藤终于在施政演说中表示了与中国实现邦交正常化的愿望:

"鉴于去年中华人民共和国政府已经占有联大席位和安理会席位,并根据只有一个中国的认识,政府认为:为了今后与中华人民共和国政府关系正常化,开始举行政府间的会谈是当务之急。并认为应该从国际关系的现实出发,在相互尊重对方立场的前提下,就双方关心的一切问题坦率地交换意见。中国方面如果对我国的意图有所误解和怀疑,政府准备竭尽全力予以消除;并相信日中间的所有问题在邦交正常化过程中,是必然能够找到途径解决的。"

接任佐藤的田中角荣首相对中日邦交正常化表现出极大的热情。1972 年,他在召开第一次内阁会议后表示:"要加快与中华人民共和国邦交正常化的步伐。在激烈动荡的世界形势中,积极奉行和平外交。"

中国方面迅速作出了反应。两天后,周恩来总理在北京人民大会堂欢迎也门人民民主共和国代表团的宴会上致词时说:"田中内阁 7 日成立,在外交方面,声明要加紧实现中日邦交正常化,这是值得欢迎的。"

1972 年 9 月 25 日,中日双方经过一系列的外交谈判,终于促成了日本首相田中角荣访华。

这一天秋高气爽,风和日丽。身穿深灰色西服,系着素色领带的田中角荣首相与身着灰色中山服的周恩来总理在北京机场进行了历史性的握手。

两国人民握手言和,《中日联合声明》应运而生。

《联合声明》对于日本的战争责任问题是这样阐述的:"日本方面痛感日本国过去由于战争给中国人民造成的重大损失的责任,表示深刻的反省","中国政府宣布,为了中日两国人民的友好,放弃对日本的战争赔偿要求。"

《中日联合声明》的发表,宣布两国结束战争状态,实现了邦交正常化。声明毕竟是声明,声明代替不了条约。从声明的发表到条约的签订,中日两国人民又走了漫漫6年的路程。

3. 签订中日友好条约

如果仅就缔结条约来说,一秒钟的工夫就可以解决。但在双方不停地磋商和谈判中,时间一点一点流逝,值得欣慰的是,象征两国人民握手言和的中日友好条约最终签订了。

自1972年中日联合声明公布,两国邦交正常化后,中日和平友好条约的签订就摆到了中日两国政府的面前。1974年11月中国外交部副部长韩念龙抵达日本,和东乡文彦外务次官开始举行中日和平友好条约的预备性会谈。但由于双方在反对霸权问题的条款上意见分歧,谈判进展缓慢,断断续续。1974年12月,田中内阁下台后,由三木组成新的内阁,谈判仍然停滞不前。后来,由于中国和日本两国政局的动荡,谈判被迫搁浅。

1976年12月,日本三木内阁在全国大选中遭到惨败,宣布辞职。福田当选为自民党总裁,并受命组成福田内阁,由大平正芳任党的干事长,园田直任官房长官。

福田组阁后,日本各界要求恢复日中条约的谈判的势头再次高涨。在这种形势下,公明党委员长竹入义胜决定访华。福田首相委托竹入给中国捎话,表示"要忠实履行日中联合声明。如果双方彼此理解对方的立场并取得一致意见,就尽早举行和平友好条约谈判。"但是福田派是自民党内反对日中条约的人最集中的大派。一旦要下决心的时候,他周围的人又来拖后腿。正如园田直的秘书渡边亮次郎在《园田直其人》一书中所说的那样:"政局尤其是同在野党的关系趋于紧张,他(福田)对日中条约采取积极态度,目的是稳定形势;情况稍有好转,他就犹豫徘徊,举步不前。"

1977年7月22日,中国共产党第十届中央委员会第三次全会恢复了邓小平党

147

中央副主席、国务院副总理和中央军委副主席的职务。邓小平恢复工作后,于9月10日对浜野清吾率领的日中友好议员联盟访华团说:"福田首相表示要缔结和平友好条约,我们对他寄于希望。虽然有各种各样的问题,但如果仅就缔结条约这个问题来说,一秒钟的功夫就可以解决。"邓小平的意思是要福田内阁早下决心。

日本方面从1977年开始就表现出了积极的姿态,在位的福田赳夫首相主张实行以日、美合作作为轴心的"全方位外交"。3月福田访美后,日、美在反苏问题上的立场得以协调。双方一致认为,在苏联通过越南向南扩张的形势下,日美两国必须进一步携手合作,抵制苏联;美国负责军事安全,日本承担经济援助,共同合作,稳定亚洲局势。

美国人自从尼克松宣布与西方工业大国实行"伙伴关系"以来,已多次表示要日本承担更多义务。现在,日本人认识到这是他们重返国际舞台的契机了。

因此,首要的任务是与反苏的其他邻国缔结和平友好条约。于是,日本人向中国政府伸出了和平的手。

1978年1月,日本园田直外相访苏,没取得丝毫实质性的成果。日苏外长定期协商宣告结束,北方领土问题仍无法解决。而后苏联任意在国后岛、择捉岛建立军事基地,苏联的飞机军舰也频繁地出没于日本周围海域。来自苏联的威胁让日本人寝食难安。

1978年1月21日,福田在众参两院全体会议上发表演说指出:"谈判的时机正在逐渐成熟,因此决心做出更大的努力。"从3月开始,福田在自民党内从事统一认识的工作,主要是说服党内以滩尾弘吉为首的慎重派。5月,自民党内的慎重派大部分支持恢复日中条约谈判。7月21日,日中和平友好条约事务级谈判在中国北京重新开始。8月8日,福田派园田直外相访华。经过会谈,双方就和平友好条约取得一致。8月12日下午7时许,在北京人民大会堂安徽厅举行中日和平友好条约签字仪式:

人民大会堂安徽厅宽敞明亮,大厅正面竖立着一架巨大的屏风,上面画着安徽省的一座拦洪大坝。屏风前面摆着覆盖有绿色桌布的长方形条桌。桌子中央插着中日两国国旗。中华人民共和国外交部长黄华和日本外相园田直分别在桌子的两侧就座。

邓小平出席了这个签字仪式。

在两份用中文和日文书写的条约文本上黄华和园田直签字,随后互相交换,又签了一遍,最后二人站起身来握手,交换了条约文本。

全场热烈鼓掌祝贺,两国有关人士频频碰杯。

中日和平友好条约在北京签订,图为中国外长黄华和日本外相园田直在签字

福田首相坐在官邸的电视机前收看了当时的情景,签字仪式的画面播完后,福田站起身来,环视了一下周围的记者,感叹地说了一句:"(日中之间)木桥变成了铁桥,今后运东西方便多了。"

国际舆论对中日条约的缔结作出了积极反应:

新加坡总理李光耀说,日中条约可能改变亚洲的力量对比。泰国外交官认为,条约对超级大国在这个地区的力量是个抗衡。印度尼西亚外交部长库苏马阿马查说,印度尼西亚将把这项条约作为现实来接受并开始使自己适应这种新局面。巴基斯坦《黎明报》认为,这一条约"定会成为远东国际政治关系中的一个重大的里程碑"。

反对霸权主义,是中日和平友好条约的核心。要和平友好,谋求亚洲太平洋地区和世界的和平与安全,不反霸是不行的。这一反霸原则得到许多国家舆论赞赏和支持。

泰国《新中原报》发表社论指出:"中日条约的生效,最主要的是标志着中日两国将在反对霸权主义、维护亚洲以至世界和平方面携手合作。这是爱好和平的亚洲和世界人民所欢迎的。"马来西亚《光华日报》的社论说:"我们相信除了霸权主义的苏联之外,亚洲无论是大小国家,都欢呼中日关系的进一步加强。""苏联心怀不轨是昭然若揭的,它不愿看到亚洲国家的和平与稳定,最明显的是苏联鼓励越南排华。"《华盛顿邮报》社论认为,中日条约的生效,"使东亚和整个太平洋地区趋于稳定",这是值得美国重视的"战后世界政治中的重大转折之一。"

邓小平这次出访日本,再次高度对中日和平友好条约的评价。

邓小平说,中日和平友好条约的签订,对中国,对日本,甚至对世界都是件大事。虽然有一部分人反对,但几乎全体中国人民、全体日本人民都欢迎这个条约,因为条约反映了他们的愿望。

福田说:"在任何国家都一样,作决断时总是有人要反对的,这次的条约,在日本原来持慎重态度的人也都表示支持,除极少一部分人外,几乎所有的日本人都表示欢迎和赞成。我调查了一下世界舆论,世界各国除一少部分外,都赞成这个条约。"

"少数人反对总是有的。中国国内也有,一年半前还有'四人帮'嘛。"邓小平诙谐的话语,引得全场的人一片笑声。

福田说,我们虽说是第一次见面,可是好象很久前就见过似的。日本有句俗语叫穿着浴衣进行会谈,希望我们毫无拘束地随便交换意见。

福田表示自己只对战前中国的情况熟悉,战后由于种种原因,没有机会访华。当他表示很希望有机会到中国访问时,邓小平掐灭烟头,侧了一下身子,郑重地说:"本来我是想在会谈时再说的,既然首相阁下提出来了,现在我就代表中国政府邀请首相在方便的时候访问中国。"

福田首相愉快地接受了邓小平的邀请。

提及邓小平将要到日本关西进行访问,福田说那儿有很多从中国传来的文化遗物,有些已经在中国失传了。

随之话题又转到了中国的汉字,邓小平说:"从汉字可知,两国的友谊是悠久的。"

这时,福田首相递给邓小平一张纸条,上面写着"赳赳武夫,公侯干城"几个字,并不无得意地说:"我的名字就是《诗经》里面的,也可以说是中国的名字。"

4. 意外地拥抱

邓小平副总理在中日和平友好条约批准书换文仪式结束后发表简短讲话,随后他突然出乎所有人意料地与福田首相和园田直外长拥抱。

1978 年 10 月 23 日上午 10 点半,在首相官邸的一楼大厅开始举行中日和平友好条约批准书换文仪式。

在嘹亮的乐曲声中,福田、邓小平以及两国的外长脚踏红地毯进入了会场。会场中央摆放着由白色和黄色的菊花以及红色的石竹花装饰起来的太阳旗和五星红旗。

福田和园田直、邓小平和黄华并排坐于罩着绿色呢绒的桌前。仪式开始后，全体起立奏两国国歌。随后，园田直和黄华用毛笔先后在双方分别用日文和中文写成的批准书上交叉签字。中日和平友好条约从此生效。

1978 年 10 月 23 日，在日本首相官邸举行中日和平友好条约批准书换文仪式，图中从左至右为邓小平、黄华、园田直、福田赳夫

交换批准书后，福田首相端起斟满了香槟酒的酒杯，率先祝酒。

邓小平也马上推开座椅，举杯走到右边的福田面前祝酒。他说："中日和平友好条约是 1972 年中日联合声明和中日邦交正常化的继续和发展。它为两国的睦邻友好关系奠定了更加牢固的基础，为进一步发展两国政府、经济、文化、科技等各方面的交流开辟了更加广阔的前景，也将对维护亚洲和太平洋地区的和平与安全产生积极的影响。"他还指出："中日两国人民要友好、要团结，中日两国要和睦、要合作，这是 10 亿中国人民的共同愿望，也是历史发展的潮流，中国政府愿和日本政府一道坚定不移地信守和履行中日和平友好条约的各项规定。"

邓小平的讲话赢得了热烈的掌声。在掌声中，邓小平放下酒杯，与福田首相拥抱。

拥抱！这是中国外交仪式上少有的动作，这个动作本身是西方外交的传统。

外交场合的一举一动,都包含着深刻的含义,邓小平是要借此向世界表明:中国在走向开放,中国外交在走向现代化。

5. 拜会裕仁天皇

裕仁天皇是中日战争的亲历者,时过境迁,如今两国化干戈为玉帛。天皇表示,虽然两国"一度发生过不幸的事情",但"今后要永远和平下去"。

举行完条约批准书互换仪式后,邓小平便去拜会日本人民心中神圣的象征——天皇。

天皇制是日本政治制度的重要组成部分,是在"文化革新"时期仿照"大唐帝国"的律令制度而建立和健全起来的。近代日本天皇制主要是模仿欧洲德国的君主制。明治宪法规定:"天皇为国家之首,总揽统治权","天皇神圣不可侵犯"。

这种日本式的天皇独裁制度,随着资本主义固有矛盾的发展,逐步走上了军国主义的道路。从 1894 年中日甲午战争;1904 年日俄战争;1931 年"九·一八"事变;到 1937 年发动了全面侵华战争,日本逐渐演变为战争机器,不停地蚕食周围的国家,直至在亚洲搅动起骇人的腥风血雨,对此天皇负有不可推卸的责任。

美国在战后把日本天皇的地位从"元首"改为象征,新宪法中规定:"天皇是日本国的象征,其地位以拥有主权的全体国民的意志为依据。"

中国曾在《中日联合声明》中主动提出放弃向日本要求赔偿的权利,但战争给两国人民带来的创伤却难以愈合。

1972 年,周恩来总理曾对日方人员将"侵华战争"说成"添了麻烦"而大为恼火。

邓小平此次拜会天皇,将会出现什么样的局面,日方人员为此暗捏一把汗。虽然,邓小平在互换批准书仪式后,曾举杯祝贺天皇健康,显示了中国领导人的大家风范,但日本人仍颇有顾虑。因为日本毕竟是在裕仁天皇在位时发动的侵华战争,他们不确定中国人民是否会原谅这位战争的始作俑者。

23 日中午邓小平拜会天皇成了举世瞩目的焦点。

在皇宫正殿竹厅等候邓小平一行的天皇和皇后,虽极富涵养,但平静的表象后面隐藏着的紧张情绪在不知不觉中表露无遗。

邓小平终于来了。天皇立即上前与邓小平握手,说:"热烈欢迎,能够见到你

邓小平(右一)和夫人卓琳(左二)在皇宫拜会日本裕仁天皇(左一)和皇后良子(右二)

们,很高兴。"

邓小平不亢不卑,面带微笑,望着这位万人敬仰的、神一样的皇帝说:"感谢贵国的邀请。"

"你在百忙之中不辞远道到日本来,尤其是日中条约签订了,还交换了批准书,我非常高兴。"天皇仍比较拘谨,像背书一样地说。

"是的,意义非常深远。出乎我们预料,两国之间缔结了这样重要的条约,令人高兴。"邓小平顿了顿,接着又说:"过去的事情就让它过去,我们今后要积极向前看,从各个方面建立和发展两国的和平友好关系。"

这后半句话,是邓小平深思熟虑后说出来的。他心里清楚,天皇此时的心情是紧张的,他可能像做了亏心事那样不安,这不利于深入交谈,所以邓小平说这话时铿锵有力,斩钉截铁,因为这根本不是追查责任的时候。

邓小平的话打破了谈话的紧张气氛,天皇松了口气,话开始多起来:

"在两国漫长的历史上,虽然一度发生过不幸的事情,但正如您说的,那已是过去的事情,两国之间缔结了和平友好条约,这实在是件好事情。今后,两国要永远和平友好下去。"

这段话是天皇离开讲稿讲的。按日本政府的规定,天皇接见外宾时的讲话稿都提经政府审批。讲稿中原本没有上面一段话。

显然天皇为邓小平的诚挚所打动。他离开讲稿讲了上面一段话,某种程度上可以看作是他间接表示谢罪之意。

"一点不错,我赞成。"邓小平颔首称是。

皇宫里环境幽雅,他们谈笑风生,畅谈友情。天皇陛下把一张署名的照片和一对银花瓶赠送给邓小平和夫人,中方回赠了一幅画着驴子的水墨画卷和彩色的刺绣屏风。

随后,邓小平出席了天皇陛下为他举行的午宴。

午餐会是在皇宫内的丰明殿举行的。这里的装饰和布置富丽堂皇,32只冕形灯发射出朵朵"彩云",乍一看去,恍若仙境。

大概是考虑到邓小平曾留学法国,宴会上的菜全是宫内厅大膳科最拿手的法国菜。为了适合中国人的口味,还在汤里加了燕窝。日方打听到中国人爱吃鸡肉,因此宴会上的肉全是味道鲜美、特色各异的鸡肉。这些都表明,皇宫为了准备这次宴会作了周密的思考。

宴会桌上,摆设了紫红和黄色菊花、粉红色小菊和白兰花。饭桌两边,各放了一只插满了满天星、白菊、黄菊和百合的大花瓶。

在宫内雅乐和《越天乐》、《五棠乐急》等轻快优美的乐曲声中,邓小平和天皇、皇太子及福田等人频频举怀,互祝健康。当邓小平说要"子子孙孙、世世代代友好"时,天皇马上接过话头说:"日中两国建立起这样的友好关系,还是历史上第一次。要永远继续下去。"后来,据一位侍从说,他是第一次看到天皇陛下心情这样愉快。福田首相也非常高兴,他见天皇和邓小平的历史性会面结束得这样圆满,心里像一块石头落了地。他从皇宫一回到官邸,就喜不自禁地自语道:"气氛非常愉快,陛下的心情似乎也很好。"甚至当记者问到:"据说邓副总理比你大一岁"时,福田也没有像平时那样非常忌讳人问自己的年龄,说:"我是(明治)三十八年,邓副总理是明治三十七年。"

6. 会晤福田首相

中日关系经历了"不幸的苦难",福田说,"这的确是遗憾的事情,这种事情是绝不能让它重演的。这次的日中和平友好条约正是为了做到这一点而相互宣誓。"

23日下午2时半至5时25分,福田与邓小平在首相官邸接待室举行第一次会谈。

中方参加会谈的有黄华、廖承志、韩念龙和中国驻日大使符浩等人。

日方有园田直外相、安倍晋太郎官房长官、佐藤正二大使、高岛盖郎外务审议官、中江要介亚洲局长等。

福田首先代表日本政府和国民表示，日中两国要建立持久的名符其实的睦邻友好关系。

他说："特别是本世纪以来，连续发生不幸事情，我感到非常遗憾，并进行反省。今后不应再重演。战后日本已改变姿态，决心不再做军事国家。"

福田谈到日本的"全方位和平外交"，是不敌视世界上任何国家，也就是要为同一切国家都友好而努力。但是，这并不意味着"全方位等距离外交"，他强调要坚持日美安全条约。并确信中日和平友好条约不仅能贡献于亚洲、太平洋地区的和平，而且能贡献于世界和平。

邓小平说，中日两国有两千多年友好交往的历史。在两国友好的长河中，不幸的历史只有几十年时间，这不过是很短的插曲。和平友好条约的签订，不仅在事实上，而且在法律上、政治上总结了我们过去的关系，更重要的是从政治上更进一步肯定了我们两国友好关系要取得不断的发展。中日要世世代代友好下去。

"坦率地说，在现在这个动荡的局势中，中国需要同日本友好，日本也需要同中国友好。尽管你们交的是个穷朋友，但是这个穷朋友还是有一点用处的。"邓小平继续说。

说到这里，福田连连表示"不是，不是"。

邓小平还对国际局势发表了自己的看法。

会谈结束后，福田向记者谈及对邓小平的印象："非常了不起。总之，非常了解世界形势，虽然同对方立场不同。"

当天晚上7时半，福田在首相官邸设宴欢迎邓小平一行。

在两国人民喜爱的歌曲《樱花樱花》和《洪湖水浪打浪》的乐曲伴奏声中，宾主频频举杯，到处充满着欢乐祥和的友好气氛。

福田和邓小平分别致了祝酒词。

福田首先说："在漫长的历史中，我们两国关系的发展是无法分开的，到了本世纪，经历了不幸的苦难。"讲到这里他离开眼前的讲稿，接着说："这的确是遗憾的事情"。然后，又低头看着讲稿说："这种事情是绝不能让他重演的。这次的日中和平友好条约正是为了做到这一点而相互宣誓。"对于福田突然插入的这句话，在场的日方译员没有翻译。不过，这话还是传到了中方人员的耳朵里，并在第二天的《人民日报》上登了出来。宴会结束后，有记者就此追问福田时，他避而不作正面回答,只是说:"由于原稿字小,有三处不能读。"

随后邓小平在致词中说道"中日两国尽管社会制度不同,但是两国应该而且完全可以和平友好相处。""中日和平友好条约明确地规定,中日两国不谋求霸权,同时反对任何其他国家或国家集团建立这种霸权的势力。这是国际条约中的一项创举。""条约的这项规定首先是中日两国自我约束,承担不谋求霸权的义务,同时也是对当前威胁国际和世界和平的主要根源霸权主义的沉重打击。"

7. 寻求长生不老药

邓小平风趣地说道:听说日本有长生不老药,我这次访问的目的之一,就是寻找长生不老药! 公明党的竹入义胜委员长立即接着说:最好的长生不老药不就是日中条约吗?!

24 日上午,邓小平前往日本国会议长接待室,对众议院议长保利茂和参议长安井谦进行礼节性拜访。

保利茂,1901 年 12 月生于日本佐贺县。1924 年毕业于日本中央大学经济科,曾任《报知新闻》、《东京日日新闻》记者。1944 年后当选日本众议员。50 年代曾任日本吉田茂内阁劳动大臣、官房长官、农林大臣,与池田勇人、佐藤荣作、广川弘禅一起被视为支撑吉田政权的"四虎将"之一。60 年代曾任自民党总务会长、佐藤内阁建设大臣、官房长官。70 年代初任自民党干事长。1971 年曾委托来华访问的东京都知事美浓布达吉带来"保利书简",致力于发展中日友好关系。1975 年来华访问。1976 年任日本众议院院长。

会见时,保利说:"我迎接阁下一行,深切感到,日中两国间的和平友好关系不只是空喊,而是具有实际内容的。"

安井说:"过去的日中关系未必都是幸福的。但是,日本以第二次大战的结局为转机悔过自新,作为和平国家投入了新的建设。作为最后的总结,缔结了日中条约。"

"对于两位议长的热情讲话表示感谢"邓小平说,"诸位都是老朋友,彼此都是老相识。今天的好天气象征着两国之间的未来。"

在这里,邓小平还会见了日本社会党、公明党、民社党、新自由俱乐部、社会民主联盟和共产党六个在野党领导人,并进行了约 15 分钟的恳谈。

邓小平对新自由俱乐部的代表河野洋平亲切地说："你还记得我们在北京见面时说的话吗？为了中日友好，需要太平洋的稳定，所以，我牢牢地记住了你的名字（洋平）。""请永远不要改你的名字。"见河野有些诧异，邓小平又解释说："太平'洋'和'平'是我最大的希望。"这话使河野恍然大悟，终于明白了邓小平的意思。原来，河野去年秋天访华时，邓小平就十分风趣地把它的名字"洋平"分解和引申过。河野见邓小平在百忙之中还能记起去年同自己会见的事，大为感动。

恳谈中，邓小平大概想起了徐福奉秦始皇之命东渡日本寻求长生不老药的故事，便轻松地把话题一转："听说日本有长生不老药，这次访问的目的是：第一交换批准书；第二对日本的老朋友所做的努力表示感谢；第三寻找长生不老药。"他话音一落，议长室里就爆发出哄堂大笑。之后，他又愉快地补充说："也就是寻求日本丰富的经验。"

邓小平的话诱发了各党领导人的幽默感。一时间，议长室里谈的尽是"关于药的话题"。

公明党的竹入委员长说："（长生不老的）最好的药不就是日中条约吗？"

民社党的佐佐木委员长说接过话头："日本正处于药物公害，最近对中国的中草药评价很好。"

对此，邓小平又说："由于山区都在进行开发，草药也不大容易弄到了。所以，最近在进行人工栽培。"

恳谈结束后，保利茂和安井谦在众议院议长公邸庭院举行盛大的室外酒会，当邓小平和夫人卓琳步入庭院时，300多名日本国会议员长时间鼓掌，表示热烈欢迎。

廖承志副委员长和夫人经普椿，黄华外长和夫人何理良，韩念龙副外长和夫人王珍，符浩大使和夫人焦玲等应邀出席了酒会。出席酒会的日方人士还有福田首相、园田外相、安倍官房长官及其他官员和知名人士。

保利茂议长代表众参两院致词，对邓小平访问日本，表示由衷的欢迎。他说："这次邓小平阁下一行的访问，是揭开两国新时代之幕的第一步。"

邓小平在祝酒时说：中日和平友好条约的缔结，是两国政府共同努力的结果，也是中日两国人民以及日本朝野许多政治家和各界朋友长期共同努力的成果。他对日本国会众参两院、日本各地方议会、日本朝野的大多数政党、政治家、日中友好议员联盟为促进早日缔结中日和平友好条约、为发展两国睦邻友好关系和中日友好事业作出的巨大努力和宝贵的贡献表示衷心的感谢和崇高的敬意。邓小平强调："中日和平友好条约缔结了。但是，我们的任务并没有因此而告终，我们要做的事情还很多，任重道远。在座的各位都是日本的政治家，肩负着日本国民的重托。

我们愿意同各位一起,再接再厉,为在中日和平友好条约的各项原则的基础上,进一步发展两国的睦邻友好关系和各方面的交流,为两国人民世世代代友好下去而共同努力。"

祝酒一结束,邓小平就拿着香槟酒走到草坪上,说是要"和保利议长一起走走。"于是,各位议员都陆续走过来,一片"祝贺""欢迎"之声。保利介绍说:"这些议员都为国会通过日中和平友好条约作出过努力,他们都是中国的好朋友。"邓小平说:"看见这么多的朋友,非常高兴。"保利还介绍不久将同他一起访华的议员同邓小平见面。邓小平高兴地说:"欢迎!欢迎!"

8. 公明党的努力

在中日友好条约的签订过程中,公明党始终扮演着两国之间桥梁的角色,对此周恩来总理和邓小平副总理都深表感谢。邓小平更是在会谈中表示:"周总理对你发出的邀请是长期有效的,我们总是欢迎你,互相交换意见。"

10月4日,邓小平在日本国会议长接待室会见了日本社会党、公明党、民社党、新自由俱乐部、社会民主联盟和共产党六个在野党的领导人。

邓小平说过:"我们日本朋友很多,公明党算是我们最好的朋友。"

确实,以竹入义胜为委员长的公明党在推动中日友好关系地过程中起了十分重要的作用。

竹入义胜,1926年1月10日生于日本长野县。1964年日本公明党成立后,曾任副书记长、涉外局长。1967年1月当选为众议员,同年2月当选为公明党委员长。著名的《竹入笔记》被载于中日友好关系的史册。

早在1972年7月田中内阁成立后,公明党就奔走于中日两国之间,为恢复邦交正常化穿针引线。田中首相上台伊始发表首相谈话时就表示"要加快与中华人民共和国邦交正常化的步伐"。此时,中国的态度如何,是日本政府特别关注的。虽然当时有好几位政界要人访问过中国并同中国领导人见过面,但这些要人带来的信息都是只言片语。田中认为靠这些信息前往北京真是凶多吉少。他把眼光投向了公明党委员长竹入义胜。

这是一个中日双方都能接受的人物。

竹入义胜本人也想在实现中日邦交正常化过程中充当两国政府之间的桥梁。

他计划 7 月下旬访华,行前专门拜会了田中首相和大平外相,详细询问了日本政府对恢复邦交正常化的条件。

7 月 25 日,竹入义胜访华,同中日友好协会会长廖承志和周恩来总理等中国领导举行了会谈。他在《竹入笔记》中写道:"我对他们说安保条约不难废除,佐藤、尼克松声明的问题(指台湾条款)却很难办。我还说台湾问题确实很难处理,自民党内的情况你们是知道的,一扯这个问题,日中邦交正常化就难办了。总之,我把自民党过去说过的话全说了,共有十几条,无非是用这些试探一下反应。同廖承志、王晓云两位先生谈的时间很长,我把我们的意见全说了,并告诉他们,这些并不是田中总理的想法,而是我们的意见。你们如能理解,事情就好办了。应该说我们出的这些难题很棘手,但对方几乎全部接受了。与周恩来总理见了四五次,每次都谈三四个小时。周总理最后问我,假如我们接受你们的建议,日本政府会采取行动吗? 我说,如果你们赞成这些意见,事情就好办了,并表示我作为一个政治家,可以对此负责。于是,我就从北京打电话给田中先生,请他做出决断。田中回答'行',很干脆。最后一次拜会周恩来总理的时候,周恩来拿出一份文件并对我说:'这基本上是我们关于中日联合声明的原始方案。'我很吃惊,内容和后来的日中联合声明差不太多。"

中国方面把自己的意向透露给竹入义胜是有所考虑的:双方分歧较大,谈判势必旷日持久。如此,日本国内反对中日邦交正常化的亲台派就会蠢蠢欲动,使谈判更加复杂。中国当然要警惕这种局面的出现,所以想采取基辛格访华那样的方式悄悄地进行中日交涉,等到有了眉目后通过政治决策一举敲定,因此,需要有一位能够和田中首相说得上话但又守口如瓶、不会把消息泄露出去的人物。竹入义胜是不二人选。

竹入义胜带回日本的中国信息,对后来日中邦交正常化谈判产生了重大的影响。

在中日和平友好条约的签订上竹入也是竭尽全力。

1974 年 8 月 15 日上午 10 时,国务院副总理邓小平在人民大会堂新疆厅会见以竹入义胜为团长的日本公明党第四次访华团。

这是邓小平同竹入义胜的第一次见面。

当时周恩来总理生病住院,医生不允许接待客人,所以委托邓小平负责接待竹入义胜。

竹入义胜说:"虽然是初次见面,但我从各方面都听说过邓副总理的情况,同时在照片上也经常见到你。我们到北京以后,感到天气并不很热,很舒服。"

邓小平说:"按过去的情况,现在应该是最热的时候,你们有福气,也给我们带来了福气。东京是不是比这里凉快一点？"

竹入说："如果北京到了三十七、八度，那还是请你到东京去，那里凉快一些。"

"不要把太热的天气带到你们那里，使你们吃亏。"邓小平一句话引得全场哈哈大笑。

正式会谈开始后，竹入说，日中复交快两周年了，如果可能的话，还是早一点开始两国之间和平友好条约的谈判。持这种意见的人，在日本不少。日中两国之间要建立一个长期的，50年、100年的友好关系应该怎么办？这是最重要的事情，我相信也是田中内阁的看法。

竹入提出，在签订和平友好条约的时候，希望以两国政府联合声明为基础，把重点放在加强今后的友好关系上。恐怕这也是田中首相的强烈愿望。

竹入还希望早日缔结和平友好条约和两个业务协定。

邓小平说："这次阁下带来了田中首相、大平藏相的话，我们注意到了，我们还要继续研究。我们理解田中首相、大平藏相面临的问题，凡能尽力的，我们愿意尽力。我们还注意到田中首相、大平藏相多次表达了要在联合声明基础上发展中日两国友好关系的愿望，就这方面来说，我们愿意同田中首相、大平藏相共同努力，实现这个目标。停了一会儿，邓小平继续说，我们希望两国的业务协定能比较早地签订。当然，在谈判中面临一些问题，我们希望双方努力，找出彼此都能接受的解决办法。恢复谈判后，希望双方都提出一些彼此比较容易接近的方案，不外乎是措词和方式。我相信，经过双方的努力，是能够找到解决办法的。"

关于和平友好条约问题，邓小平说："我们希望比较快地谈判。从原则上来说，我们认为可以主要体现中日两国友好的愿望。当然，也不可避免要体现两国联合声明签订以后两国关系的发展和形势的新变化。有些解决不了的问题、难于解决的问题，可以搁一搁，不妨碍签订这样一个条约。具体步骤，总是要通过预备性的会议，先接触，双方的想法可以先了解，问题在谈的过程中来解决。"

邓小平请竹入把这三点内容转告田中首相，同时还请首相注意一下，内阁成员、政府主要官员不要有一些损害两国联合声明原则的行动。

邓小平所指的就是不久前日本个别政府官员公开参加台湾的活动一事。

邓小平说："中日两国之间的问题，焦点还在台湾问题上。就我们来说，这个问题不止涉及日本，也涉及到国际关系中一个比较重要的问题，为什么同你们的声明里强调这个问题？为什么在中美上海公报里也强调这个问题？问题就在这里。当然，我们也希望能同台湾用和平谈判的方式解决台湾的收回问题。如果不行呢？只能采取其它方式。有些日本人抱住台湾不放，你抱得住吗？"

对此，竹入义胜表示和邓小平看法一致。

会见结束后，邓小平设午宴招待竹入义胜一行，席间双方就中苏关系、日苏关系等问题交换了意见。

最后，竹入表示："公明党决心为加深两国之间的友好关系尽力，今后有机会盼望再到中国来访问。"

邓小平说："周总理对你发出的邀请是长期有效的，我们总是欢迎你，互相交换意见。"

此后，竹入义胜几乎年年穿梭于中日两国之间。

后来，当中日双方在霸权条款问题意见不一致时，三木首相征询在野党领导人意见，并表示"不打算把霸权条款写进条约"时，唯独公明党委员长竹入义胜表示反对，他说：抽掉霸权问题，日中两国的谈判就不会有结果。"

后来谈判结果也正如竹入义胜所预料的那样，三木首相任内中日和平友好条约只能停滞不前。

1976 年福田内阁成立后，日本政界要求恢复日中和平友好条约谈判。1977 年 1 月竹入义胜再次访华。福田首相委托竹入给中国捎话，表示要忠实履行日中联合声明，尽早举行和平友好条约谈判。

竹入义胜于 1 月 22 日同中国领导人进行了会谈，了解了中国方面对恢复和平友好条约谈判的意图。但是福田首相仍犹豫不决。

为了完全摸清福田首相的想法，1978 年 3 月中国政府向公明党发出了邀请。因为自中日关系正常化以来，公明党一直是充当两国政府的联系人。

公明党决定由书记长矢野担任访华团团长。3 月 8 日临行前，矢野书记长和竹入委员长一同来到首相官邸，向福田询问对日中条约的真实想法。福田要他们转告中国领导人两点意见：一是日本政府希望尽早缔结中日和平友好条约；二是与所有国家增进和平友好是日本外交的基本立场，希望中国予以谅解。3 月 11 日，矢野在同中国方面会谈时转达了福田的话。14 日中国方面作出反应，由廖承志谈了四点意见。3 月 17 日矢野带着四点意见回国向福田汇报。福田表示："今后决定恢复日中条约谈判的程序时，公明党的访华报告可作为重要的参考资料"，并"衷心感谢公明党的努力"。

中日和平友好条约签订后，公明党发表声明，表示欢迎，认为此事对于亚洲和世界的和平具有重要意义。

对于公明党在中日友好关系中的贡献，中国人民是不会忘记的，所以，邓小平和竹入的友情更胜一筹。

9. 提出"小康社会"构想

访问日本期间,邓小平专程拜会日本前首相田中角荣和前外相大平正芳,感谢两人为中日友好关系发展所做的努力,并提出了小康社会的构想。

24 日上午,邓小平专程拜访了日本前首相田中角荣和现任自民党干事长大平正芳这两位中国人民的老朋友。

田中角荣,1918 年 5 月生于日本新潟县。少时家贫,曾去东京谋生,靠半工半读毕业于日本中央工业学校后承包土建工程。1938 年应征参加侵华战争,后因病退伍,重操旧业。1943 年成立"田中土木建筑公司",任总经理。二次大战后跻身政界,1947 年首次当选众议员,以后连续 16 次当选。曾任岸信介内阁邮政相。60 年代后任池田内阁、佐藤内阁大藏相,与财界建立广泛联系。1972 年 7 月佐藤下台后击败福田赳夫,成为战后最年轻的首相和自民党总裁。由于他精于谋算,办事果断,上台后支持率高达 61%,被称为"庶民宰相"。执政期间,在对外关系上首先实现日中邦交正常化。1972 年 9 月,也就是他上任两个月后率日本政府代表团访问中国。其间同毛泽东主席会见,同周恩来总理举行会谈,并发表中日联合声明,宣告结束迄今为止中日两国的不正常状态,为全面发展中日友好合作关系奠定了基础,为确立中日友好关系揭开了新的篇章。1974 年 11 月因涉嫌洛克希德贿赂案被迫辞职。下野后的田中并没有赋闲,他是国会里田中派的领袖,拥护他的议员被称为"田中军团"。

9 点 17 分,邓小平在廖承志、黄华、韩念龙和符浩陪同下,乘车来到了东京目白台的田中私邸。

田中私邸周围的大街小巷,戒备森严,日本警视厅出动了大约 8000 名警察执勤,特别是在面对目白街的田中私邸正门附近,每隔 5 米就站着一名警察,形成了一道森严的安全防线。

从清晨起,田中就不断在门口出出进进,心神不定,生怕错过了在大门口迎接邓小平的机会。当邓小平出现在田中私邸的大门口时,田中偕夫人、女儿、外孙以及二阶堂进等田中派议员 40 余人在大门口迎候。在"田中军团"的欢迎声中,邓小平走进了田中私邸。

在会客室,田中和邓小平进行了亲切的交谈。邓小平说:"第一次和阁下见面。

这次访问贵国,是为交换中日和平友好条约批准书,同时也是为了向日本朋友表示感谢。在中日友好方面做出贡献的朋友很多,其中我们始终记住田中先生1972年和大平先生去北京访问签署中日联合声明,实现两国关系正常化。"

田中对邓小平的来访十分高兴和激动。他说:"邓小平阁下访日是中日关系的新的转折。中日缔约,我等了六年,就是等这一天。现在,我觉得六年的时间一下子缩短了似的。我见到邓小平阁下就好像是在北京见到周总理的感觉,当时的廖承志先生、韩念龙先生今天都在座。"

"当时我还没有出来,要是出来的话,也会见面的。"邓小平说道。

"是的。"田中说。

"那时在世外桃源。"邓小平又补充了一句。

接着,邓小平对田中说,"作为东方人,对过去是不会忘记的。我们来拜访就是为了表示这种感情,叙叙旧。希望阁下方便的时候,在北京见到你,这是我们的正式邀请。"田中表示要和政府、外务省商量一下,争取早日实现访华。

这时,邓小平又转对田中身旁的二阶堂进说:"感谢二阶堂进先生的努力,欢迎二阶堂进先生再次去中国访问。"

二阶堂进连续表示:"去年访华,受到中方各位款待,十分感谢。"

二阶堂进,也是日本政坛的资深议员、政界元老,曾先后担任日本自由民主党副干事长、干事长、总务会长、副总裁。1972年田中内阁成立时,出任内阁官房长官。和田中角荣首相、大平正芳外相一起访华,使日中邦交实现了正常化。后又多次访问中国,为推动中日友好关系作出了贡献。他也是中国人民的老朋友。

他说到的去年访华和邓小平的见面是在1977年10月14日。

那时距邓小平恢复工作不到三个月。

二阶堂进选择这个时候访问中国不是没有考虑的。

还是在田中内阁时期,中日关于和平友好条约的预备谈判就开始了。1974年12月田中内阁下台后,三木内阁表示"争取早日缔结和平友好条约"。1975年1月,中日双方决定开始举行和平友好条约的事务级谈判,但在谈判过程中,双方在霸权条款问题上发生分歧,致使谈判断断续续,直至最后搁浅。1976年12月福田内阁上台后,同样表示要"尽早举行和平友好条约谈判"。1977年7月邓小平恢复工作后,日本政界不少人主张抓住这个时机,尽快和中国缔结和平友好条约。同年10月,日本成立了"日中和平友好条约促进协议会",以小坂善太郎为会长,号召参加日中议联的议员和102位在过去7年中访问过中国的国会议员入会,给福田首相施加压力。二阶堂进也在其列。于是,他选择了这个时机访问中国,以推动中日和平友好条约谈判的尽快恢复。

中日和平友好条约的谈判，是因为霸权条款搁浅的。二阶堂进在这次会谈中还提出了自己关于霸权条款这一条的方案，即"根据本约发展日中两国间的和平友好关系，不是针对任何第三国的。"

这就是后来人们称之为"二阶堂方案"。

9个月后中日双方谈判重开，经过十多轮艰苦的谈判，终于签署了和平友好条约。条约的最终签署，二阶堂进是功不可没之人。

所以，今天在感谢田中角荣为中日友好作出贡献的同时，邓小平也向二阶堂进先生表示了感谢之情。

随后，田中陪同邓小平一起从会客室走到庭院中，在草坪上合影留念。这是一个典型的日本庭院，座落在东京都的中部。四处散发的都是浓浓的日本气息。翠绿的苍松，丹红的枫叶，别致的池塘，各色鲤鱼……田中请邓小平品尝了他精心准备的两道表示吉祥的日本名菜——鲷鱼和龙虾，并同中国客人一道，举杯为日中和平友好条约的生效干杯。走过庭院，最引人注目的是一棵名叫"雪椿"的山茶花树，已有两米多高了。今天主人请客人专门观赏，别有一番心意。这是田中在日中建交后栽的一棵纪念树。

拜访行将结束时，邓小平向田中赠送了一套中国茶具和文房四宝。在砚台的背面，刻着周恩来早年东渡日本时手书的著名诗篇："大江歌罢掉头东，邃密群科济世穷。面壁十年图破壁，难酬蹈海亦英雄。"田中先生，手捧砚台，读着上面周恩来早年东渡日本时手书的诗篇，十分激动，从周恩来到邓小平，他想到了许多。随后，田中向邓小平、廖承志、黄华、韩念龙、符浩等人的夫人分别赠送的介绍插花艺术的书——《传统之美》，作为回赠礼品。

邓小平的来访使田中极为高兴。他事后对记者说："邓富有幽默感"，"要是日本人也有幽默感，那就好了。"

邓小平在专程拜访了前首相田中角荣后，于10时30分，前往东京大仓饭店拜会了时任自民党干事长的大平正芳。

大平正芳，1910年3月生于日本香山县。1936年东京商科大学毕业后入大藏省。历任横滨税务署长、仙台税务监督局关税部长、"兴亚院"驻中国张家口事务官。战后历任大藏省主计局事务官、东京财务局关税部长、大藏大臣秘书官、工资局第三课长等职。1952年首次当选众议员，以后连续11次当选。因长期辅佐池田勇人，深受其赏识。20世纪60年代出任日本池田内阁的官房长官、外务大臣。佐藤内阁时期曾任自民党政调会长。后又出任佐藤内阁通产相。1971年担任"宏池会"（旧池田派）会长，成为"大平派"首派。1972年积极支持田中竞选自民党总裁，出任田中内阁的外务大臣，曾陪同田中角荣首相访问中国，实现了中日邦交正常化。由此，他的名字开始为中国人所熟知。1974年1月，大平正芳代表日本政府与中国政府就缔结《中日航空协定》达成协议，并签署了《中日贸易协定》。1976年底任自由民主党干事长。积极推动中日友好关系的发展。在福田内阁时期，为中日和平友好条约的签订不遗余力。

一见面，邓小平说："昨天已经见过面，今天是来正式拜会。"

"阁下不忘老朋友，特地来看望，十分感谢。"大平正芳说道。

邓小平说："今天是为了表示感谢而来。1972年阁下和田中前首相一起访华，实现中日邦交正常化，为发展中日关系开辟了道路。签订了中日和平友好条约，我们感谢福田首相的决断，同样也要感谢田中前首相和大平正芳外相。"

1972年9月25日，一架日航DC-8型专机，载着日本首相田中角荣和外相大平正芳等人于北京时间11时30分降落在北京机场。

田中、大平此行的目的是通过谈判解决中日邦交正常化的问题。中华人民共和国总理周恩来在机场迎接日本客人。相互敌视了20多年的亚洲两个大国的手终于紧紧地握到了一起。

9月29日上午10时20分，《中日联合声明》在人民大会堂东大厅正式签字。大平外相是日方的签字人之一。

签字仪式结束后，大平外相立即赶到设在民族文化宫的新闻中心，举行中外记者招待会，对《联合声明》的基本内容作了说明。他说："日中结束不正常的关系是对亚洲及世界和平的重要贡献。"并以坚定的口吻宣布日台关系"在联合声明中虽没有触及，日本政府的见解是，作为日中邦交正常化的结果，日华和平条约（即"日台条约"）已失去了存在的意义，并宣告结束。"就是说日本与台湾正式断绝了外交关系。

中日恢复邦交正常化后，大平正芳又为推动中日友好关系作出了贡献。中国人民始终记住为中日友好奠基的田中前首相和大平前外相。

邓小平访日，还专程拜访大平正芳，令他非常感激。

大平正芳说："中国经济建设取得很大发展。我对日中关系正常化以来两国关系的顺利进展，感到由衷的高兴。期望通过副总理阁下的访日，使两国关系进一步飞速的发展。"

大平正芳还对毛泽东主席、周恩来总理对日中友好作出贡献表示感谢。并指着在座的廖承志说:"和廖先生是老朋友了,见了他就好像到北京出差似的。日本在北京有两个大使。"说着他指了指佐藤大使和廖承志,接着说,"廖先生是中国人,但日本话讲得比我好。"

邓小平马上指着廖说:"他从小学就在这里读书,一直到中学。在中国他是高级知识分子,在日本是小学生。"大家听了都哈哈大笑。

"今天来是叙旧,这是我们东方人的感情,欢迎阁下方便的时候访华,看看中国的情况。"邓小平向大平正芳发出了邀请。

"我也希望尽早有机会访华。"大平正芳愉快地接受了邀请。

大平正芳还谈到了在座的黄华外长。他说:"以前我以为黄外长是一位可怕的外长,其实是很和蔼可亲的。""中国有勇气,在联合公开发表自己的外交政策,令人佩服。"

邓小平说:"你们不方便讲,我们可以讲,1974 年特别联大的时候,我就讲了'谬论'。"

一句话再次引起了全场的笑声。

邓小平和大平的会见,虽说是初次,但却如久别重逢的朋友一样,畅叙旧情。

1979 年 1 月 28 日下午 3 点,邓小平乘坐波音 707 客机赴美访问飞临日本上空时,想起了这位老朋友大平正芳。这时的大平正芳刚刚当选为日本自民党总裁和内阁总理大臣不久。邓小平给他发了一封电报:"一周后,从美国回国时,计划在贵国逗留。我为那时能同阁下及其他日本朋友交谈而高兴。"

2 月 7 日,邓小平一行结束了对美国 8 天的正式访问,乘专机飞抵东京羽田机场,开始对日本进行短暂的非正式访问。这天,邓小平如约在日本首相官邸同大平正芳会谈,邓小平向大平首相通报了访美情况,并就共同关心的国际形势、亚太地区以及双边关系等问题广泛地交换了意见。邓小平代表中国政府再次邀请大平正芳首相在方便时访问中国。

这一年 12 月 5 日下午,大平正芳首相和夫人、大来佐武朗外相应邀到中国访问。大平首相是中日邦交正常化以后第一位踏上中国国土的日本首相。对于大平正芳来说,这是战后第三次访华。这时,中国已经打倒了"四人帮",开始恢复实事求是的思想路线,一个新的历史时期已经到来,人们脸上的表情显得愉快起来,政治局面也很稳定。

12 月 6 日上午,邓小平副总理会见了大平首相一行。

参加会见的中方代表有外交部部长黄华、副部长韩念龙和中国驻日本大使符浩等人。

日方参加会见的有外相大来佐武郎、议员二阶堂进，日本驻华大使吉田健三等。

会谈开始前，邓小平对大平一行说：中日两国需要友好合作，这有利于两国人民，也是时代的需要。大平首相这次来访有着重要的国际意义，再过二十几天，就进入 80 年代了，我们希望这次访问要管到 80 年代、90 年代。

1979 年 12 月，邓小平会见来访的日本首相大平正芳

大平正芳说："日中两国领导人推心置腹地交换意见是很有意义的。日本政府和国民对我们一行这次访华寄予很大的期望。我渴望通过双方富有成果的会谈能进一步加深和扩大日中友好合作关系。"

会谈开始后，大平正芳首先谈到了日本对中国 1979 年度的贷款问题。

邓小平表示，就我们方面来说，希望项目更多一些，数目更大一些。但这是第一次政府间的贷款，实现这个目标也不错。这是一个良好的开端。

大平正芳谈到了中国非常关注的日台关系问题。他说："我们一直以日中之间达成的原则为基础，维持着日本同台湾的实务关系，不违反日中联合声明的原则。"

邓小平说："日本与台湾增加实务来往，这对我们不发生问题，但这个关系必须是民间的，不具有官方性质。我们希望日本政府注意到这一点。"接着邓小平详细谈到了对台湾问题的政策："我们提出台湾回归祖国，实现祖国统一的目标，是从现实情况出发的，台湾的制度不变，生活方式不变，台湾与外国的民间关系不变，包括外国在台湾的投资、民间交往照旧，即使台湾与祖国统一起来后，外国投资也不受任何影响。我们尊重投资者的利益。台湾作为一个地方政府，可以拥有自己的自卫力量，军事力量。条件只有一条，那就是台湾要作为中国不可分的一部分，它作为中国的一个地方政府，拥有充分的自治权。"

大平再次郑重表示："日本和台湾之间的实务性关系始终是民间关系，政府关系只限定在同中华人民共和国之间的关系。"

邓小平说："我们只是希望日本朋友注意，与台湾关系的形式是民间形式，不要采用官方形式,尤其是美国、日本,如果采取行动不适当,就会影响到我们台湾回归祖国的目标的实现。"

会谈中,大平正芳问道:"中国根据自己独立的立场提出了宏伟的现代化规划,将来会是什么样的情况,整个现代化的蓝图是如何构思的?"

大平正芳提出这一问题不是偶然的。

大平正芳本人曾对日本现代化发展战略的制定起过重要的作用。1960年日本池田内阁成立后,大平正芳担任内阁官房长官。当时他提出了日本未来十年的收入倍增计划。这个计划到1970年终于实现了。因此,今天大平正芳作为行家对邓小平提出了这样一个问题。

大平的这个问题,使邓小平陷入了沉思。不过这是十分短暂的。

邓小平"想了一分钟"回答道:"我们要实现的四个现代化,是中国式的四个现代化。我们的四个现代化的概念,不是像你们那样的现代化的概念,而是'小康之家'。到本世纪末,中国的四个现代化即使达到了某种目标,我们的国民生产总值人均水平也还是很低的。要达到第三世界中比较富裕一点的国家水平,比如国民生产总值人均一千美元,也还得付出很大的努力。就算达到那样的水平,同西方来比,也还是落后的。所以,我只能说,中国到那时还是一个小康的状态。当然,比现在毕竟要好得多了。到了那时候,我们有可能对第三世界的贫穷国家提供更多一点的帮助。那个时候,中国国内市场比较大了,相应的,与国外的经济交往,包括发展贸易,前景就更加宽广了。有人担心,如果中国那时候稍微富一点了,会不会在国际竞争中起很大的作用?既然中国只是一个小康的国家,就不会发生这样的问题。坦率地说,现在我们的对外贸易总额还不如台湾多。我们发展到台湾现在的国民生产总值人均水平,也不会对国际市场产生什么威胁,因为自己的需要多了。"

邓小平后来多次提到这次谈话,说中国式的现代化、一千美元、小康社会这些概念,是在这次谈话中形成的。这样一个重大设想的提出,看起来似乎在一种偶然的情况下只经过了短暂的思考。其实在这背后,有着重要的认识背景,经过了全党的一个较长的认识过程,而决非出于个人一时的灵感。

1964年12月三届人大一次会议,由毛泽东建议、周恩来第一次提出了我国的现代化任务。但是由于十年动乱的影响,我们不可能集中精力搞现代化建设。粉碎"四人帮"后的两年,我们也提出了一些不切实际的、过高的目标和口号。

1978年12月党的十一届三中全会后,我们党恢复了实事求是的思想路线,实现了党的工作重心的转移,以邓小平同志为核心的第二代领导集体,充分认识到我国的国情是人口多、底子薄、基础差,因此发展目标不可能定得过高,实现现代化的时间也不可能太短。

邓小平提出的小康目标,正是建立在这个认识基础上的。

最后大平正芳说:"我们现代化比贵国早一些,也取得了一定成果,也有经验教训,比如城市规划和环境保护问题等等留下了后遗症。作为朋友,把我们的经验告诉你们。"他还用中国的一句古语"前车之覆,后车之鉴",希望中国在实现现代化时不要重蹈复辙。

10. "饮水不忘掘井人"

邓小平拜会曾为中日友好作出贡献的日本朋友的家人们,并邀情他们像走亲戚一样常来常往,多到中国看看。

中日友好走过了漫长的历程,经历过两代人的努力。20世纪五六十年代,许多日本友人为推动中日邦交正常化呕心沥血。可惜不少人没能看到中日友好条约签字的这一天。

他们是前首相片山哲、前社会党委员浅沼稻次郎、前农相松村谦三、前首相石桥湛山、前企划厅长官高碕达之助、前邮政铁道相村田省藏。

片山哲,日本战后唯一一届以社会党为首组阁的首相。1887年生于日本和歌山县。1892年毕业于东京帝国大学。1928年当选为众议员。二战争结束后,创立日本社会党,为首任委员长,1947年5月出任首相。1948年2月被迫内阁总辞职。50年代后,积极主张实现和平,反对日本重整军备。1954年任日本拥护宪法国民联合会会长。1955年10月率拥护宪法国民联合会代表团访问中国,受到毛泽东、刘少奇、朱德、周恩来等中国领导人会见,签订了《第一次中日民间文化交流协定》。回国后,积极主张恢复中日邦交,并同中岛健藏等创立日中文化交流协会,任会长,为推动中日文化交流作出了贡献。1957年9月率社会党代表团访问苏联等东欧六国,途经中国时同周恩来总理会谈。1963年隐退政界后一直任日中文化交流协会顾问。1977年病榻中曾致信福田赳夫首相要求尽快缔结日中和平友好条约。1978年5月病逝。

浅沼稻次郎,1898年12月生于东京都三宅岛。1923年毕业于早稻田大学。中学时代参加社会主义运动。1925年成立农民劳动党,任首届书记长。1926年参加组织日本劳动党,任组织部长。1932年参加社会大众党,任常任中央委员。

1936 年当选为众议员。1945 年 11 月在日本社会党成立大会上当选为社会党组织部长,1946 年后连续 7 次当选为众议员。1959 年 3 月率社会党友好使节团访华,在北京政协礼堂讲演时发表了"美帝国主义是日中两国人民共同的敌人"的演说,引起了日本各界的极大反响。1960 年 3 月任社会党委员长。同年 10 月被刺身亡。

松村谦三,1928 年在富山县当选为众议院议员,从此步入政界。第二次世界大战前,曾任农林大臣秘书、农林大臣参事官、农林省次官等职。战后,曾分别担任过东久迩、币原、鸠山内阁的厚生大臣、农林大臣及文部大臣。1955 年起任自民党顾问。1969 年 9 月从政界引退。松村先生从事中日友好事业先后达十几年,曾五次访华,为中日友好事业铺路架桥。

石桥湛山,1884 年 9 月生于日本东京。1907 年毕业于日本早稻田大学,后从事记者工作。1931 年"九一八"事变以后,主张放弃"满洲政策"。日本全面侵华战争开始后,反对德、意、日同盟和军部参政,主张英国出面调停尽早结束战争。1942 年起历任《东洋经济新报》社总编、专务董事、社长。二次大战结束后曾任吉田内阁大藏相。1956 年 12 月当选自民党总裁,出任首相,因病仅执政 2 个月辞职。任内在对华关系上,国会通过了扩大对华贸易决议。离任首相后,于 1949 年 9 月率团访华,并同周恩来总理签署了会谈公报。1963 年 10 月作为日本工业展览总裁来华访问时受到毛泽东的接见。1964 年任日本国际贸易促进协会总裁。1970 年任促进恢复日中邦交议员联盟顾问,积极主张恢复日中邦交,为改善日中关系作出了贡献,1973 年 4 月病逝。

高碕达之助,第二次世界大战期间曾任伪满洲国政府经济顾问、满洲重工业总裁。二次大战后多次当选为众议员,并先后任国务大臣。1955 年 4 月,作为日本经济企划厅长官,率日本代表团出席万隆会议,和周恩来举行了两次会谈,对此,在 1989 年 10 月 15 日日本外务省公开的外交档案中这样评价:"周恩来和高碕达之助在亚非会议的接触是历史性的一瞬间,它开辟了日中两国贸易乃至邦交正常化的道路。"他积极推进中日两国民间贸易,曾任日中综合贸易联合协议会会长。1962 年同我国廖承志签订发展日中两国民间贸易的备忘录。1964 年 8 月在北京和东京分别设立了"高碕达之助事务所"和"廖承志办事处"。同年病逝。

邓小平没有忘记这些中日友好的先驱者,他去拜访了他们的家人。

日本方面安排这些中日友好先驱者们的家属在赤坂宾馆集中与邓小平会见。

"本来应该到大家的家中去拜访,但因为没有时间,所以就请大家到这里来了。"面对日本友人的家属,邓小平为未能去家中拜访而心怀歉意。

"谢谢!谢谢!谢谢您来看望我们。"故人已去,不忘家人,日本朋友已是感动不已了。

"松村谦三、高碕达之助、石桥湛山、浅沼稻次郎、片山哲、村田省藏等各位先生都是有远见的政治家,也是掘井人。在中日两国关系尚处于不正常状态的时候,他们就坚信两国关系一定要正常化,他们不惧艰难,不怕阻力,为中日友好进行了不懈的努力,有的朋友为此贡献了宝贵的生命"。

邓小平看了看日本朋友们,又接着说:"诸位是中国人民的老朋友的家属,当然也是中国人民的亲戚。你们有的已经是为中日友好努力的第二代,第三代了。从你们身上,使我们更加坚信中日两国人民一定会世世代代友好下去。"

邓小平坦率真诚的讲话极大地温暖了日本朋友们的心。亲人的音容笑貌仿佛又在眼前浮现。片山先生的遗孀菊江摘下眼镜,用手帕擦着眼泪。

浅沼先生的遗孀京子,用一双泪光盈盈的眼睛注视着邓小平,仿佛从那儿能捕捉到亲人的影子。

村田省藏的大儿子村田震一用哽咽的声音说:"父亲去世已经20年了。尽管如此,还把我们请来了……"

这是情与情的交融,心与心的沟通。

当天晚上,为庆祝中日和平友好条约的生效,为欢迎邓小平访日,在日本的十个友好团体在东京联合举行的盛大酒会上,邓小平再一次充满深情地说:

"中日邦交正常化时,周恩来总理曾一再说过,'饮水不忘掘井人'。今天,当我们热烈庆祝中日和平友好、恢复日中邦交、早日缔结日中和平友好条约进行了不懈的努力,推动了两国关系和两国人民友好事业的发展。我们深切怀念那些曾经为中日友好披荆斩棘,开路架桥,但已离开我们的先驱者。他们虽然不能同我们一起分享今天的喜悦,他们为中日友好献身的精神,将永远铭记在中日两国人民的心中,并且世世代代相传下去。"

鸦雀无声的会场,爆发出一阵雷鸣般的掌声。

11. 再会福田

邓小平与福田首相举行第二次会谈,邓小平重申了中国在台湾问题上的立场。

25日下午10时,福田和邓小平第二次会谈在首相官邸接待室举行。

一见面,福田就对邓小平在日本表现出来的充沛精力表示赞叹:"你真是一位超人,一点倦色都没有。"

邓小平笑着说:"我多次说过,高兴时就不觉得疲倦。"

接下来,双方就朝鲜问题、中国的台湾问题和中日关系问题交换了意见。

在谈到台湾问题时,邓小平这样说道:"我们实现台湾归还祖国也要充分考虑到台湾的现实。日本方式也是尊重台湾现实的一种表现。美国总希望我们承担义务,不使用武力解放台湾。我们说,什么时间、用什么方式解决台湾问题,是中国的内政,美国无权干涉。实际上我们承担了不使用武力的义务,反而会成为和平统一台湾的障碍,使之成为不可能。那样,台湾当局就会有恃无恐,尾巴翘到一万公尺高。"

在场的人听到这里,都为邓小平形象生动的语言而大笑。

邓小平还谈到,中日双方由于各自的环境不同,对一些问题有不同的看法是完全可以理解的。比如你们叫尖阁列岛,我们叫钓鱼岛的问题,就是有一些看法不同,可以不在会谈中谈。我同园田外相讲过,我们这一代人不够聪明,找不到解决的合理的办法,我们下一代会比较聪明,大局为重。

中午邓小平出席日本经济界举行的午餐会并致词。他感谢日本经济界的朋友们为中日友好和平条约的缔结所作出的积极贡献。他说:"中国人民决心在本世纪内把中国建设成为社会主义的现代化强国。我们的任务是艰巨的。我们首先要靠自己的努力,同时我们也要学习外国的一切先进经验和先进技术。中日两国是一衣带水的友好邻邦,在经济、技术领域里存在着广泛的交流和合作的余地。我们双方已有良好的合作基础,中日和平友好条约的缔结为这种交流和合作开辟了更加广阔的前景。"

12. "矮个子巨人"的幽默

邓小平出席"西欧方式"的记者招待会,他风趣、从容的应答引起阵阵笑声。

25 日下午 4 时,邓小平出席在东京日比谷的日本记者俱乐部举行的记者招待会。

参加记者招待会的400多名记者分别来自时事社、共同社、路透社、合众社、美联社、法新社、德新社等著名通讯社。

这是中华人民共和国领导人在出访时第一次同意以"西欧方式"同记者见面。

邓小平沉着冷静、充满自信。他首先就中日和平友好条约缔结的意义、反对霸权主义和中国的内外政策发表谈话。表示：希望中日两国加强团结、互相合作，贯彻和维护中日和平友好条约的各项原则，言必信，行必果，把中日关系不断推向前进，为维护亚洲的、太平洋地区的和平与稳定，作出不懈的努力。说完，他又摊开双手，笑着对

邓小平在东京出席"西欧方式"的记者招待会，举重若轻地回答了中日双方关系中的敏感问题

记者们说："如果我们回答有错误，请大家批评，这是中国人传统的谦虚美德。"

日本时事社记者按捺不住率先提问："在刚才的讲话中，您说由于霸权主义存在，就有世界大战的危险。不过，我国采取全方位外交，要同所有国家友好相处。你认为两国对世界形势的认识有没有分歧呢？"

既然日本记者把日本政府一直在躲躲闪闪的反霸问题在这种场合端了出来，邓小平也就毫不客气，简明扼要地表了态："反对霸权主义是中日和平友好条约的核心。因为我们要和平友好，谋求亚洲太平洋地区的和平与安全，谋求世界的和平与安全，不反霸是不行的。""按照中日和平友好条约包含的意义来说，我想如果有人把霸权强加在日本头上，恐怕日本人民也不会赞成。"

既然邓小平的回答在设身处地地为日本人民和世界和平着想，这位日本记者也就不好再说什么，只得信服地点了点头。如果说，邓小平在23日晚福田首相举行的欢迎宴会上还是含蓄地谈到中日联合反霸的话，那么，今天的讲话就真可谓毫无掩饰、明明白白了。这表明，中国共产党领导人虽然在此之前几乎没有像这样会见过新闻记者，但在巧妙地运用新闻界来宣传自己在一些正式场合不便表达的思想上，丝毫也不逊色于那些天天会见记者的西方领导人。

一位记者提到了中美关系正常化问题，特别是涉及到台湾问题。

邓小平回答说："中美双方正在谈这个问题。这恐怕也是大势所趋。中美关系从1972年发表了中美上海公报以来，有了不断的发展，现在还在继续发展，但是还没有正常化，障碍就是一个台湾问题。我们向美国指出了实现正常化的条件，就是

美国同台湾的关系实现三条:废约、撤军、断交。这方面我们要等候美国的考虑。

关于中美关系正常化的问题,球已经踢给了美国人。

当一位记者提出亚洲紧张局势的中心在朝鲜和越南时,邓小平以其独特的广阔视野,由此谈及了被人为分裂的国家实行统一的问题:"我们历来认为,人为地把一个国家一分为二,分割开来,这个问题迟早要解决。两个越南的问题解决了。尽管越南现在反对我们,但是,它解决自己国家的统一,这是正义的。除'两个朝鲜'之外,还有两个德国,'两个中国',是不是还有一个一国有百分之一的日本的问题。这些问题总是要解决的。十年解决不了,一百年解决不了,一千年总能解决了吧! 这种民族的愿望,这个潮流是不可抗拒的。"对于这个讲话,日本《朝日新闻》评论说,它充分显示出了邓小平真不愧为伟大人物的风度。

有记者问到中日关系,中日的经济合作问题。

邓小平说:"中日双方在经济方面合作的余地很大。我们向日本学习的地方很多,也会借助于日本的科学技术甚至于资金。我们之间已经签订了一个长期贸易协定。但只有一个还不行。那是两百亿美元,还要加一倍至两倍。等到我们发展起来了,道路就更广。"

他接着说:"和平友好条约的缔结和生效,今后两国人民的合作理所当然地要加强。两国政治、经济、文化、科学等方面的合作要进一步发展,两国人民之间的交往,包括派留学生、参观、访问等,民间的要增加,政府间的也要增加。"

邓小平从容、巧妙地回答了记者们提出的各种各样的问题,令那些企图从这位共产党人的即席回答中寻找破绽的西方记者"失望"了。

但是,一位日本记者提出了中日双方早先约定的这次中日双方都不涉及的问题——"尖阁列岛"(中国称之为"钓鱼岛")的归属问题。

尖阁列岛,中国称钓鱼岛,是台湾省的附属岛屿,属中国领土。甲午战争后被割让给日本。1972年9月田中访华时,曾要求周恩来总理明确该岛的归属权。当时,为了不让这个一时难于解决的问题成为中日邦交正常化的障碍,周恩来表示:"现在还是不要讨论,地图上又没有标。出了石油就成问题了。"对此,日方也表示同意。1978年8月,日本外相园田直在北京又同邓小平讨论了这个问题,邓小平提出:"一如既往,搁置它二十年、三十年嘛。"邓小平说得如此轻松,态度自若,使园田直大为赞叹。

园田事后接受《周刊文春》记者采访时回忆当时的情景。他是这样对邓小平说的:

"说真的……还有一个问题……如果我这个日本外务大臣不提的话,就无脸见江东父老……"

"听我这样一说,邓小平就讲:'我理解,理解你,你尽管讲嘛。'于是我鼓起勇气指出,尖阁群岛自古以来就是我国领土,再发生以前那种'偶发事件'我无法交待。"

"邓小平微笑着摊开双手,说:'上一次是偶发事件。渔民追起鱼来,眼睛里就没有别的东西。那种事情再也不会发生,绝对不会发生。'我当时真提心吊胆,只求老天保。万一从邓小平嘴里说出'不是日本领土','是中国领土'我就完了。"

"他挺了挺身子……然后说'一如既往,搁置它二十年、三十年嘛。'换句话说,他的意思是日本现在有效地控制着,就让它维持现状。"

"他讲这句话时,态度自若。我可受不了。使劲地拍了一下邓的肩膀,说:'阁下,不必说了。'"

"他在那里悠哉游哉,我觉得全身像瘫了一样。"

此刻,当日本记者提出这一困难问题后,会场气氛陡然紧张起来,大家都屏住呼吸,看邓小平如何回答。

邓小平还是非常轻松地说:"'尖阁列岛',我们叫钓鱼岛,这个名字我们叫法不同,双方有着不同的看法,实现中日邦交正常化时,我们双方约定不涉及这一问题。倒是有些人想在这个问题上挑一些刺,来障碍中日关系的发展。我们认为两国政府把这个问题避开是比较明智的,这样的问题放一下不要紧,等十年也没有关系。我们这一代缺少智慧,谈这个问题达不成一致意见,下一代比我们聪明,一定会找到彼此都能接受的方法。"

邓小平把这么重要的领土归属问题说得如此的容易并合情合理,令在场的所有记者大为折服。会场上的紧张气氛顷刻间以变得轻松活跃了。

关于中国的现代化问题,邓小平的回答更是让西方记者领略了他那坦率务实和开放的风格。他说:"我们所说的在本世纪未实现的现代化,是指比较接近当时的水平。世界在突飞猛进地前进,那时的水平,例如日本就肯定不是现在的水平,我们要达到日本、欧洲、美国现在的水平就很不容易,要达到22年以后的水平就更难。我们清醒地估计了这个困难,但是,我们还是树立了这么一个雄心壮志。'为了要实现现代化,'要有正确的政策,就是要善于学习,要以现在国际先进的技术、先进的管理方法作为我们发展的起点。首先承认我们的落后,老老实实承认落后就有希望。再就是善于学习。这次到日本来,就是要向日本请教。我们向一切发达国家请教。向第三世界穷朋友中的好经验请教。相信本着这样的态度、政策、方针,我们是有希望的。"

就在他谈到要承认落后的时候,他突然说了一句饶有风趣的说:"长得很丑却要打扮得像美人一样,那是不行的。"记者们被这一尖刻的自我评价逗得哄堂大笑,但他们也不得不承认,这种态度正是中国重新崛起的希望所在。

26日,日本各大报纸都在显著报道了这次会见。《东京新闻》说,邓小平"既诙谐,又善于雄辩,有时还岔开话题,很有谈话技巧——这位'矮个子巨人'真是名不虚传"。《每日新闻》以《邓副总理首次举行"西欧式"记者招待会》为题评论邓小平说:"既不显威风,也不摆架子,用低沉而稳重的声调和温和的口吻发表谈话……始终笑容满面地谈日中友好和世界形势。一想起被称为'长生鸟'一再倒台和上台的坎坷的人生,就令人觉得他是一个多么难得的'人材'。"

记者招待会结束后,邓小平前往新大谷饭店举行盛大的答谢宴会,用精美的中国菜、北京的"五星啤酒"、青岛的红葡萄酒和上海的"熊猫牌"香烟热情款待了包括福田首相、保利和安井议长在内的各界日本人士,从而结束了对东京的访问。

13. "我懂得什么是现代化了"

邓小平参观了日本第二大汽车公司和最大的钢铁厂,这让他对现代化有了更加深刻而具体的了解。

1978年中国正在轰轰烈烈地进行四化建设。身为国家副总理的邓小平此次东渡扶桑,其意图之一,便是向日本这个经济大国取经,探寻战后日本经济迅速崛起的奥秘。

他山之石,可以攻玉。

邓小平取经探宝的第一站是日产汽车公司座间工厂。

日产汽车公司是日本仅次于丰田汽车公司的第二大汽车公司,创建于1933年,此时有资金665亿日元,职工58000多名,在国内有7个工厂,国外有12家子公司。座间工厂是该公司的主要装配厂之一,位于神奈川县座间市广野台,主要装配一般中小轿车。

24日下午,邓小平及夫人卓琳一行到达日产汽车公司座间工厂。身着天蓝色工作服的青年男女在门口挥动着中日两国的国旗,列队欢迎中国客人。

邓小平在公司董事长川又克二和石原总经理的陪同下,乘坐敞蓬车参观了这家工厂的车体工厂和组装工厂。

车体工厂是自动化程度相当高的工厂。在这里一眼看去,除了几个管理人员外，并没有见到如织的工人。48 个产业机器人代替了人工操作，正在紧张而有节奏地焊接车体，自动化程度达到了 96%。

站在传送带末端，看着一辆辆崭新的日产车变魔术般地从传送带上下来，邓小平又一次陷入了深思。

日产汽车公司给邓小平留下了深刻的印象，在日产广告馆里，他深有感触地说："我懂得什么是现代化了。欢迎工业发达的国家，特别是日本产业界的朋友们对中国的现代化进行合作。这也将加深两国的政治关系。"

应日本朋友的要求，邓小平挥笔在这家公司的纪念册上题词："向伟大、勤劳、勇敢、智慧的日本人民学习、致敬。"

卓琳也挥笔题了词。夫妇俩一同写下的题词，成为这家工厂的珍宝。

一个国家的钢铁生产能力，标志着该国现代化水平的高低。

邓小平取经的下一站便是君津钢铁厂，这是新日铁下属九个钢铁中产量最高的一个，位于千叶县东京湾海岸。新日铁是新日本钢铁公司的简称，是世界上最大的钢铁联合企业。资本为 3227 亿日元，营业额为 25061 亿日元，职工有 7700 人，粗钢年产量 5147 万吨，相当于日本全国粗钢产量的三分之一。

邓小平在新日钢铁公司董事长、日中经济协会会长稻山嘉宽的陪同下，从东京竹芝码头出发，乘汽垫船去 50 公里外的君津钢铁厂参观。

在船上，稻山嘉宽列举数字向邓小平介绍了从战前到现在世界钢铁生产的发展情况，他说："日本的钢铁，从战前的七百万吨增加到一亿两千万吨，这是由于实现了工厂的现代化。在这些工厂中，君津钢铁厂是最新式

邓小平参观日本君津钢铁厂，初步形成了筹建宝山钢铁厂的思路

的。"他还热切表示要进一步加强新日铁同中国的合作，他说，我们公司同贵国的交易过去达到 38 亿美元，建设宝山钢铁厂的合同是 20 亿美元，是个了不起的主顾。今后也希望大批订货。

对此，邓小平点头表示同意。

邓小平参观访问君津钢铁厂绝非偶然。新日铁与中国有一项君子协定——帮助中国创建上海宝山钢铁厂。

在邓小平的脑海里一直有一幅蓝图，一幅使中国钢铁业走向现代化的蓝图。他没能忘记"大炼钢铁"的愚昧，他没能忘记"收禾童与叟"的悲凉。

这项酝酿已久的设想终于在1977年11月，"钢铁帝王"新日铁董事长稻山嘉宽访华时而提上了议事日程。这是中国现代化史上的一件大事。

邓小平是有心人。在参观君津钢铁厂时，他分外留意承包建设上海宝山钢铁厂任务的模范高炉——号称具有世界水平的四号高炉。

边参观，邓小平边在心里构划宝山钢铁厂的轮廓，同时他也似乎看到了上亿双渴求现代化的眼睛。

"一定要建一座比君津钢铁厂更先进的钢铁厂。"邓小平暗暗下了决心。

邓小平对正在君津钢铁厂实习的中国工人寄予了深切希望。希望他们好好学习，掌握技术，回国为宝山钢铁厂的建设出力。

面对日本朋友，邓小平诚恳地说："我国管理能力差，想学习。如果在管理方面不教我们，那就不好办了。"

顿一顿，他又笑着开了个玩笑："咱们订一个君子协定吧，如果上海搞不好，那就不是学生的责任，而是教师不好。"虽然是个玩笑，日本人也感觉到了中国领导人的话是有分量的。

"我们一定尽力而为，把宝钢建设得比君津钢铁厂更好些。"稻山嘉宽热切地表示说。

是啊，新日铁与中国的合作仅仅只是开端，以后的路还长着哩。邓小平略一思忖，在君津钢铁厂的纪念册上挥毫题词："中日友好合作的道路，越走越宽广，我们共同努力吧！"

14. 新干线的启示

坐在新干线特快列车上，邓小平思绪万千，他对记者说，"就像推着我们跑一样，我们现在很需要跑！"

新干线是日本的骄傲。

当新中国的领导人邓小平副总理乘坐新干线特快列车于26日离开东京，前往文化古城京都时,会有何种感想呢?

新干线"光—81号"超特快列车以每小时210公里的速度飞速运行,邓小平的思绪也在迅速飞跃。

1949年10月1日,毛泽东以他那嘹亮的声音向全世界庄严宣告了中华人民共和国的成立。但当时的新中国却伤痕痕累累、一穷二白。

经过几十年战争岁月磨练的中国共产党人面对满目疮痍的中国,显得有点操之过急。1957年以后,中国共产党的政策越来越滑向"左"的深渊。

当中国人从"十年浩劫"的恶梦中幡然醒悟,已径远远落后于别人了。

具有远见卓识的周恩来在1975年的全国人大四届一次会议上重申全国人民的宏伟目标是:"在本世纪内,全面实现农业、工业、国防和科学技术的现代化,使我国国民经济走在世界的前列。"但那时的中国人尚未完全从阶级斗争的狂热中苏醒过来。

如今,终于走出了那片阴霾,终于走出了那场恶梦。想到这里,邓小平不由得长长舒了口气,心情也轻松了许多。

一批日本记者涌入邓小平的车厢,要他谈谈对新干线的观感。邓小平意味深长地说:"就像推着我们跑一样,我们现在很需要跑!"

跑,决不是大跃进,而是一步一个脚印地跑。

15. 周总理的岚山情结

登上景色秀美的岚山,邓小平不禁怀念起革命的兄长——周恩来,以及他为中日两国关系正常化所做的努力。

岚山,位于京都西部,景色秀美。岚山景美,中国人对岚山更是情有独钟。

冒着潇潇细雨,邓小平于27日中午游览岚山。

爬上了一个小山丘站在古香古色的亭子里,邓小平望着满山红叶和淅淅沥沥的雨雾,思念着他的兄长——周恩来。

1920年,年仅16岁的邓小平西渡法兰西,在那里生活的6年中,有一位亲如兄长的革命同志——周恩来。

当时周恩来是旅欧中国共产主义青年团执委会书记,邓小平是该组织刊物《赤光》(原名《少年》)的编辑之一。在巴黎戈德佛鲁瓦大街17号2楼周恩来的房间里,邓小平和周恩来等先进青年们经常聚会,畅谈救国救民之道。留学日本期间,周恩来以极大的兴趣注视着俄国十月革命的进展,研究日本报刊登载的关于社会主义学说的介绍,对十月革命后出现的"新思想大所切望"。

马克思主义的革命真理像灿烂的阳光,驱散乌云浓雾,照亮了青年周恩来的心。

1919年4月,周恩来雨中游岚山,写下了抒发革命豪情的诗篇——《雨中岚山》:

雨中二次游岚山,

两岸苍松,

夹着几株樱。

到尽处突见一山高,

流出泉水绿如许,

绕石照人。

潇潇雨,雾蒙浓;

一线阳光穿云出,

愈见娇妍。

人间的万象真理,

愈求愈模糊。

模糊中偶见着一点光明,

真愈觉娇妍。

历经千险,东渡日本,寻求救国真理。马克思主义是黑暗中的火花,周恩来的欣喜之情跃然纸上。难怪乎日本著名历史学家井上靖说:"周总理写的《雨中岚山》这首诗发表以来,不仅京都人民,而且整个日本人民都对这首诗产生十分亲近的感觉。它反映了周恩来总理接受马克思列宁主义的革命理论后决心走革命的道路"。

在日本开始寻求到的救国救民真理,像灯塔一样指引着周恩来在漫漫的革命道路上前进。东渡日本求学的经历,使得周恩来永远有了一个解不开的岚山情结。

日本全面侵华战争是难以愈合的伤口,新中国成立后,中日两国的隔阂是令人痛心疾首的。

中日必须建交,身为国家总理的周恩来感到肩上的任务是沉甸甸的,也是神圣的。

人民外交是周恩来的一贯外交思想,立足于人民,着眼于人民,中日关系的发展"从民间的频繁往来并达成协议开始",通过两国人民的友好往来促进两国关系的逐步改善,最后实现两国的邦交正常化。这是一条实之可行的道路。

从 1949 年 10 月中华人民共和国的成立,到 1976 年 1 月与世长辞,日理万机的周总理一直肩负着缔结对日和约,实现中日关系正常化的历史使命,为两国人民友好交流和两国关系正常化建立了不朽的功勋:

1952 年,中日签订第一个民间贸易协定;

1953 年,日本侨民开始重返祖国;

1953 年,中日签订第二个民间贸易协定;

1955 年,中日签订第三个民间贸易协定;

1962 年,廖承志与高碕达之助签署了《中日长期综合贸易备忘录》。

1972 年 9 月 25 日,田中角荣首相访华,《中日联合声明》宣告了中日两国关系正常化。周总理呕心沥血终于换来了中日邦交正常化的实现。但不无遗憾的是,由于种种原因,中日和平友好条约的签订却一直拖到了 1978 年。

如今,烟雨依旧,岚山依旧。然而,物换星移,故人已去。值得庆幸的是,邓小平已坚定地接过了周总理未竟的事业。

邓小平心潮澎湃,雨中游岚山,感慨何其多。

"您这次雨中游岚山,有何感受?"日本朋友问道。

"雨中岚山,别有风味。周总理写诗就是写的雨中岚山,我很喜欢这个地方。"邓小平若有所思地说。

岚山,镌刻着中国革命者的足迹。岚山,是中日关系的纪念碑。

中日和平友好条约缔结的今天,日本朋友和中国人民一样,饮水思源,倍加怀念敬爱的周总理。以什么方式来纪念为中日友好事业建立丰功伟绩的周总理呢?京都地区的日本朋友经过商量,一致同意要在京都岚山修建一座周恩来总理纪念碑,把《雨中岚山》这首诗全文铭刻在石碑上。

16. 访问奈良市

邓小平一行前往奈良市参观了著名的东大寺和唐招提寺,并欢迎鉴真和尚回国探亲。

28 日上午 10 点左右,邓小平一行乘坐近畿铁路公司的特快电车,从京都来到中国西安的"姊妹城市"——奈良市。

181

在这里，邓小平一行也受到了热烈的欢迎。幼儿园的儿童、小学生、家长、教师和政府机关职员以及到奈良来的游客，挥舞着手中的小旗，冒雨迎候邓小平的到来。奈良市市长健田亲自指挥欢迎队伍，欢迎队伍长达一公里。

奈良是日本的古都和游览胜地。公元694年，日本都城从藤原京迁到平城京，也就是奈良，从而使奈良成为日本古代文化、宗教和政治中心。

奈良名胜古迹众多，邓小平一行参观了东大寺。

在东大寺，邓小平见到庙里的一尊加上台座高达17米的佛像说："个儿真大。"东大寺执事长狭川宗玄告诉邓小平说，这尊佛像是世界上最大的青铜佛像，是在中国唐朝时期建立的，"那时候，我们得到了中国技术人员的许多合作。东大寺和中国有一千二百年的友好交往。"邓小平听后，高兴地点了点头。在佛像背后，有一根柱子，执事长说："听说，穿过这下头的洞穴，便会遇到好事。副总理再苗条一点，就可以穿过这个洞穴了。"邓小平听了哈哈大笑，然后应执事长的要求题名留念。

参观完东大寺，邓小平前往奈良饭店吃午饭。其间还发生了一个小小的插曲。

那天，按照日本的风俗正是举行婚礼的好日子。奈良饭店大餐厅旁边的"菊厅"里正好有一对新婚夫妇在举行结婚典礼。

邓小平一行正在喝午茶准备午饭，婚礼的歌声、乐曲声和掌声阵阵飘进大餐厅里。邓小平饶有兴味地对饭店方面的管理人员说："一定要去看看。"

经过安排，下午1点，邓小平满脸微笑地步入"菊厅"。

新郎新娘结伴迎上来，兴奋地同邓小平握手。

"恭喜恭喜。""祝你们幸福，白头到老。"邓小平通过译员向他们祝贺。

这对新婚夫妇做梦也没想到一位泱泱大国的高贵客人会来参加日本平民的婚礼，一时语塞，只是不停地鞠躬，一个劲儿地说谢谢！

在场的人热烈鼓掌，记者们拍下了这个动人的场面。

午饭后，邓小平决定去唐招提寺参观。

唐招提寺是公元763年由唐朝著名的鉴真和尚建立的。寺内供奉着鉴真的全身塑像。当邓小平到来时，该寺的森木长老就一直在考虑怎样向他提出鉴真和尚像回国探亲的问题。

邓小平在鉴真的塑像前停留了大约40分钟，他向塑像献兰花，卓琳献了菊花。接着，邓小平献了香。

森木长老对邓小平的来访深感荣幸，兴奋紧张之余，仍没忘记自己多年的夙愿——访问中国。看着兴致很高的邓小平，森木长老试探地问道："鉴真和尚在日本已有一千多年了，不知什么时候能回中国看看祖国的新面貌？"

邓小平立刻明白了森木长老的意图,爽快地回答道:"中国人民欢迎鉴真和尚和森木长老。"

"我真高兴,我12年以来的愿望就要实现了。"森木长老激动万分,声如洪钟。

17. 参观"松下王国"

邓小平一行前往松下幸之助一手创办的"松下王国"中参观取经,借鉴其中的经验与技术。

28日下午4点10分,邓小平乘车从奈良到大阪松下电器公司茨木工厂参观。

松下电器公司是日本最大的家用电器公司之一,也是世界著名的家电企业,创设于1928年。主要生产电视机、收音机、通信机、洗衣机、电冰霜、空气调节器以及各种电池、电子管等。松下电器公司在国内拥有6个工厂和15个研究所,在国外拥有56个子公司,分布在32个国家和地区。

大阪的茨木工厂是松下电器公司最主要的工厂,主要组装20、22、26英寸的彩色电视机,月产能力7万台,在松下电器公司下属各厂中是最先进的。

为迎接邓小平一行,数百名工人在公司创始人、83岁的松下幸之助和董事长松下正治、总经理山下俊彦的率领下,挥动着中日两国的国旗列队欢迎。

松下幸之助,被世人公认为"经营之神"。20世纪80年代松下产品已充斥于中国的每个角落,占领了中国家电的半壁江山。他的名著《我的经营之道》译成中文,成为中国商界的教科书。

邓小平在松下正治的带领下,参观了松下幸之助开创的这个"王国"。从车间到展览室,日本朋友都向邓小平一一解说。

参观完后,松下幸之助,这位举世闻名的"经营之神",颤颤巍巍地从休息室走出来,迎接来自中国的客人。邓小平对这位极富传奇色彩的商界和产业界巨子颇为敬重,他们之间有过一段友好的谈话。

"值得我国学习的东西很多。(在电子设备技术方面)希望松下先生和各位给予帮助"。邓小平不无谦恭地对松下说。

"我们什么都给你们。"松下老先生的地方口音很重,译员翻译过来后,人们热烈鼓掌。

"我一惯认为世界繁荣的轴心必将有变动",松下虽然老了,但思维仍然很是敏捷,"世界将进入亚洲时代"。他强调说,"如果出现这种情况,中国和日本将居中心,因此两国应该作好发挥这种作用的准备。"

邓小平不无诚恳地说:"日本暂当别论,中国还没有发展到那程度。但是,我愿意那样。"

松下表现出对未来的向往,他感慨地说:"我愿意再活30年,看到21世纪。"

这时,黄华外长了插话进来,他说:"在中国四个现代化的发展过程中,电子工业、电子仪表和自动化等都是必需的。中日和平友好条约的签订和生效,使两国的友好合作可以更加广阔地在多方面进行下去。"

中日友好的前途是光明的,无论是从八旬老人,还是几岁顽童,邓小平都看到了希望,信手在茨木工厂的纪念册上写下了"中日友好前程似锦"几个铿锵有力的大字。

18. 日本刮起"邓小平旋风"

由于邓小平的到来,日本政界、商界以及新闻媒体都展现出前所未有的热情,在日本列岛刮起了一阵旋风。

10月29日下午,邓小平结束了对日本为期8天的正式友好访问,从大阪乘专机离开日本回国。

离开日本前,在大阪皇家饭店对日本记者发表谈话。他说:"这次由于日本政府和各界朋友的热情接待和精心安排,我们圆满地完成了各项友好活动,中日双方互换了条约批准书,庄严宣告中日和平友好条约的生效,我们共同完成了一件具有重大意义的历史任务。这次访问,使我们亲身感受到广大日本国民对中国人民的浓厚情谊。我们也高兴地看到伟大的日本人民在经济建设和科学技术方面取得的巨大成就。我们深信在中日和平友好条约的基础上,双方之间的友好合作关系将取得更广阔的发展。"

邓小平的访问获得了圆满的成功,美联社记者约翰·罗德里克以赞赏的语气评论说:"邓小平在日本访问期间扮演了一个中国超级推销员的角色,他逗人的微笑和精力充沛的交谈不仅给人留下了深刻印象,而且为中国结交了新朋友。"不仅如此,影响是双向的。邓小平的到来,也在日本各界人士中引起了极大的轰动。

在邓小平抵达东京的前一天,日本《产经新闻》就惊呼:因邓小平访日,经济界的"中国热"已经过热了!然而这种呼吁无济于事。23日一大早,福田首相就在住宅同记者们感叹地谈起了举国一致谈论邓小平的"清一色"局面。

日本经济界人士认为,中国有 9 亿人口,石油、煤炭等资源丰富,随着四个现代化的进展,将向国外购买大量的机器设备。因此,无论从哪个方面讲,中国都无疑是世界剩下来的最大的贸易市场了。基于这一认识。五十铃、三菱、丰田、日立等二百多家日本公司在 24 日采取了一次空前绝后的行动,他们分别在《读卖新闻》、《日本经济新闻》、《每日新闻》等报上刊登广告,庆祝日中和平友好条约生效和欢迎邓小平访日。

25 日,由经团联六个经济团体为邓小平举行的欢迎宴会时,出席人数达320多人,突破了他们在欢迎英国女王伊丽莎白时出席者近 300 人的最高纪录。在一般情况下,类似的欢迎宴会充其量不过 200 人,而且引人注目的是,宴会桌的周围还出现了一对一对地同邓小平的随行人员换名片的热烈场面。

邓小平在到达关西地区前,关西经济界人士为了能够出席大阪府,大阪市和商工会议预定在 28 日联合举办的晚餐会,早已展开了一场别开生面的"角逐",他们接连不断地向宴会主办者毛遂自荐。主办方面惊讶地说:"不出所料,真是邓小平热啊!"《每日新闻》就此评论说:"中国对关西财界寄予的期望之大是出乎意料的,而关西经济界对中国市场所寄予的巨大期待又超过了中国。"评论认为,战后日本关西经济基础削弱的一个主要原因就是由于失去了中国市场,因此,各大公司都想趁此机会,迎头赶上。除此以外,关西经济界人士还专门在 29 日中午为邓小平举行了一次欢迎宴会,请邓小平品尝了日本菜,从而实现了进一步给中国客人留下印象的目的。

对于因邓小平到来而在日本列岛上掀起的这种"中国热",日本新闻界和政界人士形象地称之为"邓小平旋风。"

19. 发展中日关系任重而道远

中山两国在历史上有过许多交流。历史进入 20 世纪后,两国有许多不愉快的经历,尤其是日本侵华战争,给中国带来了沉痛的灾难。但是历史已经过去,虽然仍存在诸多问题,却阻止不了中日关系的长远发展。

中日和平友好条约的签订使中日关系前途一片光明,但中日友好关系的发展并非一帆风顺的。

80 年代,中日关系中存在着几大问题。

——钓鱼岛问题;

——东海大陆架问题;

——教科书事件;

——光化寮问题。

邓小平为发展中日友好关系,呕心沥血。

20 世纪 70 年代末,中日缔结和平友好条约的谈判进入最后阶段时,日本右翼势力又一次大肆炒作钓鱼岛问题。邓小平在 1979 年 5 月会见日本自民党众议员铃木善幸时就提出了共同开发的思想。

铃木善幸,1911 年 1 月出生于日本岩手县,早年在当地从事渔业工作,曾任岩手县渔业联合会水产部长。1947 年被日本社会党推荐,开始当选为众议员议员。1955 年参加自民党。后曾任池田内阁官房长官、佐藤内阁厚生大臣、福田内阁农林大臣。还先后当选为自民党副干事长、总务会长等职。

1979 年 5 月,铃木善幸访问中国。5 月 31 日,邓小平副总理在人民大会堂会见他。

邓小平对他说:"你虽然是第一次来,我们已经是老朋友了。你在中日两国友好关系方面作出了贡献,我们很高兴。"

会谈开始后,邓小平说:"我们现在决心搞四个现代化,但我们的知识确实不够,特别是日本在这方面的经验很值得我们学习。"

铃木善幸介绍了日本经济复兴的经验。他说:"日本战后经过短短的 30 年,达到今天的经济水平,有各种原因。日本在战争中面向太平洋的工业区全面破坏,化为灰烬。在国民经济恢复时期,日本从西方各国进口先进设备、先进技术和专利,经过国民全力以赴的努力,达到今天的水平。"

铃木谈到日本的经验,邓小平颇有同感,并且进一步说:"我们的条件同你们不同,但恐怕有大量的东西是可以用的。我们要改造我们的经济,发展工业,现在还在摸索中。当然关起门来总是不行的,我们不但要引进发达国家的资金和技术,也要充分利用各国的好经验,并且要把这种经验同中国的实际结合起来才行。在这方面,恐怕日本的经验最值得我们学习。我们确实希望同日本在这方面更好地合作。"

铃木善幸表示赞同。

在谈到吸引外国资金时,铃木提出,中国除了同外国搞民间贷款之外,是不是可以在两国之间进行政府贷款。

邓小平坦率地发表了自己的见解："如果资金过大，采取政府贷款形式我们是可以接受的。"邓小平还十分谦虚地请日本客人帮助我们考虑一下怎样利用政府贷款。

铃木一行还就中国现代化提出了一些问题。邓小平欣然解答。

当客人们问到日本已准备在渤海湾同中国合作开发石油时，邓小平说："我们同很多国家有这方面的协议，准备同日本合作开发的渤海湾南部是最有希望的地区，我们也希望早一点搞起来。"

说到这里，邓小平表情严肃地提到了钓鱼岛问题。

他说："你们最近喧嚷得太多了。现在，我们两国不宜在这个问题上纠缠不休。我在东京时就说过，这牵涉到两国的领土主权问题，先搁一下。园田外相的说法我们是可以接受的，他说，为了珍惜两国的关系，不要把这个问题突出出来。"

邓小平表示对日本官房长官在这一问题上的说法不能接受。"最近，我们政府就这个问题表明了我们的立场，这是我们不能不做的。"

接着，邓小平提出了一个新的概念："我们还是应该把这个问题搁起来，也可以考虑共同开发这个地区的资源，这个问题是不是可以考虑？"他请铃木转告大平首相："是不是双方都不宣传，先由双方商量，搞共同开发，不涉及领土主权问题，至于技术嘛，当然是日本出。我们双方要在渤海湾联合开发，可以组织联合公司嘛。"

铃木说："刚才阁下提出一个独特的主意，我将转达首相，请他考虑。"

共同开发的办法，邓小平后来说，在访日的时候他的脑子里就在考虑。共同开发的无非是那个岛屿附近的海底石油之类，可以合资经营嘛，共同得利嘛。南沙群岛也可以采取这样的办法。

1980年6月12日日本大平正芳首相突然病逝，7月15日，铃木善幸当选为日本自由民主党总裁。

铃木善幸就任日本首相后，于1982年9月再次来华访问。

选择这个时候访问中国，自然有它的深刻背景，一方面，此时，正值中日两国恢复邦交正常化十周年。另一方面，因为前不久发生的"教科书事件"给中日关系带来了麻烦。

铃木以日本首相的身份来中国访问，受到了中国政府和中国人民的热烈欢迎。

刚刚当选为中共中央顾问委员会主任的邓小平在人民大会堂会见了铃木善幸。

邓小平十分高兴地对日本客人说："明天是实现中日邦交正常化十周年，是两国人民值得纪念的日子。铃木首相在这个时候访问我国是很有意义的事情"。

"是的,是的。"铃木连连表示。邓小平感谢田中、大平前首相和铃木首相、樱内外务大臣为两国邦交正常化所作出的贡献,同时也感谢一贯从事中日友好、为两国邦交正常化作出贡献的日本各界人士。

邓小平对铃木等人的感谢,不单单是外交礼仪上的言辞,是发自肺腑的,铃木善幸确实是为中日友好作出了不少贡献之人。

1972年中日恢复邦交正常化谈判的时候,铃木善幸是自民党总务会长、大平外相的挚友,曾为统一自民党内的意见,作了不少工作。此后又为促进中日和平友好条约的签订,尽了不少的力。

邓小平说,中日关系有许多话可说,概括成一句话就是,中日两国人民要世世代代友好下去,这是中国的长期国策。

铃木首相说,日中关系已经进入了成熟的时期,两国在政治、经济和其他广泛领域里需要加强交流和合作。这对亚洲和世界和平与稳定有着重大意义。

铃木还表示希望今后通过双方不断对话,以增进相互理解。

这句话听起来平平常常,实际上是有所指的。

不久前发生的"教科书事件",引起了中国方面的强烈反响。

1982年日本文部省在审定中、小学历史课本时,篡改侵华历史,把"侵略华北"改成为"进入华北",把"对中国的全面侵略"改为"全面进攻",甚至把"南京大屠杀"的原因说成是"由于中国军队的激烈抵抗,日军蒙受很大的损失,激愤而起的日军杀害了许多中国军民",等等。

这一事件严重地伤害了中国人民的感情,中国表示了强烈抗议。中国政府严正指出,承不承认日本军国主义侵华的历史,是中日关系中的一个重大原则问题。中国外交部就此问题两次向日方提出交涉,要求日本政府纠正教科书的错误。经过多次交涉,日本政府于1982年9月上旬表示承担纠正审定教科书的错误。铃木首相在处理这一问题上还是作了努力的。此次来中国访问,铃木也重申日中联合声明中"日本方面痛感日本国过去由于战争给中国人民造成的重大损害的责任,表示深刻的反省"。表示要充分听取中国对教科书问题的批评,诚心诚意地执行具体措施,一定要把这个问题解决好。

铃木此次访华,有力地推动了中日友好关系的发展。他在庆祝中日邦交正常化十周年的演讲会上这样说:"日中两国虽然都是世界上最为古老的民族国家,但是两国国民寻求'丰富多彩的交流与不可动摇的友好'的愿望,应该是万古长青的。据说古代的汤王曾在石盘上刻下了这样一句座右铭'苟日新,日日新,又日新',日中两国国民的友好关系,也应与这一铭文一样,通过坚定不移的努力以求日新月异。今天为纪念邦交正常化十周年，为进一步发展两国关系，大家在一起树心立志吧"。

1982 年，日本铃木内阁结束后，中曾根康弘继任国民党总裁，并出任内阁首相，执政长达 5 年。中曾根是日本政界中颇有影响的一个重要人物。早年毕业于东京帝国大学法学部，二战期间曾应征入伍，担任过海军少校，随部队入侵过东南亚各国和中国台湾。1945 年开始当选为日本众议院议员，进入政界，担任过自由民主党副干事长，曾先后出任岸信界内阁科学技术厅长官。1971 年 7 月任自民党总务会长。田中内阁时，他任通商产业大臣、科学技术厅长官，1974 年任自民党干事长，后又担任铃木内阁行政管理厅长官。

1983 年 11 月，中日双方在确认了"坚持和平友好、平等互利、相互信赖、长期稳定"的四项原则基础上，倡议成立了"日中友好二十一世纪委员会"。

1984 年 3 月，中曾根首相应邀访问中国，邓小平同他进行了长达 100 分钟的谈话。

邓小平谈到 1983 年中日两国领导人作出了一个具有远见卓识的决策，就是把中日关系放在长远的角度来考虑、来发展，第一步放到 21 世纪，还要发展到 22 世纪、23 世纪，永远友好下去。这件事超过了我们之间一切问题的重要性。

中曾根说："日中两国的和平友好关系完全可以根据现在的基本原则，向着 21 世纪世代相传，永远发展下去。"他表示，一定要为此作出不懈的努力。

邓小平说："中日关系发展到现在的水平，我们是满意的，……我相信首相阁下也同意，我们双方关系发展还有不足，两国的民间经济技术合作还很薄弱。"

邓小平进一步谈到："发展中日关系，我们双方都要把问题看得更远一些、广一些，这有利于我们之间关系的发展，这种合作不只是对一方有利，而是对双方、对两国、对两国人民都有利。"

对此，中曾根表示赞同，他说："日中之间官方合作很重要，但是民间交往同样重要。中国是一个以农业为基础的国家，中小企业有很大的力量，现在日本的中小企业到东盟各国投资的比较多，到中国来的还很不够，需要相互加强这方面的合作。我们要鼓励更多的日本中小企业同中国合作。为了加强这方面的交流，希望中国方面能创造条件和环境以及必要的措施。"

邓小平表示，我们欢迎日本的大中小企业都能加强同我们的合作，至于有些条件，是应该能够解决的。

说到这里，邓小平吸了一口烟，然后又说，就我个人了解，你们企业界算账算得太精了。

中曾根说到,日本的企业家顾虑太多,我们两国在工业产业方面也应该建立相互信赖的关系。我们欢迎中国参加《保护工业产权巴黎公约》。同时,我们双方共同努力,争取早日签订日中投资保护协定。

邓小平说,现在我们决定进一步实行开放政策,准备在沿海更多的几个地方实行经济特区的政策。邓小平对日本客人首先透露了这个决策。

中曾根说,这个办法是非常好的,但建设特区最重要的还是健全法制。

邓小平说,我们特别欢迎日本的企业界参与和我们进行合作,希望日本政府、首相阁下、外相阁下多做工作,劝他们看得远一点,懂得一个最重要的观点,现在到中国来投资,中国的发展对日本的将来最有利。中国现在缺乏资金,有很多好的东西开发不出来。

谈到这里,话题涉及到了"翻两番"的问题——这是邓小平1979年12月同日本前首相大平正芳会谈时第一次提出的。

邓小平说:"中国现在的情况总的是好的。这几年一直摆在我们脑子里的问题是,我们提出的到本世纪末翻两番的目标能不能实现,会不会落空?从提出到现在,5年过去了。从这5年看起来,这个目标不会落空。翻两番,国民生产总值人均达到800美元,就是到本世纪末在中国建立一个小康社会。这个小康社会,叫作中国式的现代化,……这些都是我们的新概念。"

邓小平虽然80高龄,思路却十分敏捷,谈话中经常提出一些新的概念,这是令外国客人们十分折服的。

中曾根赞扬道,这是非常好的设想。

邓小平详细地向客人介绍道:"翻两番,分成前10年和后10年,前10年主要是为后10年的更快发展作准备。在前10年里,实现增长6.5%就有保证了,我们担心的是后10年的准备够不够。这种准备包括能源、交通、材料和智力四个方面,需要大量资金。所以,我们要坚持开放政策,欢迎国际资金的合作。"

中曾根表示,在中国的现代化建设方面日本愿意同中国合作,并希望在政府间和民间开辟一些新的合作渠道。

在中曾根时期,日本接连发生中曾根参拜"靖这神社"问题、教科书问题、防卫军费问题,这些问题严重地影响了中日友好关系的进一步发展。

1985年8月日本首相中曾根及其同僚以公职身份正式参拜供有战犯牌位的"靖国神社"。这一举动引起了中国人民和亚洲人民的极大愤慨。中国一些地方的学生曾在同年"九一八"前后上街游行,抗议中曾根这一行为。

1986年又发生了教科书事件。日本高中日本史教科书中多处严重歪曲事实,把日本侵略战争描写成是日军被迫应战;有意掩饰日军在南京进行大屠杀的真相;还把日本当时进行"太平洋战争"的目的说成是要"从欧美列强的统治下解放亚洲,并在日本的领导下建设'大东亚共荣圈'";等等。这是继 1982 年教科书问题后又一次损害中日友好关系的严重事件。同年 6 月 7 日,中国外交部就教科书问题向日方提出严正交涉,强烈要求日本政府认真贯彻中日联合声明精神和 1982 年所作的许诺,消除由于这一新事态给中日友好造成的不利影响。

1986 年日本防卫费用突破了国民生产总值的 1%,引起了中国和亚洲各国的普遍不安。

1987 年 1 月时任自民党干事长的竹下登,应中国政府邀请访问中国。

竹下登,曾先后担任过日本佐藤内阁、田中内阁的官房长官,自民党第一副干事长,后又担任三木内阁和中曾根内阁的大藏大臣。1987 年中曾根内阁下台后,当选为日本自民党总裁,并出任内阁总理大臣。两年后因涉嫌里库路特受贿案而辞去自民党总裁和首相职务。

1 月 13 日,邓小平会见了竹下登一行。

会谈开始后,邓小平说:"阁下是日本政界年轻一代领导人之一,很高兴和你见面。"邓小平还对代表团的随行人员说:"见到各位很高兴,大概都是老朋友吧。"

竹下登说:"今天在座的议员中,我的年龄是最大的。"

"但比我总还是年轻。我是 1904 年生的,你是 1924 年生的,我比你正好大二十岁。我的历史比你有优势,而在座的其他人比你还年轻,你的历史又比他们有优势。中国存在领导层老化问题,我多次提出过退休问题,现在大家都不赞成,看来只好继续奋斗。"邓小平笑着说。

竹下登说了一句日本谚语:"五十、六十岁如花蕾,七十、八十岁正当年富力强,九十岁如到上帝那里去,上帝还要把你赶回来"。

邓小平接着说:"这句话不一定正确。"

随后,竹下登向邓小平介绍了他的随行人员说:"这次随我来访的都是比较年轻的政治家,今天能够见到邓小平阁下感到非常高兴。"

邓小平表示欢迎日本新的一代政治家到中国访问。

竹下登的来访,是代表自民党与中国领导人就一些问题交换意见的。

竹下登首先向邓小平介绍了日本自民党当前所要解决的一些问题。其中特别谈到中曾根内阁的防卫政策。

他说:"去年年底,我们完成了今年度预算编制的工作。关于防卫费问题,我们日本迄今为止一直维持着防卫费不超过当年国民生产总值 1% 的限额,但 1987 年度预算超过了这个限额,为 1.004%,尽管这次超过限额 0.004%,但今后仍将支持'专守防卫',不给周围邻国带来威胁,继续贯彻和平外交路线。"

这是令中国和许多亚洲国家十分敏感的一个问题。

邓小平听后直言不讳地说:"坦率地讲,中国人民对这样的问题是相当敏感的。就中国人来说,最注意的是你们的那个'突破'两个字。""我们很重视首次突破,因为已经开了端,有了首次突破,就难免有第二次、第三次、第四次以至多少次突破。"如果这样不愉快的问题再多发生几次,"恐怕不只是中国,亚洲国家都会有强烈反应。因为历史是存在的,人们不会忘记的。"

由于历史的原因,亚洲各国特别是中国对日本的军事问题比较敏感。他们对第二次世界大战日本的侵略行径总是记忆犹新。现在日本发展了,确有少数人想复活军国主义,日本政府应该认真汲取教训,严格遵守不重走军国主义的道路,不作军事大国的允诺。军事力量的增长要有一定的限度,不能超出防卫需要。所以,邓小平说,"出于中日两国人民长期友好愿望,我奉劝日本政府慎重从事,不要再继续突破了。"

邓小平接着介绍了中国国内的情况,特别谈到了 1986 年初中国少数城市发生的学生游行事件。

1986 年 12 月中下旬,在资产阶级自由化思潮一度泛滥的背景下,合肥、北京等地一些高等院校的少数学生出于各种情绪和缘由上街游行,极少数别有用心的人从中进行反对共产党的领导、反对社会主义道路的煽动,有的地方出现的扰乱交通秩序和违犯社会治安规定的情况。后经各地有关方面和学校当局的教育和疏导,事件逐渐平息。

邓小平说:"最近,我们有些学生闹事。这次闹事的性质同前年'九一八'时学生上街不同。我们正在处理这个问题。"

这里说到的前年"九一八"时学生上街,是指 1985 年"九一八"前后,由抗议日本内阁成员参拜"靖国神社"而引起的北京、西安等地极少数大学生未经申报批准上街示威的事件。事件发生后,邓小平曾同一些日本朋友讲过,希望中日之间不要再发生这样不愉快的问题。

邓小平接着说:"学生闹事,影响不大,搞不垮我们。我要告诉朋友们,我们会妥善处理的。即使再闹得大一些,也影响不了我们的根本,影响不了我们既定的政策。处理这样问题的结果,只会使我们的政局更加安定,更加团结;只会使我们既定的方针政策,包括开放、改革、建设的方针政策,更加顺利地、稳步地坚定不移地贯彻执行。"

当竹下登向邓小平表示日本对中国出现的情况十分关注时，邓小平说："观察中国问题，一定要认识中国问题的复杂性。我们必须排除干扰，没有安定团结的政治局面，不可能搞建设，更不可能实行改革开放政策，这些都搞不成。开放不简单，比开放更难的是改革，必须有秩序地进行。所谓有秩序，就是既大胆又慎重，要及时总结经验，稳步前进。"

邓小平还进一步说：我们"'文化大革命'时搞'大民主'，以为把群众哄起来，就是民主，能解决问题。实际上一哄起来就打内战。"我们懂得这些经验、教训，不能重复。

最后，竹下登又就防卫费问题作了进一步的解释。他说："现在日本经济已逐步转入比较稳定的低速增长，因此1%的限额不够用了，但是，日本今后的防卫将继续在日美安全保障条约的框框下进行，并维护以往的防卫方针，这点我们会向亚洲各国继续作解释说明。"日本政府的想法是在1月26日日本国会复会前由政府制定一个新的限额。

竹下登回国后不久，就卷入日本政坛的纷争。

1987年2月在日本发生了"光华寮事件"。

光华寮是坐落在日本京都市的一所五层楼房。它是第二次世界大战后，用变卖侵华日军掠夺的中国人民的资财取得的公款购置的中国国有财产。在中日关系恢复正常化之前的20多年里，它一直由中国在日侨胞自主管理使用。中日恢复邦交后，它由中华人民共和国驻日机构进行有效的监督管理。中国政府拨出专款对它予以修缮。正因为如此，1977年京都地方法院驳回了台湾当局就产权问题提出的起诉，认定光华寮"从其资源和使用目的看，系中国为在日本中国留学生继续作为宿舍设施使用而买下的公有、公共用财产"，"既然我国政府承认中华人民共和国为中国的唯一合法政府，则属于中国公有之本案财产的所有权和支配权已转移至中华人民共和国政府。"

1982年4月14日，大阪高等法院竟以"中华民国""在国家性质的体制下现实地统治、支配着台湾及其周围岛屿"，"中华民国"仍是"没有被承认的事实上的政府"，因而中华人民共和国政府实际上不完全继承旧中国政府在外国的财产为由，撤消原判，将此案发回京都地方法院重新审理。

1986年2月4日，京都地方法院根据上述理由居然推翻1977年判决，将光华寮改判为台湾当局所有。中国华侨就此上诉大阪高等法院，该院于1987年2月26日再次将光华寮错判给台湾当局。中国华侨5月30日又向日本最高法院提出上诉，要求撤销大阪高等法院的错判。中国外交部、驻日使馆和驻大阪总领事馆也以不同形式对日本方面的错判,表示了强烈不满。

邓小平在 1987 年 6 月 4 日会见日本公明党委员长矢野绚时,强调要根据中日联合声明和和平友好条约的精神来处理两国关系中出现的纠葛,必须按照只有一个中国的原则行事。对中日间的纠葛,两国政治家都应当从发展两国友好合作关系的角度来考虑,包括政治关系和经济关系。

邓小平的讲话在日本报道后,日本外务省某高级官员竟在一次记者吹风会上出言不逊,攻击中国领导人。中国外交部对此提出抗议。

就在上述事件前后,日本还发生了一些对中国极不友好的事情。

1987 年 9 月 5 日,邓小平会见了以二阶堂进为团长的日本自民党"星期四俱乐部"访华团。

邓小平首先说:"近年来,中日间发生了一些不好的事情,但这些都不是来自中国,也不是来自日本人民,而是来自日本少数人。中日两国没有理由不友好,中日两国间发生了一些小麻烦,将来还会发生。只要本着'声明'和'条约'的原则,我相信这些问题是不难解决的。这些问题不解决不行,小麻烦积累起来也会伤害我们的原则。"

谈到光华寮问题,邓小平说:"光华寮问题不是一个法律问题,而是政治问题,实质是某些人以司法裁判形式制造'两个中国'或'一中一台'的政治问题,这反映了在日本确有那么一些人仍然顽固地坚持'台湾归属未定论',而日本政府却将这一问题看作纯粹的法律问题,表示一方面坚持一个中国的立场,另一方面政府应避免介入光华寮问题。"邓小平严肃地说,在处理国家关系问题时,任何国家的法律都不能离开政治原则。中国对于制造"两个中国"或"一中一台"问题是十分敏感的。现在还有顺利、妥善地解决光华寮问题的机会,希望通过此问题的解决,体现日本包括法院在内是一个政府,今后两国也应当在双方都只有一个政府的基础上打交道,这样事情就好办了。

邓小平十分动情地表示:"中日两国采取友好决策,实行了邦交正常化,这不是一件容易的事,应该珍惜。中日联合声明和中日和平友好条约结束了过去大约一个世纪的不幸,开辟了未来,这是实现中日两国人民世世代代友好下去的政治基础。我们曾对一些不友好的事情提出了见解,有时采取了外交行动,但这些都是在两国人民世世代代的友好下去的前提下进行的。我们同日本人民世代友好的信念始终没有受到影响。希望两国的政治家、思想家和两国人民都要关注两国间出现的麻烦,以保证两国人民真正世世代代友好下去。"

二阶堂进对邓小平和中国方面在"光华寮事件"问题上的原则立场予以理解,

并表示回去之后向中曾根首相转达。

1987年2月，竹下登从田中派拉出40名议员成立了"创政会"；7月又拉出113名议员成立竹下派，为他出任自民党总裁扫平道路。这一年的10月他终于如愿以偿，当选为日本自民党总裁、政府首相。

1988年8月，竹下登访问中国。这是他以日本政府首相的身份来中国，也是为协调中日关系而来的，因为近两年来"光华寮事件"始终困扰着日本政府，给中日关系带来阴影。

8月26日，邓小平在人民大会堂会见竹下登及其夫人一行。

邓小平高兴地握着竹下登的手说："我昨天晚上特意从北戴河回来欢迎你。""希望首相在任期间，中日关系能发展到一个新的阶段，我想这也是我们的共同信念。"

竹下登说："听到老一辈政治家这样的话，我感到鼓舞"。

邓小平说："我们两国都在差不多同时政府换了届，中国完成了这个事情，日本也完成了这个事情。我是换下来的，所以我很悠闲地在海上活动。"竹下登听后有些茫然，不太理解邓小平"海上活动"的含义。

邓小平马上解释道："我因为是热心于中日友好合作的一个人，所以特意从北戴河赶来同您会见。"

竹下登顿然所悟。

为了竹下登首相的这次来访，邓小平放弃在北戴河的"海上活动"，赶回北京，"非常热烈欢迎"竹下登首相。邓小平说："这种欢迎是为了使我们之间能够建立起不低于田中、大平时代的新的关系。我讲田中、大平时代关系，主要是指相互信任。发展两国关系，要建立在相互信任的基础上。"

邓小平说的这番话，有着很强的针对性。

竹下登听后表示，"我十分理解阁下刚才讲的话的含意。"

"日中友好是日本外交的主要支柱之一。日本政府以对过去历史进行严肃反省为出发点，以日中联合声明、日中和平友好条约及日中关系四原则为依据，继续重视和发展日中关系的政策不变。"首相一口气作了以上"保证"。

邓小平点头称是，竹下登首相又接着说："日本政府很重视光华寮问题，我们将按照'一国两制'的原则予以对待。"

这是日本政府自1987年以来，第一次明确表示按"一国两制"的原则解决光华寮问题。日本政府的态度有了明显的转变。

邓小平还向竹下登首相介绍了中国闯难关谋求今后发展的三个重大环节，一是在改革方面既要坚决，又要稳妥；二是发展有适当的速度，不能太高，也不能太低；三是如果有更好的国际合作，取得国际帮助，我们渡过难关的能力就更强了。

竹下登首相这次来华访问时，宣布了日本方面继续为中国现代化建设提供帮助的一项具体措施，即日本政府从 1990 年开始的 6 年中向中国再提供约 62 亿美元的新的政府贷款。

邓小平对日本向中国提供的经济合作表示感谢，他说："你这次带来的'礼物'不算轻，我们欢迎、感谢。但我还有更高的要求，一是对华技术转让，从而提高中国的出口创汇能力，这比 62 亿美元更重要，二是来华投资，合资、独资都可以，我们更希望独资。特别欢迎日本中小企业到中国来。"

邓小平表示，在技术合作和投资方面就拜托首相和在座的诸位日本朋友。这种真诚的感谢，不仅感动了竹下登，也引起了日本舆论的高度关注。日本报纸在报道此次会见时，普遍对邓小平的欢迎和感谢日本提供贷款一事感到惊讶，称这是"异乎寻常"的，是"邓第一次对外国首脑致谢辞"。

竹下登也表示，中国实现自己的发展计划是可能的，日本将加强同中国的经济技术合作，这对日本也是有利的。

1988 年 8 月 30 日，竹下登访华划上了一个圆满的句号。

竹下登后来这样说到："世界在政治、经济两个方面正处在巨大变革的时期，当我们考虑到日中两国在今后的国际社会上所占有的比重时，应该说日中关系不单是局限于两国利益的问题，而是太重要了。""大自然现在已经到了开始准备丰收的秋天，我相信日中两国也应该使迄今为止由人们精心培育的花朵和果实开得更好，结出更丰硕的果实。让我们为不仅仅把日中友好的花朵与果实当作两国国民的财富，而是使亚洲和全世界的人们都来分享它，为建设和平繁荣的世界而共同合作吧！"

第七章

1. 历史性的访问

邓小平是第一位访问泰国的中国领导人。到达泰国时，天气凉爽，江萨总理对邓小平说："您给我们带来了幸运。"

1978年11月5日新华社播发了一条重要新闻：国务院副总理邓小平应泰国总理江萨·差玛南邀请，今天上午乘专机离开北京，前往泰国进行正式友好访问。

泰国是邓小平这次东南亚之行的第一站。邓小平的专机飞经缅甸、于曼谷时间15点到达曼谷廊曼国际机场。在机场，受到泰国总理江萨·差玛南和其他高级军政官员的欢迎。邓副总理神采奕奕地走出机舱，向前来机场欢迎的1000多人挥手致意。欢迎群众挥动着泰中两国的国旗，用泰语高呼"查约！查约！（欢迎）"。

江萨总理和夫人威·差玛南在飞机旁同邓小平和夫人卓琳热烈握手。

1978年3月江萨总理访问中国时在北京会见过邓小平。这次重逢，两位领导人在停机坪互相祝贺。江萨总理说："欢迎您！"，邓小平回答说："谢谢！"江萨总理为邓小平副总理、黄华部长、国务院办公室副主任李力殷以及邓副总理的其他随行人员戴上了花环。江萨总理的夫人威·差玛南向邓小平副总理的夫人卓琳、黄华部长的夫人何理良献了花束。

泰国把邓小平的访问看作是重大事件。当地报纸报道，泰国总理期待这次访问将进一步巩固泰国和中国之间的良好关系。

泰王国是中国的近邻。中泰两国人民的友好关系源远流长，在两千多年的友好往来中，建立了亲戚般的深厚友谊。

公元1至5年的西汉平帝时期，中国使者曾到过暹罗（泰国）南部。5世纪中国南北朝时期,暹罗使者访问过中国,此后两国使节交往历代不绝。据一些史学家考证,13世纪末叶,暹罗素可泰王朝国王兰堪亨的儿子曾访问元朝。在此期间,暹罗使节还邀请中国制造陶器的工匠去暹罗开窑烧制。1409年(明代永乐七年),我国航海家郑和第二次访问亚非国家时,曾率领船队到过暹罗。1724年(清代雍正二年)暹罗曾向我国赠送水稻和果树的良种。1802年(清代嘉庆七年),第一本中国小说《三国演义》在暹罗译成泰文。历史上两国经济文化不断交流,贸易往来频繁,中国向泰国出口丝绸、陶器、石雕人等工艺品和其他土特产,从泰国进口大米和柚木。

1949年中华人民共和国成立后,由于帝国主义的阻挠和破坏,中泰两国来往中断过一个时期。近年来,中泰两国人民的传统友谊得到迅速的恢复和发展。1975年7月,中泰两国之间广泛开展了贸易、文化、体育、科技等方面的友好往来,两国人民的传统友谊在新的基础上得到进一步发展。1978年3月,江萨总理访华,带来了泰国人民对中国人民的友好问候。

邓小平是第一个访问泰国的中国领导人,他在机场发表的书面声明说,他的这次访问"旨在加强和发展两国人民的传统友谊和两国政府间的合作,了解和学习泰国人民建设国家的经验"。他表示深信,通过两国领导人的互访,中泰两国的友好关系将获得进一步巩固和发展。正式欢迎仪式开始时,鸣放礼炮19响。邓小平和江萨总理并肩站在台上,这时,军乐队奏起中、泰两国国歌。随后,邓小平在江萨总理的陪同下检阅了陆、海、空三军仪仗队。

之后,江萨向邓小平介绍一同前来的泰国政府高级军政官员和各国驻泰国的外交使节。邓小平和夫人卓琳在江萨总理和夫人威·差玛南的陪同下步入机场大楼时,守候在门前的一群身穿民族服装的泰国少女撒出五彩缤纷的花朵。

在机场接待室里,两国领导人进行了简短的交谈。

江萨总理谈到当天曼谷不时有小雨的凉爽天气时对邓小平说:"您给我们带来了幸运。我们一直等待着您的来访,我们的愿望终于实现了。"

邓小平对江萨总理表示感谢,他说:"朋友间经常交换意见是有益的。"

邓小平由江萨总理陪同从机场驱车前往曼谷市中心的爱侣湾旅馆。

位于湄南河畔的曼谷,今天披上了节日的盛装。泰中两国国旗在主要街道上迎风飘扬。街上悬挂着巨大横幅,上面用泰文和中文写着:"泰中友谊万古长青!""祝邓副总理和夫人身心愉快!"邓小平副总理的车队驶过市中心的街道时,受到2万多群众的夹道欢迎。群众挥动两国国旗,用泰语和华语高呼"欢迎!欢迎!"邓小平向群众招手致意。

2. 拜会普密蓬国王、江萨总理

邓小平先后拜会了泰国国王和总理，同他们进行亲切友好的交谈，感觉"好像在亲戚家里一样"。

11月5日下午，邓小平和夫人卓琳在江萨总理和夫人威·差玛南的陪同下，拜会了普密蓬·阿拉德国王和诗丽吉王后。

邓小平向普密蓬国王转达了叶剑英委员长和华国锋总理对他的诚挚的问候。邓小平并且感谢泰国政府和人民给予他的热情款待。

普密蓬国王对邓小平表示欢迎，并且对中国领导人对他的问候和邀请表示感谢。他说，泰国和中国保持着很好的关系，泰国十分关心地注视着中国的进步。国王赞扬中国在发展工农业方面的政策。他说，泰国也在稳步前进。

邓小平向泰国国王普密蓬·阿杜德和王后诗丽吉转达了中国请他们在方便的时候访问中国的邀请，还表示希望西娜卡琳德拉王太后在她方便的时候访问中国。周恩来总理生前曾邀请过王太后访华。普密蓬国王愉快地接受了这两项邀请。

国王赠送了两只稀有的动物貘给中国，作为同中国人民友好的象征。

邓小平对国王表示感谢，并且向国王赠送了江西景德镇著名艺人制作的瓷雕《六鹤同春》。

会见时，中国外长黄华和夫人何理良、中国驻泰国大使张伟烈和夫人许恒在座。

泰国诗琳通公主、外交部长乌巴蒂·巴乍里央恭和夫人阿披拉也在场。

11月5日下午，邓小平前往总理府泰库法大厦拜会江萨总理，受到江萨总理的热烈欢迎。

泰库法大厦的入口处和草坪四周悬挂着中泰两国国旗。

泰国副总理颂朴·何达吉和外交部长乌巴蒂·巴乍里央恭在大厦迎接邓小平。

会见时，江萨总理同邓小平亲切交谈。

江萨·差玛南说，邓小平副总理的这次访问是"泰国的一件大事"。他对泰中两国关系的发展表示高兴。

江萨总理还对邓小平说,泰国副总理顺通·宏拉达隆和颂朴·何达吉没有到过中国。邓小平当即邀请他们访问中国。这两位在座的泰国副总理高兴地接受了邀请。

邓小平对泰国政府和人民对他和他的一行的热烈欢迎表示感谢。他说,他感到好像在亲戚家里一样。邓小平向江萨总理转达了叶剑英委员长和华国锋总理对他的问候。

晚上,泰国总理江萨·差玛南和夫人威·差玛南在曼谷市中心的总理府举行酒会招待邓小平和夫人卓琳及其一行。

约六百名泰国政府高级官员、军事将领和知名人士在总理府华丽的沙滴迈蒂大厅欢迎邓小平副总理。

在江萨总理的引导下,邓小平同前来参加酒会者一一见面。泰国前总理克立·巴莫热烈地握着邓小平的手说:"我们一直期待着您的来访。对于您的到来,我感到很高兴。"邓小平对克立·巴莫表示感谢,并且说,在这次访问泰国期间,将再次同他会见。

江萨总理把邓小平介绍给另一位泰国前总理社尼·巴莫,并对邓小平说,他的夫人访问过中国,而他自己却没有去过。邓小平当即说:"欢迎你有机会也去中国访问。"

颂朴·何达吉副总理的夫人汶昌对邓小平说:"泰国全体人民都对您的访问感到高兴。"

邓小平回答说:"这是很自然的。"

邓小平在酒会上会见了曾经访问过中国的许多知名人士,其中有泰国前外交部长、泰中友好协会主席差猜·春哈旺。

3. 一石激起千层浪

邓小平一行访问泰国,受到热烈欢迎,泰国报纸发表文章指出邓小平的访问将使泰中两国关系更加密切。

正当邓小平前来泰国进行正式友好访问的时候,泰国报纸纷纷发表社论表示热烈欢迎,认为邓小平副总理的访问对发展两国友好关系,维护亚洲和平具有重要意义。

11月4日，泰国外交部长乌巴蒂·巴乍里央恭向报界发表谈话说，中国副总理邓小平对泰国的访问，相信会使泰中关系的发展更进一步。他说，在互相尊重，平等互利，互不干涉内政和和平共处的原则下，两国友好合作关系将会加强。

11月5日，泰国《新中原报》在头版刊登了泰国总理江萨·差玛南就邓小平副总理访问泰国给该报的题词，全文如下：

"我以泰国政府和人民的名义，向中华人民共和国副总理邓小平及其一行致以最热烈的欢迎。此次对泰国的访问，除了有助于促使两国的良好关系变得更加紧密外，还好比是长期以来一向保持密切关系的亲戚走访一样，并且建立了这样一个新的信念。即使政治制度不同，但只要有赤诚的意愿，两国就能够和平共处、繁荣昌盛。

值此机会，我以泰国政府和人民的名义，向中华人民共和国政府和人民致以良好的祝愿。祝我们两国的友好关系万古长青。"

《新中原报》的社论说："今年3月，江萨·差玛南亲自到北京访问，给泰中两国新的关系奠下了稳固的基础。现在，邓小平副总理的到来，相信必将在两国关系的原有基础上再度加强，发扬光大。"社论说："最近以来，一些野心家伪装亲善的笑脸，分别上门拉关系。梦想以谎言换真情，给泰中两国友谊的发展设下路障"，但是，"霸权主义者和代理人一定无法得逞"，"邓小平副总理的到访，正像照射出一股强烈的光芒，使丑类更露出原形"。

《泰叻报》的社论说，邓小平副总理的访问"是泰中关系数百年历史上的第一次"，"对本区域的政治形势，特别是两国今后的关系有着重要的意义"，访问"不仅对本区域的稳定与安全带来巨大的利益，而且是亚洲国家之间友好合作的象征"。

《联合日报》的社论说，邓小平副总理的访问"是非常及时的，具有特别重要的意义"。社论说："中泰建立友好关系，有助于维护亚洲和太平洋地区的和平和安定"。

《中华日报》的社论说，邓小平副总理的访问泰国"是两国增强友好合作关系的一大盛事"。

《民众之声报》认为，邓小平副总理的访问"将进一步打开两国之间的友谊和各方面合作的大门"。

4. 广泛的合作

邓小平同江萨会谈时说,中泰双方在很多问题上有共同点,相互合作的领域是广泛的,可以合作的很多,这项工作是做不完的。

11 月 6 日,邓小平同江萨总理在曼谷市中心总理府的泰库法大厦进行了历时三小时的诚挚、坦率的会谈。两国领导人就共同关心的国际问题和进一步发展中泰两国的双边关系交换了意见。双方同意,在邓小平这次访问期间,签署以下三个文件:中泰两国政府关于成立贸易联合委员会的议定书;中泰两国政府关于 1979 年度两国进出口商品的协定书;中泰两国政府科学技术合作联合委员会第一次会议会谈纪要。

会谈中,江萨总理说,双方将就两国互利的问题进行商谈,相信会取得美好的结果。双方还将就共同关心的国际问题特别是亚洲地区形势的问题交换意见。他表示深信,会谈将有助于泰中两国和本地区的发展和繁荣。

邓小平感谢泰国政府、江萨总理和泰国人民对他的热情友好的欢迎,并感谢泰国国王陛下和王后陛下的接见。他说,我们这次怀着对泰国人民深厚的感情,为了进一步发展两国政治、经济、贸易、文化、科学技术等方面的友好合作而前来访问。同时,也是为了答谢江萨总理和许多泰国朋友对中国的友好访问。邓小平说:"泰国领导人到北京的多,中国领导人来的少,欠了你们的账,也应该还一下。"幽默的话语引起了一片笑声和掌声。

邓小平指出,我们两国友好往来有悠久的历史。特别是建交以来,两国关系的发展令人满意,双方都怀有互相信任的感情。两国领导互相交换意见,协调彼此的立场,加深相互了解,是非常有意义的。双方在很多问题上有共同点。我们两国相互学习,相互合作的领域是广阔的。我是满载友谊而来,也将带着友谊满载双方合作的成果而回。他说,中泰两国同处亚洲,理所当然地对世界形势特别是亚洲形势都表示关切。我们两国领导人互相访问,交换意见,对加深了解,促进两国友好关系的进一步发展是非常有益的。

会谈中,泰方提出,希望我国按给菲律宾的优惠价格长期向泰国政府出售石油。对此,邓小平表示同意,具体数额由两国有关部门以后商谈。

泰方同意中国的飞机飞越泰领空到金边,但签订中泰航空协定目前尚有困难。中方表示理解。

5.互赠国礼

江萨总理为邓小平一行举行的欢迎宴会,洋溢着家庭般的气氛,双方不断举杯,畅叙友谊。

11月6日,江萨总理和夫人威·差玛南在总理府为邓小平和夫人卓琳举行欢迎宴会。

沙滴迈蒂大厅庄严地悬挂着许多红旗。在宴会进行过程中,泰国王家海军的乐队在靠近宴会厅的灯火辉煌的美丽的花园里,演奏着泰中两国优雅的音乐。

当邓小平和夫人到达时,江萨总理和夫人在接待室门口迎候。宴会开始前,江萨总理陪同邓小平在院子里观看了泰国国王赠送给中国的两只貘。这两只肥胖的灰白色皮毛的稀有小动物被安置在一辆吉普车上的笼子里,它们不停地活动着。江萨总理对邓小平说:"当这种动物长大时,它的皮毛将会变成黑色,然后又变成白色。"邓小平说:"这两个动物很可爱。"

邓小平向江萨总理赠送了一个漂亮的大型景泰蓝盘子。江萨总理回赠了一尊用整段柚木精雕的大象,这象由一个人骑着搬运一段木头。

象在泰国向来是珍贵的动物,人们把它视为国宝,严禁杀害。数百年以前,泰国人民就开始利用象做生产工具和交通工具。因此泰国人民特别珍惜它。

泰国盛产木材,木材又粗、又长、又重,林区无路可走,搬运十分困难。于是人们用大象来搬木头。象会把搬运的木材在指定的地点轻轻放下,还会用鼻子试探一下是否放得稳固,会去找些石子把木材固定好。要是木材太长,它们会共同合作各卷一头,一起搬运,并把木头堆得整整齐齐。在锯木厂,大象也是人的好帮手。在电锯和刨刀旁边接受主人交给的任务紧张地劳动,能准确地把巨大的木材送到电锯处,又把锯好的木板叠得方方整整。

泰国北部清迈柚木雕刻的象是著名的艺术珍品,大的有几百斤,小的只有几两。多数刻的是象在拖带木材的情况,那种沉重的劳动、吃力的情意十分逼真。江萨总理送给邓小平的大象神态轻松悠闲,惟妙惟肖,栩栩如生。

在宴会上,宾主频频为两国友谊而干怀。在两位领导人讲话前,乐队奏了两国国歌。

江萨总理首先在宴会上讲话。他说:"泰国政府有机会为您举行宴会感到十分荣幸,并向您表示最热烈的欢迎。"

他继续说:"阁下在泰国逗留期间,您和您的一行将有机会亲自观看和了解泰国和泰国人民,以增加对我们国家的了解。这一了解是进一步发展我们两国关系和合作的重要基础。"

在谈到泰中两国建交后两国传统友谊得到进一步发展时,江萨总理说:"泰国政府决心根据这一意愿采取步骤。我相信,两国之间不断发展的关系将对这一地区的和平、稳定和进步作出重大的贡献。"

邓小平在宴会上发表了讲话。他再次向普密蓬国王和王后陛下表示衷心的敬意,并代表中国政府和人民向泰国政府和人民致以亲切的良好祝愿。

邓小平赞扬泰国人民为维护国家主权和民族独立,同帝国主义和殖民主义进行了长期的英勇斗争。他说:"我们高兴地看到泰国政府和人民正在为建设自己的国家和发展自己的经济,进行着不懈的努力,并且不断取得新的成果。"

邓小平还表示赞赏泰国政府奉行的独立自主、同社会制度不同的国家发展友好关系的外交政策。

邓小平在讲话中说:"当前,国际局势急剧动荡,霸权主义严重地威胁着世界和平和安全。值得指出的是,在亚洲特别是在东南亚地区也出现了它们加紧扩张活动的新动向。亚洲和东南亚的一些政治家和有识之士正确地判断这种形势的变化,警惕霸权主义把手伸向东南亚地区,并且采取积极对策,是理所当然的。

"在新的形势下,'东南亚国家联盟'坚持建立东南亚和平、自由和中立区的主张,加强东盟组织自身的团结和协调一致,积极促进相互贸易和经济合作,是富有远见的。我们认为,东盟组织加强团结合作,不仅有利于东南亚地区的和平、稳定和繁荣,也是对世界和平与安全的宝贵贡献。"

他还指出,"泰王国政府坚持建立东南亚和平、自由和中立区的主张,积极加强同东盟国家的团结合作,加强同第三世界以及其他国家的经济贸易关系,反对别国指挥、干涉和建立势力范围。泰王国在国际事务中,正在发挥越来越重要的作用,我们祝愿泰王国政府和人民不断取得新的成就。"

在谈到泰中两国的传统友谊时,邓小平说:"泰王国许多政治家和各界朋友为发展中泰友谊作出了卓有成效的努力和贡献。"泰国前总理克立·巴莫1975年对中国的访问促成两国的建交,从而把两国人民的传统友谊和两国的友好关系推到一个新的阶段。江萨总理今年3月对中国的访问对中泰两国友好合作关系的发展作出了积极的贡献。

邓小平最后说:"我相信巩固和加强中泰友好合作是我们两国政府和人民的共同愿望,而且有着坚实的基础和广阔的前景。"

在热烈的掌声中,江萨总理握着邓小平的手说:"非常感谢您作了很好的讲话。"

在宴会进行中,邓小平走到花园,向乐队表示感谢。一位泰国女独唱家用中文演唱了几支为毛主席诗词谱写的歌曲,受到了邓小平热烈鼓掌欢迎。

江萨总理把泰国内政部长列·纽玛利上将介绍给邓小平,并且说,泰国内阁已同意让这位部长在任何时候访问中国。邓小平当即表示:"欢迎他什么时候去都行。"

宴会结束时,邓小平再次走到花园,对乐队的演奏表示感谢,并向主人们告别。这时,泰国奥林匹克委员会主席他威·尊拉塞走上前去握住邓小平的手说:"当我在1974年访问贵国时,我很荣幸地受到了已故周恩来总理和阁下的接见。我祝您长寿。"

泰中友好协会主席差猜·春哈旺也走上前来向邓小平问好,并祝他身体健康。泰国前总理社尼·巴莫和差猜的夫人汶仁拿过乐队前面的扩音器,一起为中国客人唱了一首歌曲,博得大家的热烈鼓掌。江萨总理请邓小平让他的儿子和女儿来泰国访问。江萨总理的夫人威·差玛南说,虽然她上次对中国进行了美好的访问,但是,她还希望访问中国更多的地方。邓小平说:"欢迎你去更多的地方。"

6. 宗教仪式与世俗活动

访问期间,邓小平参加泰国王储剃度仪式,卓琳在曼谷游览名胜,与泰国人民拉近了距离。

11月6日下午,邓小平参加了在曼谷玉佛寺举行的泰国王储玛哈·哇集拉隆功亲王的剃度仪式。

佛教是泰国的国教,泰国百分之九十以上的人是佛教徒。泰国人一生至少要出家一次，男人通常是在二十一岁时当三个月和尚以表示对佛教的虔诚。

泰国国王普密蓬·阿杜德、王后诗丽吉、王太后西那卡琳德拉和许多泰国高僧参加了这一重要的宗教仪式。国王普密蓬亲自为王储削发和洒圣水。国王和王后给王储赠送了黄色的袈裟。

邓小平在江萨总理的陪同下，前往玉佛寺。当邓小平步出汽车，走向即将举行仪式的圣殿时，聚集在寺院内的男女老少拥上前去向邓小平献荷花并同他握手。邓小平连声用泰语对欢迎群众说："库坤，库坤！（感谢）"受到在场群众一再的欢呼。

仪式结束后，邓小平向王储哇集拉隆功亲王表示祝贺。这时，西娜卡琳德拉王太后热情的握着邓小平的手说："您太忙了，一定累了吧！"邓小平说："谢谢！总理阁下照顾得很周到。祝您长寿！"

邓小平在回爱侣湾旅馆途中，泰国国务部长颂蓬·汶耶库对他说："您参加今天的仪式，为泰国人民做了一件大好事。泰国全国人民都在电视上看到了您。当泰国老百姓蜂拥前来迎接您时，您可以看出他们是如何从心底里欢迎您。"

卓琳 11 月 6 日在曼谷访问了泰国红十字会总部，并游览了曼谷附近的名胜古迹。

卓琳在泰国红十字会访问时受到了泰国红十字会副主席诗琳通公主的欢迎。诗琳通公主向卓琳赠送了纪念章。卓琳向泰国红十字会捐了款。在江萨总理的夫人威·差玛南、外交部长乌巴蒂的夫人阿披拉的陪同下，中国客人们参观了由泰国红十会管理的蛇园。蛇园收集了泰国各类毒蛇的标本，并用毒蛇配制治疗被毒蛇咬伤的血清以及进行其他有关的研究工作。中国客人们观看了制造这种血清的过程。

接着，她们乘车前往曼谷姐妹城市吞武里的曼谷花卉中心公司。这家公司建立于 1970 年，以培植出口兰花著称。中国客人观看了包装兰花的表演，并被赠送了花束和盆栽兰花作为纪念品。

下午，卓琳在副总理颂朴·何达吉的夫人汶昌和外交部长乌巴蒂的夫人阿披拉的陪同下参观曼谷以东 30 公里的北榄古城。他们乘车漫游了这个面积有 200 英亩的花园城市。这个城市以有全国五十个府的文物而闻名。中国客人对泰国人民的聪明才智进行了高度赞扬。

在这以前，中国客人参观了附近的鳄鱼湖。北榄鳄鱼湖，坐落在曼谷东南方维 25 公里的北榄府境内。这里地处热带，又是湄南河的出海口，是海水和河水交汇之处,适宜鳄鱼的生长;渔产丰富的北榄渔港又为鳄鱼生长提供了充足的饲料,这里是人工养殖鳄鱼的天然良场。北榄鳄鱼湖占地约200莱(每莱合2.4市亩),场内分池饲养着泰国的以及世界各地的数十种鳄鱼,共两万多条,是一个规模巨大的鳄鱼养殖场。

近年来,世界各地研究鳄鱼的一些专家学者纷纷来这里研究考察。不少访问泰国的各国人士都来这里参观访问。我国访问泰国的许多代表团也都来这里参观过,受到了主人的热情接待。北榄鳄鱼湖正在为促进世界各国的学术交流,为加强各国人民之间的友谊作出积极的贡献。中国客人观看了驯养鳄鱼的表演。表演者用手抓住凶猛的鳄鱼的尾巴,表演者的勇敢和技巧博得了热烈的掌声。

7. 结识新朋友,不忘老朋友

邓小平会见泰国前总理克立·巴莫和前外长差猜·春哈旺,感谢他们为中泰两国顺利建交所作的贡献。

11月7日下午,邓小平副总理在他下榻的爱侣湾旅馆的房间里会见了泰国前总理克立·巴莫。

克立·巴莫,社会行动党领袖,作家,曾任总理。1911年4月20日生于泰国中部信武里府一个王族家庭。15岁毕业于曼谷玫瑰园学校,22岁获英国牛津大学哲学、政治经济学学士学位。归国后曾在财政部税务厅和商业银行任职。1941年泰法战争和第二次世界大战期间,曾在陆军服役,并获得胜利勋章。1942年起在法政大学和朱拉隆功大学执教多年。1946年由京畿竞选议员进入政界。多次当选为国会议员、参议员和立法议员。1946年8月5日,与其兄社尼·巴莫共同创建民主党,任该党第一任秘书长。1947年11月任宽·阿派旺内阁财政部副部长。1948年4月至1949年1月任銮披汶内阁商业部副部长。1952年脱离民主党。1973年12月至1974年10月任全国立法议会议长。1974年7月组织社会行动党,任该党领袖。1975年3月至1976年4月出任泰国总理,兼任内政部长。1978年2月当选为泰中友好协会名誉主席。1975年6月在其总理任内率泰国政府代表团访华,会见了毛泽东,与周恩来共同签署了《中泰联合公报》,实现了中泰建交,为中泰友谊作出了贡献。以后曾多次访华。

邓小平感谢克立·巴莫为中泰关系的正常化所作出的重要贡献。

会见中,克立先生对邓小平说:"我的努力已结出了果实,这反映在您的来访中,对此我感到高兴。"

邓小平向克立转达了中国人民代表大会常务委员会委员长叶剑英和华国锋总理对他的问候,邓小平说,希望克立·巴莫在方便的时候再次访问中国。

当天下午,邓小平还在爱侣湾旅馆会见了差猜·春哈旺先生。邓小平感谢差猜为1975年中泰两国关系正常化所作出的重大贡献。

邓小平说:"你们克服当时的困难是不容易的。"差猜回答说:"因为泰国大多数人民支持我们,所以,我们的努力取得了成功。"

在为时二十分钟的会见中,邓小平的夫人卓琳同差猜的夫人汶仁进行了亲切的交谈。

8.参观渔业研究所和葡萄园

在访问泰国的第三天,邓小平一行参观了渔业研究所和葡萄园,借鉴其中先进的技术和经验。

11月7日,是邓小平访问泰国的第三天,他首先参观了泰国农业合作社部辖下的淡水渔业研究所。

在泰国农业合作社部长比达·卡那素的陪同下,邓小平副总理乘车来到国立农业大学校园里的淡水渔业研究所。当邓小平和夫人卓琳到达研究所门口时,受到这所大学的学生和研究所职工的热烈欢迎。泰国副总理颂朴·何达吉和研究所所长萨旺也在门口迎接中国客人。

在比达·卡那素部长引导下,邓小平参观了研究所的水族馆。在走过玻璃陈列柜时,邓小平看到许多种类的从幼苗到大至数公斤重的虾和淡水鱼。比达·卡那素部长介绍了这个研究所仅在6个月内成功养殖大虾和采取有效措施缩短大批养殖淡水鱼时间的过程,比达·卡那素部长告诉邓小平说,泰国政府鼓励人民养殖更多的鱼,以弥补肉类供应不足。

在离开这个研究所前,邓小平应邀在来宾留言簿上题词。他用毛笔写道:"祝中泰友好合作日益发展,祝你们在研究工作中不断取得新的成就。"

邓小平副总理的车队从淡水渔业研究所穿过吞武里府到了毗邻的佛统府的一座葡萄园。佛统府府尹差伦·探隆吉和其他高级官员在葡萄园欢迎中国客人。这个葡萄园是年轻的泰国农民威乃·汕帕差和他的哥哥乃登共同经营的。

25 岁的威乃·汕帕差用他自己种植的葡萄、香蕉和椰子招待邓小平及其一行。他对邓小平副总理说："能够在我的葡萄园内欢迎您，是我最大的荣幸。我的妻子和我将永远珍视这美好的一天。"他告诉邓副总理说，他和他的妻子 4 年前与他哥哥一家一起开始在 1.6 公顷土地上种植葡萄。他们每年收两次葡萄，一公顷土地产 38 吨葡萄。他请邓小平副总理在纪念册上签名，以作为"他一家的永久性纪念"。

邓小平高兴地写道："祝愿你们的事业日益发展。"卓琳也在纪念册上签了名，应这位青年农民的邀请，黄华外长写道："向泰国人民学习。"

邓小平参观泰国葡萄园，接受主人赠送的新鲜葡萄

在这位青年农民和他的妻子的陪同下，邓小平还参观了葡萄园。邓小平面带笑容地顺着果实累累的葡萄架步行参观。他们在一个葡萄架前停下来，那位农民表演了嫁接技术，并且摘下了一颗香甜的葡萄给邓小平品尝。他的妻子则迅速摘下一串串葡萄，装进一个纸盒送给邓小平副总理。邓小平在参观时询问了单位面积施用化肥和绿肥的数量。参观结束时，那位农民请邓小平副总理同他全家以及他哥哥的全家在一起照像留念。

在回曼谷途中，邓小平一行在佛统府的一个美丽的玫瑰园里作了短暂的休息。

9. 不寻常的"家宴"

邓小平和夫人卓琳受邀出席江萨总理的家宴,宾主齐唱泰国歌曲《中泰一家亲》。

11 月 7 日晚,泰国总理江萨·差玛南在曼谷北郊的邸宅举行家宴,招待邓小平副总理和夫人卓琳。

江萨总理和夫人威·差玛南在门口迎接邓小平和夫人卓琳。他们在庭院的草坪上相互致意。这时,约有一百名记者围着他们拍照。

家宴充满着欢乐的气氛,江萨总理是把邓小平当作"亲戚"来款待的。江萨总理请邓小平品尝他亲手做的"玛沙迈奈"——用牡蛎油、椰子汁、辣椒和洋葱烹调的咖喱牛肉——和辣味炒面,这是江萨总理的拿手好菜。

邓小平对江萨总理说,这些饭菜如同他爱吃的中国四川饭菜。

在宴会上,宾主围桌而坐,自由交谈。江萨总理询问邓小平对当天上午参观的淡水渔业研究所的印象,并且建议,中国广东省可试用泰国在六个月内养殖成大虾的方法。邓小平说,中国的许多江河提供了广大的养鱼场所。中国愿意就淡水养鱼同泰国交流经验。

参加家宴的泰国朋友在热烈的掌声中齐唱泰国歌曲《中泰一家亲》。

江萨总理和邓小平逐桌同参加宴会的客人碰杯。泰国奥林匹克委员会主席他威·尊拉塞对邓小平说:"泰中友谊对我们具有头等重要的意义。这一友谊必须不断加强。"邓小平表示同意他的讲话,并对他在国际体育运动中给予中国的帮助表示感谢。

10. 计划外的行程

访问泰国期间,适逢第一届世界羽毛球锦标赛胜利闭幕,邓小平出席闭幕式,并为运动员颁奖。

应世界羽毛球联合会主席他威·尊拉塞的邀请,11 月 7 日晚邓小平出席了在曼谷国家第一体育馆举行的第一届世界羽毛球锦标赛的闭幕式。当邓小平副总理和泰国总理江萨一同来到体育馆时，全场观众起立欢呼。有5千多名羽毛球爱好者观看争夺五个单项冠军的决赛。

在五个单项决赛中，中国运动员赢得了男、女单打和男、女双打四个项目的冠军。东道国泰国运动员赢得了混合双打冠军。

女子单打冠军的争夺是在中国的张爱玲和泰国的巴达马·西亚西罗之间进行的。张爱玲以两局11比4获胜。

男子单打决赛是在中国选手庾耀东和韩健之间进行的。庾耀东以15比11相同的比分连赢两场，取得冠军。

女子双打决赛也是在中国选手之间进行的，张爱玲和李芳以5比15、15比9、15比10战胜郑惠民和丘玉芳取得冠军。

混合双打是在两对泰国选手之间进行的。比猜·功西里他翁和贝奇龙·连达军岩以15比4、1比15、17比14取得胜利。

在男子双打决赛中，中国侯加昌和庾耀东同泰国的沙里·比梭猜军和沙怀·操西奥拉米相遇。中国选手以18比16、15比12取得胜利。

邓小平同泰国总理江萨观看了中、泰两国运动员之间进行的男子双打决赛，并且为男子单打冠军中国的庾耀东和男子双打冠军中国的侯加昌和庾耀东发了奖。江萨总理为女子单打冠军中国的张爱玲和女子双打冠军中国的张爱玲和李芳发了奖。非洲羽毛球联合会主席、世界羽毛球联合会副主席威利巴德·肯特为混合双打冠军泰国的比猜·功西里他翁和贝奇龙·连达军岩发了奖。

邓小平为羽毛球比赛获胜者颁奖

11. 出席记者招待会

　　邓小平出席了在泰国举行的记者招待会,就记者提出的问题进行回答,重申了中国对东盟各国的一贯政策。

　　11 月 8 日晚,邓小平举行记者招待会,首先发表了讲话,然后回答了记者提出的问题。

　　邓小平强调了中国人民一贯反对全球性霸权主义,也反对区域性霸权主义。

　　邓小平说,在这次访问期间,中泰两国领导人进行了诚挚友好的会谈,双方就共同关心的国际形势、亚洲地区形势和双边关系交换了意见。他说:"在许多重要的问题上,我们的看法是一致的或相近的。双方都有进一步发展两国友好合作的共同愿望。"

　　他指出,中泰两国都是发展中的国家,两国人民都热爱和平,都需要一个和平的国际环境,从事建设自己的国家。他说:"但是,我们不能不看到,近年来霸权主义者加紧了在东南亚的扩张和渗透,严重地威胁了本地区的和平与安全,对此不能不引起我们的严重警惕。"

　　邓小平指出,最近缔结的中日和平友好条约的核心,就是反对霸权主义。他说,"反霸条款首先是中日两国自我约束,承担不谋求霸权的义务,同时也反对其它国家或国家集团谋求霸权。"

　　邓小平衷心感谢泰国国王陛下和王后陛下、泰国政府和人民对他的热情友好的接待,并向曾为促进中泰友好作出贡献的泰国各界人士表示诚挚的谢意。他还向遭到水灾的泰国人民表示深切的同情和慰问。

　　邓小平回顾了中泰两国人民两千多年友好交往的历史和传统友谊。他指出,自从两国在 1975 年建交以来,两国关系的发展是令人满意的。今年初,江萨总理访问中国,双方签订了贸易协定和科学技术合作协定;两国人民的友好往来年年日益增加,两国友好合作有了新的发展。

　　邓小平说,在中泰两国人民长期的交往中,有不少中国人迁居泰国国籍,同当地人民融合在一起,这是可喜的现象。他说:"我国政府一向赞成和鼓励华侨自愿选择泰国国籍,凡是取得泰国国籍的,就自动失去了中国国籍,他们就应当尽泰国国民的义务。对那些还保留中国国籍的华侨,我们希望他们遵守泰国的法令,尊重泰国人民的风俗习惯,同泰国人民友好相处。他们的正当权益应当得到保障。我们希望旅泰侨胞继续为增进中泰友谊,为泰国的经济、文化和社会公益事业作出应有的贡献。"

在谈到中国对东南亚国家联盟的政策时,邓小平重申中国一贯支持东盟和平、自由、中立的政策。他强调东盟坚持这个政策、坚持本身的团结,是亚洲、太平洋和平、安定的一个因素。

当问到中国是否会向东盟国家提供经济援助时,邓小平说:"我们也是一个发展中国家,我们国家很穷。"中国过去对第三世界国家的援助是有限的,"我们相信,随着我们四个现代化的发展,我们有可能较多地帮助世界发展中国家。""至于东盟国家,差不多比我们还发达一些。我们的水平不如东盟。中国和东盟应该建立互相援助、互相支持的关系。"

邓小平指出,中国将在它力所能及的范围内同东盟国家发展贸易和科技方面的交往。

在记者招待会上回答问题时,邓小平还重申了党同党的关系和国家之间的关系应该区别开来,使这样的问题不影响国家之间关系的发展。

他说:"在我们同东南亚国家的关系中,不仅是在和泰国的关系中,都存在一个同共产党的关系问题。这样的问题是历史形成的。既然是历史形成,就不可能在一夜之间解决。我们同东盟各国就首先是相互谅解,认为这样的问题不妨碍我们建立相互关系、发展相互关系。在这样的谅解下,我们实现了关系正常化,建立了外交关系。"

邓小平表示,"我们中国不隐晦自己的观点。我们认为,国家与国家,人民与人民之间交朋友,要讲真话,要相互谅解,才能发展相互合作。说假话,虚伪,甚至出卖灵魂,是得不到友谊的。"

泰国总理江萨和外长乌巴蒂出席了记者招待会。

12. 观看军事和文艺表演

泰国友人热情好客,为邓小平一行安排了丰富的军事和文艺表演节目。多兵种、高难度的联合军事表演赢得阵阵掌声;歌颂中泰传统友谊的文艺表演给中国客人留下深刻印象。

11月8日,邓小平前往曼谷以北约130公里位于华富里府的泰国武装部队的炮兵中心观看了军事表演。邓小平称赞泰国武装部队的军事技术,赞扬中泰两国人民和武装力量之间的友谊。

泰国武装部队为一位来访的外国领导人安排这样大规模的几乎是武装力量所有兵种都参加的军事表演,这还是头一次。

邓小平是在当天上午乘专机从曼谷飞抵泰国王家空军第二大队华富里空军基地的。陪同前往的有:泰国武装部队总参谋长沙友德·格蓬上将和泰国王家空军总司令。

当邓小平副总理走下飞机时,泰国武装部队最高司令森·纳那空上将率领武装部队的全体高级军官走上前去迎接。在空军基地举行了军事欢迎仪式。空军乐队演奏中泰两国国歌后,邓小平在森·纳那空上将的陪同下检阅了泰国王家空军仪仗队。

随后,邓小平乘车前往附近群山环抱的山谷中的炮兵射击场。

在表演开始前,最高司令森上将致欢迎词。他说,泰国武装部队是根据巩固和捍卫泰国民族独立和主权的需要建立的。他希望邓副总理对泰国武装部队的参观将标志着两武装部队之间真诚友谊的建立,密切两国武装部队之间的关系,并将永远载入两国军队的史册。

陆海空三军联合表演开始时,鸣礼炮 12 响。一架直升飞机从空中投下三个降落伞,它们分别垂挂着一面中国国旗、一面泰国国旗和一面写着:"热烈欢迎邓小平副总理阁下"的彩旗。男女青年伞兵各两名自 500 米高空跳伞,准确地降落在检阅台前方圆 50 米的场地上。他们在热烈的掌声中向邓小平献了鲜花花束和泰国伞兵军徽。当一位优秀射手发射 9 发手枪子弹,击中了 20 米远的目标后,出现了 9 个中国字组成的"祝泰中友谊万古长青"的标语,全场爆发出热烈欢呼声。

泰国空军的 F-105 式和 T-30 式喷气轰炸机,在距地面仅一二百米的上空编队掠过检阅台。飞行员们还表演了对地面目标射击和轰炸的技巧,陆军坦克、海军两栖坦克、火箭炮以及各种口径的大炮都准确地击中了目标。直升飞机部队和装甲部队熟练地表演了联合行动。他们的高超技能博得了不断的鼓掌。

军事表演结束时,邓小平参观了泰国武装部队的军事武器展览。

森上将在华富里空军基地设午宴招待邓小平和夫人卓琳。邓小平同森上将亲切交谈,对泰国武装部队的热情款待表示感谢。

下午,邓小平及其一行在这个空军基地检阅泰国王家空军仪仗队后乘飞机回到曼谷。

下午,邓小平副总理和夫人卓琳在国家剧院观看了专为他们演出的歌颂中泰传统友谊的泰国古典歌舞表演。

历时两小时的表演中,有一个舞蹈节目表现了泰国对贵宾的热烈欢迎和良好祝愿的传统。舞蹈的伴唱歌词把邓小平的这次访问描述为是一次友好访问,目的是为了同泰国重叙诚挚的、真正的友谊。

泰国艺术家还演唱了中国歌曲《雄伟的天安门》和歌剧《白毛女》的独唱选段,给中国客人留下了深刻的印象。

演出结束时,邓小平和夫人卓琳在江萨总理和夫人威·差玛南的陪同下登上舞台,在雷鸣般的掌声中,向演员们赠送鲜花,祝贺他们演出成功。

13. 为友谊举杯

在告别宴会上,邓小平和江萨总理分别发表了讲话,肯定了这次访问的重要意义,为中泰友好关系的发展谱写了新的篇章。

11月8日晚,邓小平在对参加宴会的300多名来宾的讲话中,再次诚挚地感谢江萨总理以及泰国政府和人民自他到达曼谷以后给予的盛大欢迎和友好款待。

邓小平说:"几天来,我们同泰国各界朋友进行了广泛的接触,加深了相互了解。中泰友谊如此深入人心,说明我们两国人民友谊的基础是坚实牢固的。我相信,在我们两国政府和人民的共同努力下,中泰友好关系将谱写出新的篇章。"

邓小平重申,"中国政府和人民愿意加强和发展同东盟国家间的友好关系,并祝愿东盟组织在国际事务中,继续发挥积极作用。"

他还宣布,中泰两国政府将采取积极步骤扩大贸易和加强科学技术等方面的交流,并发展新的合作领域。

邓小平说,在他同江萨总理诚挚友好的会谈中,双方就共同关心的问题交换了意见。在许多重要的国际问题上,双方的看法是一致的。他说:"我们回顾了急剧变化的国际形势。我们两国人民都不愿意看到自己国家的独立、自由和和平受到威胁,都反对任何外来干涉和建立势力范围的图谋。"他感谢江萨总理向他介绍了东盟组织加强团结和合作,为实现东盟的主张所作的努力。

邓小平说:"我们双方对存在于两国之间的友好关系表示满意,而且都有进一步发展这种友好合作的愿望。"他强调说:"加强我们两国的友好合作,不仅有利于中泰两国,而且对东南亚地区的和平和稳定具有重要的意义。"

泰国总理江萨在讲话中说:"在过去几天中,我们双方就互相感兴趣的问题,包括有关亚洲地区的问题,坦率地交换了意见,我对此感到非常高兴。在有关促进本地区的持久和平和稳定方面,中泰两国的观点互为补充,这也是令人满意的。泰国作为东南亚国家联盟的成员国,对中华人民共和国再次表示的对东盟的宗旨和目的的支持表示欣赏。"

江萨接着说,"除了就国际问题交换意见外,我们还讨论了双边关系问题。我们两国一致同意进一步寻求执行在我最近访华期间所签订的两项贸易和科技合作协定的途径,以便使双方得到具体的、有意义的益处。"

泰国总理江萨赞扬中国副总理邓小平对泰国的正式友好访问不仅促进了泰中亲密关系,而且加强了他本人以及泰国和东南亚人民这样的信念:这次访问有益于东南亚地区的和平和稳定。

双方的讲话都博得了热烈鼓掌。邓小平和夫人卓琳同江萨总理和夫人威·差玛南亲切交谈,为中泰两国人民的亲密友谊频频干杯。

14. 郑重的承诺

邓小平和江萨·差玛南总理出席中泰贸易和科技合作文件签字仪式,加强双方的交流与联系。

中国和泰国政府 11 月 9 日在曼谷总理府签署了三项有关贸易和科技合作的文件。

邓小平和泰国总理江萨·差玛南出席了签字仪式。中国外交部长黄华和泰国外交部长乌巴蒂·巴乍里央恭分别代表本国政府签署了中华人民共和国政府和泰王国政府关于成立贸易联合委员会的议定书和中华人民共和国政府和泰王国政府关于 1979 年度两国进出口商品的议定书。

第三个文件是中华人民共和国政府和泰王国政府科学技术合作联合委员会第一次会议会谈纪要。中泰科学技术合作联合委员会中国组主席、外经部副部长魏玉明和泰中科学技术合作联合委员会泰国组主席、外交副部长翁·蓬尼空在文件上签了字。

根据进出口商品议定书,在 1979 年度,中国将从泰国进口 3 万吨橡胶,1 万吨化纤以及其他商品。泰国将从中国进口 60 吨原油和 24 万吨轻柴油。

签字以后,双方举杯,互相祝贺。

15. 圆满的结束

邓小平乘飞机离开曼谷,受到热烈的双送,悬挂在大街上的标语牌用中泰两国文字写着"祝邓副总理及其一行一路顺风"。

11 月 9 日下午,邓小平圆满结束了对泰国 5 天正式友好访问,乘飞机离开曼谷前往马来西亚进行正式友好访问。离开时受到曼谷数万人的隆重欢送。

上午,邓小平在参观曼谷庄严雄伟的大王宫时,亲自接受了泰国国王普密蓬·阿杜德赠送的两只稀有动物———一对貘。

宫廷大臣甘·伊沙拉塞纳把这对貘带进大王宫的院子里,并告诉邓小平说:国王陛下亲自为雄貘取名为"兰蒲"(意思是健壮的小伙子),雌貘取名为"娜内"(意思是苗条的少女),并指示他正式交给邓副总理。

邓小平请宫廷大臣再次向国王陛下转达他衷心的感谢。

他说:"这象征我们两国人民之间的友谊,我们一定珍惜它们,让它们在中国健康成长。"

邓小平和夫人卓琳及其一行在大王宫里参观了泰国历代国王举行国典和召见大臣使用的三座大殿,并听取了关于当代查克里王朝历史的介绍。具有泰国民族风格的金碧辉煌的建筑物和室内的装饰给中国客人留下了深刻的印象。

泰国总理江萨·差玛南和夫人前往机场欢送。

邓小平在江萨总理陪同下乘车前往机场。数以万计的人群在曼谷街道的两旁向他们挥手、欢呼。悬挂在街上的标语牌,用中泰文写着:"祝邓副总理及其一行一路顺风。"

在从爱侣湾旅馆前往机场途中,江萨总理对邓小平说,当他昨天见到王储时,殿下对邓小平的访问表示非常关心。邓小平要求江萨总理转达他对泰国国王和王后陛下以及王储殿下的再次感谢,他说:"我们对你们的感谢难以用语言表达。"江萨总理希望邓小平将来再次访问泰国。邓小平愉快地说:"我们将有许多再次见面的机会。"

在机场候机室,江萨总理为邓小平挂了花环,江萨总理的夫人也向卓琳献了一束鲜花。江萨总理说:"阁下的访问非常成功。我再次感谢您前来泰国访问。"

当邓小平和江萨总理走出候机室时,两千名欢送的人群一边挥舞中泰两国的国旗,一边热情欢呼。数十名穿着艳丽服装的少女向长长的红地毯上撒了茉莉和玫瑰花瓣。鲜花的芬芳象征着中泰两国人民日益增长的友谊。机场上举行了隆重的欢送仪式。军乐队奏中泰两国国歌。在江萨总理的陪同下,邓小平检阅了三军仪仗队。在登机前,邓小平在舷梯前同江萨总理和夫人以及他们的孩子们热烈握手告别,邓小平说:"谨通过你向泰国人民表示问候。"

江萨总理祝邓小平一路平安和取得新的成功。

邓小平向送行的人们频频挥手致意。

同机离开这里前往马来西亚的有:中国外交部长黄华和夫人何理良以及国务院办公室副主任李力殷等。

江萨总理在送邓小平之后在曼谷国际机场接待室向记者发表谈话说:"邓小平副总理这次对泰国的访问,取得了十分令人满意的结果。相信邓副总理也会有同感。"

他说:"双方同意今后不断扩大经济和贸易往来。今天上午两国签订的有关加强科学技术合作和增多贸易来往的三项议定书,是为了实现今年早些时候两国签订的贸易和科技合作协定所取得的具体成果。"

江萨总理还说:"中国重申支持东盟国家在东南亚实现和平、自由和中立区的主张,使我感到十分欣慰。"

邓小平对泰国十分成功的访问受到了热烈欢呼。

泰国报刊十分注意报道邓小平每天的访问活动。《新中原报》的社论说,邓副总理的访问泰国取得的极大成功,超出人们的意料。我们可以预言,他对马来西亚和新加坡的访问也将获得同样的成功。

《中华日报》的社论说,邓副总理的访问"给原已美好的泰中关系写上了更加光辉的一页,将导致两国更广泛的合作,对于促进东南亚地区的安全与和平,尤其具有重要的意义。"社论指出,东南亚当前面临的最严重的问题是,出现了霸权主义向这一地区伸手的阴影。

《联合日报》的社论说,"泰中两国的友好合作,中国和东盟的友好合作,中国和所有第三世界国家的团结一致,是反对霸权主义、推迟世界战争、维护世界和平、加速社会进步和谋求人类幸福事业取得胜利的可靠保证。"

第八章

1. 飞临马来亚

邓小平是访问马来西亚的最高中国领导人,此次访问有助于两国的友好关系更进一步发展,对中马两国都具有重大意义。

应马来西亚政府的邀请,邓小平于 1978 年 11 月 9 日下午乘专机从曼谷到达吉隆坡,开始对马来西亚进行 3 天的正式友好访问。邓小平乘坐的专机从曼谷飞越暹罗湾,经过 1 小时 40 分钟的飞行,于当地时间下午 5 时 10 分在苏邦国际机场着陆。

邓小平副总理刚刚步出机舱时,开始鸣礼炮 17 响。侯赛因总理和夫人娜汀·苏哈伊拉在飞机旁迎接邓副总理和夫人卓琳。侯赛因总理紧紧握着邓小平副总理的手说:"欢迎你来马来西亚。"邓小平回答说:"见到你很高兴。"他们沿着长长的红地毯,肩并肩走上经过装饰的礼台,这时盛大欢迎仪式开始。仪仗队持枪致敬,军乐队奏两国国歌。在仪仗队队长的陪同下,邓小平步下礼台,检阅了一排排马来皇家团的士兵。然后,邓小平再次登上礼台,军乐团再次奏两国国歌,欢迎仪式结束。

随后,邓小平副总理由侯赛因总理引导,来到长长的欢迎队伍前,同马来西亚的内阁部长和其他高级官员以及各国驻马来西亚外交使节见面。

马来西亚位于亚洲东南部、太平洋和印度洋之间,被称为"锡和橡胶王国"。

马来西亚全境面积共 329589 平方公里,被海分为东、西两部分,最近处相距约 600 公里。西马来西亚,位于马来半岛南部,面积 131794 平方公里;东马来西亚,位于加里曼丹岛北部,包括沙捞越州面积 121680 平方公里,沙巴州 76115 平方公里。

伊斯兰教为国教,其教徒约占马来人的80%。其它还有佛教、基督教、天主教、印度教等。马来语为国语。首都吉隆坡。

马来西亚从16世纪开始,相继遭到葡萄牙、荷兰等国的侵略。1768年英国入侵,20世纪初完全沦为英国殖民地。1942年日本占领马来亚,激起当地人民的英勇抵抗。日本投降后,英国在马来亚恢复殖民统治。1946年,英国玩弄"分而治之"的阴谋,把新加坡从马来亚划分出来,成为单独的"直辖殖民地",并于1948年2月成立"马来亚联合邦",联合邦的一切统治权由英王委任高级专员掌握,并对马来亚人民实行高压统治。1955年,英国宣布马来亚实行"部分自治"。1957年8月31日,英国同意"马来亚联合邦"在英联邦内独立。1963年7月9日,英国、马来亚、新加坡、沙捞越和沙巴在伦敦签署关于成立马为西亚的协定(1965年8月,新加坡退出马来西亚成立了新加坡共和国),同年9月16日马来西亚宣告成立。

马来西亚奉行中立和不结盟的对外政策。几年来,马来亚政府积极推行东南亚中立化计划,致力于发展和巩固东南亚国家联盟,加强与其它第三世界国家的关系。

中马两国有着悠久的历史往来。早在公元前二世纪汉武帝时,中国商人就曾去马来半岛通商。公元三世纪初,吴国孙权曾遣康泰、朱应出使南海诸国,到过马来半岛。此后两国互有往来。15世纪初期,郑和下西洋时,五次都驻节于满刺加(即马六甲)。随后满刺加的友好使者也访问过中国。1957年马来亚联合邦独立时,我国领导人曾致电祝贺,并予承认。1974年5月马来西亚总理拉扎克来我国访问,当月31日,两国正式建交。建交以来,两国的贸易、体育、文化等方面的友好往来日益增多。这次邓小平副总理到马来西亚进行正式友好访问,必将为进一步增进中马两国人民之间的传统友谊、发展两国的友好关系作出新的贡献。

邓小平副总理是迄今访问马来西亚的最高的中国国家领导人。他在吉隆坡市发表讲话并向全体马来西亚人民表示亲切问候和良好祝愿。

邓小平副总理在书面讲话中谈到中马两国历史悠久的友好关系。他说,自从中马两国在1974年建交以来,"两国之间的友好关系得到了令人满意的发展,两国之间的经济贸易、文化和体育等方面的往来和交流不断增加。"

"我深信,通过两国领导人和两国人民的互相往来,中马两国的友好关系必将得到更进一步的发展。"

邓小平副总理及其一行在侯赛因总理的陪同下,驱车前往宾馆。在22公里长的路上,沿途灯柱上悬挂着两国国旗。当车队驶经美丽如画的吉隆坡郊区时,不时出现写着"欢迎中华人民共和国副总理"的横幅标语。

当邓小平副总理乘车到达吉隆坡市中心的宾馆时,一场骤雨使热带天气变得凉爽起来,一群身穿民族服装的少年聚集在宾馆的门口敲着手鼓迎接中国客人,一群少女撒出花瓣表示表示欢迎。

邓小平副总理的随行人员有:外交部部长黄华和夫人何理良、国务院办公室副主任李力殷等。

马来西亚外交部长艾哈迈德·里陶丁、工程和公用事业部长李三春、司法部长哈姆扎、内政部长穆罕默德·加扎利、国防部长阿卜杜勒·塔伊布、住房和地方政府部长曾永森和财政部长拉扎利,中国驻马来西亚大使叶成章也到机场迎接。

2."橡胶王国"

邓小平参观了马来西亚橡胶实验站,并在东道主的邀请下接过割胶工人的切割机,在一棵生长了 15 年的橡胶树上割了胶。当乳胶缓缓流下的时候,人们高兴地鼓起掌来。

11 月 10 日上午,邓小平副总理参观了吉隆坡以西约 26 公里的马来西亚橡胶研究所实验站。

橡胶原产于南美亚马孙河流域,1877 年由海路传入新加坡和马来亚。1896 年在马六甲的亚沙汉山大规模种植获得成功,此后各地相继种植。由于橡胶用途不断扩大,需要急剧增加。马来西亚的自然条件十分宜于橡胶的生长,因此发展很快,到第二次世界大战前就成为马来亚的经济命脉。

橡胶主要分布在马来半岛,尤其集中在西海岸铁路沿线,即著名的胶锡地带。在麻河和巴生河之间铁路沿线两侧有连绵不断的橡胶园。

橡胶在马来西亚经济生活中占有重要地位,长期以来胶园面积约占耕地面积三分之二。1977 年,马来西亚橡胶种植面积达 420 万英亩,占全国耕地面积的 60% 左右。马来半岛的比例更大,森美兰州甚至达到 90%。全国有 300 万人直接或间接依赖橡胶为业。年产橡胶 160 万能吨,绝大多数出口。过去橡胶出口值占出口总值 50% 以上,1951 年更高达 75%。为了改变这种单一经济状况,马来西亚独立后大力发展多种经济,橡胶出口的比例有所下降,1977 年橡胶出口值占出口

221

总值的 22.5%。

马来西亚橡胶在世界占有重要地位,胶园面积占世界 40%,产量占 44%,出口量占 48%。除 1951～1959 年被印度尼西亚超过外,马来西亚一直居世界橡胶出口的第一位。

马来西亚最近开展一系列活动,纪念马来西亚橡胶业发展 100 周年。邮政局发行特别纪念邮票;国家银行发行以橡胶为图案的硬币;举办橡胶业发展历史展览会;举行以橡胶为主题的文艺节目在各地演出;等等。

邓小平副总理一行的车队沿着两旁长着棕榈树、橡胶树、椰子树和其他许多热带树的公路,前往这个位于雷兰莪州的双溪布洛的实验站。

邓小平副总理在马来西亚劳工和人力部长何文翰的陪同下来到这个实验站,马来西亚初级产品工业部长梁棋祥在实验站的会议厅门口进行迎接。

马来西亚橡胶局副局长艾哈迈德·法鲁克致欢迎词。他向邓副总理和其他中国客人说,马来西亚年产天然橡胶 170 万吨,是世界最大的天然橡胶生产国。马来西亚提供的天然橡胶占世界需求量的 44.5%。艾哈迈德·法鲁克副局长说,马来西亚几乎三分之二的可耕地用于种植橡胶,种植橡胶占用了全国三分之一的劳动力。他说,中华人民共和国是马来西亚天然橡胶出口的主要国家之一。

研究所所长艾尼·宾·阿罗普向邓副总理扼要地介绍了栽培高产橡胶树和他们正在试验的在切口处涂化学药剂以刺激出胶量的方法。这个研究所目前种植了 1200 公顷的橡胶树,主要用来进行育苗和选种试验。

研究所的经理向邓小平介绍了橡胶树的嫁接、刺激增加出胶量和割胶的方法。邓小平仔细地观看了一位橡胶工人表演嫁接和割胶的技术。在经理的建议下,邓小平满面笑容地接过割胶工人的切割器,在旁边的一棵生长了 15 年的橡胶树上割了胶。当乳胶缓缓流下的时候,人们高兴地鼓起掌来。

邓小平在割胶

3. 携手共反霸

　　侯赛因总理为邓小平一行准备了热烈的欢迎宴会，双方发表了重要讲话，强调反对霸权主义，维护地区和世界和平的良好愿景。

　　11月10晚，马来西亚总理侯赛因·宾·奥恩在议会大厦为邓小平副总理举行欢迎宴会。

　　议会大厦矗立在风景优美的湖泊花园的环境中。这座十八层楼的大厦灯火辉煌，增添了欢乐气氛。

　　侯赛因总理在宴会上发表讲话。他说："为了发展和进步，东南亚需要和平稳定。这就是东盟建议把东南亚地区宣布为和平、自由和中立区的原因。我感谢中华人民共和国支持这一建议。"

　　侯赛因总理说："我们非常感谢贵国对东盟的宗旨和目标的理解，人们说，这些宗旨和目标是符合中国人民的利益，也是符合中国人民要求亚洲和平与稳定的愿望的。东盟成员国家强烈信奉区域合作。这将不仅有助于整个亚洲的和平和稳定。东盟现在不是，将来也永远不会是一个军事组织。它现在不威胁任何人，将来也永远不会威胁任何人。东盟国家只希望它们之间在经济、贸易、工业和文化事务方面相互合作。

　　"马来西亚真诚渴望和平，尤其是亚洲和东南亚的和平。它奉行与所有国家保持友好关系的政策，不管这些国家的意识形态和社会制度如何。马来西亚不只口头上，而且以实际行动执行了这一政策。马来西亚是个小国。它同时珍视自己的生活方式、多民族的特点以及它的多种宗教和文化。马来西亚人民热爱独立。

　　"我们欢迎愿意帮助我们发展的国家，欢迎愿意同我们进行贸易的国家，欢迎愿意同我们做朋友的国家。我高兴地说，我们的双边关系一直是友好、正确和恰当的。"

　　他指出，已故中国总理周恩来和已故马来西亚总理敦·阿卜杜勒·拉扎克在1974年签署的联合公报"奠定了今天我们两国关系的基础。它表达了这样的信念——尽管政治、经济和社会制度不同，我们两国能够共处并成为朋友"。

　　侯赛因总理继续说："我们两国还一致同意，任何外国的侵略、干涉、控制和颠覆都是不能允许的。马来西亚将继续全面和严格地遵守这些原则。"

侯赛因总理强调说:"进一步发展我们两国之间的合作有着广阔的天地,中国是马来西亚最主要的十个贸易伙伴之一,马来西亚十分重视它和中国的贸易,并将鼓励这一贸易的进一步增长。

"由于我们两国是近邻,又由于'历史上的事件'和一些不可避免的情况,必然会有一些总是需要我们两国进行研究。我知道要找到解决这些问题的办法是不容易的。但是,我们应当努力。这无疑需要时间,这对我们没有什么,正如阁下所知道的,马来西亚是一个有耐心的国家。"

邓小平副总理在宴会上发表讲话说:"我们这次访问贵国,将就国际问题和共同关心的问题交换意见,增进相互了解,发展两国人民的友谊,我们也要借此机会了解和学习马来西亚人民建设国家的经验,加强两国的友好合作。"

谈到中马峡谷千年前开始的传统友谊时,邓小平说:"我们高兴地看到,近年来,中马两国关系在和平共处五项原则的基础上,又取得了新的发展。"中国已故总理周恩来和马来西亚已故总理拉扎克在 1974 年签署的联合公报为中马友好关系史谱写了新的篇章。他指出,自那时以来,两国在贸易、文化和体育等方面的交往不断增多。邓副总理说:"我深信,我们两国增加往来,促进相互了解,密切友好合作关系,不仅符合中马两国人民的根本利益,也有利于东南亚的和平、稳定和繁荣。"

"中国政府和人民支持东盟国家维护独立主权,反对外国控制、干涉正义斗争;支持建立东南亚和平、自由和中立区的主张,支持东盟加强区域经济合作的维护本国资源和经济权益的努力。

"我们祝愿东盟加强团结,为维护本地区的和平和稳定作出新的贡献。

"马来西亚是东南亚和平、自由和中立区的倡议国,并一直致力于实现这一主张。自 1970 已故总理拉扎克先生提出东南亚中立化以来,国际形势发生了很大的变化,超级大国争夺世界霸权愈演愈烈,严重威胁着世界的和平与安全。值得注意的是,今年以来,超级大国采取多种手法,加紧了向东南亚的渗透扩张。

"在当前形势下,东盟国家加强团结,协调一致,坚持建立东南亚和平、自由、中立区,使这一地区不受任何形式的外来干预,更具有非常重大的意义。"

邓副总理在讲话中赞扬马来西亚政府在侯赛因·宾·奥因总理的领导下,奉行中立和不结盟政策,坚持反对霸权主义和强权政治,积极发展同第三世界国家的友好合作关系,为维护自然资源和经济权益、建立新的国际经济秩序,进行了不懈的努力。

在两个半小时的宴会上，身穿民族服装的马来西亚艺术家们表演了民族音乐和舞蹈，招待中国客人。他们的表演反映了马来西亚人民的乐观和开放的性格，赢得阵阵掌声。

4. 感怀故人

邓小平前往国家清真寺拜谒已故马来西亚前总理阿卜杜勒·拉扎克，追忆其为中马建交所作的贡献；卓琳拜会了拉扎克夫人。

11月11日上午，邓小平前往国家清真寺，拜谒马来西亚已故总理敦·阿卜杜勒·拉扎克。

邓小平参加马来西亚国家清真寺，拜谒已故马来西亚总理阿卜杜勒·拉扎克

这座雄伟的白色大理石的建筑物坐落在吉隆坡市中心。新闻部副部长达图·塞里·卡马鲁丁和国家清真寺首席阿訇哈吉·艾哈迈德·夏希尔在门前迎接邓小平副总理。在他们的陪同下，邓副总理沿着大理石的长廊走向拉扎克的陵墓。

拉扎克是马来民族统一机构（简称巫统）第三任主席、马来西亚第二任总理。

225

1922年3月11日生于彭亨州,1940年进新加坡莱佛士学院学习,1947年在英国剑桥大学学法律,毕业于林肯法学院,1950年获高级律师资格。在英国留学期间,为《马来亚论坛》负责人之一。曾任留英马来秘书、会长。1945年任彭亨州劳勿县副县长。1952年1月任彭亨州秘书,1955年2月任彭亨州务大臣,1955年7月当选为国会议员,同年8月任教育部长。1956年参加在英国举行的独立谈判,1957年9月任马来西亚独立后第一届内阁副总理兼国防部长,1959年12月兼任乡村发展部长,1970年9月任总理兼外交部长和国防部长、全国行动理事会主席、全国经济理事会主席和全国团结咨询理事会主席。1950年参加巫统,同年任巫统表年团长、巫统副主席。1951年8月任巫统署理主席、马列来亚联盟党副主席。1952年2月曾任马来亚联合邦代总理。1971年2月任巫统主席、马来西亚联盟党主席。1974年马来西亚联盟党扩大为国民阵线后,任主席。1971年在他的倡议下,东南亚国家联盟通过关于东南亚和平中立化的《吉隆坡宣言》。1974年5月访问中国并签署了马中建交联合公报。1976年1月14日在伦敦逝世。

邓小平在陵墓前默哀,并向陵墓撒了花瓣。

接着,邓小平应邀在来宾签名簿上签了名,黄华外长也签了名。

邓副总理参观了这个东南亚最大的清真寺。它的一座高达二百四十英尺的尖塔耸立在一个水池中央,还有一座可以容纳八千多人祈祷的礼拜堂。

与此同时,卓琳在马来西亚外交部长里陶丁的夫人爱妮的陪同下拜会了拉扎克总理的夫人拉哈。卓琳说,毛泽东主席和周恩来总理同拉扎克总理为培育中马友谊作出了巨大的贡献。拉扎克总理在他1974年访问中国时,同当时病重的周恩来总理签署了关于建立两国外交关系的中马联合公报。虽然这三位领导人都辞世了,人们都感到极其悲痛。但是,可以告慰于他们的是,我们两国的关系一直在发展。

拉哈欢迎中国客人前来马来西亚访问,并希望他们访问愉快。

卓琳邀请拉哈在方便的时候访问中国,拉哈愉快地接受了邀请。中午,马来西亚妇女组织全国理事会设宴招待邓小平的夫人卓琳。马来西亚妇女组织全国理事会主席法蒂玛发表简短讲话,欢迎中国姐妹的来访。她认为,这次访问"表明两国妇女之间的友谊在日益增长"。马来西亚妇女组织全国理事会副主席布巴兰夫人,在午宴上介绍了这个组织在鼓励妇女参加国家建设和保护妇女、儿童的福利等方面所开展的活动。

马来西亚福利部长艾莎和财政部副部长梁维泮等马来西来妇女界著名人士出席了午宴。

5. 马来西亚的经验

邓小平听取马来西亚经济发展情况介绍,意在"取经",将其成果和经验应用于中国的改革发展中。

11月11日上午,邓小平副总理在马来西亚不管部长达图·穆罕默德的陪同下,在马来西亚总理办公室听取了马来西亚了经济发展情况的介绍。

马来西亚总理办公厅计划招待处长达图·苏菲安·马杰德向邓小平详细介绍了马来西亚社会经济发展的情况和面临的主要问题。

他说,自从1966年开始实行新经济政策以来,马来西亚的国民经济取得了很大的进步,原料产量有较大的增加,制造业在国民经济中的比例有了很大增长。在第二个马来西亚计划(1971～1975年)期间,马来西亚的国民生产总值平均每年增长7.1%。1977年,马来西亚按人口平均的国民收为951美元。

马杰德对中国客人说,马来西亚人口为1250万,就其经济结构而言,马来西亚仍是个农业国。他说,马来西亚新经济政策的目标是,不分种族地提高所有马来西亚人的收入水平和增加其就业机会,以减少、直至最终消除贫困。第二个目标是,加速改革马来西亚社会结构的进程,以纠正经济的不平衡,从而通过经济作用来减少和最终消除种族差异。他说,国家现在正处于执行第三个马来西亚计划(1976～1980年)的中期,虽然仍有许多工作要做,但是,马来西亚有信心实现自己的目标。

听完介绍后,邓小平说:"祝贺你们取得的重大成就。祝愿你们在发展自己的经济方面取得更大成就。"

马来西亚的经济发展给邓小平留下了很深的印象,这时的邓小平脑子里已经在思考中国的经济如何发展。马来西亚的这个"经"对中国是有启发的。

6. 愉快的会谈

在马来西亚访问期间,邓小平与侯赛因举行了两次会谈,并拜访了他的家庭。

11月10日下午,邓小平副总理与侯赛因总理举行第一次会谈。

会谈在位于吉隆坡市中心树木环抱的总理府举行。两国领导人在诚挚友好的气氛中,就当前国际形势,特别是影响东南亚的问题初步交换了意见。

邓小平副总理说:"中国的外交政策除了同一切国家发展经济、文化等方面的友好关系以外,就是如何推迟战争的爆发。这就是我们处理一切国际事务的依据。最近我们同日本签订和平友好条约,我们对待越南问题,都是按照整个国际形势的发展来处理的。"

邓小平同马来西亚总理侯赛因举行会谈

11月11日下午,邓小平副总理和侯赛因总理在马来西亚总理府举行了第二次,也是最后一次的会谈。

在诚挚、坦率和友好的气氛中,双方都表示希望进一步发展中国和马来西亚之间的友好关系,进一步增加两国在政治、经济、科学、文化和其他方面的友好往来。

两国领导人就国际形势、双边关系和共同关心的问题继续交换了看法。双方都主张在和平共处五项原则的基础上发展国与国之间的关系。双方都反对任何国家或国家集团在任何地区寻求和建立霸权。

傍晚邓小平和夫人卓琳乘车前往马来西亚总理侯赛因·宾·奥恩的住宅,访问他的家庭。

当邓小平副总理走下汽车时,侯赛因总理立即走上前去握住他的手,并向他介绍了自己夫人和两个孩子。邓小平副总理笑容满面地对他们说:"欢迎你们同总理阁下一道去中国访问。"

随后,侯赛因总理和夫人将邓小平副总理和夫人引入会客室亲切交谈。邓小平对主人说,他在马来西亚访问期间感到愉快。侯赛因总理说,邓副总理这次对马来西亚的访问是成功的。双方的会谈是有益的和坦率的,并互通了情况。

7. 再谈华侨政策

在告别宴会上,邓小平特别谈到希望华侨同当地人民友好相处;侯赛因总理则回顾和展望了中马两国的友好关系,并感谢中国对马来西亚的支持和理解。

11 月 11 日晚,邓小平在宾馆举行盛大的告别宴会。

马来西亚总理侯赛因·宾·奥恩和夫人娜汀·苏哈伊拉出席了宴会。他们同邓小平副总理和夫人卓琳欢聚一堂,畅叙友情。

邓小平在宴会的祝酒词中就马来西亚政府和人民给予他的热烈欢迎和友好款待再次对侯赛因总理及其夫人以及其他马来西亚朋友表示感谢。他说:"这充分体现了马来西亚对中国人民的友好情谊。"

邓小平说,在吉隆坡访问期间,"我们亲眼看到勤劳勇敢的马来西亚人民在侯赛因·宾·奥恩总理的领导,在建设自己国家的事业中作出的巨大努力和取得的可喜成绩,这给我们留下了深刻的印象。你们不少经验是值得我们学习和借鉴的。我们高兴地看到,中马两国的友好合作关系有着广阔的发展前景。"

邓小平宣布:"中国政府积极支持第三世界国家提出的商品综合方案和建立共同基金的积极主张,愿同马来西亚等第三世界国家一道,为建立新的国际经济秩序而努力。"

邓小平副总理说,他在访问期间,同马来西亚总理在真诚、坦率、友好的气氛中进行了富有成效的会谈,就国际形势、双边关系和共同关心的问题广泛地交换了意见。他说:"我们都主张在和平共处五项原则的基础上发展国与国之间的关系,反对外来侵略、颠覆、控制和干涉。双方都认为,一个国家的社会制度,只能由这个国家的人民自己选择决定,我们都反对任何国家或国家集团在世界上任何地区建立霸权和势力范围的图谋。我们都主张发达国家应该在平等互利的基础上改善同发展中国家的经济贸易关系。"

"我们深信，国家之间、人民之间的合作和友谊，只能建立在真诚、谅解、尊重各自地位和立场的基础上；虚伪、言行不一、抛弃原则，甚至出卖灵魂，是不可能得到新生和信任的，更不可能得到友谊的。"

邓小平副总理特别谈到："在访问期间，朋友们向我们谈到居住在马来西亚的中国血统的人，同马来西亚各族人民和睦相处。他们当中的绝大多数已经加入马来西亚国籍，成为马来西亚公民，和当地人民如同手足结为一体。这是可喜的现象。"

他指出："中国政府一向赞成和鼓励华侨按照自愿原则选择居住国国籍，自愿选择了马来西亚国籍的中国血统的人，即成为马来西亚公民，他们应当遵守马来西亚政府的法令和法律，他们应当同其他民族的马来西亚公民一样，对马来西亚国家尽同样的义务，同时也享受平等的权利。取得了马来西亚公民权的中国血统的人，即自动丧失其中国国籍。对于保留中国国籍的华侨，希望他们遵守居住国法令，尊重当地风俗习惯，同当地人民友好相处，为发展居住国的经济、为促进中马两的友谊而努力，当然他们的正当权益应该得到保护和保障。"

邓小平副总理最后说："我们希望，随着中马关系的日益发展，两国友好往来将进一步增多。我们热切地期待着明年春暖花开的时候，总理阁下和夫人以及其他马来西亚贵宾到我国访问。"

侯赛因总理致答词说："我深信，你对马来西亚的访问使你对这个国家和人民以及他们的希望和意愿有一些直接的了解。

"我们愿意同中国进一步发展贸易，我们将继续鼓励体育和文化交流，我们期待着其它方面的合作。我们将严格遵守 1974 年 5 月联合公报中的协议。

"今天下午承蒙你的好意到我家访问。这短短的时间给我的同事和我提供了宝贵的机会，使我们能亲自了解阁下，并听取阁下对国际形势的趋势和发展所表示的观点和关注。

"我们感谢你的国家对东盟的支持。东盟有它自己的特性，在许多国际问题上有它自己的立场，它是同所有国家友好的。

"我们就国际和双边事务进行的两次会谈对我和我的内阁同事们是十分有用和有益的。如果我能这样说的话，你和我在表达我们的观点时，是非常坦率和直爽的。

"我们决心创建一个团结的、强大的和繁荣的国家，马来西亚命运，只能由马来西亚人民来决定。别人不能够也不允许作出这个决定。我们欣赏你和你的国家的其他领导人对我们为实现这些目的而作出的努力所给予的谅解和支持。"

侯赛因总理确信,马中两国之间的关系"在今后的岁月中将顺利发展和进一步加强"。

8. 中马友谊新的里程碑

邓小平一行访问马来西亚取得圆满成功。马来西亚舆论称,邓小平的访问是马中友谊发展的新里程碑。

11 月 12 日,吉隆坡沐浴在早晨温暖的阳光下。邓小平副总理在侯赛因总理陪同下驱车前往苏邦国际机场。沿途电灯柱上悬挂着的中马两国国旗迎风招展。

邓小平副总理到达机场后,同马来西亚副总理马哈蒂尔、上议院议长翁毓麟、下议院议长赛义德·纲西尔、内阁部长等以及外交使团的成员告别。

在专机的舷梯前,邓小平副总理握着侯赛因总理的手说:"非常感谢阁下、马来西亚政府和人民对我们的热情接待。在北京再见。"马来西亚总理说:"接待您,我们感到莫大的荣幸和愉快。"

在装饰着中国和马来西亚两国国旗的机场上举行了热烈的欢送仪式。邓小平副总理和夫人卓琳在侯赛因总理和夫人娜汀·苏哈伊拉的陪同下登上致敬台时,军乐队演奏了中国和马来西亚国歌。接着,仪仗队队长请邓小平副总理检阅仪仗队。然后,军乐队再次奏两国国歌,欢送仪式到此结束。

邓小平副总理和夫人卓琳在马来西亚总理侯赛因和夫人、外交部长里陶丁、劳工和人力部长何文翰和中国驻马来西亚大使叶成章的陪同下走向飞机的舷梯旁时,两国领导人再次相互祝贺和握手告别。

当邓小平副总理登上飞机舱口时,鸣礼炮 17 响。邓小平副总理满面笑容,向机场上的欢送群众挥手告别。

这里的观察家指出,邓小平副总理对马来西亚的访问虽然是短暂的,但是访问非常成功和富有成果,因为这次访问加深和增进了两国和两国人民之间的相互了解和友好关系。

马来西亚报纸连日来纷纷发表社论和评论,赞扬邓小平副总理对马来西亚的访问,标志着马中两国关系的新发展,对东南亚的局势产生了深远的影响。

《星洲日报》9 日的社论说:"邓小平副总理的访问是马中关系史上的一件大事,标志着马中友谊的一个新的里程碑。"社论说:"我国是'东南亚和平、自由与中立'概念的倡议者,而中国是这个概念的积极支持者;这是两国外交政策的一个重要共同点,也是两国加强关系的基石。"社论说:"随着邓小平副总理访问我国之后,侯赛因总理也将于明年应邀到中国进行访问。两国领导人的互访必将加强两国之间的友好关系。"

《南洋商报》9 日的社论说,具有声望与影响力的邓小平副总理在访问泰国之后前来马来西亚访问,这将"促进马中两国的良好的亲善关系,对彼此间的问题,达致更佳的谅解,及铺平两国更加密切联系的道路"。

《马来使者报》在 9 日的社论中说,邓副总理来马访问,将更加促进中马两国关系,并说马来西亚和整个东盟都对中国承认东盟是这个地区的一个经济组织的政策感到欣慰。中国政府的声明,受到所有东盟国家的欢迎。马来西亚重视中国的诚意。

《光华日报》11 月 9 日的社论说:"尽管马中两国的社会、经济和政治制度不同,但两国都属于第三世界的发展中国家,彼此具有共同的利益和一致的目标。""马来西亚倡议东南亚和平、自由及中立地区的概念,获得中国一再支持和赞赏。从而加强了北京同东盟个别与整体的关系。"

《星槟日报》11 月 11 日的社论说,邓小平副总理访问马来西亚,"标志着马中关系又向前迈进一步"。"中国宣布支持东南亚的中立化概念和重视东盟展开的经济合作,表达了中国和我国在这方面的共同点。"

9. 友好的回访

1979 年,侯赛因总理应邀回访中国,受到热情款待,双方就世界局势和亚洲问题交换了意见。

邓小平访问马来西亚回国后半年,侯赛因·宾奥恩应邀对中华人民共和国进行友好访问。

侯赛因的这次访问是对邓小平访问的回访。邓小平前往机场迎接侯赛因夫妇。

1979 年 5 月 3 日上午，邓小平与侯赛因进行了亲切友好的会谈。3 日晚，邓小平在讲话中指出，大小霸权主义在东南亚地区大大加快了扩张的步伐。他希望东盟各国加强团结和协调，为捍卫亚洲和东南亚地区的和平作出更大的努力。

邓小平在讲话中着重谈到了东南亚局势。他说："我们热爱和平。但是，当今世界是一个多事之秋。大小霸权主义狼狈为奸、互相勾结，在东南亚地区大大加快了扩张的步伐。它们公开践踏国际准则，充分暴露了它们所作的诺言和保证的虚伪性，从而引起了人们的严重关切和警惕。"

邓小平赞扬了马来西亚在捍卫东亚地区所作的贡献，他说："马来西亚和其他东盟国家主持公道，反对用武力占领一个主权国家，要求外国军队撤出柬埔寨，这完全是正当的行为，无可非议。中国政府和中国人民一如既往，坚决支持东盟各国为保卫国家独立和主权而作出的一切努力，并希望看到，东盟各国加强团结和协调，为捍卫亚洲和东南亚地区的和平作出更大的贡献。"

在谈到中马关系问题时邓小平说，五年前，马来西亚已故的敦·拉扎克总理前来我国访问，与已故的周恩来总理一起签署了中马建交联合公报，从而实现了中马关系正常化。在中马建交五年之际，侯赛因总理阁下前来我国进行正式友好访问，这在中马关系史上有着新的重要意义。

邓小平指出，尽管中马两国的社会制度不同，但我们都认为，发展中马关系，是符合两国人民根本利益的。中马两国面临着类似的任务和问题，我们都致力于维护亚洲和东南亚地区的和平，反对外来势力的干涉；主张建立新的国际经济秩序，保护发展中国家的合理经济权益。可以说，中马两国之间的合作领域是很广阔的。

邓小平还向侯赛因总理介绍了我国当时的经济建设情况，他说："当前，我们正在进行国民经济计划的调整，使经济建设的步子迈得扎实些，速度更快一些。中国经济建设的总方针并没有改变，我们要根据中国的特点和具体情况，走自己的现代化建设道路。我们愿意同一切友好国家进行经济、贸易、技术合作，我们也希望从外国，当然也包括马来西亚，学到一些有益的建设经验。"

侯赛因总理在讲话中指出："我们马来西亚和东盟国家都对印支地区的冲突和紧张局势深感忧虑。我们非常关心由于有其他成员的介入而扩大冲突。我们要不惜任何代价避免这一冲突。东盟外长曾发表声明呼吁撤出所有的外国军队，用和平的方案解决冲突。东盟在联合国安全理事会提出了一个可被接受的方案，来恢复这一地区的和平和安定。"

233

侯赛因阐述了对地区安全问题的看法,他说:"我愿意强调的是,东盟所采取的行动,完全是为了这地区的利益。东盟国家所采取的行动是朝着和平解决印度支那冲突的一个积极贡献。这将有助于实现我们在东南亚建立和平、自由和中立地区的目标。"他说:"假如国家之间互相采取亲善的政策,避免干涉他国的事务,和平解决所有纠纷,这将使我们这一地区得到很大利益。东盟提出的在东南亚建立区域和平、自由和中立应该得到超级国家的支持。"侯赛因表示,我们将继续使东盟更坚强和更团结地来抵抗摆在面前的挑战。

就中马友好关系,侯赛因总理说,邓小平副总理去年11月对马来西亚的访问,为进一步加强我们两国的友好关系开辟了道路。我们今天上午的讨论同我们在吉隆坡一样是本着诚挚的精神进行的。

侯赛因在谈到已经存在于马中两国的良好贸易关系时说,我们两国的贸易和经济关系将继续得到发展和加强。正当中国推进它的现代化计划、马来西亚加快它的工业化计划的速度的时候,双方扩大贸易往来的机会增加了。

侯赛因说,中国在国际经济关系中发挥作用,实现国际经济秩序是我们的愿望。中国作为一个亚洲国家在发展这一地区国家公平的贸易关系中可以发挥有益的作用。我们之间的经济关系必须本着相互帮助和合作的精神,目的在于实现一个公平的经济体系,使所有亚洲国家受惠。

5月4日,邓小平与侯赛因以及中马双方有关人员,再次举行了会谈。双方就两国友好交往和合作关系问题进一步交换了意见,双方表示,愿为两国友好合作的发展而努力。

5月5日,侯赛因总理在人民在会堂宴会厅举行了告别宴会,邓小平及夫人卓琳应邀出席了宴会。

侯赛因在宴会上祝酒时说,他对有机会同邓小平副总理就国际形势中的重大问题以及东南亚形势和双边友好关系进行讨论和交换意见感到荣幸。他说:"我相信,马中两国友好关系将会得到发展。""我们必须采取勇敢的态度面对现实,我们都希望和平与稳定。"他说,我们将把这次访问中留下的美好记忆带回去。

邓小平在讲话中说:"几天来,我们双方在诚挚坦率的气氛中就进一步发展两国友好合作关系和共同关心的国际问题进行了有效的会谈,坦率地交换了意见。在许多问题上,我们有着共同的看法,无疑这将有利于我们在国际事务中的相互合作和支持。"他说:"我们对当前的国际形势,特别是东南亚局势表示深切的关注,我们愿意为维护一个和平、稳定的东南亚而进行不懈的努力。巩固和发展两国友好关系是我们共同的意愿,我们深信:在总理阁下访华后,中马两国人民的友谊将得到进一步加强;双边的经济、文化、教育往来将会日益增多。"

邓小平祝愿马来西亚政府和人民在建设自己国家的事业中,在加强东南亚国家联盟的团结和合作,实现东南亚中立化的努力中,不断取得新的成就。

5月6日,侯赛因总理离开北京赴上海访问,邓小平到机场欢送,临上飞机前,邓小平对侯赛因说,希望我们两国领导人今后多多来往,以加深我们两国的相互了解和友谊。侯赛因总理说,我相信,我们两国的友好关系一定会不断增进。

邓小平与侯赛因总理的互访,增进了中马两国政府的相互了解和信任,积极推进了两国友好关系和亚洲和平事业的发展。

第九章

1. 东南亚之行的最后一站

邓小平访问新加坡,受到李光耀总理及新加坡人民的热烈欢迎。

1978年11月12日,应新加坡总理李光耀的邀请,邓小平在访问了泰国和马来西亚之后,对新加坡共和国进行友好访问。

当邓小平的专机在新加坡国际机场着陆后,李光耀总理和夫人,以及负责接待邓小平的新加坡交通部高级政务部长王鼎昌在红地毯上热烈欢迎走出机舱的邓小平。

这是邓小平此次东南亚之行的最后一站。

邓小平是第一位访问新加坡的新中国领导人,新加坡总理李光耀亲自到机场迎接邓小平一行

邓小平是访问新加坡的第一位中国国家领导人。

新加坡共和国是东南亚的一个岛国,位于马来西亚的南边。东临南中国海,西南濒马六甲海峡,地处印度洋与太平洋航道的要冲。有大小岛屿50多个,其中最大的是新加坡岛,面积558平方公里,占全国面积的90%以上。马来语、英语、华语和泰米尔语均为官方语言,马来语为国语。

18世纪末,英国殖民者侵入马来半岛,1824年新加坡沦为英国的殖民地,被辟为自由港,成为英国向马来亚和东南亚各地殖民扩张的据点。1942年新加坡为日本占领。第二次世界大战后,英国又卷土重来,并于1946年将新加坡划为"直辖殖民地"。1959年6月3日,英国被迫同意新加坡成立自治邦。1965年8月9日新加坡成立共和国,同年加入英联邦。新加坡政府注意发展同第三世界国家的关系,它是东南亚国家联盟的成员国,强调加强东南亚国家联盟的团结和合作,加强同第三世界国家的经济合作关系,它参加了不结盟国家会议。

新加坡地少人多,自然资源短缺,长期依赖转口贸易。独立后,经新加坡政府的多方努力,已将以转口贸易为中心的单一经济结构逐渐改变成以工业为主导的多种经济体系。

中国和新加坡两国人民之间的友谊和交往有着悠久的历史。历史上,新加坡就是中国和印度之间贸易的一个交通枢纽。近几年来,两国人民之间的友好往来逐步增加,经济贸易关系日益加强。1976年5月,李光耀总理率领友好代表团访问中国,加深了中新两国之间的相互了解和友谊。这次邓小平访问新加坡,为中新关系又写下了新的一页。

欢迎仪式十分隆重。邓小平和夫人卓琳在李光耀和夫人的陪同下登上周围挂着两国国旗的礼台,军乐队演奏中国和新加坡两国国歌。接着,邓小平在李光耀的陪同下检阅了仪仗队。

欢迎仪式结束后,邓小平副总理和黄华外长等随行人员被介绍给新加坡副总理兼国防部长吴庆瑞和外交部长贾拉南及其他内阁成员和外交使团成员。欢迎的人群挤在机场大楼顶层上挥动着彩旗和鲜花。邓小平一行在李光耀的陪同下驱车离开机场前往新加坡市内的国宾馆。

在新加坡机场的书面讲话中,邓小平代表中国政府和人民对李光耀总理以及新加坡政府和人民给予他的热烈欢迎表示衷心的感谢。他说,中新两国人民之间有着悠久的友好接触。"新加坡独立以来,我们两国之间的关系一直是友好的。1976年李光耀总理的访华为中新两国的友好关系的发展作出了积极的贡献。"在两天的访问期间,"双方将就两国关系和共同关心的问题交换意见。我们相信,领导人的互访,将有助于加深我们之间的相互了解,增进两国人民的传统友谊。"

邓小平在讲话中转达了中国政府和人民对新加坡政府和人民亲切的问候和良好的祝愿,他祝中新两国的友好关系不断发展,祝中新两国人民的传统友谊万古长青。

2. 重申中国永远不称霸

在李光耀总理举行的欢迎宴会上,邓小平副总理发表讲话,重申中国在处理国际事务中的基本原则,承诺永不称霸。

11 月 12 日晚,新加坡总理李光耀和夫人设宴欢迎邓小平和夫人卓琳。宴会是在富丽堂皇的伊斯塔纳宫举行。

当邓小平和夫人卓琳来到伊斯塔纳宫大厦的时候,李光耀总理和夫人在大门口迎接他们。

李光耀总理首先在宴会上讲话。他对邓小平等中国客人的到访表示了热烈的欢迎。他说,"阁下是在亚洲历史上的重要时刻前来访问的","我欢迎你前来访问,欢迎有机会同阁下讨论我们共同关心和感兴趣的问题。""许多人正在重新研究以前从未怀疑过的看法,特别是鉴于最近三年来在原先的印度支那国家之间以及它们的邻国之间未曾预料到的一些发展。""新加坡人民知道中华民族的才能。我们祝愿中国在迅速实现工业化方面取得成功。一个拥有近十亿人口的繁荣与和平的国家对亚洲,对全世界来说是一件影响重大的事情。同这样一个中国合作是合乎需要的,实际上是不可抗拒的。"

邓小平在讲话中称赞勤劳勇敢的新加坡人民在李光耀总理的领导下,在发展国民经济方面取得了显著的成就。

他指出:"在国际事务中,新加坡奉行不结盟政策,坚持同各国人民友好相处,坚持东盟提出的东南亚和平、自由、中立区的主张,积极加强同发展中国家的团结和经济合作,注意同发达国家发展经济贸易关系。"

谈到中国的政策,邓小平重申:"中国政府和中国人民坚决反对任何国家在世界任何地区谋求霸权,同时一再郑重声明,中国现在不称霸,将来强盛起来也永远不称霸,永远不做侵略、干涉、控制、威胁、颠覆其他国家的超级大国。这是毛泽东主席和周恩来总理生前给我们制定的基本国策。"

邓小平强调说:"中国政府一贯坚持大小国家一律平等,坚持反对大国欺侮小国,强国凌辱弱国。国际形势的发展越来越证明霸权主义是世界不安宁的根源,严重地威胁着全世界、包括东南亚地区的和平和安全。"

关于中新两国关系,邓小平说:"中新两国人民都是热爱和平的人民。我们都需要一个和平的国际环境来建设我们各自的国家。我们一贯主张在和平共处五项原则的基础上同社会制度不同的国家建立和发展友好合作关系。"邓小平还谈到了近几年来中新两国之间在经济、贸易、文化和体育等方面的往来的可喜发展。他指出,1976 年 5 月李光耀总理的访华"为中新两国友好关系的发展作出了积极的贡献。我们相信,通过两国领导人的互访,我们两国的友好往来关系和两国人民的深情厚谊将会得到进一步的发展"。

宴会后,在伊斯塔纳宫大厦前面的草坪上举行了文艺演出。在美好的月光下,两国领导人并肩观看了新加坡艺术家们通常在节日期间演出的中国狮子舞。此外,还表演了马来舞蹈,印度民间舞蹈以及反映新加坡各民族团结、和睦的当地民族鼓乐。

3. 在新兴工业区"取经"

邓小平在新兴工业区裕廊镇参观访问,并应邀在山顶挥锹铲土,栽上一棵海苹果树。新加坡新兴工业区的计划和建设给邓小平留下了深刻印象。

11 月 13 日上午,邓小平来到新加坡岛西南部的新兴工业中心裕廊镇,在裕廊镇管理局主任郑章远的陪同下,沿着风景秀丽的山路驱车到达山顶。管理局的同志请邓小平在这个能俯瞰全新加坡岛及其海港的绿色的山顶上栽上一棵树,作为纪念。邓小平欣然接受,他挥锹铲土,栽上了一棵海苹果树,并且浇了水。这时,一群当地和外国的摄影记者争相拍照。在这棵树的前面,立了一块大理石碑,上面用英文刻着:"此树由中华人民共和国副总理邓小平先生阁下于 1978 年 11 月 12 日至 14 日对新加坡共和国进行正式访问时种植"。

植树之后,邓小平和夫人卓琳等登上五层楼房高的瞭望塔,鸟瞰这座占地 5000

邓小平为海苹果树浇水

多公顷的新加坡最大、最繁荣的工业区。16年前,这里曾是一片荒地和沼泽。

　　来到山下,裕廊镇管理局主任向邓小平扼要介绍了这一新兴工业中心的建设情况。新加坡是世界海路运输交通的重要中心,新加坡海峡是沟通印度洋和太平洋的重要通道,是亚澳地区和欧洲之间来往的主要航线。所以,新加坡岛不但是著名的国际贸易转口港,而且已经发展成为东南亚最大的石油工业中心和修船业中心。位于海港旁的裕廊被选为兴建这些工业的地区。在过去的16年中,已经建立了3家大型炼油厂,加工提炼来自中东的原油。此外,还兴建了几座用进口废钢作原料的钢厂以及卡车装配厂、造船厂、石油化工厂、鱼类加工厂,并完成了一些房屋建筑工程。目前正在计划围海造地以兴建更多的工厂。1961年新加坡建立了第一个炼油厂,当时的日产量为5万桶,1975年已经突破100万桶。1978年已经是世界上仅次于美国休斯顿和荷兰鹿特丹的第三个大炼油中心。造船修船业在新加坡工业中占第三位,1977年的产值为12亿多,比1965年增长了近30倍。对外贸易是新加坡国民经济的主要部门。这些年来,新加坡也一直在发展制造业。新加坡政府特别重视引进外国资本和先进技术以及培养本国科技人才和熟练工人,使一些工业部门一开始就建立在世界先进水平的基础上,这不仅成倍地提高生产总值,而且能不断创造较高的劳动生产力。

新加坡的这个经验对邓小平的启示很大。邓小平高度评价了他们为加快发展生产所作的努力,祝愿他们取得更大的成就。

上午,邓小平还听取了新加坡住房和发展局关于新加坡公共住房计划情况的介绍。新加坡住房和发展局长范德安对中国客人说,新加坡现政府在 1959 年开始执政时,对当时的严重的住房问题给予优先注意,开始大规模建设公共住房。从 1960 年到 1975 年的三个房屋建筑 5 年计划完成时,新加坡 170 万人中有 50%住进了公共住房,而在 1960 年住进公共住房的只有 9%的人。到 1985 年下一个房屋建筑队 5 年计划结束时,将有占总人口 75%的人住公共住房。

介绍结束后,邓小平及其一行由范德安局长陪同,登上这个局 22 层办公大厦的顶层,瞭望周围一幢幢新建成的公共住房。邓小平在楼顶的平台上缓步走着,向范德安局长询问新加坡每年住房建筑的总面积和其他有关问题。这位局长告诉邓小平,新加坡现在每年完成的建筑面积有 300 万平方米,其中三分之二是 10 层到达 20 层的公共住房大楼。水电和煤气的每月开支通常占一个家庭收入的 5%到 10%。

当听到新加坡总共有 3 万名技术人员和工人从事住房建筑时,邓小平说:"这个数字不大,你们建筑业机械化程度高。"

邓小平高度赞扬了新加坡在解决住房方面所作的努力。应主人的邀请,邓小平在来宾簿上签名。

4. 向世界敞开大门

邓小平访问东南亚三国,取得圆满成功,向世界展现了中国开放的姿态。

新加坡风景秀丽,这个花园城市在温暖的晨光下显得格外明媚。

11 月 14 日,邓小平对新加坡为期两天的访问就要结束了,准备启程回国。

上午,新加坡总理李光耀和夫人柯玉珠来到国宾馆,陪同邓小平和夫人卓琳驱车前往新加坡国际机场。

机场上空飘扬着中新两国国旗,地上铺设着鲜红的地毯,机场举行了隆重的欢送仪式。邓小平在李光耀总理的陪同下检阅了仪仗队。

新加坡副总理、国防部长吴庆瑞,外交部长贾拉南,财政部长韩瑞生和其他内阁部长以及一些国家驻新加坡的外交使节到机场热烈欢送邓小平和夫人卓琳。

在专机的舷梯旁,邓小平和夫人卓琳与李光耀和夫人柯玉珠热烈握手道别,感谢他们及新加坡政府和人民的热情款待。李光耀总理夫妇祝邓小平副总理夫妇一路平安。

邓小平夫妇登上专机后,在机舱口一再向欢送的人群挥手致意。

当天,新加坡《星洲日报》发表社论,称赞邓小平副总理的访问"对加深新中两国人民的相互了解,增进传统的友好关系,促进两国的双边关系发展,必然会有很大的裨益"。社论指出,邓小平访问新加坡、泰国、马来西亚,"不仅表示中国重视促进睦邻外交,也是对东南亚国家区域合作机构的东盟的重视"。社论最后祝愿中国的四个现代化计划能早日实现,希望中国迅速发展成为一个繁荣而和平的国家。

这里的观察家认为,邓小平副总理对东南亚的成功访问,进一步增进了中国和泰国、马来西亚、新加坡这三个东盟国家之间的相互了解和友谊,为扩大政治、经济、贸易、科技、文化等方面的交流打开了新的广阔的前景。邓小平副总理同这三个东盟国家的高级领导人举行的政治会谈表明,在重大的国际问题上,特别是在对霸权主义保持高度警惕,以维护世界特别是东南亚地区的和平与安全的必要性方面,彼此有着相似的看法。

邓小平的东南亚三国之行圆满结束,中国的大门开始向世界敞开了。

第十章

1. "亮相"国际舞台

在出席联大特别会议代表团团长的人选问题上,中央政治局意见不一。毛泽东点将邓小平,并告诫江青:邓小平出国是我的意见,你不要反对为好。

1974 年 1 月,阿尔及利亚革命委员会主席、第四届不结盟国家和政府首脑会议执行主席布迈丁提出召开联大特别会议讨论原料与发展问题,得到了包括中国在内的 100 多个国家的赞成和支持。

这是一次第三世界团结反霸,讨论反对超级大国剥削与掠夺,要求改变国际经济关系的盛会。在联合国成立 29 年的历史里还是第一次,标志着第三世界的觉醒和壮大。

第三世界能有今天,来之不易!

联合国的成长与发展史,就是超级大国操纵和控制表决机器,为本国服务的过程。

当初,联合国诞生时,宪章写入了多么美妙动听的词语:

"为避免人类再历战争之惨祸",联合国的宗旨是"维护国际和平与安全";"制止侵略",并依国际法之原则,调解国际争端;发展国际间之友好关系,增进普遍和平;协调各国行动。

然而,超级大国把联合国宪章完全抛在脑后,奉行实力政策与强权政治,联合国只是它们的表决机器而已。

1950 年,美国侵略朝鲜,反而控制联合国通过决议诬蔑朝鲜民主主义人民共和国和中国为"侵略者";

1960 年,美国以"恢复刚果法律与秩序"为名,组织联合国军队,干涉刚果内

政,杀害刚果民族英雄卢蒙巴,颠覆刚果合法政府;

1964 年,美国制造"东京湾事件",突然袭击越南民主共和国,美国贼喊捉贼,向安理会提出"控告";

1971 年,印巴战争爆发,美苏联手,在安理会偏袒印度,安排停火,结果肢解了巴基斯坦;

对于中华人民共和国恢复联合国合法席位的问题,也由于美国长期控制,致使该问题 22 年得不到解决。正因如此,中国一直认为联合国是一个不民主的讲坛。

然而,历史进入 70 年代,随着第三世界的团结与觉醒,联合国才摆脱了受超级大国控制的局面。

中国在 1971 年第 26 届联大上恢复在联合国一切合法权利,就是第三世界团结合作的产物。

中国进入联合国,结束了美苏两个超级大国操纵表决的历史。中国始终同广大第三世界国家站在一起。

第三世界国家要求召开特别联大,讨论原料与发展问题,自然受到了中国政府的热烈欢迎。

可是,在中国代表团派谁率团与会的问题上,中共领导层内部发生了分歧。

毛泽东非常重视第三世界国家的作用,中国进入联合国就是第三世界穷朋友的支持,这次第六届特别联大,他认为中国应该派高规格代表团与会。

这是中国在恢复联合国安理会常任理事国席位后首次派遣高级代表团出席这样一个重要的会议,必须派出在外交和国际经验上卓有声望的人来率团参加。

当时,总理周恩来身染重病,不宜远行。刚刚恢复工作的邓小平,虽然担任国务院副总理职务,但他还不是中央政治局常委。

3 月,中央政治局开会讨论派谁率团与会时,毛泽东批示让邓小平去。江青坚决反对,她对邓小平的仇恨刻骨铭心。

早在 1973 年 3 月 10 日,中央政治局讨论邓小平复出时,江青就坚决反对。

那天,周恩来主持政治局会议,他拿出邓小平致毛泽东及中央要求为党工作的原信和毛泽东的批示,讨论重新启用邓小平问题。

周恩来、叶剑英、李先念主张根据主席批示,立即启用邓小平,不能再拖了。

江青、张春桥、姚文元与邓小平水火不容,视他为抢班夺权道路上最大障碍,自然极力反对重新启用邓小平。

但是,江青很犯难。周恩来手中握有毛泽东批示这把尚方宝剑,如果举手赞成启用邓小平,无疑是向邓小平投降了;如果反对启用,这不仅是与周恩来、叶剑英等人对着干,也是反对毛泽东。江青一伙只好暂时退让妥协,同意毛泽东启用邓小平。

如今,中国派代表团出席第六届特别联大,这是一次特别重要的外事活动,代表团团长不仅可以在美国风光一番,也可以显示其在中共中央的地位。江青知道这一点,因此她极力反对让邓小平去,企图让张春桥取而代之。

毛泽东得知情况后,十分恼火,给江青写了一封信:

江青:

邓小平同志出国是我的意见,你不要反对为好。小心谨慎,不要反对我的意见。

> 毛泽东
>
> 三月二十七日

4月6日,周恩来破例率领中央政治局委员和在京的党、政、军各部门负责人以及各界群众4000余人在北京机场组织了一个盛大的欢送仪式,为邓小平和全体团员送行。

4月的纽约正是春暖花开的季节。联合国总部显得格外繁忙。

象征着各国主权的国旗在空中飘扬。美国的星条旗,英国的的米字旗,中国的五星红旗尤为引人注目。与此同时,世界都在关注中国代表团的到来。西方的政治家们纷纷猜测,邓小平究竟是个什么样的人物?

中国出席联合国第六届特别会议的代表团成员有:

团长邓小平,国务院副总理,虽是刚刚复出一年,可他早已是举世闻名的资深政治家。曾任中共中央总书记,在中苏大论战中有过与苏联人打交道的经历,外交经验丰富。

副团长乔冠华,外交部副部长,长期跟随周恩来做外事工作,被人称为国际知识的活字典,是中国第一任出席联大的正式代表。

副团长黄华,外交部副部长,也是一位老外交官。

4月7日,邓小平率团飞抵纽约,阿尔及利亚常驻联合国代表阿卜杜拉勒拉蒂夫·拉哈勒,阿尔巴尼亚常驻联合国代表拉科·纳乔,罗马尼亚常驻联合国代表扬·达特库、朝鲜常驻联合国观察员权敏俊,中国代表团副团长、中国常驻联合国代表黄华和中国常驻联合国代表团工作人员、联合国副秘书长唐明照,联合国礼宾处处长锡南·科尔莱等到机场欢迎。

邓小平一到纽约,便马不停蹄地开展外交活动,展示他作为一个卓越外交家、杰出的政治活动家的外交风采:

4月8日下午,会见朝鲜常驻联合国观察员权敏俊,并同他进行了亲切友好的的会谈;

晚上,会见阿尔及利亚革命委员会主席、政府总理胡阿里·布迈丁,同他进行了友好的谈话;

4月9日上午,会见阿尔巴尼亚出席联大特别会议的代表团团长奈斯蒂·纳赛,代表拉科·纳乔、安纳斯塔斯·舒克和索沃克利·拉兹里;

会见出席联大特别会议的塞拉利昂总统西亚卡·史蒂文斯;

下午,在大会开幕前,会见联合国秘书长瓦尔德海姆和大会主席莱奥皮尔多·贝尼特斯。

邓小平在联合国总部会见联合国秘书长瓦尔德海姆

就在这一天,他还分别会见了出席特别联大的罗马尼亚代表团团长乔治·马科维斯库、巴基斯坦代表团团长穆也希尔·哈桑和代表伊克巴尔·阿洪德、日本代表团团长水田三喜男和代表斋藤镇男。

晚上,应邀出席联合国秘书长瓦尔德海姆为参加本次特别联大的各国代表团举行的晚宴。

这是复出的邓小平在国际舞台上的首次"亮相"。

2. 对垒超级大国

联大特别会议上一般辩论激烈空前,亚非拉代表团结反霸,给美苏两个超级大国沉重大击。

这是一次政治分野明显的会议,是一次第三世界国家反对超级大国掠夺、剥削与控制的大会。

第三世界国家占世界人口的绝大多数,包括亚非以及其他地区一百多个发展中国家。它们虽然在政治上取得了独立的地位,在经济上还是穷国。超级大国利用在国际市场上的垄断地位,控制发展中国家单一经济产品,压低初级产品价格,抬高工业制品价格,残酷剥削,攫取高额利润,给第三世界国家的经济发展造成更大的困难。全球南北矛盾,贫富悬殊日益扩大。

第三世界国家迫切要求改变这种极不合理的状况,坚决主张按公平合理的价格进行国际贸易,在国际经济关系中国家不分大小一律平等。

可是,第三世界是小国、穷国、弱国,拿什么去与美苏两霸作斗争呢?

"靠我们的斗争,靠我们对团结的觉悟,特别是要相信我们自己和我们自己的能力。"大会的发起者、阿尔及利亚革命委员会主席布迈丁向第三世界发出了呼吁。

特别联大从4月10日至24日举行了一般辩论。共有一百多个国家的代表发了言。第三世界国家代表意气风发,斗志昂扬,与美苏两个超级大国的代表唇枪舌剑,展开了斗争。

在70年代初,苏联通过"经援"和"军援",对第三世界国家大搞不等价交换,贱买贵卖。它在理论上鼓吹"国际分工论"、"资源主权有限论"。在国际交往中却到处伸手,掠夺他国资源,侵犯别国主权。因此,许多发展中国家极为不满,有人指责苏联搞"社会帝国主义"。

美国是资本主义世界的盟主,控制现存的国际货币基金组织和世界银行,使广大第三世界国家蒙受严重的经济剥削。

美国和苏联代表推行"大棒加胡萝卜"的政策,对发展中国家进行威胁利诱,企图迫人屈服。他们不承认世界上有贫国和富国之别,不允许把"发达国家和发展中国家"的概念写入大会关于建立新的国际新秩序宣言。这种做法是企图分裂穷国的团结。

苏联代表操纵东欧卫星国的代表提出了苏联的建议,要把纲领序言中"发达国家与发展中国家"的提法改为"所有国家"。

苏联的企图立即遭到第三世界国家代表的反对。

非洲国家毛里塔尼亚代表首先发言说:"严酷的事实表明,在当今世界上存在着发达国家与发展中国家。召开这次联大特别会议,就是为了改变存在于这两种国家之间的不平等状态。如果接受苏联主张的那种修正案,这次联大特别会议就失去了意义。"

几内亚、扎伊尔、委内瑞拉、南斯拉夫等十多个国家代表纷纷发言,支持毛里塔尼亚代表的立场,反对苏联的主张。

苏联代表涅斯捷连科,摆出一副大国的蛮横架势,威胁说:"毛里塔尼亚代表应注重苏联的态度,这是重要问题,一定要辩论下去!"

"毛里塔尼亚是作为一个独立国家来出席会议的,是为了维护发展中国家的事业在参加讨论的。"毛里塔尼亚代表不怕威胁,正告苏联代表,"苏联也应该知道我国的立场。"

广大第三世界国家的相互声援,终于在第六届特别联大上战胜了两个超级大国,通过了《关于建立新的国际经济秩序的宣言》和《行动纲领》。

这是发展中国家的胜利,宣言和行动纲领在世界上第一次阐述了建立国际新秩序的观点。

阿拉伯石油生产国依靠组织起来的力量,运用石油武器,狠狠地打击了以色列的犹太复国主义,冲破了美国长期垄断国际经济的局面。"七十七国集团"主张发展中国家建立主要初级产品的生产国协会,团结起来与富有的工业化国家平等对话。

美国代表公开反对:认为"第三世界的原料生产国组织起来,可能筑起国际贸易的壁垒,将会给所有国家带来严重后果。"

多数第三世界国家代表,慷慨激昂,发表讲话。

"发展中国家只有组织起来,才能同发达国家平等对话。"阿尔及利亚代表说。

"发展中国家的初级产品的价格方面,必须形成统一战线。"乌干达代表说。

"发展中国家有权组织生产国协会。现在有人想阻挠发展中国家团结在一起,反对组织生产国协会,这是一股逆流。"扎伊尔代表说。

发展中国家饱受国际垄断资本的剥削,深刻体会新殖民主义是他们不发达的根源。这些国家代表们群情激奋。巴西、伊拉克、赞比亚代表也发言表达了类似观点。

周南作为中国代表,就这个主题发了言。他说:"美国代表在讲话中竟然反对原料生产国组织起来,维护自己的正当经济权益,并威胁说这将产生所谓的'严重后果'。这就是说,垄断资本可以勾结起来,任意操纵市场,抬高它们的商品价格,严重危害发展中国家和世界人民的利益;而发展中国家则不许可团结起来,冲破它们的垄断,维护自己的权益。"

说到这里,周南显得更加气愤了,继续说:"这是只许州官放火,不许百姓点灯!"

周南出生书香门第,是一位儒雅的职业外交官,能诗会画,发言时常引经据典。

美国代表垂头丧气,自知理亏,任由发展中国家代表发言攻击。两个超级大国身陷重围,四处碰壁。真是无可奈何花落去。

3. 阐述"三个世界"理论

邓小平在联大会议上的发言得到广泛关注和报道,所他阐述的"三个世界"理论也成为中国和许多第三世界国家的外交方针。

第六届特别联大召开前2个月,毛泽东在会见赞比亚总统卡翁达时说:

"我看美国、苏联是第一世界;中间派,日本、欧洲、加拿大,是第二世界;咱们是第三世界。第三世界人口很多。亚洲除了日本都是第三世界;整个非洲都是第三世界,拉丁美洲是第三世界。"

毛泽东第一次以中国最高领导人的身份,向外宾阐述了三个世界的理论。

毛泽东、周恩来等中国领导人认为,随着国际力量的重新组合,苏联已变成了社会帝国主义,和美国一样成了霸权主义超级大国,是新的世界战争的策源地。中国对于威胁最大的霸权主义国家,执行最广泛的反霸统一战线。三个世界的划分正是这条外交路线的战略依据。

毛泽东选择邓小平当团长出使联合国,就是要让这个立场坚定的战友,在联合国讲坛上正式向世界阐述我们的外交路线。

毛泽东明白,只有邓小平能完成使命。

4月10日下午,一般性辩论轮到了中国代表团团长发言。

邓小平身着藏青色中山装,手持发言稿,健步走向讲坛。他目光锐利,昭示着某种正义;他容光焕发,充满了自豪与信心。

邓小平在讲坛站定,颇有风度地回首向大会主席点头致意。他的目光转向会场,这里几百名来自不同国家与地区的代表,白种人、黄种人、黑种人,不同肤色,不同语言,马上就要听到中国代表团的声音。

邓小平两手扶着讲坛,开始了发言。

主席先生:

联合国大会关于原料和发展问题的会议,……顺利召开了。联合国成立29年来,举行专门会议,讨论反对帝国主义剥削与掠压、改造国际经济关系的重大问题,还是第一次。这反映了国际局势的深刻变化,中国政府热烈祝贺这次会议的召开。

邓小平在联大特别会议上发言，着重阐明了毛泽东的"三个世界"理论

当前国际形势对发展中国家和世界人民非常有利。建立在殖民主义、帝国主义、霸权主义基础上的旧秩序遭到了日益深刻的破坏和冲击。国际关系激烈变化，整个世界动荡不安。这种状况用中国的话说，就是"天下大乱"。这个"乱"是当代世界各种基本矛盾日益激化的表现。它加剧了腐朽的反动势力的瓦解和没落，促进了新生的人民力量的觉醒和壮大。

在"天下大乱"的形势下，世界上各种政治力量经过长期的较量和斗争，发生了急剧的分化和改组。一系列亚非拉国家纷纷取得独立，在国际事务中起着愈来愈大的作用。在战后一个时期内曾经存在的社会主义阵营，因为出现了社会帝国主义，现已不复存在。由于资本主义发展不平衡的规律，西方帝国主义集团，也已四分五裂。从国际关系的变化看，现在的世界实际上存在着互相联系又互相矛盾着的三个方面、三个世界。美国、苏联是第一世界；亚非拉发展中国家和其他地区的发展中国家，是第三世界；处于这两者之间的发达国家是第二世界。

美国和苏联两个超级大国，妄图称霸世界。它们用不同的方式都想把亚非拉的发展中国家置于它们各自的控制之下，同时还要欺负那些实力不如它们的发达国家。

两个超级大国是当代最大的国际剥削者和压迫者，是新的世界战争的策源地。

……

主席先生：

中国是一个社会主义国家，也是一个发展中国家，中国属于第三世界。中国政府和中国人民,一惯遵循毛主席的教导,一惯支持一切被压迫人民和被压迫民族争取和维护民族独立,发展民族经济,反对殖民主义、帝国主义、霸权主义的斗争,这是我们应尽的国际主义义务。

中国现在不是,将来也不做超级大国。

邓小平在发言中,时而双手按在案前,时而低头看看会场前排的苏联代表。每当念至"两个超级大国"或"社会帝国主义"一词时,他总是语气加重,略为严厉。

当他发言结束时,热烈的掌声回荡在联合国大厅。一些发展中国家代表向他频频挥手致意。

中国代表团团长的主题发言,阐述了毛泽东关于三个世界的划分。这一理论一直指导了整个70年代到80年代中后期的中国外交方针政策。

邓小平的发言震动了整个会场,赢得了广大发展中国家的称赞。发言结束后,许多国家的代表纷纷与邓小平握手致意。世界各大报纸和电台也纷纷报道邓小平的发言。

中国政府的外交影响又一次震动了全世界。邓小平的个性风采也为世界所瞩目。

时任美国政府代表团团长的亨利·基辛格多年后回忆当时的情景时说:"说实话,我那时不知道他是谁,因为他在中国的'文化大革命'中受到迫害。所以我们那时认为他是中国代表团的一名顾问,甚至不知道他是中国代表团的团长。但他处理事情的果断能力以及对事物的洞察力给我留下了深刻印象。"

在联合国的日子里,邓小平的日程安排得满满的。他利用会内会外的空隙,结交新朋旧友。

4月10日的晚上,出席布迈丁主席为招待参加本届联大特别会议的各国代表团举行的招待会;

4月11日上午,会见法国外长米歇尔,马达加斯加共和国外长迪迪埃·拉齐拉卡;下午会见墨西哥外长埃米略·奥斯卡·拉瓦萨,突尼斯外长哈比卜·沙提,英国副外长戴维·恩纳尔斯,拜会加蓬总统哈吉·奥马尔·邦戈。

4月12日晚,中国代表团以副团长、常驻联合国代表黄华的名义,为代表团团长邓小平举行招待会。

招待会与其说是为招待邓小平,还不如说是邓小平率团招待全世界各国派来的与会代表。

中国代表团邀请了90多个国家的外长、其他部长、代表团团长或代表参加出席招待会。

亚非拉发展中国家的穷朋友们来了;第二世界发达国家的代表来了;中国的敌人,苏美的代表也来了。

邓小平团长要利用这个机会,表明中国政府广交朋友的对外政策。

几百位客人,大厅挤得满满的,热闹非凡。招待会在友好气氛中进行。为了表示主人的热情,邓小平、乔冠华、黄华同客人热烈握手,并进行友好交谈。

这么多的客人,完全可以免掉握手。邓小平细致入微,体现中华民族无愧为礼仪之邦。

4月13日上午,邓小平不顾前夜的劳累,会见了南斯拉夫代表团团长联邦执行委员会副主席兼外长米洛什·米尼奇;中午利用午餐的机会,宴请阿尔巴尼亚外长奈斯蒂·纳赛;下午拜会毛里塔尼亚总统莫克塔·乌尔德·达达赫。感谢达达赫总统为推动中国和非洲国家之间的关系作出的巨大努力。

4. 不辱使命

邓小平圆满完成任务,率团回国。周恩来抱病去机场迎接,两位老战友握手致意。

出席第六届特别联大的美国代表团团长是基辛格,在尼克松总统第一任期内担任国家安全事务助理,因忠诚效力,在尼克松总统第二任期间,兼任国务卿。

1971年7月9日,他秘密来华,为尼克松访华作安排。1972年2月28日,他陪同尼克松总统访华,签署了《上海公报》,开始了两国关系正常化的历程。

是他,力促尼克松总统在第二任期内争取实现中美建交。美中关系发展顺利,基辛格功不可没。

因此,毛泽东、周恩来对基辛格博士怀有友好的感情。

1973年11月,基辛格博士第六次访华,毛泽东再次会见他;周恩来同他进行了长时间的会谈。

基辛格对周恩来说:"美国政府信守《上海公报》确定的各项原则,包括和平共处五项原则和反对霸权主义原则。"

基辛格希望中美在联合抗苏的战略上,保持一致。

"博士,我们中国政府赞同你刚才声明的立场。我们重申,中美两国关系正常化只有在确认一个中国的原则基础上才能实现。"周恩来看了基辛格一眼,接着用满怀希望的语调说,"你是中国人民的朋友,应该为两国关系正常化发挥较大作用。"

"我希望尼克松总统能在第二任期内实现美中关系正常化。总统表示,在任期的头两年,解决好与台湾的问题,削弱驻台美军力量,美中互设联络处。在后两年走类似日本的方式,实现美中关系完全正常化,同中国建交,与台湾保持某些民间往来。"基辛格代表尼克松总统向周恩来作出了承诺。

周恩来心领神会,向基辛格点头微笑。

基辛格回国后不久,"水门事件"爆发,尼克松像热锅上的蚂蚁,急得团团转,中美关系正常化的进程受到冲击。基辛格也着急了。

4月14日晚上,基辛格团长为中国代表团团长举行了宴会。

中国方面出席的有邓小平、乔冠华、黄华、章含之等。

美国方面出席的有基辛格、斯考特罗夫特(国家安全委员会官员)、温斯顿·洛德(国务院处长)等人。这些人在后来中美关系中担负了重要角色。

基辛格安排这次宴会,除一般礼仪外,主要是与中国方面谈两国关系正常化问题。

主宾不是陌生人,稍微寒暄了几句,便切入主题。

"我们美国政府正在致力于两国关系正常化的努力,研究如何实现'一个中国'的设想,但一时想不出办法来。"基辛格故意推托说。

其实,尼克松总统早在1973年11月派基辛格第六次访华时,已为实现"一个中国"的设想想出了办法,对中国作出了承诺。

邓小平心里非常清楚,美国政府并非"一时想不出办法来",而是尼克松总统被"水门事件"搞得焦头烂额,一时抽不出时间来。

"博士,中国政府希望这个问题能较快地解决,但也不着急。我们能够体谅美国政府的困难。"邓小平笑了笑,很有分寸地说。

基辛格表示:"让我们共同努力吧。"

第6届特别联大还没有开完,邓小平就率代表团回到北京。在首都机场,受到了周恩来的热烈欢迎。

4月19日下午,首都机场人山人海,红旗如潮。周恩来率领党政军主要领导人及首都群众4000多人等候在机场。

群众队伍中打出醒目的横标:

"坚决支持第三世界国家和人民的正义斗争"

"第三世界团结起来,反对超级大国的强权政治和霸权主义"

"热烈欢迎我国出席联大特别会议代表团胜利归来"

中国代表团的专机徐徐降落在机场上,邓小平第一个走出飞机。

顿时,锣鼓喧天,人群兴高采烈,载歌载舞,挥动彩带与花束,欢迎代表团胜利归来。

此情此景,不禁使邓小平想到了"文革"中最艰难的岁月。那时天安门广场挂着"打倒刘少奇、邓小平"的横标,自己挨批斗、受凌辱,子女也受牵连。要不是老战友周恩来的暗中保护,何以有今天!

走下飞机,周恩来第一个走上前来,同邓小平亲切握手,祝贺中国代表团取得的伟大成果。

邓小平率团从美国胜利归来,受到周恩来总理的热情欢迎,两位老战友的手紧紧地握在了一起

叶剑英伸出手来,李富春、聂荣臻、徐向前……老战友们都伸出手来,同邓小平握手致意。

"小平同志,你率团取得了伟大成果,我们在一块合影留念。"

"咔嚓",摄影师照下了欢迎中国代表团胜利归来时机场合影。其中,江青站在邓小平左边,周恩来站在邓小平右边。

5. 马拉松式的谈判

中美关系正常化过程曲曲折折,邓小平和基辛格在谈判桌上角力。

邓小平、基辛格在纽约会谈的气氛显然是融洽的,在对中美关系和世界形势的看法上面,双方大体一致。正如同邓小平副总理所说:当时中美关系"正沿着上海公报的轨道前进"。然而 7 个月之后,形势发生了很大的变化。首先"水门事件"导致尼克松总统的最终辞职(1974 年 8 月 8 日);其次,美国在对台问题上提出所谓"倒联络处"方案,明显从上海公报的原则上向后退;第三,美苏首脑的两次会谈,说明某种缓和的意图正明确起来。对此,中国最高决策层感到气愤与不安。

1974 年 11 月下旬,基辛格在海参崴美苏最高级会谈结束后来华,同邓小平进行了四次会谈。据美国评论家分析,基辛格最迟在尼克松辞职后的一星期,便开始制定他的访华计划,目的是让中国领导人明确美国对华政策的连续性,也为了抵消已经确定日程的同苏联人高级会谈的影响。基辛格希望至少安排两次出访——一次在 9 月,另一次在年底。不仅仅是要显示中美关系的价值和意义,基辛格希望 9 月或 1 月初的访问,可以把重点放在关系正常化问题上。但实际情况是,他只在 11 月去了一次,并且这次访华他抱着能见到毛泽东主席的愿望,最终未能如愿以偿。而他在此之前与参加联合国大会的乔冠华副外长的会谈,"试图在解决台湾问题的方案上得到更多的回旋余地",则肯定帮了他的倒忙。

在基辛格同邓小平的四次会谈中,邓小平对美国的对台政策"开了炮",并对美方其他的做法进行了批评。态度严正,措辞直率。1974 年的中美关系从而在这样不太愉快的气氛中闭拢了帷幕。

下面是北京四次会谈的原始记录:

第一次会谈。1974 年 11 月 26 日 11 时 25 分,北京人民大会堂

邓:外界有很多的说法,认为我们的关系在冷淡下去,发展缓慢。但在本质上,我相信我们双方都同意,我们的关系是正常的。

但我也应该说,认为这些说法是空穴来风也是不正确的。例如,博士昨天以及在 10 月份同外长会谈时提到,我们开炮更频繁了。

基辛格:是的,而且也变得更准确了。

邓:当你们把一位大使送往台湾,当他们在美国建立起好几个领事馆的时候,有些议论和猜测是自然的。

基辛格:特别是你无法相信我们的这些行为是愚蠢和毫无计划的结果时,是如此。领事馆的事是已经做了我才知道。

邓:就我们关于关系正常化的观点而言,我们认为博士和其他的美国朋友对这个是熟悉的:这就是,日本方式。在这方面,你已经表达过这样的愿望,我们方面应该提出具体怎样做的模式。但实际上,我们在很早以前就表明了我们的观点:这就是,日本方式。对我们说来,我们期望你们方面也能向前迈出几步来。

基辛格:副总理先生,这情况反映了你所说的——你给了我们一个总的想法,也就是日本方式。可是,总有一种说法,说日本模仿我们。现在你们又迫使我们去模仿日本。这是一种新方式。我们能接受基本原则,但我们有一系列日本没有的具体情况。在我们关系发展的各个阶段,我们都寻求同你们原则一致,同时考虑

对我们自己也是必要的方法。要求你们提出一个对你们说来是关乎这样重要原则的具体建议，大概是不适当的。

我认为，在日本模式的框架中，我们应该坦率谈出我们认为必要的东西，同时又不违背你们的原则，然后看是否能寻找到达到我们目标的途径。这之后，我们才能提出具体的方案。

邓：我们可以在专门的小组中谈细节问题。

基辛格：我同意。

邓：但我必须先放一炮。

基辛格：对我？

邓：空炮还是真炮，你喜欢哪一种。那就是，在这个问题上，如我们所说，你们欠了我们的。我们现在不讨论这个问题。

随后，基辛格对一年来的国际形势做了回顾。其中谈到限制战略武器谈判问题、印巴问题、柬埔寨问题以及欧洲问题等。邓小平做了简短的插话。会谈于12时20分结束。

第二次会谈。1974年11月26日15时45分，人民大会堂

基辛格：让我来说一说正常化这个题目。

（基辛格回顾了1971至1972年美国对中国的承诺，指出，华盛顿一直在注意它们，例如采取措施削减在台力量）

现在，问题是我们怎样完成这一过程。我想把它们分为几部分：这就是台湾外交地位问题、与我们的外交关系问题以及我们在台湾的军事力量问题和我们承担台湾防卫义务的问题。

我们的问题与日本不同，或者说，在这个问题上不同于与你们已经建立正式外交关系的任何国家。

主要是两方面：首先，这里存在着正式的防卫关系。其次，在美国有一大群人，它们在历史上就是亲台的。

通过一步一步非常小心的办法，在同你们合作的基础上，我们已经能使美国的亲台派不太过于偏执。但我们为共同利益所抱定的想法，是防止美国与中国的关系不成为国内激烈争辩的东西。

我非常坦率地对你说，以便我们自己确实能相互理解。在我亮出我的想法之后，你当然也要把你的观点说给我们。然后我们将研究是否能解决这些问题。我在这里是为了搬开障碍，而不是想藏在后面。

我相信，正如我所说的，尽管大炮在轰击——主要是朝一个方向——我们站在同一条战线上。

正如周总理昨天所说，我们站在一起是因为"北极熊"。

说过这些之后，让我回到我们之间的具体问题。

第一、关于外交地位问题：我们准备按日本模式加以实质性的解决。有一种变通，关于美军在台湾的驻扎问题，我们准备把军队全部撤出台湾。我们想与你们确定一个时间表，一个时间的框架以便能完成它——到1976年夏天撤出一半，剩下的在1977年底撤出。

附带说一下，我现在讨论的并不是我们想要答应的——我们同意向彼此说出来，也就是我们达成的协议，但到1975年底以前这个不应被宣布出来。我们希望现在在这个上面达到一个相互谅解，也就是应该怎样办。现在剩下最后一个问题，就是我们与台湾的防卫关系。对这个，老实说，我们还没有一个好的答案。

我们的问题是：表面上，说一个国家同它承认的主权国家的一部分——即这一部分属于这个国家——之间保持防卫关系，当然是荒唐的。

其次，在我们同北京建立了外交关系，承认北京政府是全中国的合法政府之后，我们对再在台湾维持战略基地显然没有兴趣的。

但正如我在纽约告诉外长的，我们需要一个方案，它使我们能说，至少在一定的时期内，可以保证和平统一。

如果我们可以得到这个方案，那就是意味着，我们接受北京作为中国的合法政府。我们会撤回我们对台湾的承认，断绝同台湾的外交关系，我们就会从台湾撤出我们的军队。这些能够实现是我们需要有一个与和平统一相关的东西。

在这里坦率而现实地说，打破同台湾外交关系的政治及心理结果是，我们的防卫关系也将被对北京的承认所消除。但我们需要一个使公众舆论适应的过渡期，在这个过渡期，整个进程可以被完成，而又不引起国内的过度紧张。

这就是我们的基本考虑。如果我们认可这些原则，那我们就看一看怎么制定这个方案。

邓：就这些？

基辛格：是的，这是基本的。

邓：嗯，实际上这条法律是由你自己制定的，对吗？

基辛格：哪条法律？

邓：你们就是那些制定法律的人。就是你们对台湾防卫承诺的法律，那是你们自己确定下来的。

基辛格：当然，这完全是真实的。

邓：好，既然你们可以制定法律，那自然你们也可以废除它。

基辛格：这也是真实的。我们的观点不是那不能做，我们的观点是我向你解释的那些原因。

邓：我已经注意到了博士刚才说到的这些考虑。我懂了博士10月在纽约同外长讨论过的所有这些想象出来的事情。

基辛格：对的。

邓：我相信，外长原则上已经告诉了你我们这一方对这些主要问题的答案。在本质上说，你的想象——你的考虑——根据日本模式，是不能被考虑的。

我们感到，在本质上，它还是一中一台的变种。

基辛格：为什么是这样？

邓：主要是你们的立场倒退了，改变了联络处的立场。现在的情况是，我们在北京建立了联络处——我们在华盛顿建立了我们自己的联络处，你们在北京也建了一个。你们在台湾还保持着大使馆，这本身即表明，还不存在关系正常化的必要条件。

换句话说，如果你颠倒一下位置，在北京设立大使馆，台湾建立联络处，这不是改正问题的方式。人民会得出一个结论，这实际是一中一台的翻版。因此我们发现难于接受这个方案。

你刚好谈到防卫条约问题，也就是你们与台湾蒋介石的防卫条约。当然，如果我们实现了两国关系的正常化，遵守上海公报的原则，那么，和台湾的防卫条约就必须废除。

实际上刚才博士自己已经讲了原因。

基辛格：关系正常化以后，防卫条约就不可能有国际(法)地位了。

邓：但它还有实质上的意义。

所以很明显，现在解决这个问题时机还不成熟，因为根据你们的方案，我们不可能接受这样的关系正常化。它看起来像是你们仍然需要台湾。

基辛格：不，我们不需要台湾。这不是问题。我们希望实现的，是一步一步地同台湾分离。

邓：另外的问题是解决台湾问题的方式。就解决台湾问题而论，假定你们断绝同台湾的外交关系。台湾问题应该留给我们中国人自己来解决。至于我们用何种方式解决台湾问题，我相信毛主席在他的谈话里已经讲得很清楚了。

基辛格：如果我理解正确的话，毛主席声明了两点：一个是他相信问题最终要由武力来解决。但他也说，中国可以等一百年使问题得到解决，如果我没有误解他的话。

邓：是的，他是那样说的。

当然，一百年这个数字是象征性的。

基辛格：当然，我理解。我要说的是，一百年后我将不再是国务卿了。

邓：毛泽东主席已经把解决台湾问题是中国内部事务、它应该留给中国人来解决讲得很清楚了。

基辛格：我同意。这也正是我保存的谈话记录。

第三次会谈。1974年11月27日9时45分，钓鱼台国宾馆

（这次会谈涉及了广泛的国际问题，它们包括从核武器、缓和问题以及中东冲突，到中苏关系、欧洲共产主义、柬埔寨问题以及能源危机等。在美国的评论家看来，谈判并不顺利。因为邓小平对美国与苏联的谈判始终持批评态度。基辛格对此作了辩解。在此之前周恩来总理在医院同他进行了30分钟的礼节性会见。同时，基辛格得到肯定的答复，由于毛泽东不在北京，"不方便"安排会见。美国评论家普遍认为，基辛格受到了"冷落"）

基辛格：现在，我想告诉你另一件事，当我10月份在莫斯科时，勃列日涅夫向我们建议制定一个新条约，确定双方在其他国家发动战争时，两国可以互相防卫，或两国互相防卫他们的盟国不受其他国家的核打击。……我们认为，这有两个或三个一般的目的：第一是削弱北大西洋公约组织，因为它迫使我们在核武器介入时同苏联合作反对我们的盟友；第二，它会逼迫那些害怕以色列使用核武器的阿拉伯国家，进入一个同苏联结盟的关系；第三，我想，是针对中国。

我们没有接受对这个建议进行认真的讨论将来也不会接受。

邓：他们的目的也是清楚的。我们认为，他们的目的只能是这些：首先，利用同你们这样一个协定，去发展他们自己的核武器，以便在标准上与你们拉平或超过你们。他们对签订这样一个协定所表现出来的兴趣，很自然地说明他们从这样的协定中已经尝到了甜头。如果我记忆不错的话，你们两国在1963年签署了一个关于核问题的条约。当时我正在莫斯科，进行我们两党的谈判。就在你们签署条约的那一天，我回国了。

基辛格：当时我们不知道所有你的行踪。

邓：应该说，当时苏联的武器水平大大落后于你们。但这11年来，我必须说，他们已经同你们达到了相同的水平。

基辛格：这非常正确。

邓：我还没有说完。我刚刚说了苏联的第一个目的，他们第二个目的是，正如基辛格博士所说，是力图把美国同它的盟友分离开，这是你们发现或觉察到的。可似乎虽然你们公开了这一点，他们却从来没有放弃这个目的，不管是过去、现在、还是将来。第三个目的是，维持你们两国在核武器领域的垄断地位。

他们不仅将试图用这个东西同你们作比较，而且恫吓那些只有少量核武器的国家，从而达到他们的霸权目的。

所以，我们对这种条约的总的看法，是更看重他们的政治意义，一如既往的，我们对这些事情的态度是：我们相信它们并不特别重要，我们不受任何条约和协议的束缚。正如博士多次提到的，你们的目的也不是要捆住别人。

但即使他们那样做了，甚至也成功了，这条约又起什么作用呢？不可能起很大的作用，如果签了这个协定，他们仍然会挥舞指挥棒，如果他们没有签下来，他们仍然有核武器。至于我们的核武器，毛主席说过了，它们只能是"勾勾小指头"。

至于我们对付苏联的问题，我们不依靠核武器。我们最高明的办法，就是深挖洞和小米加步枪。

我想提一个问题，我们听博士说，目前的会谈和签署目前这个协议，是一个巨大的突破，是这样的吗？更具体一点，它有多可靠——10年的缓和与停止军备竞赛的前景，是可靠的吗？

基辛格：……对你所提问题的回答是：我不相信这可以保证十年的缓和——不是一分钟的缓和，但我们相信，如果缓和被破坏了，或这样的事发生时，我们将可以更好地动员公众舆论，尽一切力量保卫和平，而不是谴责他们招惹是非。

邓：在我们一方看来，想达到真正缓和是不可能的——就别说维持10年缓和了。我们也不认为有什么协议可以束缚住俄国人的手脚。

关于你们的限制战略武器谈判（SALT），我还想问一些问题。它是否指战略武器？它只适用于核武器吗？

基辛格：是的，它的范围只限于洲际导弹。

邓：那意味着只包括这些战略武器，而不包括其它的武器？

基辛格：那要根据协议的规定。

邓：但在协议之外，战略武器是什么意思？比如说，常规武器是否也可以认为是战略的？

基辛格：不是。

邓：我们的看法有点不同。因为这里有一个问题，这就是未来战争是否一定是一场核战争。

基辛格：你怎样看？

邓：我们认为不一定。……苏联(军备)正在飞快地发展。如果苏联发动一场战争，它可能不是一场核战争，而极可能是常规战争。在这种条件下，常规武器是不能被忽视的。

所以不管对哪一方说来，用核武器攻击另一方，都是双方不得不极其谨慎的事情。

基辛格：这当然毫无疑问。我正在回答的问题是，苏联是否能够实施第一次打击的问题。我的看法是，那不可能。

邓：在这样的领域，我们赞成你们保持对苏联的优势。

苏联在东方的军事力量并不仅仅是针对中国。它也针对着日本和你们的第七舰队，针对你们的海空力量。如果他们要进攻中国，正如毛主席同你说的，想用100万军队占领中国是不可能的。他们必须再加100万，甚至连这也不够，因为他们如果要下决心同中国人打仗，就不得不准备打20年。中国人没有什么长处，就是有耐心。

基辛格：你们还有其它一些长处。

邓：我们还有"小米加步枪"和地道。……至于苏联的战略重点，我们认为是"声东击西"——目标是欧洲。不管我们有怎样不同的观点，最后事实会做结论。

基辛格：我看战略形势是一样的。如果他们进攻东方，对西方也是威胁。危险对双方是一样的，我们不需要抽象地决定它。

邓：但这个战略估计有它实际的一面，特别是对西欧国家来说。……我们同意这个观点：对任何一地区的进攻，对其它地区也是重要的。但建立一种战略观点和做好准备，同样具有重要意义，特别对你们的欧洲盟友来说是如此。因为没有(这样的准备)，他们将大吃苦头。当我们说进攻的重点在西方时，并不意味着忽略我们自己的防务。

邓：实际上美国在中东立场上的最弱点，是你们支持以色列反对人口有1.2亿的阿拉伯国家，在这一点上，苏联的立场比你们的强。

基辛格：我承认，重要性从来不能给你一个好立场。以色列是我们的最弱点，也是我们的最强点。

(此时谈话又转到关系正常化问题。邓小平重申了三原则，提出它只能按照日本模式，一旦华盛顿终止它与国民党当局的防卫条约，台湾就将成为中国人自己解决的"内部事务"；"在这一过程中，任何形式的评判或保证，以及任何形式的卷入，我们都不予接受。"然而，邓小平表示，如果华盛顿由于"需要台湾"和因为"国内的

困难",还有待于时间,那北京可以等待)

第四次会谈。11 月 28 日下午

邓:……另一件事就是博士几次说到的开炮问题,似乎博士对炮火非常关注。

基辛格:我要深挖洞。

邓:我赞成深挖洞,可炮必须开。博士说,炮火的频率和精确度都提高了,由于精确度提高了,炮火能否停下来就不好说了。我认为,研究一下炮开得究竟有没有道理是必要的。因此我想,提出这一点以引起你们注意是有用的。也就是说,现在在许多问题上,美国正处在第一线。博士在这里说过许多次有关能源和食物的问题。美国总是处在第一线,你说,正是西欧、日本和其他国家受到这些危机的影响最大,可是他们并不在第一线。

基辛格:在军事防御方面,他们也不处于第一线。

邓:当然,美国也并不是在所有问题上都处在第一线,但在当前这个时期,你们在许多问题上都处在第一线。相反,苏联却藏在后面。例如在塞浦路斯和中东,你们处在第一线。不管你们怎么看待中东问题,由于美国支持以色列的扩张主义,也就是在根本上与 1.2 亿阿拉伯人作对,从政治观点上看,你们必定要处在一个虚弱的位置上。不错,博士多次解释,这是由于国内的原因。但不管出于什么原因,只要阿拉伯人民不能收复他们失去的领土,原则问题就不会得到解决。策略性的东西不能解决问题,公报也不能解决问题。中东问题已经显示了某种同印度支那和朝鲜问题的相同性。我认为博士不会把这些看法当成歹意。

基辛格还就美国是否在"第一线"问题阐述了基本观点:承认美国处在"第一线",因为欧洲和日本不能构成强大的战略力量。但又辩白说,在中东,美国不是处在"第一线",亦即美国不愿插手中东事务。并委婉地反驳了美国在所有地方都处在"第一线"的说法。对此,邓小平只是风趣地说:"你可以研究我们的大炮。"至此,会谈结束。

差不多在一年后,也就是 1975 年 10 月,基辛格和邓小平又一次在北京会面了。这是基辛格第八次访问中国。

这一次,基辛格是带着重要使命而来的,他是为美国总统福特年底正式访华来做准备工作的。这时,毛泽东的健康状况不太好,毛泽东用手指指头部说:"这个部分还行,我能吃能睡。"然后又用手拍拍腿说:"这些部分运转不行了,我走路时感觉无力。肺也有毛病。总之,我感到不行了。"邓小平还是作为中国方面的主要代表接待了基辛格。他在人民大会堂南门接待厅和基辛格举行了三次长时间的会谈。

在会谈过程中,基辛格曾对邓小平说,中美两国之间的关系是建立在健全的基础之上的,因为两国都对对方无所求。

邓小平说:我们非常欣赏尼克松总统在会见毛主席时首先讲的话。他说,他是出自美国自身的利益到中国来的,中方欣赏尼克松迈出了这勇敢的一步。我们理解他这个话的真实性,不是一种外交语言。就是说,他是出于美国自身的利益同中国打交道的。

说到这里,基辛格脸红并略显尴尬。

邓小平还说,毛主席多次强调,中美之间当然有双边问题,但更重要的是国际问题,在对待国际问题上,我们认为,总要从政治角度考虑,才能把问题看得更清楚,才能在某些方面达到协调。正是这一点上,我们欣赏尼克松总统作为一个政治家的风度。

当毛泽东了解到基辛格的这种观点后,在第二天会见基辛格时指出"如果双方都无所求于对方,你到北京来干什么? 如果双方都无所求的话,那为什么我们要接待你和你们的总统?"

当时担任美国驻中国联络处主任,并参加邓小平和基辛格会谈的布什在他的回忆录中这样写道:

"邓小平在同外国领导人会谈中表现出一种独特的才能。他能恰到好处地掌握强硬与亲善相结合的分寸。不过他在同基辛格会谈时的情绪明显咄咄逼人。他令人难以置信地抱怨美国说,面对苏联对世界和平的威胁,美国表现得太软弱和无所作为。要不是因为使用的语言不同,我真好像是在倾听巴里·戈德华特(美国保守派)1964 年的讲话。

"邓小平副总理同毛泽东及其他中国领导人一样,对美国同苏联搞缓和的政策表示关切。他指责美国对俄国人的政策同 1938 年英国、法国在慕尼黑制定的对希特勒的政策一样,是一种'绥靖政策'。基辛格尽管有些不高兴,但仍表现得泰然自若。'一个国家把 1100 亿美元用于国防开支,不能说是在贯彻慕尼黑精神'。他回答邓小平的话说:'我想提醒你,当你们和苏联还是朋友的时候,我们就开始抵制苏联的扩张主义了。'

"会谈是针锋相对的,互不相让,这恰恰说明总统级会晤事先需要通过预备性的接触和讨论。最后,基辛格说'我认为总统的访问不应给人一种印象,似乎我们两国在吵架。'邓小平表示同意,并说,'还有时间,我们还可以进一步讨论些具体问题嘛'。"

263

6. 中美关系正常化

经过多轮难艰而富有成效的谈判,中美两国终于就各方面问题达成谅解,但分歧仍然存在。

邓小平的第二次美国之行是在 1979 年的 1 月,距离第一次差不多 5 年时间。

作为中美关系谈判中的关键人物,邓小平在这 5 年中,又经受了一场政治上的磨难。

1976 年 1 月,邓小平在人民大会堂为他的兄长、战友周恩来致悼词后,便从中国政坛上消失了。

中国国内政局的动荡,也使得中美关系陷入了停顿。

1977 年 3 月,中国共产党十届三中全会恢复了邓小平党政军的一切职务,给停滞了的中美关系谈判带来了新的转机。

1977 年 8 月,美国总统卡特派国务卿万斯访华。8 月 24 日,邓小平会见了万斯。

万斯说,卡特总统把对华政策看作是美国对外政策的中心因素,而这个政策的目的就是中美关系正常化。他提出中美关系正常化后须保证美国同台湾的贸易、投资、旅游、科学交流及其它私人联系不受影响,并允许美国政府人员"在非正式的安排下"继续留在台湾。他还表示:美国政府将在适当时候发表声明,重申美国关心并有兴趣使中国人自己和平解决台湾问题,希望中国政府不发表反对美国政府声明的声明,不强调武力解决问题。如果中国接受了这些条件,美台"外交关系"和《共同防御条约》均将消失,美国将从台湾撤出全部军事人员和军事设施。

邓小平明确地说,要使中美关系正常化,干干脆脆就是三条:废约、撤军、断交。为了照顾现实,我们还可以允许保持美台间非官方的民间往来;至于台湾同中国统一的问题,那是中国的内政,还是让中国人自己来解决,我们中国人是有能力解决这个问题,奉劝美国朋友不必为此替我们担忧。

万斯的这次访华虽然没有就中美关系正常化达成协议,但有助于卡特政府更好地理解中国对这一问题的坚定立场。于是就有了 1978 年 5 月美国总统国家安全事务助理布热津斯基的秘密访华。

布热津斯基是在 5 月 20 日中午抵达北京的,同行的有国家安全委员会的塞缪尔·亨廷顿、国防部的莫顿·阿布拉莫维茨、国务院的理查德·霍尔布鲁克、弗兰克·普雷的助手本·休伯曼和奥克森伯格等。

5月21日，邓小平在人民大会堂南门接待厅会见了布热津斯基。

邓小平副总理会见美国总统国家安全事务助理布热津斯基博士

一见面，邓小平就问道："一定很累了吧?"布热津斯基说："我的劲头很足呢! 来中国之前，我阅读了你同美国主要政治家和参议员的谈话记录。"

邓小平说，"美国朋友我见得不少，中国问题不难了解，你从过去的谈话记录中可以了解我们的看法、观点、主张，直截了当。毛主席是军人，周总理是军人，我自己也是军人。"

布热津斯基回答说："军人说话就是痛快，我们美国人也是以说话痛快出名的。我希望你们不会觉得美国人不容易理解。"

话题马上转到关系正常化上面，布热津斯基对邓小平说，总统要我带话给你：美国已经下了决心，我们不仅准备同你们讨论国际形势以及同你们采取并行不悖的行动，以促进达到同一目标，消除同一危险;同时也准备同你们积极讨论美中双方的关系问题。

邓小平说："问题还是下不下决心。只要卡特总统下决心，我看问题是好解决的。"邓小平停了一会儿又问布热津斯基，"你认为怎么样才能实现关系正常化?"

布热津斯基在他的回忆录这样写道：我在回答中一方面让邓领会到我们的方针已定，另方面也说明我们在国内面对的困难，特别是在台湾问题上。我的谈话

如下:

"关起门来,只限在座的诸位听,我可以告诉你们,总统本人准备尽可能迅速而妥善地解决这个问题。我们无意人为地拖延下去⋯⋯因此总统准备在国内负起政治责任来解决我们双方这个悬而未决的问题。他承认这是我们的责任,不是你们的问题。在双方关系中,我们所依据的仍然是上海公报,仍然是一个中国的原则;台湾问题如何解决,那是你们的事情。

"但同时,我们有某些国内问题、某些历史遗留问题,有待我们去克服。这些问题很复杂、很棘手,有些还很牵动感情。因此我们必须设法找到某种方式,使我们可以表示我们希望和期待台湾问题能获得和平解决,当然我们承认这是你们的内政,我们是遵守上海公报精神的。

"总之,我们觉得重要的是,让人看到美国是讲信用的,虽然我们现在正继续并加速从台湾撤军,但是美国还是要在远东呆下去,以免造成人心浮动,而为我们的共同敌人所用。在解决关系正常化问题时,以及在我们同台湾人民的关系的历史性的过渡时期规定一系列关系时,都要考虑到这一点。

"整个会见中,我都努力保持朋友之间坦诚地交换意见的气氛。我都是即席发言,把全球的、战略的以及双边问题穿插在一起,逐渐引到关系正常化问题上,以便试探中国的反应是否灵活,然后再回过头来谈比较保险的全球形势问题。我在谈话中向邓副总理表明,即使在关系正常化后,在'历史性的过渡时期'内(这是我故意采用的较为含糊的措词,指在最后实现统一之前,台湾将继续处于分离的地位),我们将继续对台湾的安全承担义务。

"经过一番交谈之后,我接着说:'我奉命向你们确认,美国接受中国的三条,并再次肯定美国上届政府向你们所讲的五点。我愿意把我到北京后讲过几次的那句话再重复一遍:在这些问题上,美国已经下定决心了。'

"我随即建议双方从下个月开始就关系正常化问题进行高度保密的谈判。邓马上代表中国接受了这个建议,不过他不禁又追加了一句:'我想这个问题就这样定了。我们期待着卡特总统下定决心那一天。咱们谈别的题目吧。'我马上顶回去说:'我已经对您讲过,卡特总统已经下定决心了。'

"我们这才回过头来谈国际形势。邓大体上重申了中国外长头一天所谈的观点。他强调中国希望获得更多的美国技术,担心美国未必给予通融。他说:'我想可能你们是怕得罪苏联,对不对?'我有点窝火地回答:'我可以向您保证,我这个人是不怕得罪苏联的⋯⋯要是不信,我可以跟您打赌,看谁在苏联更不受欢迎,是您呢还是我?'邓喃喃道:'这很难说⋯⋯'我趁此机会向他提意见:'你们老是批评我们对苏联搞绥靖主义,我的确认为这很不应该。即使你们的主观动机是好的,然而客观效果却加强了苏联。'邓小平副总理并没有反驳我的话。但正如我后来向总统报告的那样,自从 5 月 23 日以后,中国报刊上不再说那些话了。

"我们接着谈战略关系,邓大谈限制战略武器会谈不利于美国的论点。我指出这个会谈的目的在于获得战略稳定,与此同时我们作了重振防务的努力。邓表示不信,他说:'坦白地对你说,你们每一次同苏联达成协议,都是美国方面让步以博取苏联的欢心。'我觉得应该抓住这个机会予以反驳,于是说:'我们同苏联打交道还不至于那样幼稚。30 多年来,美国一直在反对苏联的霸权主义,比你们反对它的时间长一倍左右,所以我们在这方面还是有一些经验的。'

"如果看了以上的纪要便以为会谈中唇枪舌剑争论很激烈,那就错了。争论是有的,但总的精神是积极的,而邓关于关系正常化问题所讲的话没有像中国外长所讲的那么僵硬。虽然邓在实质上没有作什么让步,但伍德科克和我都感到他的态度可能有所松动,特别是鉴于他未反驳我关于美国和台湾关系所讲的某些话。晚上继续会谈,谈话中渐渐扯到个人。我们谈到各自的家庭,邓不断地把山珍海味往我盘里添。我们频频互相祝酒。邓暗示他有兴趣将来访问美国。他还神秘地说,他担任领导工作只剩下三年左右的时间,言外之意是想加紧推动美中关系的进程。我对他说,我希望能在华盛顿自己的家里设宴答谢他。邓微笑地接受了。"

这次会见,邓小平给布热津斯基留下了很深的印象:

"别看邓小平身材矮小,胆识可大呢,他一下子就把我吸引住了。他生气勃勃,机智老练,思想敏捷,谈笑风生,气派很大,开门见山。一席话使我懂得了他在政治生涯中屡经浮沉而不倒的道理。更重要的是,他的胸怀和魄力给我留下了深刻印象。他真正够得上是一位老谋深算、可以放心与之打交道的政治家。"

布热津斯基这次来访后不久,中美两国于 7 月在北京开始了建交谈判,邓小平也曾直接同美驻中国联络处主任伍德科克接触。

曾任外交部副部长的朱启桢、首任驻美大使柴泽民回忆道:

"在中美关系正常化的谈判中,小平同志不仅关心谈判进程,而且对每一轮的谈判都是给予一些具体的指示,甚至于在最后谈判的关键时刻,小平同志 3 次会见了美国的谈判代表。

"中美建交谈判到最后,一个问题卡住了,就是美国卖武器给台湾这个问题。我们是三大原则,这三大原则美国接受了,与台湾断交、废约、撤军,但是在出售武器给台湾这个问题上,美国不让步。

"当时如果坚持要美国停止向台湾出售武器的话,我们就可能丧失了在当时的情况下和美国建交的时机。但是,如果我们为了求得同美国建交,对武器问题就放过去的话,这个问题将来就成为一个长期解决不了的遗留问题,所以最后邓小平同志跟美国谈判代表谈判的时候,就提到了这个问题:是不是我们双方同意发表建交公报,建立外交关系。但这个武器问题就留在双方建交以后两国政府继续商谈来解决。因为有了这句话,才有了后来的"'八·一七公报'。"

《人民日报》头版刊登中美建交联合公报

这样,经过近半年的谈判,双方终于达成协议,并于1978年12月16日晚发表了《中华人民共和国和美利坚合众国关于建立外交关系的联合公报》。

1979年1月1日,中美两国关系正常化。1月28日,邓小平应邀出访美国。

7. 去美国"拜年"

中国人很注重春节,邓小平选择"大年初一"远行美国,除了为国家图个吉利,也体现出对美国之行的高度重视。

访问美国是邓小平的夙愿。

1978年11月29日,邓小平在人民大会堂会见日本公明党第7次访华团时就对竹入义胜说,我现在还有一个愿望,就是想到华盛顿去,不晓得能否实现。美国人总是说你为什么不到华盛顿去?那里有台湾的大使馆,我怎么去。只有中美关系实现正常化了,我们中国领导人就可以去。在国际事务上,我只要完成这件事就可以见马克思了。当然这要看美国政府、卡特总统的决心了。中日和平友好条约下决心后,一秒钟就解决了,中美关系正常化加一倍,两秒钟总可以吧。

1 月的北京,正值隆冬。

然而,在 1979 年,人们仿佛觉得四处正春意盎然。

新年前夕,中国共产党在这里召开了十一届三中全会,决定从 1979 年起,把全党工作重点转移到社会主义现代化建设上来。

新年元旦,彼此敌视和对抗长达二十余年的中美两国终于结束了双方关系的不正常状态,互相承认并建立外交关系。

同一天,全国人大常委会发表《告台湾同胞书》,指出:

统一祖国这样一个关系全民族前途的重大任务,现在摆在我们大家的面前,每一个中国人,不论是生活在台湾的还是生活在大陆的,都对中华民族的生存、发展和繁荣负有不可推卸的责任。实现中国的统一,是人心所向,大势所趋。早日实现祖国统一,不仅是全中国人民包括台湾同胞的共同心愿,也是全世界一切爱好和平的人民和国家的共同希望。"在大陆上的各族人民,正在为实现四个现代化的伟大目标而同心戮力。我们殷切期望台湾早日归回祖国,共同发展建国大业。我们的国家领导人已经表示决心,一定要考虑现实情况,完成祖国统一的大业,在解决统一问题时尊重台湾现状和台湾各界人士的意见,采取合情合理的政策和办法,不使台湾人民蒙受损失。"提出通过商谈,结束军事对峙状态,"双方尽快实现通航通邮","发展贸易,互通有无,进行经济交流"。这是新时期中国共产党人对台政策的重大转变。

也就在同一天,政协全国委员会在人民大会堂举行茶话会,座谈讨论《告台湾同胞书》,政协主席邓小平在会上说,今天有三个特点:全国工作着重点的转移;中美关系正常化;台湾回归祖国、完成祖国统一大业提上具体日程。

尤为引起世界瞩目的是,还是在这一天,国防部长徐向前发表声明,停止炮击大、小金门等国民党军据守的岛屿,福建前线轰鸣了几十年的炮声从此再也听不到了。

就在这举国上下一片祥和的时刻,邓小平选择在农历大年初一(公历 1 月 28日)出访美国,不能不说是"精心策划"。

本来,卡特总统是在中美建交谈判中向邓小平发出访美邀请的,但时间定在中国的大年初一,却是邓小平的主意。

按照中国的一些地方的习俗,人们在农历大年初一是不能拎着礼品串门的,甚至这天的洗脸、洗碗、刷锅用水和其它的残汤剩水也被称为金水、银水，不能当天倒在户外。否则，来年的好运和财气会因此跑掉。在民间，还有一种更为流行的传说：大年初一说了吉利话，做了吉利事，那么一年四季都会吉利。

邓小平大概就是基于后一种传说，要为国家图个吉利吧！

28日一大早，前来为邓小平送行的人们就已聚集在北京机场的候机大楼里。他们中有邓颖超、李先念、王震等邓小平的老战友，还有美国驻华联络处主任芮效俭和夫人、日本驻华大使佐藤正二和夫人。

8点左右，邓小平和夫人卓琳与送行者一一握手告别，并拥抱了他的小孙女，然后在"一路顺风"的祝愿声中，健步登上了中国民航公司的一架波音707客机。

陪同邓小平出访的还有：国务院副总理方毅和夫人殷森，外交部长黄华和夫人何理良，中国驻美联络处主任柴泽民和夫人李友锋，外交部副部长章文晋、特别助理凌云、浦寿昌，邓小平副总理办公室主任王瑞林，新闻助理彭迪，外交部礼宾司司长卫永清，国家科委局长吴明瑜等。

邓小平这次访问，是中华人民共和国成立后，中国领导人对美国的第一次访问。

1944年底，毛泽东为了促使美国在战后中国的和平民主进程中发挥积极作用，就曾打算亲自前往华盛顿拜访罗斯福总统。但是，当时美国总统的注意力集中在蒋介石身上，未对中国共产党的表示作出反应。

1949年10月1日，中华人民共和国宣告成立，但美国对此视而不见，一意孤行地继续承认台湾国民党政权为中国的合法政府。中美关系被人为地隔断了二十多年。

1959年3月，毛泽东在武汉会见安娜·路易斯·斯特朗和黑人朋友杜波依丝夫妇时，半玩笑半认真地表示自己愿意作为一个旅游者去密西西比河游泳，顺便看看艾森豪威尔打高尔夫球，再去医院探望一下反共老手杜勒斯先生。当然，玩笑也好，认真也好，毛泽东当时都没有能够实现自己的意愿。等到他和周恩来、尼克松、基辛格共同开创了中美关系的新局面后，却没能等到中美正式建交就与世长辞了。推进和深化中美关系的任务，历史地落在了以邓小平为核心的中国共产党第二代领导集体肩上。

北京时间29日凌晨4点半（美国东部时间1月28日下午3点半）波音707抵达华盛顿安德鲁斯空军基地。

这时，华盛顿大雪纷扬，气温低达华氏38度（小于3℃）。但寒冷挡不住这个城市对有朋自远方来的喜悦心情。从安德鲁斯空军基地候机大楼到宾夕法尼亚大街两侧的路灯上,鲜艳的五星红旗和星条旗一面挨一面地飘扬着,在凛冽的寒风中欢快地啪啪作响。

机场上聚集了400多人,有美国各界人士,也有中国血统的美国人以及旅美华侨。他们冒着严寒,等候着中国贵宾。

飞机停稳后,身着深色大衣的邓小平出现在机舱门口。虽然飞行了一昼夜一万八千五百多公里,但他依然神采奕奕,情绪饱满。欢迎的人群向他鼓掌、欢呼,他也在舷梯上鼓掌答谢。当他笑容满面走下舷梯时,蒙代尔副总统迎上前去同他紧紧握手。

在接受了中国驻美联络处妇女代表的献花后,黑色的卡迪拉克牌轿车载着邓小平向白宫方向驶去。邓小平一行下榻在白宫对面的布莱尔大厦。

8. 一诺千金

布热津斯基访问中国时,受到邓小平热情款待,他邀请邓小平回访美国时参加他的家宴,没想到这样一位大国副总理到美国后第一件事竟是践行自己的这个诺言。

邓小平一行稍事休息后,便来到美国总统顾问布热津斯基的郊外住宅,参加一次别有风味的家庭晚宴——吃烤牛肉。

这次晚宴是在去年5月就预订好了的。那时,布热津斯基奉卡特总统之命来北京商谈两国关系正常化问题,邓小平为他举行了一次丰盛的宴会。在品尝了可口的中国菜后,布热津斯基邀请邓小平有机会到美国品尝一下美国家庭的饭菜。今晚,邓小平就是来践约的。

为了办好这次宴会,布热津斯基一家几天来一直忙个不停。他的夫人精心选择了菜单,亲自烹制了具有浓郁美国风味的烤牛肉、蟹肉、蔬菜、水果沙拉等等。他则负责选购了满满一柜各色美酒。宴会开始前几个小时,他忽然想起中国人好饮烈性茅台酒,因而担心自己这一柜酒不够客人畅饮,便又星如急火地打电话到白宫,让他的部属马上再捎一些来。布热津斯基还别出心裁,让他的三个孩子——伊恩、马克和米卡充当宴会的服务员。

宴会开始后,觥筹交错,笑语声声。酣畅之间,布热津斯基当众发表自己的高见说,中国人和法国人有一个共同点,就是都认为自己的文明优于所有其他国家。

邓小平反应很快,接过话头道:"我们可以这样说,在东亚,中国的饭菜最好;在

271

欧洲,法国的饭菜最好。"

这话自然获得了一片赞成。其实,在座的人们中间,恐怕再没有谁能像邓小平那样,同时对这两个国家都有那么长时间的真切了解。

在谈到两国关系时,布热津斯基对邓副总理说:"卡特总统由于决定和中国关系正常化,他在国内已碰到一些政治上的困难。你在政治上也碰到了不少困难吧?"

邓小平哈哈一笑,随即答道:"是呀,我也碰到了困难,在台湾省,有一些人就表示反对。"这一机智的回答,引得在座的人都笑了起来。

去年春天,由于万斯抱怨布热津斯基的一些公开言论妨碍了他有效地发挥国务卿的作用,因此卡特总统一度降低了布热津斯基的形象,要他躲在幕后,这种情况直到布热津斯基参加了中美建交谈判后才有所改变。这次邓小平的到访,分明是在公开赞扬布热津斯基对促进中美关系正常化所作出的积极贡献,这给布热津斯基一家带来了极大的荣耀。几天后,他在办公室会见记者时,还异常激动地说:"在你想到这件事的时候,你就会感到惊奇,一个十亿人的领导人到达美国后仅两小时就到我家里赴晚宴!""我是说,这的确相当令人惊奇!"

其实,也没有什么特别令人惊奇的。凡了解中国传统,了解中国共产党人的人,都有这样一种强烈的感受:中国人永远都不会忘记自己的老朋友。

后来,布热津斯基在他的回忆录中动情地描述了这次家宴的情形。他写道:

"邓小平的访问一开始就具有浓厚的人情味儿。这是他第一次访问美国,1月28日是星期天,他和夫人以及主要的随行官员驱车从宾馆来到我在弗吉尼亚州麦克林镇的家里吃饭。这是邓小平在北京招待我的宴会上商定的,他在席间对我说,希望有一天访问美国。我很高兴能以家宴来招待他。我请了我的部属奥克森伯格,以及万斯、伍德科克、霍尔布鲁克等出席作陪。那天的家宴完全是非正式的,由我的几个孩子端菜服务。吃的是美国饭菜,喝的是上等的苏联伏特加酒,这酒是多勃雷宁以前赠送给我的。我对邓小平说,我用勃列日涅夫所喜欢的佳酿向他敬酒。邓听了哈哈大笑。

"可是那天晚上一上来就遇到一场虚惊。邓小平一行人的车子已经到了我家门前,我正走出去迎接时,起居室壁炉的烟道堵塞了,屋里顿时浓烟弥漫。我装着若无其事的样子向邓及其一行表示欢迎,用双手同他们一一握手,而我的妻子,穆斯卡和奥克森伯格等手忙脚乱地把几台电扇搬来放在窗旁,把烟扇出去,同时把起居室的门紧紧关上,不让烟扩散到房子的其它部分。邓小平夫妇不顾旅途劳顿,整个晚上都兴致很高。"

9. "我们无所不谈,上至天文,下至地理"

邓小平与美国总统卡特就中美两国共同关心问题交换了意见,邓小平的机智幽默让美国友人由衷地叹服。

卡特总统对邓小平的这次来访十分重视,并作了精心的准备,3 个星期前他便详细审阅了所有接待计划的细节,包括国宴的菜单在内。卡特后来在他的回忆录《保持信心》中描述了当时的情景,他写道:

在安排我同邓会晤的准备工作中,我发表了一篇向中国广播的电视讲话,向中国人民着重说明新关系对我们两国、对太平洋地区和全世界的意义。我告诉他们,美国人民对我们的决定是多么高兴,说邓小平副主席和夫人及其一行将受到的热烈欢迎可以证明美国人民的这种喜悦心情。我说,我的两位共和党的前任总统尼克松和福特,以及中国的前领导人毛泽东和周恩来都对我们达成的新协议作了奠基工作。这件事情本身就说明我们两国领导人之间的相互支持是广泛的。(这一电视节目在中国一再播放,因此我后来访华时,走在大街上的行人都马上能认出我来)

卡特还破例以接待国家元首的礼仪规格接待了邓小平副总理。

1 月 29 日上午,白宫的南草坪披上了节日的盛装。五星红旗第一次悬挂在白宫前面的旗杆上,和美国国旗一起飘扬。10 点整,卡特总统在这里为邓小平访美举行了正式的欢迎仪式,美国政府许多高级官员和一千多名挥舞着小型的中美两国国旗的群众参加了欢迎仪式。人群中不时爆发出阵阵掌声和欢呼声。

邓小平和夫人卓琳在卡特夫妇的陪同下登上了铺有红地毯的讲台。这时,军乐队奏起了中美两国国歌,鸣礼炮 19 响。

在检阅了仪仗队后,卡特致词说:

"今年开始了有意义的我们两国关系的正常化,今天我们又迈进了一步。""我们期望,这种正常化能帮助我们一同走向一个多样化的和平世界。"

"副总理先生,昨天是旧历新年,是你们春节的开始,是中国人民开始新的历程的传统日子。我听说,在这新年之际,你们向慈善的神灵打开了所有的门窗。这是忘记家庭争吵的时刻,这是人们走亲访友的时刻,也是团聚和解的时刻。""对于我们两国来说,今天是团聚和开始新的历程的时刻,今天是和解的时刻,是久已关闭的窗户重新打开的时刻。"

随后,邓小平致答词。他高度评价了中美关系正常化的意义,说"中美关系正常化远远超出两国关系的范围。位于太平洋两岸的两个重要国家发展友好合作关系,对于促进太平洋地区和世界和平,无疑地将是一个重要因素。他还赞美了两个伟大的国家和两国伟大的人民,两国人民的友好合作,必将对世界形势的发展产生积极而深远的影响。他意味深长地说:"世界人民的当务之急,就是要加倍努力维护世界和平、安全和稳定。世界形势也在经历着新的转折。我们两国有不可推卸的责任,通过共同的努力对此作出应有的贡献。"当时,美国政府正在同苏联进行第二阶段限制战略核武器的谈判,不愿当着中国人的面公开谴责苏联的霸权主义。但邓小平在答词中,还是把这个问题含蓄地、策略地端了出来。

邓小平和卡特总统在美国白宫的阳台上向欢迎的群众挥手致意

欢迎仪式后,邓小平和卡特走进白宫椭圆形办公室,开始进行两国最高级会谈。会谈前,卡特和邓小平照例寒暄了几句。

卡特说:"1949年4月,我作为一名年轻的潜艇军官曾经在青岛呆过。"

邓小平听后风趣地说:"我们的部队当时已经包围了那个城市。"

这时,坐在一旁的布热津斯基插话说:"那你们早就见过面?"

邓小平笑道:"是的。"

随后,他们开始了正式会谈。卡特在回忆录中详细记述了他同邓小平首次会谈的情况:

"我们计划进行3次工作会议,并决定双方首先谈谈各自对世界事务的分析。邓要求我先谈。我根据提纲谨慎地每谈一点就停下来让译员把我的话翻译给邓和中国其他官员听。我特别关切的是两桩事：一桩是从东南亚、印度洋北部到非洲这一地区动荡不安的局势以及某些外来的强国企图利用这一局势；另一桩是苏联军事力量的迅速增长。我还提到指导我国同其他国家发展关系的信念和意义。

"我说，我的责任是确保美国在世界事务中保持强大而有益的影响。我国赞赏全世界人民日益增长的要求改善生活、更多地参加政治活动以及消除他们本国政府的迫害和摆脱外国统治的愿望。我们还认为像中华人民共和国这样的国家影响的日益扩大是积极的事态发展，并且相信同这些国家建立良好的关系将维护我们未来的安全。

"邓身材矮小，坐在内阁会议室的一把大椅子上，几乎看不到他这个人了。他在出神地听我讲话。他接二连三地吸着烟卷，一对明亮的眼睛常常东转西看。当译员把我的话译给他听时，他时而发出笑声，时而对其他中国人员频频点头。

"后来我要邓对我讲的话发表些意见。他谈了他认为是重要的问题，指出现在美国同中华人民共和国有许多共同利益。"

邓小平说，我们的看法是，世界很不安宁，存在着战争危险。这是毛主席和周总理生前就提出的看法，并认为战争主要危险来自苏联。第三和第二世界应联合起来反对霸权主义，这一反霸统一战线，坦率地讲也包括美国。所以我们说中美之间有许多共同点。对付苏联称霸世界，美国理所当然是一主要力量。但美国处理这些问题时，从自己所负责任的角度来说，有某些不足之处。

卡特后来回忆说，"他还说中东形势在过去5年内没有根本改善。在该地区，由于以色列的存在而拒绝和平努力的一些国家早就是靠拢苏联的。他认为像叙利亚和阿尔及利亚等一些态度不明朗的国家，也向苏联靠得更近了。他进一步指出，中华人民共和国承认以色列的实体，而以色列的存在是不可否认的。但是后来当我询问他，中国有无可能同以色列建交时，他答称：'不，目前没有可能。'他接着说，如果以色列决定撤退到1967年的边界，解决约旦、约旦河西岸的问题和巴勒斯坦重返家园的问题，它将赢得1亿阿拉伯人的支持。否则，中东问题可能还会蔓延到沙特阿拉伯和其他国家。"

卡特在当天的日记中写道：

"邓说，他并不反对第二阶段限制战略武器条约，认为这可能有必要。但是他觉得目前的第四次会谈结果必然同前三次一样，不能限制苏联的战略军事力量。邓说，中华人民共和国不希望发生战争，中国人需要长时期的和平以全面实现现代化。苏联终将发动战争，但我们也许可能把战争推迟22年（到本世纪末）。他认为美国、中华人民共和国和印度之间没有必要建立正式的联盟，但认为应该协调行动遏制苏联。"

1 小时 20 分钟后,会谈结束了。关于第一次会谈的情况,布热津斯基后来也回忆说:"1 月 29 日星期一上午,邓小平第一次来到白宫。白宫里气氛活跃。在我的记忆中,人们的情绪从来没有这样兴奋过。经过一番寒暄后,双方进行了大半天的会谈,谈得很坦率,主要集中于国际问题,就像友邦以至于盟国之间似的,完全不像是四个星期之前互相尚未建交的国家。"

中午邓小平出席万斯国务卿举行的午宴。在宴会祝酒时说:"中美关系正常化是中美两国人民的共同胜利,因为它符合两国人民的共同愿望和利益,而且对于世界的和平和稳定十分重要。"席间,双方还就一些共同关心的国际问题进行了交谈,午宴结束后,邓小平来到国务院休息室。这时,一群记者蜂拥而至,纷纷询问邓小平同卡特谈论了些什么问题,邓小平以他那独特的诙谐幽默的语气回答说:"我们无所不谈,上至天文,下至地理。"记者们的提问虽然被这句话挡得严严实实,但他们却对邓小平表现出来的幽默和智慧发出的由衷的叹服。

10. "煮酒论英雄"

邓小平与卡特就国际问题交换了意见,重点在于遏制苏联和孤立越南,争取中立的国家团结反霸。

1 月 29 日下午,卡特同邓小平举行第二次会谈,主要是就国际问题交换意见。卡特在回忆录中写道:

"饭后,我们继续开会。我对他说,我也担忧苏联扩张势力,但我要他看到苏联在埃及、印度尼西亚、南斯拉夫、波兰和其他东欧国家、尼日利亚、几内亚、北朝鲜、日本、东盟各国、索马里以及中东,特别是在中国的不利遭遇。我指出,在南部非洲,我们如果不去做现在亲苏的如扎伊尔、赞比亚和莫桑比克等国的工作,将铸成严重错误。安哥拉现在也在审慎地向西方靠拢。我阐明了我们为使多数人统治纳米比亚而做的工作,并告诉他,中国也可以同样在非洲致力于和平的工作。

"我概述了我们使中东实现和平所作的努力,并强调了我们对巴勒斯坦人的关切。我说,至关重要的是我们应该有个全面的和平解决办法。从战略上说,需要使沙特阿拉伯、约旦、苏丹、埃及、以色列、阿尔及利亚和摩洛哥等温和国家协助我们达到这些目标。只要埃及陈兵苏伊士以东与以色列对峙,只要叙利亚、约旦、伊拉克和其他邻国都对以色列虎视眈眈,我们就不大可能阻止苏联进一步入侵这一地区。我的这一论点显然引起了他的重视,他非常仔细地倾听我讲,并向我提出了关于这一地区几个国家的若干问题。

"至于其他动乱地区,我简略地谈了我们在伊朗的做法,并对他说,我们希望那里有一个根据伊朗宪法产生的稳定而和平的政府。我说,我们认为对待侵略者越南的最好办法是使它在世界上处于孤立地位。最近联合国的发展中国家首先在谴责苏联、古巴的同时谴责了越南。我试图敦促中国人利用它在北朝鲜的影响,协助安排南北朝鲜政府当局直接谈判。我不知道我在这一方面的工作是否有成效,但至少邓理解了我的主张。

"我们都认为,如果我们联合反苏将铸成大错,这只能把苏联推得更远。我说最好是采取这样的政策,就是当苏联态度积极时就与之合作,否则就同它竞争。我们要长久地避免战争,不是仅仅把它推迟 22 年而已。"

这时,会谈已持续了两个半小时,卡特向邓小平建议第二天上午继续会谈,邓小平欣然同意。

11. 政治奥林匹克奖

经过短暂的相处,邓小平给卡特总统留下了"机智、豪爽、有魄力、有风度、自信而友善"的良好印象;邓小平更以自嘲的口吻表示自己可以获得政治方面的奥林匹克奖。

1 月 29 日晚上,卡特和夫人在华盛顿举行盛大国宴,欢迎邓小平夫妇。

参加宴会的来宾有 140 人,包括 24 名中国官员、6 名美国内阁阁员、14 名参议员、7 名众议员和 11 位美国企业家。此外,卡特还满足了中国客人的愿望,邀请美国前总统尼克松和前国务卿基辛格出席。

布热津斯基回忆说:"国宴之前冒出来的一个问题是要不要请前总统尼克松出席,卡特总统认为还是应该请,并批示我去办。于是我打电话通知尼克松。电话刚打完,蒙代尔突然跑到我的办公室来表示反对邀请尼克松,并说要找总统谈这个问题,但已来不及了。尼克松欣然应邀,还问我,他的露面会不会造成什么不方便。我请他放心,说卡特总统很欣赏他打开美中新关系的功绩,认为理应邀请他。宴会席上,尼克松坐在我旁边,白宫的服务人员都热情地和他打招呼,这使我很感动。

终席时,这位前总统请同桌的人在一张印有中、英文名的菜单上——签名留念,说是要带回家给他的妻子帕特看。"

美国的国宴一向以豪华和排场著称,但在当晚的宴会上,最引人注目的则是刚从卡特的故乡佐治亚洲运来的一千五百株红色和粉红色的山茶花。很显然,这是卡特总统精心安排的。这种别致的装饰使宴会厅里充满了春天的气息。

宴会开始后,卡特首先祝酒。他在称赞中美两国的新的关系对世界和平事业的作用,尤其是能够对亚太地区的和平与稳定作出贡献后说:"在争取自由的革命中诞生的美国是一个只有二百年独立历史的年轻国家,但是,我们的宪法是世界上最古老的仍在继续生效的成文宪法。有四千年文字记载历史的中国文明是世界上最古老的文化之一,但是,作为一个现代国家,中国还是很年轻的。我们能够互相学到很多东西。"

卡特接着说:"像您,副总理先生一样,我也是一个农民,而且,同您一样,我过去也是一名军人,当我长大的时候,在我那个小小的农业村社里,农业生产方法和生活方式同几个世纪前并没有多大不同。我走出了那样一个世界而参加了一艘潜艇的计划和安装工作。当我回到故乡时,我发现,新的科学知识和技术已在短短的几年内改造了农业。""我了解到那种变化所带来的震动,变化所要求的有时是痛苦的调整,以及变化对个人和国家可能带来好处的巨大潜力。""我也知道,不论是个人还是国家都抑制不住变化。使科学技术的进步适应我们的需要——学会控制它们——在尽量缩小它们潜在的不利作用的同时从中得到利益,这样就更好了。"

卡特说:"我知道,中国人民和您,副总理先生,十分理解这些事情。你们雄心勃勃地致力于现代化的工作证实了这一点。美国人民祝愿你们的努力获得成功,并且盼望同你们进行合作。"

作为美国历史上最年轻的总统之一,卡特的这篇祝酒词,听起来慷慨激昂。

与卡特的祝词相比,邓小平的答词却要冷静、沉稳、具体得多。他说:

"我们两国曾在三十年间处于相互隔绝和对立状态,现在这种不正常的局面终于过去了。在这个时刻,我们特别怀念生前为实现中美关系正常化开辟了道路的毛泽东主席和周恩来总理。我们也自然地想到前总统尼克松先生和福特先生,基辛格博士、美国参众两院的许多议员先生和各界朋友所作的努力。我们高度评价卡特总统、万斯国务卿和布热津斯基博士为两国关系正常化所作出的宝贵贡献。"

很显然,邓小平在答词中也讲到了两国的友谊,但他没有用动人词藻来掩饰两国的差异,同时他也没有忘记中美两国共同面对的苏联霸权主义,在谈到这个问题时,他充分运用了求同存异的原则,他说:

"我们两国社会制度不同,意识形态不同。但是,两国政府都意识到,两国人民的利益和世界和平的利益要求我们从国际形势的全局,用长远的战略观点来看待两国关系。正是因为这样,我们双方顺利地达成了实现关系正常化的协议。不仅如此,双方还在关于建交的联合公报中庄严地作出承诺,任何一方都不应当谋求霸权,并且反对任何其他国家或国家集团建立这种霸权的努力。这一承诺既约束了我们自己,也使我们对世界的和平和稳定增添了责任感。

"我们相信中国人民和美国人民的友好合作,不仅有利于两国的发展,也必将成为维护世界和平促进人类进步的强大因素。"

祝酒结束后,邓小平和卡特开始随意交谈,据卡特回忆:

"在宴会桌上,这个很受欢迎的伙伴谈话轻松自如,自始至终滔滔不绝地介绍他国内的生活情况,并谈论他认为国内情况如何好转。我们很风趣地谈到了我孩提时代就很感兴趣的基督教传教士到中国去只是要改变东方的生活方式,使之西方化。我对他提了传教士在中国创办的所有医院和学校,他说许多医院和学校现在还在。他极力反对恢复外国传教士传教计划,并说中国的基督徒同意他的看法。但当我提出他应该允许圣经自由传播以及让人民有信仰自由时,他是很专心地倾听的。他保证要过问此事(后来他采取了有利于这两点建议的行动)。

"邓似乎对改善同沙特阿拉伯的关系很感兴趣,并再次强调这个问题的宗教因素。他说,中国也许有700万穆斯林教徒,中国政府并不干预他们的宗教信仰。

"关于人权问题,邓说中国人对重罪的惩处没有一致的标准,因此正在努力改变他们的司法制度。中国的律师很少,他拿不准如果多一点律师是否会对国家好些。他注意到其他国家的法庭上不断有争执、拖延以及明显的等级歧视等,他不知道中国是否应该有这些问题。他显然决定允许在了解争端和清楚犯罪行为情况的小范围内解决民事、刑事案件,并且限于只增加同其他国家谈判协定和合同时需要的律师。他说中国赞成所有分散的亲人团聚,不实行新闻检查,最近又容许有相当的言论自由。他还说根据中国的制度,必须审慎地对待这些自由。

"在正式祝酒和私下交谈中,人人都像过节一样沉浸在欢乐的气氛里,似乎有意要打破往往使这种场合变得沉闷的正式外交的局面。我特别高兴的是见到国务院的中国问题专家在如饥似渴地搜集第一手材料,搜集他们毕生从事研究的一个国家的历史和现代风俗的第一手材料。

"宴会上,邓小平始终谈笑风生。当雪莉·麦克莱恩对他个人的经历表示兴趣时,邓小平风趣地告诉她说,如果对政治上东山再起的人设置奥林匹克奖的话,他很有资格获得该奖的金牌。"

此外,邓小平还与费正清进行过一段颇有意味的谈话:

"贵庚?"邓问。

"72 岁。"费答。

"我今年 74 岁。"

"但你仍满头乌发,而我早已秃头了。"

"这证明你脑筋用得太多。"

费正清从 1932 年起曾以学者和外交人员的身份在中国呆过七年,已在哈佛大学讲授中国历史四十余年,是该校弗朗西斯·李·希金森讲座功勋历史学教授,也是公认的西方首屈一指的中国问题专家之一。他之所以能获得参加国宴并在首席陪同卡特和邓小平的殊荣,是与他长期以来卓有成效地致力于中国问题研究并积极呼吁中美关系正常化分不开的。他对此感慨万端,觉得这一盛会终于证明了他作为一个中国问题专家五十余年来努力的成果。

宴会结束后,邓小平夫妇在卡特夫妇的陪同下,出席了在肯尼迪中心举办的文艺晚会。

晚会上,群星荟萃,高潮迭起。著名钢琴家鲁道夫·塞金、歌唱家及六弦琴演奏家约翰·丹佛的表演令人陶醉;精彩的现代巴蕾舞让观众如梦如痴;哈莱姆环球游览者职业文娱球队的篮球表演则博得了全场热烈的喝彩,据说,安排这支球队表演是为了满足邓小平对篮球运动的爱好。晚会的最后一个节目是一群天真活泼的儿童唱起了中国歌曲,这使晚会的轻松愉快气氛达到了最高潮。

演出结束时,邓小平和夫人,卡特夫妇和他们的女儿艾米一起登台与演员们见面。很显然,当时的热烈气氛使卡特深受感动,他在当天的日记中以颇具感情色彩的笔触写道:

"我们在肯尼迪中心观看了一场很轻松的演出。后来我和邓、邓的夫人卓琳、罗莎琳以及艾米一起登台与演员们见面。当邓拥抱美国演员特别是拥抱演唱中国歌曲的小演员时,流露了真诚的感情。他亲吻了许多儿童,后来记者们报道说不少观众甚至感动得流泪了。

"参议员拉克泽尔特是极力反对中美关系正常化的,但这次演出之后,他说他们输了,没有办法投票反对儿童唱中国歌曲。

"邓和他的夫人似乎真诚地喜欢人民,他确实轰动了在场的观众和电视观众们。

"也许因为邓的精力充沛和个子矮小的缘故,那天晚上艾米和其他孩子们都非常喜欢挨着他,同他在一起,其实双方似乎都有这种感情。

邓小平夫妇与卡特夫妇出席肯尼迪中心举办的文艺晚会，邓小平以和蔼可亲的言行赢得了孩子们的喜爱

经过短时间的相处，邓小平独特的个性和个人魅力便给卡特留下了十分深刻的印象，他在当天的日记中写道：

"我对邓的印象很好。他个子矮小，却很健壮。他机智、豪爽、有魄力、有风度、自信而友善，同他进行会谈是愉快的。"

12. 而今迈步从头越

中美关系正常化后，邓小平顺利访美，开启了各领域合作的先河，但这仅仅是开始。

1月30日上午9点，邓小平和卡特举行第三次会谈。重点讨论了双边关系问题。双方同意成立联合经济委员会，签订中美航空协定和海运协定。卡特在回忆录中也详细描述了这次会谈的情况，他说：

"这一次有我们助手参加的会议比前一天的会议轻松而又和缓得多。我们讨论了双方偿还资产的问题（这个问题是1949年中国革命胜利时双方互相没收资产引起的），并保证努力迅速解决这一个和其他的遗留问题。邓对于这些复杂问题的具体细节了如指掌。

"我提出了关于最惠国待遇的法规问题，如果我们只给予中国、而不给予苏联，将造成不平衡。邓对我说，在移民问题上，中国不能同苏联相提并论。他还说如果你要我输送 1000 万中国人到美国来，那我是十分乐意的。这话很自然的引起了哄堂大笑。

"我提了交换留学生计划的问题。我不赞成他关于美国学生完全由他们自己在一起生活，而不同中国学生或中国家庭住在一起的决定。他解释说，中国的居住条件差，达不到美国人的起码生活水平。我认为他的解释理由不充分。我又提了另一个问题：只要你同意美国派多少学生到中国，至于谁能够去，我们不要你们审查。他笑着说，对付几个学生，中国还是有力量的。中国人并不想从思想意识的角度审查学生。他还说对于美国记者在中国各地的旅行将有些限制，但不会进行任何新闻检查。我对他说，既然他给我提供 1000 万中国人，那我将给他提供 1 万名新闻记者。他放声大笑，并立即表示谢绝。

"我要求他（在美国作公开讲话时）提及台湾问题，使用'和平'和'耐心'等措词。他说他希望美国和日本敦促台湾同意谈判，说中国解决这一问题只是在两种情况下不以和平方式和不耐心，那就是：台湾长期拒不谈判和苏联势力进入台湾。他要求我明年起在向台湾出售武器的问题上采取审慎态度。他表示他们不赞成向台湾出售任何武器。

"我将美国就出售武器问题给勃列日涅夫的答复告诉了邓：我们的政策是既不向中国、也不向苏联出售武器，但是我们不想影响有主权的盟国的政策。他答称：'是的，我知道这是你们的态度，这好。'

"我们还谈了一些其他问题，其中包括一些非常机密的问题。会谈进行得很愉快，很有成效。"

这次历时两个多小时的会谈结束后，邓小平和卡特当着许多记者的面热烈握手。他们面带微笑地从总统办公楼出来，一起走进玫瑰园。在记者向他们询问会谈的结果时，卡特说："副总理和我明天还要会面，签署即将达成的一些协议。我们的讨论是深远、坦率、诚恳、亲切而和谐的，极其有益和有建设性的。"

当两国领导人再次握手时，邓小平兴奋地说："现在两国人民都在握手。"邓小平这句富有感情、意味深长的话也深深地打动了卡特，此时，他把邓小平的手握得更紧了。

在邓小平与卡特会谈期间，两人相处得非常融洽。

在一次闲谈时,邓小平笑问卡特:"美国国会有没有通过一条会谈中禁止吸烟的法律?"

"没有,"卡特说,"只要我任总统、他们就不会通过这样的法律。你知道我的州种植大量的烟草。"

邓小平听了这话,开心地笑了起来,随即取出一支熊猫牌香烟吸了起来。对于邓小平的这种开朗和坦率性格,卡特十分喜欢。他赞扬邓小平想什么就说什么,而且说了就算数,不用担心彼此间产生误会。邓小平在会谈中所表现出来的大家风范以及原则的坚定性和策略的灵活性也使卡特钦佩不已,在他看来:"中国人似乎知道如何表达他们对国家的自信和自豪,却又并不傲慢。"

据他回忆:"中国人在关系正常化的前前后后,对于我的其他任务以及我们的国内政治现实都有十分灵敏的反应。我们对于第二阶段限制战略武器会谈、台湾问题的解决、我们在西太平洋新的外交纽带的稳定影响以及美日需要加强合作等方面的声明对我们都是有利的。他们的这些声明都没有使我们的新关系带上反苏色彩。在这一过程中,我明白了为什么有些人说中国人是世界上最文明的人。"

中午,应美国参议院外交委员会的邀请,邓小平前往国会山同美国参议员们共进午餐。邓小平在祝酒词中说:中美建交是中美关系中的一件有历史意义的大事,在世界上没有任何东西应当妨碍中美两国在和平共处五项原则的基础上积极发展正常关系。希望美国参议员为增进中美两国和两国人民间的友好合作而共同努力。

下午,邓小平出席美国众议院国防关系委员会为他举行的茶话会,并就台湾问题、中美贸易和南北朝鲜问题等同参众议员们进行了交谈,首次勾画了"一国两制"的构想,获得了议员们普遍的称赞。他说:我们不再用"解放台湾"这个提法了。只要台湾回归祖国,我们将尊重那里的现实和现行制度。由于美国《时代》周刊把邓小平评为1978年度的新闻人物,因此,议员们纷纷拿着以邓小平的画像为封面的《时代》周刊1979年第1期请求他签名留念,邓小平热情地满足了他们的愿望。

晚上,邓小平出席美中人民友好协会和全美华人协会举行的招待会并发表讲话。他说,中美关系正常化之后,台湾归回祖国、和平统一问题有了更好的条件。中国政府在解决台湾问题的时候,一定考虑到台湾的现实,重视台湾人民的意见,实行合情合理的政策。晚上,邓小平还参观了美国国家艺术馆,并发表讲话,强烈谴责苏联支持越南大规模侵略柬埔寨。他说,中国将始终支持遭受压迫和侵略的国家和民族反对霸权主义者的正义斗争,"中国虽然很穷,力量有限,但是,我们将坚决履行我们的国际主义义务,我们甚至将毫不犹豫地承担必要的牺牲以维护国际正义和世界和平与稳定的长远利益。"

当天,邓小平还出席了美国外交政策协会、国立美术馆、美中关系全国委员会与中华人民共和国学术交流委员会、亚洲协会以及中国理事会六个美国团体联合举行的招待会并发表重要讲话。他认为世界很不安宁,许多第三世界国家的独立和安全受到威胁和侵犯。各个地区动乱的主要根源就是霸权主义的扩张。批驳了有些人宣传的所谓"中国人好战"和中国是"世界战争策源地"的谬论,呼吁各国人民警惕新世界战争的危险。在谈到中美关系时,他说,中美建交是两国关系中具有历史意义的重大转折。中美之间的关系从此进入了一个新阶段。关于台湾问题,他重申了中国希望和平解决台湾问题的立场。

1月31日下午,邓小平同卡特在白宫东厅签署了有关领事馆、贸易以及科学、技术、文化交流等方面的协定。

邓小平和卡特在白宫签署中美科技合作协定和文化协定

在协定签字之后,卡特总统首先致词并宣布,在不久的将来,美国将在上海和广州开设领事馆,中国将在休斯敦和旧金山开设领事馆,数百名美国学生将去中国学习,数百名中国学生将到美国进修。

邓小平致词说:"我们刚刚完成了一项有意义的工作,但是这不是一个结束,而是一个开始。""我们曾经预期在中美关系正常化以后,两国的友好合作将在广泛的领域里迅速地开展。今天所签定的协定就是我们的第一批成果。但是,我们两国之间还有许多合作的领域有待我们去开辟,许多渠道有待我们去沟通,我们还要继续努力。""我相信,各个国家之间的联系和合作的不断扩大,各国人民之间的往来和了解不断加深,应能有助于我们的这个世界安全一些、稳定一些、和平一些。因此,我们刚刚完成的工作不但有利于中美人民,也有利于世界人民。"

当天晚上,邓小平和夫人卓琳在中国驻美联络处举行答谢宴会,感谢美国政府对他在华盛顿访问期间所给予的盛情款待。邓小平一行告别了卡特,第二天便飞往美国著名的汽车城亚特兰大进行访问。在随后的几天里,他们又访问了休斯敦、西雅图等地,于2月5日上午圆满结束了对美国为期8天的正式访问,乘专机离开西雅图经日本回国。邓小平在离美时致卡特总统的电文中说:

卡特总统:

在我结束对贵国的正式友好访问,即将离开你们美丽国家的时候,我对你和卡特夫人以及贵国政府给予我们一行的盛情款待再次衷心感谢。

我这次对贵国的访问取得了圆满的成功。我同你的会谈,同美国各界朋友的相互了解,加深了中美两国人民之间的友谊。中美两国关系将会在新的历史条件下得到重大的发展。我相信,这对于我们两国,对于整个世界,都具有重要的意义。

我期待着在不久的将来在我国欢迎你和卡特夫人。

卡特后来回忆录中写道:"邓小平访美是我任职总统期间十分愉快的一次经历。对我来说,一切都是如愿的,中国领导人也很满意。"

13. 没有永恒的敌人,只有永恒的利益

尼克松总统也是中国人民的老朋友,虽然意识形态与信仰不同,邓小平还是高度赞扬了这位前总统的功绩。

1月31日,邓小平和美国内阁官员及卡特总统的其他高级助手共进早餐后,前往林肯纪念堂献了花圈。

林肯是美国历史上的第16任总统,任内发表了《解放宣言》,在美国废除奴隶制度,1865年遇刺身亡。马克思曾给予高度评价,称他是"一位达到了伟大境界而保持自己优良品质的罕有人物。这位出类拔萃和道德高尚的人竟是那样谦虚,以至只有在他成为殉难者倒下去之后,全世界才发现他是一位英雄"。(马克思全集第16卷第109页)

　　邓小平随即参观了史密森氏航空和宇航博物馆。随后回到布莱尔大厦接受了费城坦普尔大学授予的荣誉法学博士学位。50多年前,邓小平赴法国勤工俭学期间,积极从事革命活动,参与编辑印刷旅欧中国少年共产党刊物《赤光》杂志,有"油印博士"之称。今天他真正成为一名名校的博士,戴上了博士帽。

　　上午,邓小平还会见了美国前总统理查德·尼克松,就共同关心的问题交换了意见。

　　这是邓小平访美期间第二次和尼克松的会面。在29日卡特总统欢迎邓小平的国宴上,尼克松应邀出席。卡特在他的回忆录中这样写道:

　　"尼克松在白宫的出现震撼了华盛顿的新闻界。尼克松总统虽然并不认识中国的现领导,但在短时间的招待会上,他却同他们津津乐道他前不久的中国之行。从他们的私下交谈中可以清楚地看出,他始终是中国人的一位受尊敬的朋友,他们并没有把对尼克松'水门事件'的指控看得很重。"

　　这是尼克松自1974年因'水门事件'被迫辞去总统职务以来第一次回到白宫。他在满场的嘘声中走进了宴会厅,表现得非常镇定。当乐队奏响《美丽的阿美利加》时,尼克松情不自禁地对邓小平说:"你知道吗?他们演奏的是同一支乐曲,就是我去中国时听到的那支。"

　　1972年2月21日11时27分,美国总统理查德·尼克松乘坐的"76年精神号"专机徐徐降落在北京机场的跑道上,中华人民共和国总理周恩来前往迎接。机场上举行了简朴的欢迎仪式,军乐队奏起两国国歌。《美丽的阿美利加》在中国的土地上,自1949年10月以后第一次响起。

　　当尼克松再一次听到了同样的曲子时,时间已经过去了整整7年。

　　但是,人们没有忘记他,特别是中国这个有着古老传统文化的文明古国的人民更没有忘记他。他的名字是和中美关系的改善紧密联系在一起的。所以,邓小平副总理访问美国时很想会晤这位中国人民熟悉的朋友,美国总统卡特满足了客人的这个要求。

　　中美关系的改善是从美国共和党开始的。

　　1969年1月20日,美国共和党领导人理查德·尼克松就任美国第37任总统。此时中苏关系严重恶化,中美关系仍然处于敌对状态,但是尼克松入主白宫后,特别感到苏联已成为美国的一个"非常强大、有力和咄咄逼人的竞争者","同苏联对话时,也可能需要在中国问题上为自己找个可以依靠的有利地位"。他深知如果没有7亿人口的中国,"要建立稳定和持久的国际秩序是不可设想的"。他希望同中国对话,并请巴基斯坦总统叶海亚·汗和罗马尼亚总统齐奥塞斯库传话给中国领导人。

1970 年初,在美方的积极倡议下,中断了两年多的中美大使级会谈在驻华沙的中国大使馆内恢复。同年 8 月美国宣布取消在国外的美国石油公司给进出口中国船只加油的禁令。9 月,尼克松对美国《时代》周刊发表谈话称:"如果说在我去世之前有什么事情要做的话,那就是到中国去。如果我不能去,我希望我的孩子能够去。"

1971 年 4 月,毛泽东作出决定,邀请美国乒乓球队访华,这是中华人民共和国成立以来接待的第一个来访的美国正式代表团。

同年 7 月,美国总统国家安全事务助理基辛格秘密访华,随后双方发表了公告,宣布美国总统尼克松将访问中国。10 月。基辛格二次来访为尼克松访问中国作了安排。

1972 年 2 月,尼克松访华终于成行,中美两国于 2 月 27 日在上海签署了中美联合公报。在告别宴会上,尼克松说:"今后我们要做的事情是建造一座跨越 1.6 万里和 22 年敌对情绪的桥。"

在尼克松这次访华时,他表示,如果他连任,将在第二个任期内解决中美关系正常化的问题。

但是,由于"水门事件",尼克松被迫辞去了总统职务。他的这个承诺也成为空头支票。7 年之后,也就是 1979 年 1 月 1 日,中美关系终于正常化了,当然,这时的美国总统已经是卡特了。

十多年以后,邓小平在人民大会堂会见尼克松时,曾高度评价了尼克松总统 1972 年的中国之行。他说:"从 1949 年中华人民共和国成立到 1972 年,23 年间,中美关系处于敌对状态。在你担任总统的时候,改变了这个状况,我非常赞赏你的看法,考虑国与国之间的关系主要应该从国家自身的战略利益出发。着眼于自身长远的战略利益,同时也尊重对方的利益,而不去计较历史的恩怨,不去计较社会制度和意识形态的差别,并且国家不分大小强弱都相互尊重,平等相待。这样,什么问题都可以妥善解决。用这样的思想处理国家关系,没有战略勇气是不行的,所以,你 1972 年的中国之行,不仅是明智的,而且是非常勇敢的行动。我知道你是反对共产主义的,而我是共产主义者。我们都是以自己的国家利益为最高准则来谈问题和处理问题的。在这样的大问题上,我们都是现实的,尊重对方的,胸襟开阔的。"

尼克松也曾这样说过:"你们深信你们的制度,我们同样深信我们的制度。把我们联系在一起的不是共同的信仰,而是共同的利益。"

14. "中国人讲话是算数的"

邓小平与美国新闻工作者共进午餐并回答了他们的提问,他表示,中国人讲话是算数的,中国人也不是鲁莽行事的。

1月31日中午,邓小平在布莱尔大厦同11名有影响的美国新闻工作者共进午餐,并回答了他们提出的问题,阐明了中国关于美苏限制战略武器谈判和中国的对外贸易等问题的原则立场。他说,中国并不反对进行像限制战略武器这样的会谈或缔结这样的条约,但是,通过谈判和协定约束不了苏联的霸权主义。接着,他回忆了过去15年内美苏之间签订的关于核武器的三个协定的情况,说明这样的协定对限制苏联的扩军活动没有起到任何作用。他强调指出,需要的是采取更加现实的、更加切实可行的步骤,比如说,美国、中国、日本、西欧和世界其他国家联合起来,这些国家联合起来对付苏联霸权主义。

他说:"我们认为战争的危险来自苏联,对国际和平、安全和稳定的威胁来自苏联。我们大家可以做这么一件事:苏联在哪里搞,我们就阻止它,破坏它,挫败它在世界上任何地方的捣乱。"

邓小平还回答了关于中越关系的提问。

当记者问到中国近来在中越边境进行军事集结的问题时,邓小平说:"我们理所当然地关心我们的边界安全,必要的军事调动是有的,这点你们很清楚,但是究竟该怎样做,我们要考虑,我们可以说两点,中国人讲话是算数的,中国人也不是鲁莽行事的。"

下午3点半,邓小平在布莱尔大厦接受了美国广播电视办记者的采访,一一回答了记者们的提问。邓小平表示同卡特总统和其他美国领导人两天会谈的结果是令人满意的,在谈到国内问题时,邓小平说,正确政策的持续不是由个人因素可以保证的,关键在于这些政策是否正确,人民是否赞成,对人民是否有好处。如果这些政策是正确的,对人民有好处,又得到人民的支持,政策的持续就有了根本的保证。既然我们现在执行的政策是正确的,我们采取的方针、政策和措施都是正确的,可以肯定,这些政策会继续下去。

15. 捐弃前嫌，携手开创未来

布什曾经对中美建交出言不逊，邓小平豁达大度地说："对此我们完全理解，我们并不在意，可不必担心。"

在华盛顿期间，邓小平还会见了美国前驻华联络处主任乔治·赫伯特·沃克布什（老布什），并接受了布什赠给他孙儿孙女的两部动物影片。

会谈中，布什首先向邓小平表示说，邓副总理的这次访问非常成功，他的许多老朋友都感到很高兴。他还向邓小平解释到，他最近就中美建交讲的一些话并不是针对同中国的关系，而是考虑到美国的信誉和他本人的处境。邓小平当即表示，对此我们完全理解，我们并不在意，可不必担心。

在邓小平访美之前，布什在参加竞选总统的过程中，说了一些不利于中美友好关系的话。邓小平访美后，没有记忘了他这个老朋友，还单独在休斯敦会见他，对此他心有余悸，想作点解释，没想到邓小平的几句话如此的豁达大度，真是一个泱泱大国的风范。布什说，我和我的朋友们都很赞成中美关系正常化，对中美建交很高兴，但我所关心的是全球问题和美国的信用问题。邓小平说，关于美国的信用问题只说几句话是建立不起来的，需要有扎扎实实的行动。邓小平对布什说，你现在正在竞选总统，可能出访不太方便，但如无不便，欢迎你再次访问北京。布什很高兴地说，没有什么不便之处，正好相反，在政治上很有利。我是很赞成中美有密切关系的，可以说是美国最了解世界上只有一个中国的人。他还表示，如果他当选总统的话，他的主要目标之一将是继续改善中美关系。

双方还就一些国际关心的问题交换了意见。会谈气氛是热烈友好的。

布什这个名字，中国人并不陌生。1975年，他担任美国驻中国联络处主任。住在位于北京东郊的使馆区内，是他打破了北京使馆区内的外交惯例，经常骑自行车逛北京城，因此而为北京人称道。后来他又是里根总统两届任内的副总统，几次来过中国。1988年他当选为美国总统，并于1989年2月访问中国。

他和邓小平的接触始于1975年。

自从1972年尼克松访华后，中美两国就建交问题开始了马拉松式的谈判。1973年初尼克松连任总统后，打算在第二个任期内实现中美关系正常化，这是他在 1972 年访华时作出的承诺。他还设想在第二任的头两年削减美国在台湾的军事力量,中美双方互设联络机构,而后两年则"准备走向类似日本的方式实现中美关系完全正常化",即美国同中国建交,但同台湾保持某些民间往来。1973 年的 2 月基辛格访华,双方商定各自在对方的首都设立联络处,以便在两国间建立直接联系。这年的 5 月双方联络处都开始工作。8 月尼克松总统因"水门事件"被迫辞职,由副总统福特继任,福特表示对华政策不变,将在自己任内同中国实现关系正常化。1974 年 9 月,福特总统任命共和党主席布什为美国驻中国联络处主任。

担任美国驻中国联络处主任,是布什自己的选择,他在副总统的职位落空后,谢拒了出任英国大使和法国大使的安排,选择了接替即将离任的戴维·布鲁斯,出任驻中国联络处主任,在他看来"北京更具有挑战性,是鲜为人知的地方。一个新中国已经诞生,在未来的岁月中美国与中华人民共和国的关系不仅对亚洲,而且对美国的全球政策都是至关重要的"。

就在他担任美国驻中国联络处主任一个多月后,福特派国务卿基辛格访华,由于周恩来总理生病住院,邓小平负责同基辛格会谈。布什参加了会谈。布什回忆说,参加这些会谈使人获得了难得的机会来了解近期中美关系的发展情况。同时在会谈中他认识了邓小平,"那时他是一位正在上升的人物,当时人们猜测,在毛泽东和周恩来百年之后,他很可能接管最高权力。他抽烟很厉害,一根接着一根,而且也很能喝茶,他说自己是农民出身,早先是中国西南地区四川省的一名粗鲁的士兵。"

后来,布什多次访问中国,邓小平都会见了他。

早在 1980 年里根竞选总统时,就发表过很多对中国不友好的言论。作为里根的竞选伙伴布什曾于 1980 年 8 月访问中国,邓小平会见了他。那次的会见气氛很紧张。邓小平后来对布什说,1980 年我们进行坦率的交谈,所以我们可能得罪了朋友,但我们只是希望能很清楚地表达我们真实的观点。坦率地说,那时我们对美国政府对中美关系以后究竟执行一个什么样的政策是担心的。

1981 年里根执政后表示要"充分实施"卡特任内通过的《与台湾关系法》,包括其中向台湾出售武器的条款。还扬言中国无权过问美国对台湾的政策,主张向台湾出售性能有所提高的武器。在这种情况下解决中美建交谈判中遗留下来的美国向台湾出售武器问题,就更加必要和紧迫。

1981 年 6 月美国国务卿黑格访华。10 月中国总理和外长同美国总统和国务卿在出席坎昆南北首脑会议时又进行了会晤,中心问题还是讨论美国向台湾出售武器问题。从 1981 年 12 月起,中美开始就美国向台湾出售武器问题进行谈判。中方要求美方承诺:美国售台武器在性能和数量上将不超过中美建交以来的水平,并要采取措施,逐步减少直至在一定时期内完全停止向台湾出售武器。美方同意以后售台武器在性能和数量上将不超过中美建交以来的水平,但它不肯承诺在一定期限内完全停止出售武器给台湾,只表示将逐步减少,最终解决这一困难问题,并坚持把美国逐渐减少售台武器和最终解决这一问题同中国和平解决台湾问题直接联系起来。

当时美方参加谈判主要代表是美国驻中国大使恒安石;中方参加谈判的代表先后是外交部副部长章文晋、韩叙。谈判地点设在北京。

但是,由于双方在根本问题上存在分歧,致使谈判陷于僵局。

1982 年 5 月 8 日上午 10 时,邓小平在人民大会堂福建厅会见了美国副总统布什。

邓小平说:"我们认识有好几年了,我知道你比较了解中国,作为中国的朋友,我们衷心欢迎你。我希望这次在北京能把我们之间存在的一些阴影和云雾一扫而光。"

"我们感到两国关系是非常重要的,里根总统也有这种表示,我希望在我离开贵国的时候双方能深入地理解这种关系的根本性质。"布什说。

话锋一转,布什突然问道:你的牛仔帽还在吗? 你那次在美国得克萨斯州访问时戴牛仔帽照相,登在报上,比任何照片都有助于增进我们两国的关系。

布什的这句话,引起了全场哈哈大笑,气氛似乎缓和许多。

那是 1979 年邓小平访美期间的事了。

会谈进行正题后,布什首先代表美国总统里根带口信给邓小平:里根总统和美国政府都希望中美关系能继续下去。我们将尽一切努力来避免做任何会使中国政府尴尬的事。但同时我们还要遵守我们的国内法,尽管这个国内法是中国不接受的,认为它干涉了中国内政,我们必须努力解决这一难题。

邓小平说,《与台湾关系法》深深地触动了我们,我们确实认为它本身就是侵犯中国的主权,如果按照《与台湾关系法》来处理中美关系,只要这个东西存在一天,两国关系就不仅有阴影,而且有遭受破坏的危险。现在要寻求一个出路,不要因为这个法而影响中美关系,我想,办法是有的。

"卡特政府时期,我们曾经多次就《与台湾关系法》提出交涉和抗议。但实际上,你们不仅执行了这个法律,而且还超出了这个法律的范围,其中主要是台湾问题和售台武器问题。"邓小平继续说道。

接着邓小平又回顾了1980年8月和布什会谈的情况:

上次我和副总统谈到美国对中国的一些错误看法和错误观点。美国有些人认为,中国无足轻重,认为中国有求于美国,美国无求于中国;认为只要美国摆一个对苏联强硬的架式,把对苏联强硬作为自己的战略,那么美国无论怎样处理台湾问题,中国都会吞下去。

说到这里,布什马上插话,"我可以告诉你,这不是美国本届总统的观点,确实不是。"

邓小平说,"我坦率地告诉你,以后我们很注意美国政府的言论和行动,我们确实希望与美国交朋友,但必须是真正的朋友。里根总统在竞选中讲了那么多话,所以,1980年8月我们的谈话是并不愉快的。"

"确实不愉快,但是,我们能够理解。"布什点头。

"当然那时那些话并不是对着你说的。"邓小平马上补充道。

听到这里,布什脸上的表情似乎自然了许多。

布什说:"里根总统过去发表过很多对中国不那么友好的言论,但必须看到现在他对中美关系的重要性有了更好的了解,已经看得更清楚了。他现在执行的是一个中国的政策。他向台湾出售的武器比历届总统少,连卡特、蒙代尔等民主党人也向中方表示,没有哪一个美国总统能提出一个停止售台武器的日期。本届政府希望解决售台武器问题,希望中美关系继续下去,尽力找出解决办法。"

"我们重视行动。美国领导人要承诺:在一定时期内逐步减少、直至完全终止向台湾出售武器,至于承诺的方式可以商量,公报的措词可以研究,我们一定要达到谅解或协议。"邓小平语气中略带几分强硬。

邓小平和布什的这次会谈,促使了中美谈判取得进展。中美双方于1982年8月15日达成协议,8月17日发表了《中华人民共和国和美利坚合众国联合公报》(简称八·一七公报)。在这一公报中,双方重申了中美建交公报中确认的各项原则,美国再次声明它无意侵犯中国主权和领土完整,无意干涉中国内政,也无意执行"两个中国"或"一中一台"的政策。

在公报中,美国承诺:它向台湾出售的武器,在性能和数量上将不超过中美建交后近几年供应的水平,它并准备逐步减少它的台湾的武器销售,经过一段时间导致这一问题的最后解决,美国还表示承认中国关于彻底解决这一问题的立场。

八·一七公报使中美双方在解决建交时遗留下来的美国售台武器问题方面迈出了重要的一步。

1989 年春夏之交,北京发生政治风波后,以美国为首的西方国家对中国政府横加指责,干涉中国内政,美国带头制裁中国,中美关系面临困境,这时的美国总统就是布什。

1989 年 10 月 31 日尼克松访问中国时,邓小平对他说:结束严峻的中美关系要由美国采取主动。

他指出:"北京不久前发生的动乱和反革命暴乱,首先是由国际上反共反社会主义的思潮煽动起来的。很遗憾,美国在这个问题上卷入得太深了。并且不断地责骂中国。中国是真正的受害者。中国没有做任何一件对不起美国的事。可以各有各的看法,但不能要我们接受别人的错误指责。"

邓小平强调,"我们不能容忍动乱,这是中国的内政,不会损害任何国家。中国人这么多,底子这么薄,没有安定团结的政治环境,没有稳定的社会秩序,什么事也干不成。稳定压倒一切。"

"针对西方国家的一些人用人权问题攻击中国,邓小平说,人们支持人权,但不要忘记还有一个国权。谈到人格,但不要忘记还有一个国格。特别是像我们这样第三世界的发展中国家,没有民族自尊心,不珍惜自己民族的独立,国家是立不起来的。

"请你告诉布什总统,结束过去,美国应该采取主动,也只能由美国采取主动。因为强的是美国,弱的是中国,受害的是中国。要中国来乞求,办不到。哪怕拖一百年,中国人也不会乞求取消制裁。如果中国不尊重自己,中国就站不住,国格没有了,关系太大了。中国任何一个领导人在这个问题上犯了错误都会垮台的,中国人民不会原谅的。这是我讲的真话。

"我可以肯定地告诉你,谁也不能阻挡中国的改革开放继续下去。不管我在不在,不管我是否还担任职务,十年来由我主持制定的一系列方针政策绝对不会改变。我相信我的同事们会这样做。"

16. 基辛格眼中的邓小平

"你是做的比说的多的少数几位政治家之一。"

2月1日,邓小平会见了美国前国务卿基辛格博士,并同他共进早餐。和尼克松一样,基辛格在促进中美关系正常化的进程中作出过重要贡献。邓小平和他又有多次交往,包括谈判桌上的交锋。这是邓小平访美期间第二次见到基辛格,也是第一次和基辛格单独会晤。

会晤结束后,基辛格风趣地对记者们说:"我们同意使中国同我本人之间的关系正常化。"他的这句话引起了全场哄堂大笑。

他和邓小平之间的关系又加深了一步。

1979年美国《时代》周刊第1期撰文说"盛传前国务卿亨利·基辛格曾称邓小平为'令人讨厌的小个子',对此,基辛格矢口否认。上星期,在接受《时代》周刊采访时,基辛格告诉记者他对邓的印象:'很显然,他非常能干,具有超常的意志和魄力。对于政治,他极为精通并游刃有余。当我1975年见到他时,邓对外交事务还知之不多,但他学得很快。总之,邓是一个不可低估的人物,他的影响将是巨大的。'"

此后,基辛格多次访问中国,每次都受到邓小平的亲切会见。

1982年9月30日,邓小平会见了来华访问的基辛格博士。老朋友相见,分外高兴。

这时中国共产党刚刚召开了第十二次全国代表大会。邓小平向他介绍说,我现在把自己放到顾问委员会里边去,是顾问委员会主任,退到第二线,让一些比较年轻的人到第一线来。

基辛格称道,我想在社会主义国家只有中国的领导人这么有远见作出这种安排。基辛格愉快地向邓小平介绍了他这次访华的观感:"现在人们的思想更加明确了。我注意到人们的衣着比过去好了,消费品也比过去丰富了。"

邓小平说,我们最大的变化是农村。农民收入成倍、数倍地增加。我们三中全会制定的农村政策见效了。要判断中国政治形势是否稳定。城市也有变化,主要是人民的精神面貌变了,对社会主义建设的信心增强了,对党和政府更加信任了,这将对整个国家产生深远的影响。

在谈到中美关系时,邓小平说,十年来中美关系的发展总的说是好的,但近两年发生了一些波折。就中国来说,无论是现在,还是今后,我们还是要保持这种政策的连续性。我们重视同美国发展关系,并且认为这种关系必须建立在相互信任的基础上才能向前发展。

基辛格还说,我看到你同意大利女记者法拉奇的谈话。在世界上所有领导人当中,你是唯一同法拉奇谈话能取胜于她的人。

邓小平笑着问道,她同你也谈过?

基辛格略带惭愧地说,她把我完全"毁灭"了,我是受害者,我看了你们的那次谈话,很受感动。

1985年11月,基辛格访问中国。此时,中国的改革开放进一步向纵深发展。并不断取得了新的成果。

邓小平说,上次见面是1982年吧,差不多3年了,时间过得真快。对你来说3年没关系,可是对我来说就珍贵了。基辛格说,你现在看上去比我上次见到时还要健康。

邓小平笑着回答道:自然规律违背不了,我的秘诀没有别的,就是尽量少做事,让别人去做。

基辛格说,我们相识已有10年了,特别是过去6年中你们取得了很大的成就。

邓小平介绍说,去年底我们的步子快了一些,速度太高,影响到其他方面的平衡,经过今年大半年的调整,效果比预期的要好。改革是一个新事物,出点差错不要紧。

基辛格称赞道:像这样大规模的改革是任何人都没有尝试过的,世界上还没有别的国家尝试过把计划经济和市场经济结合起来。

邓小平说,确实是个重大的试验。

基辛格认为,这是一个有历史意义的事情,如果成功了,就将从哲学上同时向计划经济国家和市场经济国家提出问题。

邓小平说,我们的经验是要发展社会主义的生产力,必须改革,这是唯一的道路。

两年后,也就是1987年9月,基辛格又一次访问中国,并见到了邓小平。

已经记不清这是他们之间第几次见面了。

基辛格说，每次见到你，你都显得更年轻。

邓小平说，你是我会见的最多的外国朋友之一。

基辛格深有感触地对邓小平说："当你第一次率领代表团出席联大特别会议时，美国专家都在猜测，邓小平到底是一个什么样的人，现在我们都十分清楚了。每次见到你时，你前一次谈到要做的事情都做到了。"

邓小平愉快地对基辛格说，我访美时受到你的盛情款待，你是重新打开中美友好之门的人，中国人民是不会忘记的。

邓小平在介绍中国的改革开放时说，搞改革胆子要大，步子要稳。

基辛格还谈到了他来中国前看到了各种有关中国国内形势的报道，来华之后发现中国国内的形势要比报道中讲的平静得多，并请邓小平对今后几个月的国内形势作出预测。

邓小平谈到年初有些学生上街闹事，要求"全盘西化"，我们迅速处理了这个问题，中国的政局是非常稳定的，这种稳定是可靠的。中国要搞经济建设，没有一个稳定的局势是不可能的。

邓小平赞扬基辛格倡议建立了"美国—中国协会"。他说，这是一个非常重要的组织，它的目标是明确的，相信他会为推动中美友谊起到越来越大的作用。

基辛格说，成立美中协会的目的是促进美中友好，推动美中关系的不断发展，鼓励美商到中国投资。美中友好关系符合我们两国的利益，我感到特别自豪的是，自从中美关系的大门打开以来，美国历届总统，包括共和党的总统和民主党的总统都在朝这个方面继续努力。因此，我可以说，美中关系是一种永久性的关系。

1989年10月10日，在北京人民大会堂，邓小平又一次会见了美国前国务卿亨利·基辛格博士。

这是邓小平辞去中央军委主席后会见的第一个外国客人。这是中美关系面临严重危机的时刻。

当基辛博士来到会见大厅时，邓小平身着深灰色中山装，精神矍铄、满面笑容地迎上前去同他热情握手。他当着几十名中外记者的面对基辛格说，博士，你好。咱们是朋友之间的见面。你大概知道，我已经退下来了，中国需要建立一个废除领导职务终身制的制度，中国现在很稳定，我也很放心。

基辛格博士说，你看起来精神很好，今后你在中国的发展中仍起着巨大的作用,正像你在过去所起的作用那样,你是中国改革的总设计师。

"我仍是中华人民共和国的公民,中国共产党的党员,在需要的时候,我还要尽一个普通公民和党员的义务。你现在不当国务卿了,不也还在为国际事务奔忙吗?!"邓小平笑着回答。

基辛格对邓小平说,你是做的比说的多的少数几位政治家之一,你使中国发生了历史性变化。

后来,基辛格在同一位外国政治家的谈话中这样评价邓小平:"他是中国推行改革的领袖。他着手共产党领袖从未搞过的改革,解放了农村经济,把粮食进口国变成粮食富余国。作为老一代的革命家,不允许共产党的地位下降,并且要将经济改革搞下去。"

17. 一项白色牛仔帽

在休斯敦,邓小平结识了列宁当年的朋友亚蒙·哈默,并与之进行了愉快、友好的谈话;之后观看了马技表演,以一个头戴白色牛仔帽的形象征服了众多美国民众。

2月2日早晨,邓小平告别亚特兰大,飞抵埃林顿空军基地,开始对休斯敦进行为期两天的访问。

休斯敦建于1836年,是美国南部最大的炼油、化学、机器制造和造船工业中心。美国25家最大的石油公司,有24家在休斯敦设有总部或分公司。美国国家航空和航天局,也在休斯敦设立了航天中心,著名的"阿波罗登月"和"天空实验室"计划就是在这里完成的。

伴随着《得克萨斯的黄玫瑰》的优美旋律,迎候在机场的得克萨斯州州长比尔·茨向邓小平赠送了一副该州生产的银锡马刺和一大篮子给中国儿童的玩具,并说:"这是得克萨斯州早期开发边疆的日子里的玩具,我们的儿童欢迎你到得克萨斯来。"

邓小平在清新的凉风中站在讲台上说,他希望在休斯敦了解石油生产和其他工业的情况。

克莱门茨对中国客人们说:"在得克萨斯你们是最受欢迎的。我们得克萨斯人对中国抱着很大的好奇心。你们来到这里使我们感到很高兴。"

邓小平一行离开空军基地后,立即前往约翰逊航天中心参观。

邓小平在航天中心负责人克拉夫特和第一个环绕地球飞行的美国人、俄亥俄州参议员约翰·格伦陪同下,参观了该中心博物馆里的阿波罗十七号指令舱,月球车和有三层楼的登月器的复制品,并愉快地在登月器和航天飞机中进行模拟飞行,详细询问了宇航员在宇宙中的生活情况。

晚上,邓小平应邀出席了在休斯敦西北五十英里的西蒙顿举行的带有西部风情的烤肉宴会和马技表演。

美方出席这次宴会的,除了政府官员外,大多是得克萨斯州的石油大亨,他们对前往中国投资开采石油和其它矿产资源抱有浓厚的兴趣。

宴会上,一位专程从加利福尼亚赶来的不速之客、著名的西方石油公司董事长亚蒙·哈默受到了邓小平的格外亲睐。

亚蒙·哈默是当今世界一位传奇式人物,他是第一位与苏联做生意的美国人,与十月革命之父列宁是至交。

1898年,哈默生于纽约市,父亲是一名医生。当他从哥伦比亚大学医学院毕业时,他既拥有医学博士学位,又握有百万家财。

1921年,哈默大学毕业后,要等六个月才能开始实习。这时他听说苏联乌拉尔地区正在闹传染病,斑疹、伤寒流行,就决心去那里帮助消灭流行病。他买下了第一次世界大战军队剩余的物资中的野战医院设备,运到了苏联,指望在实习开始前的等待期间里,多获得一些医疗知识和经验。他没有想到,自己会由此敲开同苏联做生意的大门。在行医中,他很快发现苏联当时迫切需要的不是医药,而是粮食。他告诉当地苏维埃政权:我可以用船运来谷物,只要你们往船上装上能在美国出售的货物。这个条件不高,当地官员同意了。他于是运来了百万蒲式耳(计量单位)小麦。

列宁会见了这位当时只有23岁的美国青年,并建议哈默接受一两项苏联的特许权,于是哈默萌发了经商的念头。他选择铅笔制造和石棉开采两项贸易,建立了进出口机构,同时成为38家美国第一流大公司在苏联的代表。

哈默在苏联居住了9年,期间经常见到列宁,并在列宁的支持下成为西方有名的大企业家。

邓小平访美期间,中苏两国正处于对抗状态,而哈默又同苏联领导人都有着良好的私人关系。因而美国政府有关机构担心哈默同苏联领导人之间的这种关系会使他成为邓小平不欢迎的人，便拒绝邀请他参加有邓小平出席的各种大型活动，当然，他也不能出席在西蒙顿的欢迎宴会。但这并没有挡住这位神通广大的老先生，他曾不断地努力、多方面的寻找时机，终于敲开了那扇大门，首次见到了邓小平。

第一次颇费周折与邓小平的相见，给哈默留下了深刻印象。以至后来，当他谈到这段经历时，还记忆犹新：

当中美关系在七十年代开始好转并出现了更加开放的贸易前景的时候，我就想成为进入北京的第一批美国商人之一。激励着我的不单是那广阔的新市场和商业机会所具有的诱惑力，我同时还希望能为我们世纪最令人振奋的经济和政治变革之一作出贡献。引导我去敲响北京天安门广场的皇宫大门的浪漫主义理想，乃是东西方和平共处与和平贸易的理想。

吉米·卡特由于他继续和扩大了由理查德·尼克松、亨利·基辛格和杰拉尔德·福特等人所开始的同中国和解的政策，而应当受到极大的称赞。然而，他的政府却不积极热情地为我打开通向中国的大门。鉴于我同苏联长期的关系，政府担心我会成为中国人所不欢迎的人。1979 年，中国的副主席邓小平访问美国的时候，卡特的顾问们千方百计让我避开。邓在华盛顿出席的任何重大场合，都不邀请我参加。

我不停地敲打那扇紧闭的门，直到我坚持不懈的努力逐渐变得令人过于难堪了——而且因为我是卡特的重要的支持者之一，我在华盛顿的办事处才终于得到总统特别贸易代表鲍勃·斯特劳斯的通知说，我和弗朗西丝有票出席在得克萨斯州为邓举行的一次盛大集会。

得克萨斯的石油巨头们要在休斯顿附近的西蒙顿竞技场为邓和他的代表团举行一个盛大的烤肉宴会和一场牧人的竞技表演。我们驱车来到竞技场的时候，发现这地方到处布满了安全警卫，而入口处也有女服务员守护，查对进入的宾客。我报了自己的姓名。那位姑娘知道我的名字，于是在客人名单上上下下地寻找起来。她显得十分关切地说："嗯，很抱歉，哈默博士，名单上没有您的名字。"

我怀疑这是布热津斯基干的事。

"没有关系"，我说，"显然是出了差错。宴会本身在哪儿举行呢？"

"在里面的俱乐部。"她回答道。

"那么我的名字肯定在那里的名单上。"我说。

她让我们走了过去。我们终于进来了。

特工人员守着通往俱乐部的门。我又报了自己的姓名，把情况重复了一遍："我的名字在大门口的名单上被错误地漏掉了。门口那位姑娘说，肯定在俱乐部里面的名单上。"

特工人员说，我们可以进去核对一下里面的名单，但是如果没有我们的名字，我们必须出来。

这一回我们又进到俱乐部里面来了。拿着总名单的那位女士沮丧地把名单细细地查看了一番，摇了摇头，说："对不起，哈默博士，这名单上没有您的名字。"

我说："我可不可以看一下名单？"

她把名单递给我。我的眼睛顺着名单往下看，一直看到罗伯特·麦吉这个名字。

"啊！"我叫了起来，"现在我明白是怎么回事了。鲍勃·麦吉是我们华盛顿办事处的一名高级执事，是他同白宫安排我来这里出席宴会的。我的票肯定也是被错误地以他的名字发出去的。"

"噢，"她大大地松了口气，"原来是这么回事。好了，您有座位在5号桌。"

哈默如愿以偿，挤进了热闹的客厅。不多时，哈默终于见到了邓小平。大家列队欢迎中国的代表团，50位总经理，有的还带上了夫人，参加了这个行列。这次会面，深深地印在了哈默的脑海中，他依然清楚的记得，那天宴会厅里欢迎的盛况：

邓率领代表团走过迎候的行列。他身材矮小，脸上一直闪烁着动人的微笑。

一名翻译陪着他，依次把每位经理的名字告诉他，并说几句介绍的话，当走到我面前时，邓对翻译说："你用不着给我介绍哈默博士。"然后冲着我笑起来。握着我的手说："我们都知道你。你是在苏联需要帮助时候帮助了列宁的那个人。现在你可要来中国帮助我们呢。"

"我非常愿意，"我回答说，"可是据我了解，你们不允许私人飞机进入中国，而我又年纪太大，不能乘坐商用飞机。"

"噢，"他说着把手一挥，好像把这个问题扔到了一边，"这好办。你只要给我一封电报，告诉想什么时候来，我可以做出必要的安排。"

在晚餐会上，邓一直通过翻译同我谈话。他想知道我同列宁会面的一切情况，以及我对列宁的新经济政策的感受。

他非常敏锐，非常明智，而且，正如我以后发现的，他有着很强的记忆力——每次和我见面他总是确切地记得前一次都讲了些什么，他从不需要笔录或问他的助手，他总是什么都知道。

最后，邓领我走到他的包厢，让我坐在他的身边，观看为他举行的专场表演。我们相处得非常惬意，在晚上的活动结束的时候，他再一次非常肯定地重申了他的邀请。我告诉他,我一旦拟定好一些切实可行的建议并搭起一个经理班子,我就到北京和他见面。

在宴会上,看到哈默受到邓小平的如此厚待,很多美国官员和大亨们都露出了或羡慕或揶揄的表情。

后来,哈默的想法实现了。他多次访问中国,并同中国做了许多生意。

当天晚上,邓小平在休斯敦观看马术竞技表演。

当邓小平和戴着一顶灰色牛仔帽的卓琳在宴会后来到竞技场时,全场致以热烈的鼓掌欢迎。

在表演开始前,两名骑白马的妇女把邓小平和方毅请到观众面前,向他们各赠送了一顶崭新的、边沿翘起的白色牛仔帽,他们当即高兴地戴上了。

在休斯敦骑术表演场,女骑士把两顶白色的牛仔帽献给了邓小平和方毅

然后,邓小平应邀坐进一辆 19 世纪的马车绕竞技场两圈,向热烈鼓掌的观众们挥手致意。

美国贸易谈判代表罗伯特·斯特劳斯、能源部长施莱辛格和伍德科克陪同邓小平观看了这场别开生面的表演,他们也都戴着崭新的各色牛仔帽。

邓小平等中国贵宾的到来,使竞技场外的生意格外兴隆。一个货摊上的数百顶牛仔帽,很快就被以 30 美元一顶的高价抢购一空。

2 月 3 日早晨,邓小平同美国西南部地区的报纸主编和发行人共进了早餐并回答了他们的提问。

他说,他从同美国政府和各界人士的谈话中感到,美国愿意以它的技术和财力帮助中国实现现代化。目前同美国政府和公司就两国在石油工业和其他领域的合作问题的谈判正在进行中。这方面的进展并不算太慢。

得克萨斯州副州长霍比向邓小平赠送了一幅表现中美两国人民之间友谊的绘画。这幅中国风格的画是描绘一个女孩子牵着一匹骆驼。它是美国画家约翰·汤姆森于 1932 年圣诞节在北京的作品。

邓小平对此表示感谢,并说,他昨天在休斯敦度过了难忘的一天。他说,他在航天中心会见了一些美国科学家、学者和宇航员、与方毅副总理临时成了"太空人",因为他们进了太空实验室,坐在乘务员的位置上到太空走了一趟(模拟航天飞行)。他说,昨晚观看马术竞技表演,使他度过了一个愉快的夜晚。在回答报纸主编们的提问时,邓小平再次表示,美国很多东西是中国可以学习的。

2月3日中午,邓小平在总经理詹姆斯·R·莱斯奇陪同下参观了著名的休斯工具公司,该公司以前同中国有过多次业务往来。邓小平带着浓厚的兴趣认真观看了该公司生产的石油钻进设备,并详细询问了有关数据和价格。

随后,邓小平一行经过四个半小时的飞行,来到了此次访美的最后一站——西雅图。

18. 架起太平洋上的桥梁

邓小平一行在西雅图参加午餐会,发表讲话称太平洋再也不应该是隔开中美两国的障碍,而应是联系两国的纽带。

西雅图是美国著名的飞机制造中心。邓小平到这里,目的是同访问亚特兰大和休斯敦一样,要为日后彼此间的合作奠定基础。

2月4日早晨,邓小平会见美国参议员杰克逊,同他进行了友好的谈话。中午,邓小平和夫人一行在西雅图出席了美国联合航空公司总经理爱德华·卡尔森和波音飞机公司董事长桑顿·威尔逊举行的午餐会。

当邓小平步入灯火辉煌的宴会大厅时,全场600多人起立,热烈鼓掌。

华盛顿州民主党参议员亨利·杰克逊在发言中,高度赞扬了邓小平以其果敢、幽默和充沛精力所进行的这次具有历史意义的访问及其同美国各界人士的广泛接触,并说:"居住在我国西部地区的我们,不信任霸权主义,因此你们就会感到同我们正在亲密相处。"他的话赢得了热烈的掌声。

邓小平致答词说:"我们的行程的最后一站就是你们这个被称为'通向东方的大门'的城市。这使我们更加意识到,我们两国是隔水相望的邻居。太平洋再也不应该是隔开我们的障碍,而应该是联系我们的纽带。"

他说,中国人民在争取本世纪末实现四个现代化的努力中,有许多方面要向创造了先进的工业文明的美国人民请教。他说:"这也是我们这次访问的目的之一。我们亲自来看了一看,感到很有收获。我们两国在经济、文化、科技等领域里存在着广泛交流和合作的余地。"

邓小平在结束讲话时,举杯祝愿中美两国人民的友谊永世长存。这时,宴会厅内响起了长时间的热烈掌声。

午餐后,邓小平由桑顿·威尔逊陪同参观了"波音747"飞机装配厂。

晚上,出席西雅图商业界为他举行的宴会。

19."小平效应"

在美国为期8天的访问,掀起一股空前的"中国热",邓小平以其独特的个人魅力赢得美国各界人士的爱戴。

2月5日上午,邓小平为纽约出版的《美洲华侨日报》题词:"愿你们为增进中美两国人民的友谊作出更大的努力,愿你们为祖国的社会主义建设,为台湾归回祖国、实现统一祖国大业,作出更多的贡献。"随后结束了对美国8天的正式访问,乘专机离开西雅图经日本回国。

伍德科克代表卡特总统向邓小平及其一行告别,并说:"希望你们很快再来美国。"

邓小平在机场发表告别讲话。指出:中美两国之间一度中断的联系恢复了。我们面前展现了两国人民广泛合作的前景。现在中美两国之间政府一级来往的障碍已经排除,人民之间的来往可以更加频繁,更加密切。我们希望美国各界朋友多多到中国来走走看看。中国的大门对一切朋友都是敞开的。

邓小平的这次出访,在美国掀起了全国性的"中国热"。在历时8天的访问中,邓小平不知疲倦,争分夺秒地与卡特总统以及其他美国官员进行会谈;会见了数以百计的议员、州长、市长以及企业界和文教界的知名人士;在不同的场合向数千人直接发表讲话,并回答了一批又一批记者提出的问题。连日来,两千多名新闻记者追踪采访和报道了这一历史性事件,美国三大全国性电视网的黄金时间全部变成了"邓小平时间"。在邓小平前往访问的亚特兰大、休斯敦和西雅图,当地报纸都在头版头条用中文通栏标题表达对邓小平的欢迎,并以大量篇幅报道邓小平的访问活动。可以说,在中美关系的历史上,"中国对当前国际事务和中美关系的立场以这样有效的方式直接为美国公众所深切了解,这是从未有过的。"(新华社记者、

《人民日报》记者述评）

邓小平的传奇性经历,他的政治家风度和令人喜爱的性格也深深地吸引了美国人民。纽约州众议员莱斯特·沃尔夫说:"副总理肯定给美国留下了深刻的印象。""他不但诚实坦率,而且和蔼、可亲。"华盛顿州参议员亨利·杰克逊说:"他沉着镇静而有自制力。"华盛顿大学的詹姆斯·陶森说,邓副总理"坚强有力,语言精辟,直截了当,机智老练"。华盛顿的一个新闻评论员说,邓小平说话铿锵有力和富于幽默感,他使你不能不有所反应。

的确,邓小平每到一处,都给当地人民带来了愉快和欢乐。每一个人都想见一见他,同他握握手,向他欢呼、问好,要求他签字留念。这种场面使记者们和陪同的美国官员深受感动。世界舆论普遍认为,邓小平这次访美所受到的隆重接待和空前欢迎,是近二十年来美国外交上从未有过的,充分体现了中美两国人民之间的伟大友谊。

这是邓小平最后一次正式出国访问。